SF 장르의 이해

SF 장르의 이해

장정희 지음

도서출판 동인

머리말

최근 인공지능과 인간의 대국이나 드론, 3D 프린터의 개발 등 각종 첨단 기술 발전으로 SFScience Fiction 속 가상세계가 점차 현실로 다가오는 시점에 있다. 특히 정보공학 및 생명공학 기술의 발전은 SF와 현실의 경계를 급속히 무너뜨리고 있으며 우리 삶의 패턴이나 가치관은 전 지구적으로 엄청난 변화를 겪고 있다. 급변하는 현재와 미래에 대한 우려와 더불어 미래 삶의 새로운 가능성에 대한 기대가 교차하는 시점에서 SF 장르는 흥미로운 안내자 역할을 하고 있다. 실제로 SF는 단순한 오락거리로 취급되던 대중 장르의 차원을 넘어서서 미래 삶의 방향에 많은 시사점을 던져주는 주요 장르로 부상하고 있다. 다양한 문화 매체에서 SF의 비중은 점점 더 커져가고 있으며, SF는 우리의 당면 문제들에 대해 진지한 성찰뿐만 아니라 미래의 인간과 역사의 진화 가능성에 대해 성찰하도록 유도하고 있다. 즉 SF는 인간이란 무엇인가, 인간과 역사의 진화는 어디까지 진전될 것인가, 미래 지구의 환경은 어떠한 운명을 맞을 것인가 등의 문제들을 지속적으로 환기시켜서 우리를 일깨우는 매력이 있다. 또한 어떤 다른 장르보다도 SF는 변화·발전의 가능성이 무진하여 우리에게 미래에 대비하고 도전하는 힘을 길러주기도 한다.

2000년대로 접어들면서부터 SF 관련 연구와 강의를 병행해온 필자는 SF 관련 방대한 콘텐츠에 좀 더 체계적으로 접근하고 SF의 사회적·문화적 기능에 대해 재검토해볼 필요성을 절감하였다. 또한 교육 현장에서의 경험을 통해볼 때 앞으로 어떠한 분야에서 일하든 간에 SF 관련 전문지식과 미래관은 창의력을 발휘하고 도전정신을 지니는 데 유용한 밑거름이 된다는 확신이 들었다. 이 책은 이러한 필요성과 확신에 기반을 두어 집필되었다.

이 책은 서문 SF 장르의 중요성, I장 SF의 범주들, II장 SF와 비평이론, III장 첨단기술과 SF로 구성되어 있다. 서문에서는 미래에 대비한 SF 장르의 중요성과 이에 입각한 교육방향 모색으로 시범적 강의 모듈을 중심으로 SF 장르의 잠재력과 확장 가능성, 교육 효과 등을 논하였다. I장에서는 SF의 범주를 1. 스페이스 오페라와 우주여행, 2. 시간여행과 대체역사, 3. 외계인, 4. 사이버펑크와 파생범주들, 5. 로봇/안드로이드/사이보그, 6. 유토피아/디스토피아로 나누어 다루었다. SF 장르 관련 콘텐츠는 너무나 방대한 영역에 걸쳐 있고 하나의 텍스트나 영상에 여러 범주가 겹쳐서 구성되어있는 경우가 많다. 가장 핵심적인 아이디어들을 중심으로 범주를 나누어보았으며 이에 따라 예들을 선별하여 논하였다. 가장 대중적 장르로 알려진 스페이스 오페라의 발전으로부터 공간 및 시간여행의 여러 유형과 속성, 외계인의 속성과 소통 문제, 정보기술과 생명공학 기술 진전 및 포스트모던 문화와 사이버펑크의 관계, 인간과 기계 사이의 경계 해체에 따른 다양한 인간 유형의 속성 및 미래 인간의 가능성, 유토피아의 지평 확장과 디스토피아를 통해본 미래의 속성 등을 주로 검토하였다.

II장 SF와 비평이론에서는 수많은 현대 비평이론 가운데 SF와 가장 많이 관련되어 연구되고 있는 영역을 주로 다루었다. 1. 마르크시즘 이론과 SF, 2. 페미니즘, 퀴어 이론과 SF, 3. 포스트모더니즘 이론과 SF, 4. 테크노오리엔탈리즘 이론과 SF를 다루었다. 마르크시즘 및 신마르크시즘 이론과 SF의 관련성을 통해 SF가 과학기술의 발전으로 이루어질 수 있는 미래의 유토피아적 희망과 디스토피아적 우려를 어떻게 재현하고 있는지, 페미니즘과 퀴어 이론을 통해 성과 젠더 문제는 SF 장르에 어떻게 연관되는지, 포스트모더니즘 이론을 통해 포스트모던 문화의 특질이 SF 장르의 속성과 어떻게 연계되는지, 테크노오리엔탈리즘을 통해 최근 동아시아 지역의 경제적 발전과 기술 진전이 어떻게 영미권에 작용하며 SF에 재현되는지 등을 검토해보았다.

III장 첨단기술과 SF에서는 사이보그, 사이버스페이스, 나노기술로 나누어서 1. 사이보그론: 미래 인간과 미래 사회, 2. 사이버스페이스론: 사이버시대의 정체성, 3. 나노기술과 미래 문화, 4. 나노기술과 미래 공동체로 구성하였다. 사이보그론은 다너 해러웨이의 사이보그론을 중점적으로 검토하여 미래 인간의 방향을 짚어보았고, 사이버스페이스론은 사이버시대의 문화 및 인간 정체성의 재편 문제를 중점적으로 규명하였다. 나노기술과 미래 문화, 나노기술과 미래 공동체는 나노펑크 『다이아몬드 시대』와 『보어 제조기』를 중심으로 나노기술시대의 이상적 문화와 공동체 구성에 대해 짚어보았다.

이 책을 집필하면서 SF관련 콘텐츠의 방대한 양이나 작가들의 과학지식, 미래를 내다보는 통찰력, 빈틈없는 구성력에 다시금 감탄하지 않을 수 없었다. 아쉽게도 방대한 콘텐츠들을 다 다룰 수 없는 관계로 가장 핵심적인 범주와 작품 위주로 선별하고 논하였고, SF의 기원이나 발전 과정이 영미권 중심으로 논해지고 활성화된 관계로 영미권 작품들을 주로 다루었다. 또한 SF 영화가 대세를 이루는 시점이지만 기본적으로 영화나 TV 시리즈, 게임 등 각종 SF 관련 콘텐츠의 뼈대가 되고 아이디어를 제공한 것은 원전 SF들이어서 SF 발전 과정에서 핵심을 이루는 작가들의 SF 작품들을 주요 예시로 논하였다.

이 책이 SF 장르에 대한 체계적 이해와 심층적 접근을 위한 주요 발판 구실을 하고, 미래에 대응하는 자세와 도전정신을 일깨우는 데 하나의 역할을 했으면 한다. 출판을 맡아준 도서출판 동인에 감사드리고 아울러 책이 나오기까지 지속적인 관심과 기대로 성원해준 제자들, 자료 수집에 협조하고 격려해준 가족에게 감사의 마음을 전한다.

2016년 7월

장 정 희

싣는 순서

SF 장르의 중요성:
SF 교육의 방향 모색과 미래 사회

1. 들어가는 글

SFScience Fiction는 과학소설, 공상과학소설로 번역되며 소설 장르 중 하나로 지칭되었으나 포스트모던 시대에 이르러 문학 장르뿐만 아니라 소설, 영화, 애니메이션, 만화, 광고 등 모든 영역에 걸쳐서 사용되는 관용구와 같이 되었다. SF는 문화상품 시장에서도 주요 영역으로 인지되고 부상되고 있을 뿐만 아니라 전 지구적 문제들을 담고 있는 주요 장르로 부상되고 있다. 즉, 단순한 흥미제공 이상의 영역이 되어가고 있으며 인간사회와 미래 삶의 방향에 많은 시사점들을 던져주는 주요 장르로 부상하고 있다. 특히 근자의 인간과 인공지능의 대결에 대한 관심이 전 지구적으로 확산되는 시점에서 과학기술의 발전과 미래 사회의 관계는 주요한 화두가 되고 있다. 이러한 점에서 SF는 실제 우리 삶과 연관될 수 있는 주요한 학습 영역이라고 볼 수 있다.

SF를 용어의 의미를 살려서 과학과 관련하여 과학적 지식을 증진시키는 수단으로 보기도 했는데, 과학기술의 혁신이 우리 사회의 구조나 행위의 틀에 영향을 미치기 때문에 기술과 미래는 지속적으로 SF에서 강조되기도 했다. 데이비드 시드David Seed는 SF가 한 마디로 정의되기 어려운 속성을 지니고 있으며 여러 다른 장르들이나 서브 장르들이 서로 교류하는 방식이나 영역으로 이해하는 것이 더 도움이 될 것으로 지적하기도 한다(2011, 1). 아울러 시드는 SF 서사들을 우리에게 친근한 현실의 양상들이 변형되거나 중단되는 구체화된 사고의 실험으로 보는 것이 유용할 것으로 지적한다(2011, 2). 이러한 견해들에 입각해볼 때 SF는 새로운 가능성을 향한 장르라고 볼 수 있다.

수많은 정의가 있지만 SF의 핵심은 현 상황을 수동적으로 받아들이고 삶을 이어가는 사람들을 자극하여 기존의 생각을 뒤집는 사고의 실험들에 연루되도록 요구하며, 독자나 관객으로 하여금 지적 반응을 하도록 자극하고 움직이게 하는 능력을 가지고 있다는 점이다. 앤디 소여Andy Sawyer와 피터 라이트Peter Wright의 지적대로 SF는 문화적·이데올로기적 환경 내의 변형들에 상상으로 대응하기 위해 지속적으로 스스로를 개혁하므로, 이 장르는 대중장르들 중 가장 활기찬 장르로 남아있다(1). 파라 멘들슨Farah Mendlesohn도 SF는 정전이나 아카데미의 개념에 도전하는 장르라기보다 지속되는 논의와 같다고 본다(10). 멘들슨은 SF가 다의적 담론이어서 텍스트들에 대한 다중적 해석이 가능하며 지난 80년에 걸쳐 많은 학술적 정전과 팬들의 정전에 반영된 바처럼 다중적 해석들과 각기 다른 영역의 SF를 생산해낸다고 지적한다. 그러나 멘들슨의 지적대로 팬들이 구성한 정전, 예를 들면 로버트 하인라인Robert A. Heinlein, 아이작 아시모프Isaac Asimov, 아서 클라크Arthur C. Clarke 등의 정전과 학술 중심의 정전, 필립 K 딕Philip K. Dick, 어슐러 르 귄Ursula K Le Guin, 제임스 발라드James G. Ballard 등의 정전 사이의 엄격한 경계가 점차 흐려지고 있다(10).

이처럼 경계가 흐려짐에 따라 SF의 속성이나 영역은 더 광범위하게 확장되고 SF를 전문적으로 공부하고 연구하는 데는 다양한 접근 방식을 필요로 하게 되었다. 특히 SF를 가르치는 작업은 보다 효율적이고 체계적인 방식을 필요로 하며 피교육자들의 사회적·지적 변혁을 가져올 수 있는 교과과정 구성을 필요로 한다. 영미권이 SF를 교과과정으로 수립하여 활성화시킨 역사에 비해 우리의 경우는 연구와 교과과정에서 역사가 짧고 비중도 크지 않다고 볼 수 있다.[1] 서구에서는 SF가 주변부의 대중문학 위치에서 많은 영미문학 프로그램에서 필수적 부분으로 되어감으로 인해 21세기에 이 장르에 대한 많은 연구서나 지침서들도 전문적 학술 출판물을 다루는 출판사에서 활발히 간행되고 있다. 이러한 SF에 대한 학구적 관심의 확장은 SF 코스나 모듈들을 개발하는 풍요한 지적 맥락을 생성해내고 있으며 이러한 현상에는 주요한 이유들이 있다고 볼 수 있다. 무엇보다 SF는 20세기와 21세기 사회의 핵심적인 사회적 정치적 움직임들과 관계가 있으며 미래 사회의 방향에 대해 진지한 고찰을 유도하기 때문이다. 아울러 신마르크스주의, 페미니즘, 탈식민주의, 포스트모더니즘, 퀴어 이론 등의 핵심적 사상들과 연루되어 있기 때문이다. 이러한 사상들에서 다루어지는 쟁점들이 SF에서 다양하게 다루어지고 있으며 자아와 타자의 상호작용, 가상과 현실, 인간과 인조인간 사이의 경계 해체 등과 관련된 다중적인 SF들이 생성되었기 때문이다(Sawyer and Wright 5). 이처럼 현대의 주요 쟁점들을 포괄하고 있다는 점에서 이 장르의 교육적 잠재력은 아주 크다고 볼 수 있다. 인문학 교육에 필요한 주요 비평이론들이나 문화이론을 탐색하는 데 유용할 뿐만 아니라 과학

---

1) 대학에서 SF 과정을 가르친 경우는 1953년에 샘 모스코비츠(Sam Moskowitz)가 뉴욕 시티 칼리지(City College of New York)에서 SF 과정을 처음 열었을 때이며, 거의 10년 후 콜게이트(Colgate)에서 유토피아/반유토피아에 기반을 둔 코스를 열었을 때 영문학과는 그렇게 열정을 보이지 않았으나 학교행정부서는 이를 기뻐했는데 이 강좌가 신문 기사의 형태로 대중의 관심을 끌었기 때문이었다. 이는 점차 확산되어 1976년경까지 미국지역에서 거의 2000개의 코스로 확대되었다. 이는 적어도 주요 대학에 하나씩 코스가 개설된 것과 같다고 볼 수 있다. 영국의 경우는 더 보수적인 학계의 분위기로 인해 이러한 진전을 보기 힘들고 고등교육 기관에서 20개의 모듈이 조금 넘는 수가 개설된 것으로 보고되었다. 그러나 지난 15년간 이는 변화를 겪었고 해마다 많은 새 모듈들이 생겨나서 리버풀 대학에 SF 연구의 석사코스가 생겨나고 박사 코스에서도 SF 연구를 수행하게 되었다(Andy Sawyer and Peter Wright 3-4 참조).

과 사회 등의 여러 다양한 학문 영역에 걸쳐 주요한 쟁점들을 끌어내는 데 유용한 것으로 볼 수 있다. 아울러 방법론적으로도 텍스트 분석, 역사적 문화적 접근, 과학과 인문학의 융합적 접근, 개별 작가 연구, 상호텍스트성의 탐구 등 다양한 교육방식을 촉발시킬 수 있다.

실제로 학계뿐만 아니라 문화계에서도 SF 관련 문화상품들, 즉 영화, 뮤지컬, 연극, 캐릭터 상품 등이 다양하게 생산되고 있다. 이러한 맥락에서 SF에 대한 기초 및 전문 교육, 이를테면 SF 장르의 특성 및 범주, 서사 구조나 비평이론과의 관련 등 전문적 학습이 어느 때보다도 절실하다. 현 시대의 중심 트렌드 중 하나인 SF에 대한 정확한 이해와 전문적 지식을 습득게 함으로써 SF 장르의 가능성을 더 확대시킴과 동시에 이와 관련된 실무 능력의 기초를 다질 필요가 있는 것이다. 즉 SF 장르가 현대의 각종 매체들에 어떻게 활용되어 문화콘텐츠를 구성하고 있는지 검토하며 이를 통해 SF가 미래 사회의 방향 및 미래 공동체의 문화와 어떻게 관련되고 있는지, 학습자 자신의 전문성과 독창적 관점을 확립하도록 유도할 필요가 있다. 아울러 SF가 기반이 된 여러 매체의 기획 및 구성 훈련을 통해 미래 사회의 문화의 방향을 제대로 짚어내고 이끌어가도록 유도할 필요가 있다. 본 글에서는 미래 사회를 위한 SF 교육의 방향 탐색의 한 방편으로 여러 이론가들의 견해들을 살펴보고 구체적 교육 모듈 제시를 통해서 미래 사회에서 SF 교육의 효과는 어떠한 역할을 할 수 있을지 탐색해보기로 한다.

2. SF 교육 모듈 구성: SF의 속성과 역사

SF 교육의 모듈 구성은 강의자의 의도나 목표에 따라 매우 다양한 형태와 내용으로 이루어질 수 있다. 학습자에게 적절한 교과과정을 제시함으로써 학습자의 전문적 지식을 함양하고 현 시대의 문제들에 대해 구체적으로 사고하고 대응하도록 하고, SF의 주제나 모티브들을 각종 문화기획에 활용할 수 있는 능력 등을 함양하도록 유도할 수 있다.

제임스 건James Gunn은 보통 SF 교육에 네 가지의 모듈이 있다고 지적하는데 이는 가장 기초 모형들로 볼 수 있다. 첫 번째, 위대한 작품을 중심으로 한 구성으로 왜 위대한 작품인가에 초점을 두어 "위대성"에 대한 분석을 중점적으로 시행한다. 두 번째는 사상에 중점을 두는 경우 당대 문제들을 극화하는 데, 비판적 사고를 함양하는 데, SF가 어떻게 이용되고 있는가에 초점을 둔다. 건의 책략은 SF가 지닌 이데올로기에 대한 탐색으로 유도된다. 가능한 미래의 재현, 새로운 기술들이나 외계인과의 조우를 재현하는 방식들 속에 시대나 작가의 이데올로기가 투영된 것으로 보는 것이다(82). 세 번째는 물리, 생물학, 역사, 사회학, 정치학, 종교 등 다른 주제들이 어떻게 SF에서 다루어지고 있는가에 초점을 두는 것이다. 즉 다른 영역의 주제들을 가르칠 가능성에 대해 초점을 두는 경우, SF를 통해 더 효율적으로 과학이나 다른 주제들을 다룰 수 있다는 것이다. 네 번째는 당대 SF의 속성을 분석하고 어떻게 그러한 지점에 도달했는지 사고해봄으로써 문학 자체에 비판적 관심을 가지도록 하는 방식이다. 이는 역의 연대기를 사용하여 구성한 역사적 코스라고 볼 수 있다. 즉 당대문학으로 시작해서 거꾸로 모더니즘, 빅토리아 시대 문학 등으로 되돌려보는 방식이다. 건 자신의 교육은 첫째와 둘째, 넷째 범주에 의존하여 역사적 혹은 이데올로기적으로 위대한 텍스트들을 사용하는 데 초점을 두고 있다.

한편 크리스 펀즈Chris Ferns가 교과과정에서 제시한 네 가지 토픽은 SF 모듈 디자인에 유효하게 활용될 수 있다(55~70 참조). 이 네 가지 토픽은 1) SF의 독자적 장르로서의 출현, 사회적·기술적 변화에 의해 야기된 공포나 근심과 SF의 관계 2) 유전공학, 생명공학, 인공지능 등 새로운 기술의 암시와 의미, 인간을 구성하는 것이 무엇인가에 대한 우리의 이해를 위한 새로운 기술들의 암시, 사실상 어떻게 인간의 개념이 구성되고 있는가 3) 역사적으로 남성작가들에 의해 지배되어오던 장르에서 젠더 문제와 젠더 재현의 문제들, 즉 어떤 방식으로 SF는 관습적 젠더 상투형에 도전하거나 새로이 젠더 문제를 각인시키는가 4) 내러티브의 이데올로기적 함축, 작가들이 상상하는 세계에 대해 이야기하는 방식, 즉 어떤 종류의 스토리들을 선택하는가, 이런 이야기들이 어떠한 이데올로기적 가설들을 함축하고 있는가이다.

이러한 문제들에 접근하기 위해 펀즈는 건이 확인한 위대한 작품의 기준에 입각하여 교육 모듈을 구축하고 있는데 메리 셸리Mary Shelley의 『프랑켄슈타인』Frankenstein, H. G. 웰즈Herbert George Wells의 『타임머신』Time Machine・『우주전쟁』The War of the Worlds, 올더스 헉슬리Aldous Huxley의 『멋진 신세계』The Brave New World, 스타니슬라프 렘Stanislaw Lem의 『솔라리스』Solaris, 필립 K 딕의 『인조인간은 전기 양을 꿈꾸는가』Do Androids dream of electric sheep?, 어슐러 르 귄의 『어둠의 왼손』The Left Hand of Darkness, 윌리엄 깁슨William Gibson의 『뉴로맨서』Neuromancer, 마이클 크라이튼Michael Crichton의 『쥬라기 공원』Jurassic Park, 마지 피어시Marge Piercy의 『그, 그녀, 그것』He, She and It 등을 주요 텍스트로 선별하고 있다. 이러한 텍스트들을 통해 학습자의 비판적이며 창의적 사고 모형을 도출하는 데 중점을 두고 있다.

영미권의 다양한 사례들에서 추출해볼 때 크게 보아 SF 강의 모듈은 SF의 역사 중심과 토픽 중심의 두 가지로 대별될 수 있다. 수없이 많은 작품들과 이 작품들을 기반으로 해서 제작된 영화, 뮤지컬, 연극, 캐릭터 상품 등과 같은 문화상품들을 고려해볼 때 다양한 모듈들이 나올 수밖에 없다. 한국에서 SF 교육 모듈 구성은 어떻게 이루어져야 하는가에 대해서는 본격적 논의가 거의 없는 시점이라고 볼 수 있다. 일단 고려해보아야 할 점은 SF의 발생과 발전 과정이 주로 영미권 중심으로 이루어져왔으므로 영미권의 SF 작품들이나 논의들을 참조로 하되, 우리의 미래 사회와 관련하여 교육 방향을 유도해나가야 한다는 점이다. 이러한 점들을 염두에 두면서 SF의 교육 모듈 구성을 총체적으로 접근한다면 다음과 같은 모듈을 구성해볼 수 있겠다.

　　1. 첫 단계에서 강의 전반에 대한 소개와 21세기에 접어든 시점에서 SF 장르의 중요성에 대해 인식하도록 유도한다. 2. SF의 속성 및 간략한 역사를 검토한다. 3. SF의 범주별 특징과 예시들 1) 스페이스 오페라와 우주여행, 2) 시간여행, 3) 외계인, 4) 사이버펑크와 파생범주들, 5) 로봇/안드로이드/사이보그, 6) 유토피아/디스토피아를 중심으로 진행한다. 4. SF와 주요 비평이론에서는 1) 마르크시즘과 신마르크시즘, 2) 페미니즘과 퀴어 이론, 3) 포스트모더니즘, 4) 테크노오리엔탈리즘을 중심으로 진행한다. 5.종합정리 단계에서는 미래 사회에서 SF의 역할 및 방향성, 범주별로 해볼 수 있는 문화콘텐츠 기획 실습 등으로 마무리한다.

　　강의 초반부에 주요한 핵심 사항은 **SF 장르의 중요성, 정의와 속성**을 다양하게 인식시키며 관련 지식의 습득과 이해를 돕는 데 초점을 둔다. SF 작가나 학자들은 SF에 대해 매우 다양한 정의를 내리고 있어서 점점 더 복합적인 의미를 더해가고 있으며 변화 형성 중인 장르로 인식되는 것이 SF의 일반적인 속성이다. SF에 대한 정의와 속성의 출발점을 다코 서빈Darko Suvin의 진술에서부터 시작하도록 한다. 서빈은 『과학소설의 변형』The Metamorphoses of Science Fiction에서 "SF는 그 필요충분조건으로 낯설게 하기와 인지작용이 존재하고 상호작용이 있어야 하며, 작가의 실증적 경험에 대한 상상적 대안이 주요 형식적 장치인 문학 장르이다"(SF is a literary genre whose necessary and sufficient conditions are the presence and interaction of estrangement and cognition and whose main formal device is an imaginative alternative to the author's empirical experience)(7-8)라고 하는데, 이는 SF에서 발견되는 낯설게 하기가 SF의 주요 특질이라는 점을 확신시켜준다. 학습자는 대체역사나 추론적 미래 등을 통해 제시되는 역사의 낯설게 하기, 낯선 환경들, 낯선 언어들, 기술적 혁신들, 진화적 변화 등 모든 현상에서 해석과 이해의 모티브들을 찾게 된다. 이러한 인지적 소외의 특질로 말미암아 어떤 다른 장르보다 SF는 교사/학습자 간의 위계 관계가 애매모호한 속성을 지니고 있다(Sawyer and Wright 241). 즉 SF의 어떤 범주에 대해 교사보다 더 많은 지식을 가지고 있거나 관심을 가진 학습자들을 발견할 수 있고 이러한 맥락에서 SF는 교육자/피교육자의 경계나 위계가 열려있는 장르라고 볼 수 있다.

서빈에 이어 대표적 SF 학자인 애덤 로버츠Adam Roberts와 수전 슈나이더 Susan Schneider의 기준들을 제시하면서 SF의 기본 속성에 대한 이해를 유도한다. 로버츠는 주제나 소재 등에 있어 1. 우주선, 행성 간 여행, 2. 외계인 혹은 외계인과의 조우, 3. 기계, 로봇, 유전공학, 생체로봇(인조인간), 4 컴퓨터, 고도기술, 가상현실, 5. 시간여행, 6. 대체역사, 7. 미래의 유토피아 혹은 디스토피아를 포함하고 있으면 SF로 간주할 수 있다고 본다(Roberts 15). 이러한 요소들에 덧붙일 수 있는 요소들은 무엇이 있을지 간단한 예들을 통해 생각해보도록 유도한다.

더 나아가 SF는 궁극적으로 인간과 세계에 대한 사고에 연결되는 점까지 지적하면서 수잔 슈나이더의 입장을 적절한 예시로 제시한다. 슈나이더는 SF가 철학적 질문들을 포함하고 있으며 다음 생각들을 유도해낼 수 있다고 본다(2-3).

1. 로봇은 지능이 있을 수 있을까? 이들이 자신들의 권리를 가져야 하는가? 2. 인공지능이 가능한가? 3. 시간여행이 가능한가? 과연 공간과 시간의 속성은 무엇인가? 4. <매트릭스>나 <바닐라 스카이>에서처럼 외부세계에 대해 우리가 속고 있을 수 있을까? 5. 인간의 속성은 무엇인가? 예를 들면 나의 정신이 내 육체의 죽음을 넘어서서 생존할 수 있는가? 내 기억들을 컴퓨터에 업로드 할 수 있을까?(예를 들면 『마인드스캔』에서처럼) 6. 우리는 정말 자유로이 행동하는가? 아니면 모든 것이 예정되어 있는가?(예를 들어 <마이너리티 리포트>를 보라) 7. 우리는 우리 두뇌를 향상시켜야 하는가? 그리고 우리의 본성조차 바꾸어야 하는가?(Schneider 2-3) 등의 질문에 대해 생각해볼 수 있다.

이외 저명한 SF 학자와 소설가들의 정의를 살펴보고 SF의 속성을 판타지와 구별하여 파악토록 유도한다. SF가 유령 이야기ghost story, 동화fairy tale, 마술 이야기tales of witchcraft, magic 같은 판타지와 구분되는 원칙들이 무엇일지 생각해 보도록 한다. 순수 판타지와 SF의 구분은 과학적 개연성이 가장 주요한 지점임을 숙지토록 유도한다. 즉 SF는 과학적인 개연성plausibility을 통해 "정말 같음", "있을법한 속성"verisimilitude을 지녀야 되고 독자에게 설득력을 지녀야 함을 숙지토록 한다. 실제로 두 개의 구분이 매우 모호하고 겹치는 부분들도 있기 때문에 양자의 영역이 겹치는 경우 과학 판타지scientific fantasy 장르가 있으며 예들을 통해 왜 과학 판타지가 성행하는지 논해보도록 한다. SF는 과학의 엄격한 새 법칙들 아래 쓰인 판타지 픽션이며 SF는 판타지 픽션이 될 수 있지만 그 반대로 판타지가 SF가 될 수는 없다는 지적(Miller 8)에 대해 두 장르의 관계를 논해보도록 한다. 이러한 속성들을 고려하여 SF가 인간 사회나 미래의 삶에 대해 어떤 방향을 제시하는지 학습자가 읽거나 감상한 SF 콘텐츠들을 중심으로 논의를 하도록 유도한다.

두 번째 단계로 전반적인 **SF의 형성 과정에 대한 이해**를 도모하도록 유도한다. 즉 SF의 기원과 발전 과정에 대해 전체적인 흐름을 파악하도록 한다. 기원에 대한 여러 설 가운데 무엇이 합당한지 판단해보도록 한다. 고대 2세기 우주로의 여행과 일종의 행성 간 전쟁을 묘사한 루시안Lucian의 『진짜 이야기』A True Story로부터 르네상스 시대 토머스 모어Thomas More의 『유토피아』Utopia, 프랜시스 고드윈Francis Godwin의 『달세계의 인간』The Man in the Moone, 19세기 메리 셸리의 『프랑켄슈타인』 등이 SF의 기원을 언급할 때 자주 거론되는 점에 주목한다. 서구의 문학 전통에서 중요한 선행자들이 있음에 주목하여 아담 로버츠는 고대 그리스 서사에서 기원을 찾으며 고전 SF, 17·18·19세기를 통해 각기 SF의 선행자들을 논한다. 주로 19세기의 메리 셸리, H. G. 웰즈나 쥘 베른Jules Verne의 소설을 SF의 시조로 보기도 하는데, 19세기에 근대과학과 신·인간·생명에 대한 생각을 담았기 때문이다. 이러한 점들을 중심으로 SF가 주요 문학 전통과 연관되어 있음을 숙지시키며 기원설들에 대해 고대부터 SF의 기원을 찾는 것이 타당한 것인지, 19세기 작가들의 작품에서 찾는 것이 타당한 것인지 논의해볼 필요가 있다.

본격적인 SF의 시발점은 SF 대중지의 탄생으로 SF의 활성화가 이루어진 시점, 소위 펄프 잡지의 시대라고 볼 수 있다. 출발은 1926년 휴고 건즈백Hugo Gernback이 창간한 잡지 『어메이징 스토리즈』Amazing Stories로 볼 수 있으며 1930년 『어스타운딩 스토리즈』Astounding Stories 등의 대중지가 성공을 거두면서 SF는 하나의 장르로 자리 잡기 시작한 점에 주목하도록 한다. 건즈백은 SF는 엄청난 중요성을 지닌 아이디어일 뿐만 아니라 과학의 가능성과 과학이 삶에 미치는 영향에 대해 대중들을 교육함으로써 세계를 더 살기 좋은 곳으로 만드는 데 중요한 요인이 될 것이라고 지적하고 있다(Roberts 68에서 재인용). 이 점에 초점을 두어 펄프 시대의 두 주요 작가 에드거 라이스 버로스Edgar Rice Burroughs와 E. E. 독 스미스 E. E. Doc Smith의 작품 세계를 살펴본다. 이들의 작품은 주로 스페이스 오페라로 불리는 SF의 서브장르를 형성했다고 볼 수 있으며 이들의 텍스트가 보여주는 초기 SF의 특징들, 우주를 배경으로 선악 대결구도를 그려낸 점이나 방대한 우주적 스케일 등에 대해 어떠한 가치와 성과를 지닌 것인지 평가해보도록 한다.

황금시대The Golden Age는 1940년대에서 60년대까지 SF의 발전기로, 미국의 SF는 성숙하고 복합적인 양상으로 발전한다. 1938년에서 1946년의 대중잡지 전성기 동안 SF의 더 발전된 양상에 주목하도록 한다. 이 시기 황금기의 특징을 검토하고 특히 아이작 아시모프의 『파운데이션 시리즈』Foundation series의 중요성을 논하도록 한다. 『파운데이션 시리즈』가 지닌 방대한 스케일과 펄프 픽션보다 더 세련된 양상에 주목하면서 50년대의 SF는 대중 장르인 스페이스 오페라 차원에서 본격 주류문학으로 발돋움하며 냉전시대 이데올로기를 반영하는 점을 숙지토록 한다. 특히 미국의 매카시즘이 어떠한 양상으로 SF에 투영되어 다양한 상상의 영역을 다루게 되는지 검토하도록 유도한다.

뉴웨이브New wave 시대는 1960년대와 70년대를 주로 지칭하는데 과학이 모든 걸 풀어낼 수 있다는 아시모프의 확신감에서부터 차차 회의적으로 바뀌는 것을 볼 수 있다. 1950년대 동안 SF는 미국의 붐boom in America으로 인기를 누렸으나 60년대에 뉴웨이브 시대에 들어서서 사회나 환경문제에 대한 기술적 해결이 과연 가능한가의 회의주의가 팽배한다. 또한 내용이나 문체에 있어 실험적 시도를 볼 수 있다. SF 즉 과학소설을 사변소설speculative fiction로도 부르게 되었으며 과학 판타지science fantasy도 생성되었는데 이러한 변화에 주목하고 영상매체가 주요 매체로 자리 잡은 사실의 의미를 짚어보며 뉴웨이브 시대의 특성을 짚어본다.

1970년대에서 80년대에 사이버펑크의 등장과 더불어 SF는 고도의 과학기술과 정보기술, 세계화에 따른 문제들을 담는 주요 매체가 되었음을 인식하도록 한다. 특히 2000년대는 할리우드 영화와 TV가 SF의 주요 매체로 되면서 SF가 시대의 트렌드로 되어가는 현상을 분석하도록 하고 20세기 후반의 멀티미디어 발전에 따른 SF의 장르별 확장 및 문화산업에서 SF의 비중과 가치에 대해 논하도록 한다. 21세기에는 SF가 핵심적인 트렌드로 자리 잡았으며 고도기술의 발전과 더불어 SF를 통해 전 지구적 문제들과 인간의 미래에 대한 사고들이 다양한 영역에 걸쳐 전개됨에 주목하게 한다.

3. SF의 범주별 모듈 구성

SF의 속성과 간략한 형성 과정 검토 이후 3단계는 본격적인 범주별 교육 모듈을 구성한다. 하나의 콘텐츠에 여러 범주가 겹쳐서 재현된 경우가 대부분이나 가장 핵심적인 아이디어를 중심으로 범주별 특성 및 각 범주의 최근 전개 및 발전 방향을 검토한다. 이를 통해 SF의 기본 서사 구조나 범주별 주요 개념 및 특징에 대해 정확히 파악할 필요성을 주지시킨다.

ㅡ스페이스 오페라와 우주여행

스페이스 오페라는 1920년대와 30년대 대중지에서 인기를 끌었던 장르이고 1930년대에서 40년대 SF의 황금시대 산물이자 대중 장르로 폄하되어왔으나 최근 지속적으로 인기를 누리면서 성장하였다. 그리하여 세련된 작가나 학자들이 점차 관심을 돌리고 있음에 주목하도록 한다. 스페이스 오페라의 중요성과 가치에 대해 E. E. 스미스의 『렌즈맨 시리즈』Lensmen series나 <스타워즈 시리즈>, <스타트렉 시리즈> 등을 중심으로 특징을 검토하고 토론한다. 이와 관련된 주제인 우주여행 역시 SF에서 매우 오래된 주제들 중 하나이지만 여전히 인기를 끌고 있는 이유를 분석해보도록 한다. 우주여행의 주제와 관련하여 우주 행성들에 대한 과학적 정확성에 초점을 두는 경우, 행성들을 고도의 모험담을 위한 이국적 배경들로 사용하는 경우의 예들을 조사하여 논의해보도록 한다. 아울러 최근 화성이나 다른 태양계 행성들을 향한 우주 탐사대의 활동으로 우주 여행 서사에 대한 관심을 새로이 환기시킨 점에 주목하여 킴 스탠리 로빈슨Kim Stanley Robinson의 『화성 3부작』Mars Trilogy이나 최근 영화 <그래비티>Gravity, <마션>Martian 등의 예를 통해 우주여행 서사가 어떻게 더 철학적 의미를 더해 가고 있는지 논의한다. 이와 더불어 우주여행은 식민주의나 테라포밍terraforming 의 개념, 새로운 세계를 고안해내는 방식인 월드 빌딩World Building과도 연계되는 주제임을 인식시킨다. 스페이스 오페라나 우주여행과 관련된 소설, 영화의 콘텐츠 발표에서 초기 스페이스 오페라 대표작들부터 최근의 우주여행 대표작들에 이르기까지 특징이나 초점이 어떻게 변화했으며, 이러한 콘텐츠들의 성공요인은 무엇인가 논하도록 유도한다.

─ 시간여행과 대체역사

SF는 미래와 밀접하게 연관되어 있으며 우리와 다른 시간대의 삶에 대해 고찰과 사색을 유도하는 면이 있음에 초점을 둔다. 또한 SF의 가장 핵심 특징인 "변화"는 과거에 대한 재인식, 미래에 대한 기대감과 밀접한 관련을 지닌다. 이러한 점에서 시간의 속성이나 과거-현재-미래의 구성에 대한 관심과 흥미가 SF에서 시간여행이라는 주제로 여러 가지 이야기를 탄생시킨 점에 주목하게 한다. 실제 시간여행은 시간여행의 역설, 시간 지연, 시간의 덫 등 매우 다양한 모티브들을 제공할 뿐만 아니라 시간의 속성이나 현실의 속성에 대해 성찰하게 하는 데 주요 역할을 하는 모티브임을 주지시킨다. 또한 시간여행과 관련된 대체역사의 주제, 평행 세계parallel world, 대체 세계alternate world의 주제까지 학습하여 역사가 어떻게 작동하는지 이해하는 방식과 관점을 수립하도록 유도한다. 웰즈의 『타임머신』 같은 시간여행 작품의 고전들과 더불어 시간여행을 다룬 다양한 영화들, <터미네이터 1>, <백 투 더 퓨처>, <엣지 오브 투모로우> 등의 예를 통해 시간여행 모티브는 인간·미래·역사 등과 어떤 관련이 있는지, 전체적으로 시간에 관련된 SF 콘텐츠는 어떠한 방향으로 가고 있는지, 왜 이런 영역이 인기를 끌고 있는지, 생각해보도록 유도한다.

─ 외계인

외계인은 우주선만큼이나 SF의 인기 있는 이미지이며 인간과 외계인의 접촉 주제는 SF에서 탐색된 주제들 중 매우 흥미로운 주제 중 하나로서 모든 가능성을 검토해볼 수 있는 주제이다. 주로 외계인의 정체성과 이미지의 변화, 외계인 침공의 주제, 인간과 외계인의 접촉 및 소통의 주제에 대해 논하도록 한다. 많은 텍스트나 영상 매체에 등장하는 외계인의 상투형에 대해 논해보고 이러한 상투형들이 어떻게 복합적으로 변화하였는지 추적토록 한다. H. G. 웰즈의 『우주 전쟁』 이후 외계인 침공의 이야기들이 번성한 현상과 <신체 강탈자의 침입> 등을 통해 냉전시대 미국의 공산주의에 대한 공포감과 위협감이 어떻게 SF를 통해 재현되었는지 분석해본다. 또한 인간-외계인의 접촉과 관계형성에 대해 인간의 정신을 고양시키는 것으로 제시한 스티븐 스필버그의 <미지와의 조우>나 로버트 저메키스의 <콘택트> 등을 통해 이러한 낙관주의의 가능성과 한계점에 대해 논하도록 한다. 다양한 예를 통해 외계인 침공의 주제가 여러 갈래를 이루면서 복합적인 사회적·정치적 이슈들을 다루는 수준 높은 단계까지 도달한 양상을 살펴본다.

━ 사이버펑크와 파생범주들

사이버펑크는 1980년대의 기술 진전과 포스트모던 문화에 대한 대응으로 등장한 가장 중요한 SF 트렌드로, 그 영향은 SF의 경계를 넘어서서 확장되고 있는 점에 초점을 둔다. 근미래를 주 배경으로 바이오메디컬이나 전자적 장치에 근거한 육체 변형, 인간의 두뇌와 컴퓨터 사이의 직접적 접점들, 인간적 자질을 갖춘 인공지능, 새로운 기술공간에 의해 제공된 전자적 초월electronic transcendence 등을 통해 사이버펑크는 인간 정체성의 문제에 새로운 영역을 제공하는 점에 주목하게 한다. 특히 포스트휴먼의 특징인 인간과 기계 사이의 경계 해체에 대해 논한다. 원조라고 볼 수 있는 윌리엄 깁슨의 소설 『뉴로맨서』의 사이버펑크 특질들이 어떻게 이후 사이버펑크 작품들과 영화들에 영향을 미쳤는지 검토하여 <블레이드 러너>, <매트릭스>의 사이버펑크적 특질도 검토한다. 이들이 고도의 과학기술과 인간의 미래에 대해 어떠한 메시지를 전달하고 있는지 생각해보도록 유도한다. 파생된 장르인 스팀펑크와 나노펑크를 사이버펑크와 비교 검토하여 파생 장르들의 의의 및 가치, 파급효과 등을 검토해보도록 유도한다.

ㅡ 로봇/안드로이드/사이보그

고도기술과 관련하여 로봇, 안드로이드, 사이보그가 현 사회에서 지니는 의미를 추적해본다. 로봇이 현실적으로 존재하기 오래전에 그들이 지닌 잠재적 위험들에 대해 SF 작가들이 인식한 점, 이미 1920년대에 로봇이 궁극적으로 인간 직업의 대부분을 차지할 수도 있다고 경고한 점들을 고려한다. 그리하여 수많은 SF 서사에 표현된 공포감, 즉 로봇이 언젠가 인간을 대체할 것이라는 미래 사회 모형들의 시사점들을 짚어보게 한다. 출발점으로 아이작 아시모프의 "로봇의 3법칙"이 어떻게 많은 작가들에게 새로운 이야기의 가능성들을 열어주었는지 로봇 관련 텍스트와 영화들을 통해 검토해보도록 한다. 로봇과 관련하여 안드로이드와 사이보그의 개념, 이들과 인간의 관계, 인간의 속성 등에 대해 탐구토록 한다. 로봇, 안드로이드, 사이보그 등은 SF에서 '인간적인' 것이 무엇을 의미하는지와 관련되어 있다. 특히 인간의 이미지로 로봇이나 사이보그를 창조해내는 것은 과학기술시대 인간의 정체성이 어떻게 변형되는가를 시사해준다. 사이보그화 된다면 인간의 몸에 어떤 가능한 변화가 있을 것인가, 이러한 시대에 미래 인간형은 어떻게 진전될 것인지에 대해 토론을 유도한다. 인간임을 결정하는 것이 한 사람의 육체인가? 아니면 정신, 혹은 '영혼'이 가장 중요한 것인가? '인간적인' 정신이 기계의 뇌에 존재할 수 있을까? 등의 문제를 중심으로 결국 인간과 기계 사이의 경계가 흐려지는 날이 올 것이고 미래에는 이러한 경계들이 불가능해질 수도 있다는 점에 초점을 두어 미래 사회의 방향성에 대해 생각해보도록 유도한다.

ㅡ 유토피아/디스토피아

이상적이고 완벽한 사회를 지향하는 유토피아의 기원부터 시작하여 SF의 많은 유토피아 장르들을 검토한다. 과학자의 유토피아, 공산주의 유토피아, 자본주의 유토피아, 페미니스트 유토피아, 생태주의 유토피아 등 다양한 유토피아의 생성에 대해 살펴보고 SF 작가들이 어떻게 유토피아의 지평을 넓혀왔으며 미래가 더 많은 가능성과 불확정을 지니고 있음을 제시해주는지 짚어보도록 유도한다. 특히 19세기에 유토피아가 당대의 사회나 정치 문제에 대해 증가하던 관심사를 반영하고 있는 점, 사회개혁에 대한 관심이나 사상을 배출할 출구로 유토피아 서사를 활용했던 점들을 짚어본다. 20세기에 페미니스트 유토피아, 생태주의 유토피아를 다룬 서사들이 왜 활성화되었는지 검토한다.

디스토피아를 다룬 SF 소설이나 영화는 21세기 초반 SF의 가장 중요한 서브장르가 되고 있는 점에 주목하여 실제 세계의 상황을 비판하는 경고성 풍자로 읽힐 경우 가장 유용한 SF 장르임을 인식토록 유도한다. 조지 오웰Geroge Orwell의 『1984년』이나 올더스 헉슬리의 『멋진 신세계』 등 수많은 디스토피아를 다룬 SF를 통해 미래 사회에 대한 경고가 어떻게 제시되어있는지, 현재의 문제점들을 어떻게 담아내고 있는지 분석해본다. 유토피아가 개인의 잠재력을 최대한 성취하도록 고안된 것이라면 디스토피아는 개인의 성취를 방해하는 억압적 상황들을 부과하는 점, 이러한 억압적 상황들은 실제 세계에 이미 존재하고 있는 상황들의 확장이나 과장임에 주목해보도록 한다. 디스토피아를 다룬 SF에서 사회 통제와 개인적 욕망 사이의 대립을 포함하는 핵심 모티브와 아이디어를 찾아내도록 유도한다. 개인의 감시와 정신 통제, 징벌 등을 위한 국가권력, 고도의 기술적 장치의 활용 등이 어떻게 현재 세계의 문제점들과도 연계되는지 다양한 예를 통해 종합적으로 유토피아와 디스토피아의 관계 및 속성을 정리해본다.

4. SF와 비평이론

SF 교육 모듈의 마지막 단계로 SF는 단순히 흥밋거리나 오락거리 차원의 장르가 아니라 현대 주요 사상이나 비평이론들과 밀접한 관련이 있음에 주목하여 SF에 이러한 특질들이 어떻게 재현되어 있는지, 또 SF에 이러한 여러 갈래의 비평적 접근이 어떻게 이루어지고 있는지 검토하여 본다. 1960년 이래로 SF에 대한 심도 있는 연구는 마르크시즘, 페미니즘, 포스트모더니즘, 문화연구, 퀴어 이론 등의 다양한 갈래와 얽히면서 진행되고 있다. 주로 1) 마르크시즘과 신마르크시즘 2) 페미니즘과 퀴어 이론 3) 포스트모더니즘 4) 테크노오리엔탈리즘과 SF의 관계를 다양한 예들을 통해 검토하며 이는 미래 사회의 방향에 어떠한 의미를 지니는지 살펴보도록 유도한다.

1) 마르크시즘 이론은 주요 현대 사상들의 근간이 되어왔음에 주목하여 특히 인종주의에 대한 비판과 페미니즘적 사고는 마르크시즘에서 역사적 모형을 빌려온 점을 숙지토록 한다. 마르크시즘의 역할이 소련의 몰락 및 전 지구적 자본주의의 부상과 더불어 약화되었지만 핵심개념들은 다양한 비판적 사회운동과 학문 영역에 여전히 유효하게 작용하고 있음에 주목한다. 특히 SF와 관련된 유토피아 소설은 마르크시즘적 사고와 유사성을 지녀온 점에 유의하여 예들을 검토한다. SF 유토피아 소설은 현 상황에 대한 진보적 대안progressive alternative들을 상상해보는 데 관심이 있어왔으며 현재 상황의 비판 혹은 현재 사회가 봉착하게 될 미래의 결과들을 함축하기도 하였다. SF는 특히 전체 인류의 관점에서 변화를 상상하고, 이 변화는 인류가 사회 진화를 위해 이룩한 과학적 발견이나 발명의 결과들이다. 이러한 변화들은 마르크시스트 유토피아적 상상력의 관심사라고 볼 수 있으며, 진보적 과학자와 기술자들에 의해 다스려지는 기술주의적 세계정부의 모델을 볼 수 있다. SF를 사회정의와 평등에 대한 희망과 관련된 해방적 사고양식을 담아낼 수 있는 것으로 인식한 마르크시즘적

SF 작품의 가치와 의미를 검토해본다. 아울러 신마르크시즘의 주요 개념인 인지적 소외 개념cognitive estrangement, 노붐novum, 유토피아와 SF의 연결 등을 중점적으로 살펴본다. 전체주의적인 전 지구적 자본주의의 암흑시대에 역사적 인식을 담고 있는 실체로서 긍정적이고 계몽적이며 희망을 주는 SF의 잠재력을 검토해본다. 아울러 포스트모던 시대에 기술과학의 혁신이 인간의 삶을 전 지구적으로 변형시키고 있는 상황에서 마르크시즘이 여전히 유효한 이론인지 논해보도록 한다.

2) 페미니스트 이론은 타자를 인식하지 못하는 가부장적 문화의 패권주의를 비판하는데, 이러한 점에서 일상에 대해 의문을 갖게 하고 새로운 각성에 이르게 하는 SF의 인지적 소외나 낯설게 하기 개념과 상통함을 숙지하도록 한다. 페미니스트 SF는 페미니스트 정치학의 목적인 문화적·사회적 변형들에 필요한 강력한 장이 됨에 주목하게 하고, 페미니스트 이론들은 새로운 세계와 미래의 발전에 지속적으로 영향을 주고 있는 점이 SF의 특징들과 맞물림을 지적한다. 아울러 20세기 페미니즘 운동과 더불어 페미니스트 유토피아 SF 소설의 활성화에 주목해본다. 젠더와 성 문제 등이 현대 및 포스트모던 시대 주요 쟁점이 됨에 따라 20세기 후반부에 SF에서 대안적 성alternative sexuality에 대한 관심이 어떻게 텍스트나 영상을 통해 형상화되고 있는지 검토해보도록 한다. 특히 사이버펑크나 페미니스트 SF에서 발견되는 성에 대한 묘사들은 육체나 젠더, 성의 개념들을 고정적인 것으로 보지 않고 유동적인 개념으로 제시하고 있는 것이 특징이다. 이는 궁극적으로 이분법적 정체성 해체, 경계 해체의 전략과 맞아떨어짐에 주목하도록 한다.

페미니즘에 이어 퀴어 이론과 SF의 연관성을 검토하여 성과 젠더 문제에 대한 SF 작가들의 관점을 살펴보도록 한다. 퀴어 이론의 진정한 목표는 고정적인 정체성들의 가치를 무효화하고 백을 흑 위에, 남성을 여성 위에, 정상적 성을 동성애 위에 두는 이분법적 가치관을 해체하기 위해 사회가 급진적으로 재구성되는 미래를 가능케 만드는 것이다. SF와 퀴어 이론은 현재를 디스토피아로 보고 미래에 대한 유토피아적 희망, 즉 자신과 다른 타자의 존재를 인정하고 공존하는 세계에 대한 희망을 공유하고 있음에 초점을 둔다. 이러한 점들을 특히 여성 SF 작가들의 작품을 통해 검토해보도록 한다.

3) 재생산 기술, 생명의학이나 공학, 인공지능, 커뮤니케이션 기술들 등 서구사회의 과학기술 진보는 포스트모더니즘의 발흥과 밀접한 연관이 있음을 검토한다. 현재의 초국가적 자본주의와 전 지구적 정치 환경에서 전통적 순수과학과 응용 기술사이의 구분이 더 이상 유효하지 않다는 점에 주목하여 기술과학technoscience의 정치·문화적 실행이 SF에 어떻게 반영되고 있는지 고찰해보도록 유도한다. 또한 포스트모더니즘 이론들에서 발견되는 포스트휴먼시대 인간의 육체나 정체성의 문제는 하나의 창구로 접근하기 힘든 실체로 되고 있으며 이러한 특성은 SF를 통해 가장 잘 구현되는 점을 구체적인 콘텐츠들을 통해 검토해보도록 유도한다. SF와 관련되는 포스트모더니즘 이론가로 장 보들리야르Jean Baudrillard, 다너 해러웨이Donna Haraway, 캐서린 헤일즈Katherine Hayles, 로지 브라이도티Rosi Braidotti 등의 이론 가운데 핵심 키워드들을 중점적으로 학습하도록 한다. 보들리야르의 시뮬라크르, 시뮬라시옹 개념, 해러웨이의 사이보그론, 헤일즈의 정보화시대 육체 담론, 브라이도티의 유목 개념 등에 초점을 두어 SF 장르에 이러한 포스트모던 이론가들의 핵심 개념들이 어떻게 재현되고 있는지 검토해본다. 특히 해러웨이의 세계지형도는 명백히 SF로부터 유래되고 있으며 SF로부터 사이보그 개념을 추출해내고 이를 역사적 변형의 적극적 행위자로 변형시키고 있음에 주목한다. SF장르의 확장과 발전에 포스트모더니즘의 기여점은 무엇인지, 미래 사회와 문화의 방향에 어떤 지침이 될 수 있는지 생각해보도록 한다.

4) 테크노오리엔탈리즘은 서구 지배적 기술을 넘어서서 문화적 기술적으로 우세해가는 동아시아에 대한 서구세계의 두려움을 보여주며, 고도기술의 관

점에서 인간에 대한 개념도 변화시키고 있다. 미국 중심의 기술이나 문화의 정통성에 도전하고 위협하는 실체로서 대중문화의 테크노 오리엔탈 이미지는 SF에서 점점 지배적으로 되어가고 있다. 이러한 점을 염두에 두어 SF를 통해 재현된 동아시아와 동아시아인의 실체를 규명해보도록 한다. 특히 사이버펑크 장르나 나노펑크 장르에 테크노오리엔탈리즘의 모티브가 자주 등장함에 주목하여 윌리엄 깁슨의 『뉴로맨서』, 닐 스티븐슨의 『다이아몬드 시대』, 『스노 크래시』, 린다 나가타의 『보어 제조기』 등과 <킬빌>, <매트릭스>, <블레이드 러너> 등 주요 할리우드 SF 영화들에 이르기까지 아시아적 주체가 기술적 문화적 관점에서 재현되는 양상을 검토하여 테크노오리엔탈리즘과 다문화주의가 재현되는 방식을 검토해본다. 영미의 SF나 할리우드 영화에 점점 지배적인 동아시아인이나 동아시아 지역, 이 지역의 과학기술 발전 등을 새로이 규명함으로써 글로벌 마케팅을 향한 우리의 문화산업에도 하나의 방향성 및 방법론을 제공할 가능성을 인식토록 한다.

5. 맺음말

과학기술의 발전은 점점 더 우리의 삶을 SF적으로 만들고 있다. SF는 원래 대중 장르를 지칭하던 단계에서 광범위한 문화와 세계의 방향에 대한 사고를 포괄하도록 확장되고 발전하는 양상을 보이고 있다. SF는 현 시대인의 일상적 의식에 스며들어 자연스러운 하나의 양상이 되고 있다. 아울러 SF는 과학기술의 가속도가 일상적 의식 너머로 가고 있다는 인식하에 가치관과 물적 상황의 변형에 대해 고민하고 근심하게 되는 과정까지 포괄하게 되었다. 이제 이러한 미래 지향적 장르의 사회적·문화적 기능에 대해 새로이 검토해보아야 할 시점이라고 볼 수 있다. 어떤 다른 장르보다도 SF는 당대 사회들과 국제 관계들을 지속적으로 정의하는 가설들의 문제점과 편견을 드러내고 도전할 수 있는 잠재력을 지니고 있다. 그러므로 세계나 자신이 속한 공동체의 문제점들에 무감각한 학습자들로 하여금 세계의 기술적 변화를 넘어서서 새로운 정치적·문화적 변화의 가능성에 대해 일깨울 수 있다. 이러한 일깨움의 효과와 더불어 실질적인 SF의 학습을 통해 SF 모티브를 담은 소설, 영화, 드라마, 뮤지컬, 애니메이션 등 21세기의 다양한 문화콘텐츠의 기획력과 구성력의 기반을 다질 수 있는 효과가 있다고 볼 수 있다.

❚ 참고문헌

Booker, M. Keith and Anne-Marie Thomas. *The Science Fiction Handbook*. London: Wiley-Blackwell, 2009.

Ferns, Chris. "Utopia, Anti-Utopia and Science Fiction." *Teaching Science Fiction*. Eds. Andy Sawyer and Peter Wright. Basingstoke: Palgrave Macmillan, 2011. 55-71.

Gunn, James. *Inside Science Fiction*. Lanham: Scarecrow Press, 2006.

_____ and Matthew Candelaria. Eds. *Speculations on Speculation: Theories of Science Fiction*. Lanham: Scarecrow Press, 2004.

Harris-Fain, Darren. *Understanding Contemporary American Science Fiction*. Columbia: U of South Carolina, 2005.

James, Edward and Farah Mendlesohn. Eds. *The Cambridge Companion to Science Fiction*. Cambridge: Cambridge UP, 2003.

Miller, Ron. *The History of Science Fiction*. New York: Franklin Watts, 2001.

Redmond, Sean. *Liquid Metal: the Science Fiction Film Reader*. London: Wallflower Press, 2004.

Roberts, Adam. *Science Fiction*. London: Routledge, 2000. Second Edition, London: Routledge, 2005.

_____. *The History of Science Fiction*. Basingstoke: Palgrave, 2007.

Roh, David S., Betsy Huang and Greta A. Niu. Eds. *Techno-Orientalism: Imagining Asia in Speculative Fiction, History, and Media*. New Brunswick: Rutgers UP, 2015.

Schneider, Susan. *Science Fiction and Philosophy: From Time Travel to Superintelligence*. London: Wiley-Blackwell, 2009.

Seed, David. Ed. *A Companion to Science Fiction*. London: Wiley-Blackwell, 2005.

_____. *Science Fiction: A Very Short Introduction*. Oxford: Oxford UP, 2011.

Sawyer, Andy and Peter Wright. Eds. *Teaching Science Fiction*. Basingstoke: Palgrave Macmillan. 2011.

Sobchack, Vivian. *Screening Space: The American Science Fiction Film*. New Brunswick: Rutgers UP, 2004.

Suvin, Darko. *The Metamorphoses of Science Fiction: On the Poetics and History of a Genre*. New Haven: Yale UP, 1979.

Telotte, J. P. *Science Fiction Film*. Cambridge: Cambridge UP, 2001.

SF의 범주

1

스페이스 오페라와 우주여행

스페이스 오페라(Space Opera)

 SF 하면 연상되는 가장 일반적인 이미지는 우주선과 우주여행일 것이다. 우주를 배경으로 한 모험담은 일상의 세계, 우리와 다른 세계를 가상으로 설정하고 경험해본다는 점에서 관심을 끌었다. 이런 점에서 스페이스 오페라는 바로 SF인 것처럼 인식되었다. 스페이스 오페라는 은하제국Galactic Empires(수십억 개의 별과 은하계의 행성이 하나의 연방으로 결합될 수 있다는 개념)과 밀접하게 연결되어 있는데, 이야기 전개에 광대한 배경이 필요했기 때문이다. 그러나 이러한 모험담은 흔해빠진 우주탐험 이야기로 폄하되기도 했다. 데이비드 시드David Seed의 지적대로 1941년 "스페이스 오페라"라는 용어가 만들어질 때부터 이는 삼류 SF로 인식되었고 1980년대 그 용어가 SF 모험 내러티브SF adventure narrative로 재정의될 때까지 부정적 의미가 지속되었다(12). 이 용어는 탄생할 때부터 경멸적인 뜻을 내포하고 있었으며 재능 없는 삼류작가들이 집필한 것으로 인식되었다. 하지만

1920년대와 30년대 대중잡지에서 인기를 끌었으며 이는 1930년대와 40년대에 이르는 SF 황금시대의 산물로 볼 수 있다. 스페이스 오페라는 대중적 장르로 뻔한 이야기 구조를 지닌 것으로 간주되었지만 지속적으로 인기를 누리면서 진화하고 성장하여 뛰어난 작가나 학자들이 점차 관심을 돌리고 있는 실정이다 (Westfahl 197). 실제로 스페이스 오페라는 아이작 아시모프Isaac Asimov나 로버트 하인라인Robert A. Heinlein 등 1950년대 유명작가들의 소설부터 <스타트렉> TV 시리즈, <스타워즈> 같은 영화에 이르기까지 많은 SF 콘텐츠의 기초가 되고 있는 것이다. 이 외에도 BBC의 <닥터 후>Dr. Who의 경우 1963년에서 1998년까지 방영된 시리즈와 2005년 다시 방영되기 시작한 시리즈 역시 스페이스 오페라의 강력한 요소들을 포함하고 있으며, <금지된 행성>Forbidden Planet(1956), <2001 스페이스 오디세이>2001: Space Odyssey(1968), <스타워즈>(1977), <에일리언>Alien(1979) 등도 스페이스 오페라에 속하는 영화들의 예이다.

실제로 스페이스 오페라는 가장 흔한 SF의 주제로 1941년 윌슨 터커Wilson Tucker가 이 용어를 만들면서 세 가지 특징을 제시하였다.

첫째, 스페이스 오페라는 우주선을 포함하고 있다. 용어나 수사를 해상 소설Nautical fiction에서 빌려온 바, 스페이스 오페라는 인간을 안전한 정박지로부터 분리시켜 신비로운 대상이나 장소에 접촉하게 하는 배를 타고 미지의 영역을 통과하는 여행을 묘사한다. 외계의 행성들에서 벌어지는 이야기라도 근방의 우주선 기지가 있어야 하고 외계로의 출발이나 외계로부터 지구 도착 가능성을 창조해내어야 한다. 즉 과학적 장치가 있어야 한다. 스페이스 오페라와 달리 우주여행에서 접근 가능성이 없는 세계들에 대한 이야기나 신비로운 수단에 의해 다른 행성으로 여행하는 것이 특징인 이야기는 행성 로맨스planetary romance라고 불리었다(Westfahl 197 참조).

둘째, 스페이스 오페라는 긴 이야기yarn, 즉 흥미진진한 모험 이야기이다. 전형적으로 인간 혹은 외계의 우주여행자들로 채워진 우주를 가상으로 설정하며 갈등을 거쳐 주로 격렬한 해결을 제시한다. 스페이스 오페라는 이러한 특징들 때문에 자극적, 혹은 도피적인 성향을 보이거나 순수한 흥미위주라는 평이 지배적이어서 진지한 성찰은 결여된 장르로 취급되었다.

셋째, 스페이스 오페라는 서부극이나 홈드라마처럼 싸구려 작품이자, 끝도 없이 계속되는 동일한 패턴 때문에 역겹고 낡아빠진 작품으로 인식되는 경향이 있다는 것이다. 독자나 관객에게 반응이 좋은 스페이스 오페라는 예외 없이 연속편을 낳고 유사한 상황에 유사한 인물들을 포함하는 끝없는 모험담을 자아낸다는 것이다(Westfahl 198). 이러한 점들을 고려해볼 때 신선함과 독창성이 특징인 SF의 전선에 남아있으려면 스페이스 오페라는 지속적으로 자체 갱신해가야 한다는 짐을 안고 있다고 볼 수 있다.

시드는 스페이스 오페라의 모험 패러다임이 탐사와 식민 정복의 신화 형태로 묘사되어왔다고 지적한다(12). 익명으로 나온 『해외의 인간』*Man Abroad*(1887)은 이미 미국에 의해 정복된 지구를 묘사하고 있다는 것이다. 이 작품에서는 행성의 정착자들이 차례로 달, 금성, 화성, 목성, 토성과 다른 행성들을 탐사하고 있다. 행성들은 가상적 국가나 식민지로 이용되고 있고, 영토분쟁이 태양계로 옮겨져서 벌어진다는 점에서 연이은 SF의 패턴을 제공해주고 있다고 볼 수 있다. 특징적인 점은 교역 분쟁이 행성들 간에 벌어지지만 전쟁은 실제로 일어나지 않은 것으로 묘사되어 있다는 점이다. 로버트 윌리엄 콜Robert William Cole의 『제국을 위한 투쟁』*The Struggle for Empire*(1900)에서 2236년 미래는 팍스 브리태니커Pax Britannica의 시대로, 앵글로 색슨계가 전 우주를 다스리는 상황을 설정함으로써 제국의 모티브를 함축하고 있다. 지구보다 더 고도기술을 지닌 시리우스와 지구 사이에 전쟁이 나고 런던이 폭격을 당하여 전 제국이 봉쇄될 운명에 처하지만 영국 과학자가 전세를 뒤집을 도구를 발명함으로써 상황이 역전된다. 앵글로 색슨계들이 다시 우주를 정복하고 시리우스의 수도를 폭격하여 항복을 받아내는 플롯은 제국의 모티브가 스페이스 오페라에 투영된 예로 볼 수 있다.

시드는 이런 맥락에서 양차 세계대전 사이의 스페이스 오페라 가운데 두 작품이 주요한 의미를 지닌 것으로 지적한다(13). 첫째는 필립 프란시스 놀란 Philip Francis Nowlan이 1928년에서 29년 사이에 집필한 한 쌍의 이야기인데, 『아마겟돈 2419』Armageddon 2419 AD에서 앤서니 로저스Anthony Rogers라는 캐릭터를 도입하였으며 이는 연이어 나온 만화에서 벅 로저스Buck Rogers로 다시 명명되었다. 이 이야기에서 벅 로저스는 미국이 세계에서 가장 강력한 국가로 있는 시점에 잠들어서 25세기에 깨어나는 플롯을 취하고 있다. 벅 로저스는 미국이 몰락해서 잔혹한 한Han국가에 의해 통치되고 있는 것을 발견하게 되고, 미국과 나머지 세계에 자유를 되찾아주기 위한 투쟁이 지속된다. 이어 인종들 중 흉물인 중국인을 패배시키려는 투쟁이 뒤따른다. 실제로 이는 황화Yellow Peril의 모티브를 담은 이야기에 속한다고 볼 수 있다.[1]

두 번째는 같은 시기에 스페이스 오페라의 서술 형태를 수립한 이야기로 E. E. 독 스미스Edward Elmer Doc Smith의 『우주의 스카이락호』The Skylark of Space (1928)이다. 1920년대부터 1960년대까지 주로 스페이스 오페라를 집필한 스미스는 가장 대표적인 스페이스 오페라 작가로 간주된다. 『우주의 스카이락호』는 스페이스 오페라를 처음으로 본격화하고 대중화한 주요한 작품으로 평가된다. 처음에는 친구의 아내와 공동집필했으나 나중에 스미스 독자적으로 『어메이징 스토리즈』 잡지에 연재하여 엄청난 돌풍을 불러일으켰다. 이 이야기는 스페이스 오페라의 전형적인 주인공을 만들어내는 데 기여했다. 주인공 리처드 시튼 Richard Seaton은 과학자이자 육상선수이자 타고한 전사이며 멋진 용모를 지닌 액션 맨이다. 시튼은 우주여행을 가능하게 하는 동력을 발견하고 우주선을 구축하는데, 우주선의 이름을 스카이락호라고 붙인다. 월드 스틸 코퍼레이션에서 복사

---

1) 황인종, 특히 중국과 일본이 백인에게 가하는 위협을 지칭하는 황화 모티브는 영미 SF 소설에서도 자주 발견되며 할리우드 영화에도 지속적으로 반복되어 나타나는 패턴 중 하나로 볼 수 있다. 황화에 대해서는 본 책의 II장 4. 테크노오리엔탈리즘과 SF에 더 상세히 기술하였다.

우주선을 만들어서 시튼의 여자 친구 도로시를 우주로 데려가 버리며 시튼은 이 복사 우주선을 쫓아서 도로시를 구해낸다. 이 부분이 소설의 첫 부분이며 이 후부터 스카이락호는 다른 행성으로 탐사를 떠난다. 다른 행성에는 기술적으로 더 진보된 우주선을 가진 종족이 거주하고 있음을 보게 된다. 감금과 탈출의 공식을 되풀이하는 모험들 이후 시튼은 동료들과 안전하게 지구로 귀환하게 되는데, 이는 스페이스 오페라의 전형적인 구도라고 볼 수 있다. 이처럼 미지의 세계로 항해하는 우주 탐사와 우주전들에 대한 이야기가 독자들에게 흥미를 유발했다. 우주선의 연료가 떨어져서 항해 중 죽은 별을 향해 우주선이 추락할 때 인물들에게 닥친 위기묘사는 독자들에게 스릴을 느끼게 해주었고 위기에서 구조된 이들이 다른 행성에 가서 평화로운 국가들과 적들 사이에서 갈등을 해결해주는 이야기 들은 우주 모험담에 더 흥미를 느끼게 만들었고, 이어 두 편의 연재물이 더 나오도록 해주었다.

놀란과 스미스의 소설들은 스페이스 오페라의 특징들을 수립하는 데 도움을 주었다. 시드는 이상화된 남성 주인공, 광선총과 같은 미래의 무기류, 이국적이고 예기치 않은 상황으로 가득한 에피소드식 액션, 선과 악같이 완전히 대립하는 힘들 사이의 투쟁을 특징으로 들고 있다(14). 론 밀러Ron Miller도 스페이스 오페라의 특징을 언급하면서, 광대한 우주가 배경일 경우가 많으며 신화의 구도를 답습한 것이 많다고 지적한다. 즉 비율상 신화적 요소가 많고, 주로 선악 대결을 근본적인 관점에서 다루며 주인공들이나 여주인공들은 온갖 악조건에 대항하여 초인적인 전투를 수행한다고 지적한다(68). 스페이스 오페라는 이러한 점에서 그리스 신화들의 패턴과 유사하지만, 신화 주인공들이 초자연적 힘이나 마술의 힘을 이용하는 반면, 스페이스 오페라의 주인공들은 과학과 공학기술 지식을 사용하거나 그들이 지닌 우월한 육체의 힘을 이용한다. 이러한 특징들은 1977년 조지 루카스George Lucas에 의해 계승되어 1977년의 <스타워즈> 영화에 반영됨을 볼 수 있다.

1930년대는 고전 스페이스 오페라의 전성시대로서 범주도 확대되었다. 해상문학이나 탐정소설, 혹은 서부극을 닮은 근미래에 설정된 태양계 이야기로부터 미래 전쟁소설을 상기시키는 좀 더 야심찬 이야기들, 근방의 행성들부터 온 위협적인 외계인들과 인간의 전쟁, 혹은 우호적 외계인의 도움을 받는 이야기 등 다양한 범주의 이야기들로 확장되었다(Westfahl 199). 스미스의『우주의 스카이락호』같은 이야기들이 은하계와 그 너머로 확대되고 영웅적 천재가 거대한 외계 제국에 맞서서 강력한 초과학적 무기들을 개발하는 이야기로 확장되었다. 스미스의『우주의 스카이락호』같은 소설이나 존 캠벨John Wood Campbell 같은 작가의 이야기에 고무되어서 영웅들이 우주적 힘cosmic power, 생각만 하면 무엇이든 이룰 수 있는 능력인 우주적 힘을 사용해 지구로부터 우주를 가로질러 항해하는 모험 이야기가 성행했다. 이는 복합적인 갈등의 전망이 없이 시리즈를 끝내는 경향이 있었다.

이러한 이야기들의 단순하고도 과장된 이야기 패턴에 비해 스미스의『렌즈맨 시리즈』Lensmen series는 고전 스페이스 오페라의 최고의 업적으로 볼 수 있다. 그의『렌즈맨 시리즈』는 원래 존 캠벨이 편집장으로 있던『어스타운딩 사이언스 픽션』Astounding Science Fiction에 처음 연재되었는데 이 잡지는 스페이스 오페라의 발전에 크게 공헌하였다.『렌즈맨 시리즈』는 연작소설로 구성되어서 전체 은하계뿐만 아니라 수천 년의 시간에 걸쳐서 선과 악 사이의 방대한 전투를 묘사하고 있다. 1937년부터 집필되었으나 여전히 인기를 끌고 있으며 일본 애니메이션으로도 각색되어 제작되기도 하였다. "문명의 역사"라고 제목이 붙은 첫 6권에서 스미스는 "20억 년 전 두 은하계가 충돌 중이었다"고 시작하면서 은하계의 두 종족인 선한 아리시아인들과 악한 에도르인들 사이의 전쟁을 그리고 있다. 이러한 전투에 인간이 합류하면서 킴볼 키니슨Kimball Kinnison은 막강한 힘을 지닌 렌즈를 지닌 영웅들 중 하나로 활약하며 마지막에 악한 에도르인들은 키니슨의 자손들에 의해 패배를 당한다. 이는 수많은 스페이스 오페라 작품,

소설, 영화, 애니메이션 등에 영향을 미쳤으며 루카스의 <스타워즈> 영화에도 큰 영향을 끼친 것으로 볼 수 있다

    <스타워즈> 시리즈는 1930년대와 1940년대 SF의 황금시대로부터 나온 순수한 스페이스 오페라로 볼 수 있다. <스타워즈>는 스페이스 오페라의 고전적 예이며 1930년대의 대중 SF와 연재물들에 대해 향수를 불러일으키려는 의도를 지니고 있다(Booker and Thomas 44). 1977년 제작자 루카스는 구로자와 아키라 감독의 전쟁 신과 벅 로저스를 결합시키고, 플롯 라인으로는 조셉 캠벨Joseph Campbell의 연구, 「천의 얼굴을 지닌 영웅」"The Hero With a Thousand Faces"[2]을 기반으로 하였다. <스타워즈> 시리즈는 큰 상업적 성공을 거두었고, 만화, 영화, 소설, 비디오 게임, 컴퓨터 게임 등 다양한 영역에 걸쳐 재생산되었다. <스타트렉>과 비교하여 <스타워즈>(1977)는 덜 혁신적이며 옛 서사시의 구조를 직접적으로 모방한 것처럼 보인다. 배경만 우주로 하되 이국적 외계인, 인조인간 로봇, 서로 싸우는 우주선들은 팬들을 유인하였고 다양한 계승작들을 배출하였다. 이를테면 <제국의 역습>The Empire Strikes Back(1980), <제다이의 귀환>Return of the Jedi(1983), <보이지 않는 위협>The Phantom Menace(1999), <클론의 습격>Attack of the Clones(2002), <시스의 복수>Revenge of the Sith(2005), <깨어난 포스>The Force Awakens(2015) 등을 낳았으며 2017, 2019년에도 연속작들이 나올 예정이다.

    <스타워즈>는 스페이스 오페라를 새로운 매체 즉 게임에 도입하는 데 주요한 역할을 하였으며 우주 전투들은 고득점을 위해 적 우주선 군단을 공격하는 양식 등을 포함하여 <스페이스 인베이더즈> 게임에 영감을 주었다. <스타

---

2) 「천의 얼굴을 지닌 영웅」은 1949년에 처음 출간되었으며 캠벨은 세계의 신화들에서 발견되는 영웅들의 탐색과정을 분석하였다. 캠벨의 이론은 많은 작가들과 예술가들에게 영향을 주었으며 조지 루카스도 캠벨의 영향을 받았음을 인정하였다. 영웅은 출발, 입문, 귀환의 3단계를 거치는데, 자신의 세계에서 벗어나 힘의 원천에 대해 통찰을 거쳐 자신을 발견하고 자신이 속한 세계를 구원하는 것으로 귀결된다(Campbell 186-87 참조).

워즈>나 <스타트렉>의 각색을 포함해서 더 정교한 서술 구조를 가진 비디오 게임이나 컴퓨터 게임들이 등장했으며 스페이스 오페라로 지칭되는 게임도 등장하여 인기를 끌었다.

고전적인 스페이스 오페라는 신문, 극장, TV, 만화 등의 매체를 통해서 새로운 독자나 관객들을 끌었지만 SF 잡지들은 이 장르에 대한 더 성숙한 접근을 시도하였고 우주 정복에 초점을 둔 데서 더 나아가 새로운 의문, 즉 우주를 어떻게 다스릴 것이며 우주에서 어떻게 생계를 꾸려갈 것인가의 질문으로 나아가게 되었다(Westfahl 201). 아이작 아시모프나 로버트 하인라인은 이러한 문제들에 주목하여서 미래의 전망들에 대해 생각 깊은 논의와 가상의 설계도로 독자들을 사로잡았다. 중요한 사회적·과학적 사색들, 추론들을 제공하면서 아시모프와 하인라인, 아서 클라크 등의 작가들은 단순한 스페이스 오페라 이상의 영역을 추구하였다. 행성 로맨스들이나 고전적 스페이스 오페라들도 여전히 1940년대와 1950년대의 덜 유명한 잡지들에서 번성했다. 예를 들면 1939년에서 1955년까지 존재했던 『플래니트 스토리즈』Planet Stories 같은 잡지는 여전히 여러 작가들의 스페이스 오페라들을 게재하였다. 이를테면 레이 브라켓Leigh Brackett, A. E. 반 보그트A. E. Van Vogt 등이 1940년대, 알프레드 베스터Alfred Bester와 코드웨이너 스미스Cordwainer Smith 등이 1950년대에 활동하였으나 스페이스 오페라의 톤에 비해 점점 더 실질적이고 세상사에 밝은 목소리들이 늘어나는 추세였다.

60년대에는 새로운 아류의 스페이스 오페라가 나오기도 했는데 이는 우주 행성간의 마찰이나 갈등을 해결하는 데 물리적 힘뿐만 아니라 외교 기술이나 협상 기술도 필요했기 때문이다. 루리타니아 스페이스 오페라Ruritanian Space Opera라는 장르는 루리타니언 로맨스(중세나 근대 가상의 유럽 국가들에서 벌어지는 음모들에 대한 이야기)에서 유래하였는데 행성의 문화 설정에 중세나 근대초기 유럽의 장치들을 빌려오기 때문에 이러한 명칭이 붙게 되었다. 일견 우주의 해적들에 대한 이야기들은 단순해보이기 쉬운데 루리타니아 스페이스 오페라는 복합적이고도 아이러닉한 문체와 생생한 묘사의 디테일로 주목받았다(Westfahl 202). 이 장르에서 여러 지역을 이동하는 주인공들은 전형적으로 교역업자들이거나 스파이들, 외교관들이었다. 그러나 다른 직업들, 이를테면 오페라 가수들이나 식물학자, 외계 언어학자, 손 재주꾼, 우주를 항해하는 의사들, 등 다양한 직업들을 볼 수 있다. 예를 들면 잭 반스Jack Vance의 「도둑들의 왕」"The King of Thieves"의 매그너스 리돌프Magnus Ridolph는 갖은 모험을 행하는 멋진 악당들의 대표라고 볼 수 있다. 맹렬한 도둑질이 최고의 업적이 되는 세계, 그래서 모든 이들이 자기 소유물을 가지고 다니는 세계에서 리돌프는 도둑들의 왕으로부터 왕관을 훔치기 위해 다른 행성에서 온 기체에 가까운 생명체를 고용한다. 리돌프는 자신이 왕관을 차지하고 광산으로 많은 이득을 차지하는 사기꾼 같은 경쟁자를 술책을 써서 이기는 것을 볼 수 있다.

1960년대 이후 가장 뚜렷하게 눈에 띄는 발전은 <스타트렉> 시리즈 (1966-69)와 그 계승자들로 볼 수 있다. 1960년대 TV 시리즈 <스타트렉>은 일부 벅 로저스 이야기들이 모티브가 되었으나 US 엔터프라이즈호를 타고 지속되는 우주여행, 열린 결말 식으로 지속되는 여행으로 구성되었다. 이들의 미션은 "이전에 아무도 가보지 않은 곳을 과감히 가는 것"(to boldly go where no man has gone before)이었다. 할란 엘리슨Harlan Ellison이나 시어도어 스터전Theodore Sturgeon 같은 SF 작가들이 에피소드들을 집필하게 되었고 주로 '조우'encounter를 중심으로 구축되었다. 가장 첫 시리즈는 우주에서 외계인의 우주선을 마주치는 것이었는데 <스타워즈>와 마찬가지로 연속적인 시리즈와 많은 소설들도 낳게 되었다. 첫 시리즈는 진부하고 고전적 스페이스 오페라와 루리타니아 스페이스 오페라 등을 섞어놓은 것 같았다. 그러나 웨스트팔은 <스타트렉>은 스페이스 오페라에 새로운 기여를 했다고 지적한다(204). 주제와 로맨스 소설의 감성이 그것이다. 커크Kirk, 스포크Spock, 맥코이McCoy 사이의 강력한 인간적 유대는 이전의 스페이스 오페라에서 보던 관계를 뛰어넘는 것으로 볼 수 있다. 남성적·과학적 모험과 여성적·낭만적 성향을 결합시킨 것, 로맨스 소설의 삼각구도에서 구조를 빌려온 것, 커크를 맥코이와 스포크 사이에서 갈등하는 주인공으로 설정한 것 등이 특징이다. <스타트렉>은 로맨스 소설의 분위기를 많이 반영하고 있어서 여성 독자나 시청자들의 인기를 끌 수 있었다. TV 시리즈, 영화, 상품, 소설들에서 계속 인기를 유지하고 있는 것은 이러한 점 때문이기도 하며 여성 팬들을 유인하기 위해 1980년대 이후의 여러 다른 작가들이 여성을 우주 모험의 주인공들로 만들기도 했다.

　　1980년대는 스페이스 오페라의 르네상스기로서 더 복합적이고 사고를 유도하는 SF 소설들이 나왔다. 1980년대에 스페이스 오페라는 재유행되었고 이언 뱅크스Iain Menzies Banks, 데이비드 브린David Brin, 댄 시먼스Dan Simmons 등과 같은 작가들이 스페이스 오페라 장르를 더 세련되고 정교한 서술 양식으로 바꾸었다. 아울러 <스타트렉>은 각종 컨벤션과 상품화, 관련소설의 연속 확장을 포함하는 광범위한 팬 문화를 고양시켰다. 우주선, US 엔터프라이즈호와 중심인물들, 캡틴 제임스 커크, 스포크, 맥코이 등의 인물들과 같은 문화 아이콘들을 생성해내었다. <스타트렉>의 우주를 구성하는 집단적 이미지들에는 지금 서구의 대중적 상상력의 결정적 부분들을 볼 수 있고, <스타트렉> 우주의 기술적 기구들, 와프 드라이브warp drive, 힘의 영역force field, 페이저phaser, 트라이코더tricorder, 커뮤니케이터communicator, 트랜스포터transporter, 리플리케이터replicator 등은 미래의 기술이 어떻게 될 것인가에 대한 대중들의 생각에 중심을 차지해오고 있다 (Booker and Thomas 44 참조). 보기에 낙관적인 정치적 비전은 강력한 힘을 발휘하고 있으며, 20세기의 정치적 대립들은 극복된 것처럼 보이고 23, 24세기의 미래 지구는 광대한 행성들의 연합인 행성 연방United Federation of Planets의 수도가 되고 있다. 행성연방은 은하계의 대부분을 포괄하면서 관용과 평화, 행성간의 협력의 메시지와 더불어 새로운 세계들로 벌어나가고 있는 낙관적 전망을 그리고 있다.

또 다른 새로운 스페이스 오페라의 형태로는 포스트모던 스페이스 오페라를 들 수 있다. 이 이야기의 형태는 고전 스페이스 오페라의 서사시적 범주에까지 이르지만 냉철한 냉소주의, 루리타니아 스페이스 오페라의 자기 보존적 실용주의보다 더 깊은 냉소주의가 특징이며 인류의 미래에 대해 음울한 비관론을 볼 수 있다(Westfahl 206 참조). 포스트모던 스페이스 오페라는 인간과 인조인간 같은 외계인들 대신에 지능이 있는 생명체의 다양한 형체들을 포괄한다. 인간, 외계인, 기계, 혹은 이런 존재들의 조합들이나, 진화와 생명공학 기술에 의해 만들어진 조합들 등 극단의 다양한 형태의 생명체들을 포함한다. 또한 인간이 우주의 지배자가 아니거나 이동 수단이 우주선이 아닌 다른 수단인 경우가 많고, 풍부한 문학적 문화적 암시들을 볼 수 있다. 도피적 모험의 요소와 병치된 진지한 사고를 볼 수 있는데, 이러한 특질들을 포스트모던이라고 이름붙일 수 있는지 문제점도 있으나 포스트모던 스페이스 오페라는 스페이스 오페라가 더 복합적으로 발전하고 있음을 보여준다.

포스트모던 스페이스 오페라로 분류될 수 있는 작품들은 다양한 아이디어들을 보이고 있다. 가장 대표적인 작품으로는 이언 뱅크스의 컬처 소설들Culture Novel일 것이다. 첫 컬처 소설인 『플레바스를 생각하라』Consider Phlebas(1987)는 컬처가 개발한 마인드Mind라고 불리는 고도의 인공 지능이 지배하는 영역이 등장하며 이는 겉보기에 유토피아처럼 보이며 이디란들이 이곳을 탈환하려는 이야기 구조를 취하고 있다. 호르자는 기계에 의해 지배되는 은하계가 정체될 것이라는 판단 하에 이디란들 편에 서는데 이는 적어도 이들은 인공지능이 아니라 살아있는 실체이기 때문이다. 호르자의 탐구는 하이퍼스페이스 점프를 수행하는 마인드를 찾는 것인데 이러한 특별한 능력을 지닌 마인드에 대한 묘사보다는 은하계 탐색에 초점이 두어져있다. 제목은 영국시인 T. S 엘리엇의 『황무지』The Waste Land에서 따온 것으로 음울한 분위기를 암시한다. 또한 인간이 더 우월한 기계 지능들에 대항해서 자신들의 정체성을 확립할 수 없을 것이며 수

천 년에 걸친 노력은 실패로 끝날 것이라는 것을 시사해주고 있다. 스페이스 오페라 자체가 미래에 대한 낙관에 근거하여 만들어진 것을 고려해볼 때 포스트모던 스페이스 오페라의 영역은 포스트모더니즘의 특성들을 수용하여 더 복합적 성격을 지닌 것으로 진전됨을 알 수 있다.

웨스트팔은 뱅크스 외에도 댄 시먼스의 『히페리온 소설들』*Hyperion Novels*이나 존 클루트John Clute의 『애플시드』*Appleseed*[3] 등을 스페이스 오페라 전통의 절정들이라기보다 이 장르의 소멸의 조짐으로 해석될 수도 있다고 본다(207). 이들의 포스트모던 스페이스 오페라에서는 고전 스페이스 오페라에서 볼 수 있는 낙관주의, 즉 우주에서의 인간의 운명에 대한 확신이 결여되어 있기 때문이라는 것이다. 그러나 포스트모던 스페이스 오페라는 스페이스 오페라가 더 발전할 수 있는 가능성을 보여준다고 할 수 있으며 처음 스페이스 오페라가 잡지에 등장했던 때의 단순한 주제나 형식에서 더 복합적이고 원숙한 형태로 나아가고 있다고 평가할 수 있다. 이러한 발전과 더불어 고전 스페이스 오페라가 주는 흥미와 재미도 스페이스 오페라를 지속적으로 끌어가는 힘이라고 볼 수 있다.

우주여행(Space Travel)

우주여행은 SF에서 매우 오래된 주제들 중 하나로 스페이스 오페라의 기본 구조나 정서와 유사하며 SF의 유일한 주제로 연상되기도 하였다. 왜냐하면

---

3) 댄 시먼스의 히페리온 시리즈는 『히페리온』(*Hyperion*, 1989), 『히페리온의 몰락』(*The Fall of Hyperion*, 1990), 『엔디미온』(*Endymion*, 1996), 『엔디미온의 융성』(*The Rise of Endymion*, 1997)을 지칭한다. 일곱 순례자들의 이야기를 통해 고통의 신 슈라이크와 히페리온, 헤게모니 연방, 아우스터가 어떻게 서로 얽혀있는 지 전개되며 1990년 휴고 상을 수상했다. 존 클루트의 『애플시드』는 2001년 작으로 여행하던 상인이 인공지능들, 신과 같은 외계인들을 만나는 우주에 대해 상세히 묘사하고 있다.

SF와 연상되는 이미지 중 가장 먼저 떠오르는 것이 우주선이며 우주선을 타고 우주로 여행하는 것은 지구와 다른 세계를 접하게 되는 것이다. 이를 통해 자신이 속한 세계와 다른 세계를 접할 수 있으므로 우리의 가치관이나 현실 문제들을 되짚어 볼 수 있다. 아울러 우주여행은 19세기의 제국주의 식민주의와 관련되어 있으며 19세기 말의 SF는 제국주의의 절정과 관련이 있음을 볼 수 있다.

19세기 쥘 베른의 『지구에서 달까지』From the Earth to the Moon(1868)와 그 연속편인 『달 주변』Around the Moon(1872)은 미국의 발명품에 대해 찬사를 보내고 있다. 건 클럽Gun club이 남북전쟁 동안 무기 개발을 위해 형성되었고 이러한 동력은 소설 속에서 달에 도달하는 상상을 부추기며 독자에게 호소력을 지니게 되었다. 건 클럽의 회장은 거대한 대포를 이용하여 실제 달로의 여행이라는 미션을 선언했고 개발된 발사체는 컬럼비아드Columbiad라고 명명되었으며 이는 이미 미 육군에 의해 사용되고 있던 대포의 이름이었다. 실제로 나중에 달로 발사된 아폴로호처럼 컬럼비아드호는 플로리다 주에서 진수되었고 소설은 달에서 생명이 존재할 수 있다는 가능성을 암시하면서도 행성들과 달의 분화구에 대한 묘사를 우선하였다(Seed 8 참조).

20세기 초반부 동안 대부분의 우주여행 SF들은 태양계에 속한 세계들에 한정되거나 여행 자체에 대해 한정되어 구성되었다. 수년간 달이 가장 인기 있는 목적지였고 퍼시벌 로웰Percival Lowell[4]의 영향으로 화성이 그 다음 인기 있는 목적지였다. 어떤 작가들은 탐색한 우주를 과학적 정확성에 초점을 두어 묘사하였으며, 반면 에드거 라이스 버로스Edgar Rice Burroughs 같은 작가들은 사실성에 관심을 두지 않고, 행성들을 단순히 고도의 모험담을 위한 이국적 배경들로 사용하기도 하였다.

---

4) 퍼시벌 로웰(1855-1916)은 애리조나에 개인 천문대를 설치하여 화성에 대해 상세한 연구를 한 사람이며 조선시대 우리나라를 고요한 아침의 땅(The Land of Morning Calm)이라고 명명했던 천문학자이다.

1969년 아폴로 11호의 달 착륙으로 실제로 일어날 수 있는 우주 탐사에 대해 많은 관심이 이어졌다. 화성과 금성에 대한 무인 탐사도 우주 탐사의 가능성에 대해 관심을 촉발함으로써 SF 속 우주여행이 현실화될 수도 있다는 생각으로 이어졌다. 화성이나 다른 태양계 행성들을 향한 NASA의 우주 탐사대가 지구와 근접한 우주지역에 대한 관심을 다시 살아나게 하였다. 따라서 근미래에 설정된 우주여행을 다룬 사실적 이야기들이 다시 인기를 끌게 되었다. 우주여행이 실제로 일어날 수 있다는 것이 명백해지자 작가들은 우주 탐색의 결과에 대해 더 관심을 가지고 집필하였다. 어떻게 우주선 안에서의 긴 여행들이 승선하고 있는 집단들에 영향을 줄 것인가, 혹은 어떻게 식민주의자들이 외계 행성에서 생존할 수 있을까에 대해 초점을 두는 경우가 많았다. 작가들이 행성으로 항해하기 위한 가상의 방법들을 고안해냄에 따라 우주여행은 곧장 태양계의 행성들을 넘어서게 되었다. 아인슈타인이 빛의 속도보다 빨리 이동하는 것이 불가능하다는 걸 증명한 이후에 작가들은 이러한 제한을 극복하거나 넘어서는 여러 가지 방법들을 제시하였다. 예를 들면 하이퍼드라이브hyperdrive, 물질전송기 matter transmitter, 공간 왜곡space warp5) 등이 있다(Miller 79).

NASA는 우주 기술에 대해 교육할 때 SF 자료들을 사용하였으며 스태프들의 일부도 SF 작가들이다. 2004년에 NASA는 아서 클라크와 킴 스탠리 로빈슨을 포함한 SF 작가들과 화성을 테라포밍terraforming(특성 행성의 지형, 기후, 대기 등을 사람이 살 수 있게 지구처럼 만드는 작업)하는 것에 대해 첫 논의를 가졌다(Seed 21 참조). 특히 화성을 주제로 다루는 소설가들은 자신들이 과학자인 경우가 많았고 자신의 이야기를 정확하게 과학적 진보와 맞추려고 노력하였다. 로빈슨의 『화성 3

---

5) 하이퍼드라이브는 빛의 속도보다 빨리 이동하는 방법이며 점프 드라이브나 와프 드라이브도 같은 방식이지만 무한대 에너지가 필요하다. 물질 전송기는 사람이나 어떤 대상을 해체하여 (decoding) 다시 새로운 위치에 재조립, 재집합(reassemble)시키는 장치이다. 공간 왜곡은 3차원 공간을 4차원으로 구부려 출발점과 목적지를 붙여 한순간에 목적지로 가는 방식이다.

부작』인 『붉은 화성』Red Mars, 『초록 화성』Green Mars, 『푸른 화성』Blue Mars은 처음으로 유인선이 착륙한 때부터 화성이 지구처럼 테라포밍 되는 과정의 근미래까지 화성의 탐색과 식민화를 상세히 다루고 있다. 벤 보바Ben Bova는 자신의 소설들에 적절한 독자적인 데이터 뱅크Data Bank를 제공함으로써 과학적 정확성을 강조하려 했다. 천체물리학자인 그레고리 벤포드Gregory Benford는 과학을 적절히 이야기 속에 융합하는 것을 선호했다. 벤포드는 화성의 외계 생명체라는 오래된 가상의 시나리오를 새로운 과학적 발견들에 맞추어 다루고자 하였다. 로빈슨과 보바, 벤포드는 미국의 우주프로그램에 대해 긍정적 관점을 취하고 있음을 볼 수 있다.

우주여행과 관련하여 "세대 우주선"generation starship의 주제도 유행하였는데 엄청나게 큰 우주선이 수백 명, 수천 명의 사람들을 태우고 우주여행을 하는 주제로서 수세기에 걸쳐 진행될 수도 있다는 패턴을 취하고 있다. 일생을 거대한 우주선 안에서 보낼 경우 삶이 어떠한 의미일까, 여행을 시작한 여행자들의 자손들이 다른 세계를 식민화하기 원하지 않는다면 어떻게 될까 등의 문제들을 다루기도 한다. 예를 들면 로버트 하인라인의 「유니버스호」"Universe"(1941)는 세대 우주선의 모티브를 담고 있다. 엄청난 크기의 세대 우주선안의 사람들은 원래 미션도 잊어버리고 우주선 안에 있다는 것조차 깨닫지 못한다. 이 유니버스호 밖에 더 큰 우주가 존재하고 있다는 걸 발견한 사람은 이단자로 취급되고 거의 죽음에 이르는 걸 볼 수 있다.

지구 중심으로의 여행과 잃어버린 세계로의 여행

우주여행뿐만 아니라 SF의 가상의 공간 여행은 많은 영역을 포괄하는데, 시드는 초기 SF의 공간에 대한 가상적 탐색들은 세 가지를 주 배경으로 하고 있다고 주장한다(8). 즉 주 배경은 지구 자체, 가까운 우주, 지구의 내부 세 가지이다. 이러한 개념은 판타지나 풍자적 목적을 위해 사용되었지만 지구 공동hollow Earth으로의 여정은 19세기 후반에 하나의 독자적 서브장르로 나타났고, 이는 존 클리브스 시메스 2세John Cleves Symmes Jr의 이론들에 근거한 것이었다. 그는 지구의 북극과 남극에 공동이 있다고 믿었다. 시메스의 공동Symmes' Holes이라고 알려진 이 이론은 소설의 형태로 발전했고, 세기 말을 향해갈 때 에드워드 불워 리튼Edward Bulwer-Lytton의 『다가올 종족』The Coming Race(1871)이 인기를 끌면서 지구 공동 내러티브hollow earth narrative가 성행하게 되었다. 『다가올 종족』에서는 젊은 미국인이 갱도에서 떨어져서 자신의 미래 세계를 경험하며 미래 세계의 문화에서는 여성이 훨씬 더 독립적이며, 지배 종족은 브릴Vril이라는 전기와 유사한 동력을 사용하고 있음을 보게 된다. 지구 공동에 관한 내러티브들은 지구 표면의 많은 특질을 갖추고 있는 지구 안의 세계를 상상해볼 때 부딪치게 되는 여러 물리적 어려움을 상세히 기술하지 않는 경향이 있다. 예를 들면 에드거 라이스 버로스의 『펠루시다 시리즈』Pellucidar series[6]는 1914년에 시작되었는데 원시 종족들, 열대의 경관들과 태고의 생물들을 제시한다. 이러한 지구 내부 영역은 주인공이 대면하게 되는 이국적 모험들을 정당화하기 위해, 또 진화론적 과거로 되돌아가보는 환상을 구체화하기 위해 사용되는 경우가 많았다.

시드는 제국주의적 모티브를 담은 존 제이콥 에스터 4세John Jacob Astor IV의 『다른 세계들 속의 여행』A Journey in Other Worlds(1894)을 제국과 우주여행 사이의 연관성을 보여주는 명백한 예로 제시한다(10). 이 작품은 2088년이 배경으로서 이 시기가 미국이 세계의 패권을 획득한 상태인데 우주 탐색에 나선 여행

---

6) 펠루시다 시리즈는 『지구의 중심에서』(At the Earth's Core, 1914), 『펠루시다』(Pellucidar, 1915), 『펠루시다의 타나』(Tanar of Pellucidar, 1929), 『지구 중심의 타잔』(Tarzan at the Earth's Core, 1929), 『석기시대로의 귀환』(Back to the Stone Age, 1937), 『공포의 땅』(Land of Terror, 1944), 『야만의 펠루시다』(Savage Pellucidar, 1963)로 이루어져 있다(https://en.wikipedia.org/wiki/Savage_Pellucidar 참조).

자가 자신이 기술적으로나 영토면에서나 승리를 이룬 국가의 운명을 지속하는 것으로 생각한다. 비행이 진전됨에 따라 그가 발견하게 되는 현상이나 대상들은 점차 더 환상적으로 된다. 그는 목성에서 절멸한 코끼리 종인 마스토돈mastodon을 발견하며 토성에서 용과 정령들을 마주치게 된다. 여행의 끝에 우주선이 열광적인 환영을 받으며 고국으로 귀환하게 되는 서술 구조는 19세기 말 제국주의적 모티브를 담은 전형을 보여주며 과학이건 모험이건 제국주의적 전유의 모형을 보여주고 있다.

또한 이와 관련하여 잃어버린 세계를 탐색, 발견하는 서사구조를 지닌 SF를 볼 수 있다. 이 장르를 대중화시킨 주역은 헨리 라이더 해거드Henry Rider Haggard로서 그의 『솔로몬 왕의 금광』King Solomon's Mines(1885)과 연속편들은 아프리카 내지의 숨겨진 전설적 세계들을 묘사하고 있다. 아프리카의 오지 탐험가 앨런 쿼터메인의 탐험대가 실종된 커티스 경의 동생을 찾아나서는 과정에서 금광도 찾고 동생도 찾아서 영국으로 귀환하는 서술 구조를 취하고 있다. 앨런 쿼터메인은 인디아나 존스에도 영향을 끼친 캐릭터로서, 4편의 장편 영화와 TV 시리즈로 각색되기도 하였다. 이는 제국주의적 전유의 판타지들fantasies of appropriation로 묘사되고 있으며 탐색자들은 영토에 대한 욕망과 성적 욕망에 근거해서 움직인다. 아름다운 공주는 차지해야 할 요소이며 침략과 정복은 그들의 역사적 과거로의 회귀 혹은 자연의 선물들을 회복시키고 만회하는 것으로 재현되고 있다. 잃어버린 인종 이야기lost race tales는 시간여행 이야기로도 간주될 수 있는데 모험에 나선 탐색가는 현재 인간의 더 이전 형태와 마주침을 볼 수 있다.

아서 코난 도일Arthur Conan Doyle의 『로스트 월드』The Lost World(1912)는 이런 유형의 이야기에 하나의 패턴을 제공하고 있다. 영국 고생물학자들이 아마존 분지 한가운데서 고원을 발견하며 여기에 원시의 생물들과 원시 유인원이 살고 있음을 발견하게 된다. 1916년 에드거 라이스 버로스의 『망각의 땅』The Land that

*Time Forgot*에서도 유사한 발견이 이루어지는데, 남극에서 인간과 닮은 생물체를 발견하게 되는 모티브를 발견할 수 있으며 진화론적 관점에서 주인공 자신의 우월함을 확신하게 된다. 잃어버린 인종에 관한 내러티브는 대다수 제국주의적 탐색과 발견을 모험으로 제시하고 있음을 알 수 있다. 또한 잃어버린 세계에 대한 내러티브들은 외계인과의 조우라는 SF의 주요 주제를 예견하게 한다. 이 소설들은 모두 TV 시리즈나 영화로 제작되어서 인기를 누렸고 지속적인 SF 서사 구조의 한 패턴이 되고 있다.

하드 SF와 월드 빌딩(World Building)

작가들은 새로운 행성을 향한 여행을 그리면서 궁극적으로 태양계를 넘어선 새로운 세계에 대한 이야기를 고안해내기 시작했다. 이러한 월드 빌딩은 SF의 배경 구축에 새로운 장을 열었다고 볼 수 있다. 새로운 세계들을 고안해낸 대표작가로 할 클레멘트Hal Clement가 있다. 그는 『중력의 임무』*Mission of Gravity* (1954)에서 메스클린 행성planet Mesklin을 고안했고 이 행성 적도 부근의 중력은 지구의 700배이다. 이는 인간이 살기에는 너무 강한 중력을 지닌 환경이라 볼 수 있다. 자전도 너무 빨리 이루어져서 하루가 18분이며 행성의 모양도 햄버거 빵 형태처럼 평평해진 모양을 하고 있다. 이처럼 평평해진 것은 중력이 전체에 고르게 작용하고 있지 않다는 걸 의미한다. 적도에서는 중력이 지구의 700배이지만 극 지대에서는 지구의 세 배로 되어 적도 부근이 메스클린의 가장 두꺼운 부분에 해당된다. 이 행성에 불시착한 인간이 자신들의 우주선을 어떻게 찾아올지가 큰 과제로 제시된다. 그 지역 거주민들의 도움을 받아야 하는데, 거주민들은 15인치 가량의 지네 모양 생물체이다. 갑각류 같은 모양새를 하고 있지만 이들도 지력을 소유한 생물체이다.

『중력의 임무』는 하드 SFHard SF에 속하며 하드 SF는 스토리텔링보다는 과학적 근거와 이론에 더 초점을 두고 있다. 클레멘트는 메스클린 행성에 대해 과학적 사항들을 상세히 제시하고 아시모프의 도움을 받아 여기 거주하는 생물체를 설정하였는데 하드 SF에는 이처럼 협력 작업이 필요하다는 인식을 심어주었다. SF에서 독창적 환경을 구성한 하나의 예로서 급격히 변하는 중력의 세계를 구축한 점, 행성 중심부분의 강한 중력에 저항하기에 충분하도록 단단한 껍데기를 지닌 작은 갑각류 같은 주민이 거주하도록 구성한 점은 과학자들이 이러한 세계가 실제 존재할 수도 있다고 인정할 수밖에 없도록 만들었다. 이러한 세계에 대해 독자들이 면밀하게 검토하여 구성의 결점들을 지적하기도 하였지만『중력의 임무』의 메스클린 행성 구성은 과학적 근거를 기반으로 하고 있다.

이러한 과학적 근거에 입각한 하드 SF 작가들에게는 강력한 과학적 배경과 이를 창조해내는 무한한 인내심을 필요로 하며 자신의 설정한 가설과 다른 예기치 못한 결과들을 늘 예상해야 하는 관계로 클레멘트 식의 구성을 따르는 작가는 많이 없었다. 그러나 폴 앤더슨Poul Anderson은 가상이긴 하나 과학적으로 개연성 있는 행성들을 만들어내는 데 전문가였다. 앤더슨은 클레오파트라라는 행성을 만들어내었는데 자신의 기술을 입증하기 위해서였다. 자신의 「가상적 세계들의 창조: 세계 구축자들의 핸드북과 포켓 지침」"The Creation of Imaginary Worlds: The World Builder's Handbook and Pocket Companion"라는 에세이를 입증하기 위한 것이었다. 이 행성은 자신의 소설 『클레오파트라로 명명된 세계』A World Named Cleopatra(1977)의 배경이 되었다.

1950년대 『어스타운딩』Astounding 지에 정기적으로 기고하던 프랭크 허버트Frank Herbert는 자신의 소설 『듄』Dune(1965)과 연속편에서 세계 구축의 획기적 기점을 이루었다. 독자들이 소설의 복잡한 플롯에 감흥을 받지 못하더라도 소설의 배경, 아라키스Arrakis라는 장엄한 사막 세계의 구축에 경탄을 금하지 않을 수 없었다. 1975년 허버트는 할란 엘리슨Harlan Ellison의 요청으로 할 클레멘트, 폴 앤더슨, 래리 니븐 등과 함께 합작으로 독창적 SF 이야기들을 위한 배경으로 외계 행성을 창조하였다. 이는 엘리슨의 SF 모음집 『메데아: 할란의 세계』*Medea: Harlan's World*(1985)[7])에 실렸다.

이처럼 우주여행에서 파생된 모티브는 새로운 세계를 고안해내는 방식인 월드 빌딩과 관련되면서 각종 콘텐츠로 확장되었다. 작가들, 과학자들, 예술가들이 모여서 새로운 세계를 창조해내는 작업은 협업을 통해 이루어진다. 예를 들면 세계가 어떤 유형의 행성에 속할 것인가 하는 상황들을 설정한 이후, 이러한 새 행성을 가능하면 사실적으로 만들려고 하는데, 엄청나게 많은 요인들이 고려대상이 되어야 한다. 특히 그 행성에 생명체가 진화하도록 만들려면 더욱 과학적 정확성을 고려해야 할 것이다. 이를테면 만들어놓은 세계가 아주 고온의 행성 주변을 회전한다면 지구와 같은 기후를 가질 수 없을 것이다. 현재 이처럼 월드 빌딩 작업으로 새로이 창조된 가상세계들이 많은 흥미와 관심을 끌고 있어 각종 문화콘텐츠에 활용된다. 즉 게임 배경, 영화 배경, 소설 배경, 애니메이션 배경의 창조와 구성에 매우 주요한 방법과 소재들을 제공하고 있다.

▌참고문헌 및 사이트

Campbell, Joseph. *The Hero's Journey: Joseph Campbell on His Life and Work*. Ed. Phil Cousineau. Novato: New World Library, 2014. 186-87.

Cramer, Kathryn. "Hard Science Fiction." *The Cambridge Companion to Science Fiction*. Eds. Edward James and Farah Mendlesohn, 2003. 186-96.

---

7) 이는 여러 작가들이 쓴 단편 SF 이야기 모음집인데 이야기들이 모두 같은 배경을 취하고 있다. 할 클레멘트, 프랭크 허버트 등의 작가들이 협업하여 SF의 세계 구축 작업을 한 것으로 유명하다.

Booker, M. Keith and Anne-Marie Thomas. *The Science Fiction Handbook*. London: Wiley-Blackwell, 2009.

James, Edward and Farah Mendlesohn. Eds. *The Cambridge Companion to Science Fiction*. Cambridge: Cambridge UP, 2003.

Miller, Ron. *The History of Science Fiction*. New York: Franklin Watts, 2001.

Seed, David. Ed. *A Companion to Science Fiction*. London: Wiley-Blackwell, 2005.

_____. *Science Fiction: A Very Short Introduction*. Oxford: Oxford UP, 2011.

Westfahl, Gary. Ed. *Space and Beyond*. Westport CT: Greenwood Press, 2000.

_____. "Space Opera." *The Cambridge Companion to Science Fiction*. Eds. Edward James and Farah Mendlesohn. Cambridge: Cambridge UP, 2003. 197-208.

https://en.wikipedia.org/wiki/Savage_Pellucidar

https://en.wikipedia.org/wiki/Lensman_series

https://en.wikipedia.org/wiki/Star_Trek_(2017_TV_series)

https://en.wikipedia.org/wiki/Star_Wars

2

시간여행과 대체역사

시간여행(Time Travel)

어떤 다른 장르보다도 SF는 미래와 밀접하게 연관되어 있으며 우리와 다른 시간대의 삶에 대해 고찰과 사색을 유도하는 특성을 지니고 있다. 또한 SF의 가장 핵심 키워드는 '변화'라는 점을 고려해볼 때 변화는 과거에 대한 재인식, 혹은 미래에 대한 기대감과 밀접한 관련을 지닌다. 이러한 점에서 시간을 구성하는 과거·현재·미래의 속성에 대한 생각은 SF에서 시간여행이라는 주제로 여러 가지 이야기를 구성하게 되었다. 시간여행은 플롯을 구성하는 데 매우 다양한 이야기 거리를 제공할 뿐만 아니라 시간의 속성이나 현실에 대해 성찰하게 하는 데 주요한 역할을 하는 모티브이다. 낯선 시간대로의 여행은 현실에 대한 풍자와 유머를 산출하는 효과를 지니기에, 시간여행 이야기들은 문학뿐만 아니라 텔레비전 드라마나 영화에서도 선호되는 주제로 선택되었다. 시간여행을 포함하는 이야기들은 오랜 역사를 가지고 있는데 H. G. 웰즈가 『타임머신』

(1895)을 집필하기 전에 이미 시간여행을 주제로 한 여러 이야기들을 볼 수 있다. 워싱턴 어빙Washington Irving의 「립 반 윙클」"Rip Van Winkle"(1819)도 일종의 시간여행을 다루고 있는데 아내의 잔소리를 피해 산으로 올라간 윙클이 20여 년간의 수면을 취한 후 깨어나는 구조를 취하고 있다. 잠에서 깬 후 너무도 바뀐 세상을 보고 느끼는 낯선 감정은 일종의 인지적 소외cognitive estrangement 효과와 유사하다. 웰즈의 『잠든 이 깨어났을 때』When the Sleeper awakes(1899)도 유사하게 오랜 잠에서 깨어난 주인공이 과학기술이 지배하는 먼 미래의 사회를 경험하게 된다. 마크 트웨인Mark Twain의 『아서왕 궁정의 코네티컷 양키』The Connecticut Yankee in King Arthur's Court(1889)에서도 주인공이 번개에 의해 봉건시대 영국으로 되돌아간다던가, 찰스 디킨즈Charles Dickens의 『크리스마스 캐럴』Christmas Carrol (1843)에서 스크루지가 세 유령에 의해 그의 과거, 현재, 미래로 이동하는 모습은 시간여행의 모티브를 담고 있다. 테리 프래쳇Terry Pratchett의 『나이트 위치』Night Watch(2002)에서 시간여행은 마술에 의해 발생된다.[1] 그러나 실제적인 시간여행을 다룬 이야기는 1881년 초반에 에드워드 페이지 미첼Edward Page Mitchell의 단편 「거꾸로 가는 시계」"The Clock that Went Backward"에서 볼 수 있다. 이러한 예들에서 보다시피 시간여행을 다룬 이야기들은 매우 다양하며 이들이 SF에 속하는가, 판타지에 속하는가는 시간 이동의 방식에 따라 분류되는 경우가 많다.

본격적인 시간여행 주제를 다룬 SF의 효시는 웰즈의 『타임머신』이라고 볼 수 있다. 이 작품에서 웰즈는 시간여행이 어떻게 이루어질 수 있는지 SF적 설명을 제공했다. 그는 판타지의 초자연적 요소 대신 기계를 사용하는 방법으로 시간여행을 설정하였다. 보통 잠에서 깨어나 다른 시간대로 이동한 자신을 발견하는 판타지적 방법대신 그는 시간을 이동가능한 공간의 개념으로 일깨웠다. 주인

---

1) 『나이트 위치』는 테리 프래쳇의 『디스크월드 시리즈』(Discworld series)의 29번째 소설로, 5부로 제작되어 BBC 라디오에 방송되었다. 판타지 소설로 유명하며 주인공의 시간 이동은 마술 폭풍에 휘말리는 등, 판타지 요소에 의해 이루어진다.

공인 시간여행자는 타임머신에 의해 서기 802,701년에 당도하는데 두 계급으로 나누어진 종족을 발견하게 된다. 즉 세계가 귀족계급인 엘로이와 지하에 사는 동물 같은 멀록으로 이분화된 것을 보게 된다. 이 세계에서 더 나아가 미래로 타임머신을 타고 갔을 때 그는 더 황량한 체험을 하게 된다. 시간여행자는 해변에 있는 자신을 발견하게 되는데 미래의 지구는 멸망이 임박한 상태처럼 보인다. 생명체가 거의 존재하지 않고 갑각류 같은 생물체만 남아있으며 태양빛도 거의 소멸단계에 있음을 경험하게 된다. 웰즈의 타임머신을 통한 시간여행은 과학적 장치를 이용한 시간여행의 모티브를 제공했지만 아인슈타인의 시간 이론 이전의 이야기이므로 시간여행의 원리를 과학적으로 제시한 결과는 볼 수 없었다.

기계를 이용하여 시간여행을 한다는 웰즈의 아이디어는 1963년에 다시 나타났는데 BBC TV 시리즈인 <닥터 후>에서도 타디스Tardis(Time and Relative Dimension in Space의 약자)라는 장치가 등장한다. 타디스는 의식 있는 생명체로 필요에 따라 새 공간이나 장치를 구성할 수 있는 특징이 있다. 그러므로 타디스는 공간뿐만 아니라 시간을 통과하는 여행을 용이하게 수행한다. 타디스는 1963년 런던 방문 이후 카멜레온 서킷이 고장 난 상태여서 1960년대 영국의 경찰 전화 부스 형태를 취하고 있다. 한편 이러한 장치나 도구를 사용하지 않고 최면술 등의 장치에 의해 시간여행을 하는 경우는 잭 피니Jack Finney의 『계속 되풀이해서』 Time and Again(1970)나 그 연속편인 『시간에서 시간으로』From Time to Time(1995) 등에서 그 예를 볼 수 있다. 여기서는 비밀 정부요원이 인물들로 하여금 1882년 뉴욕의 시점으로 되돌아가도록 유도하는 것을 볼 수 있다.

웰즈 이후 수많은 작가들이 시간여행 주제를 탐색하였고, 웰즈의 『타임머신』은 1960년 조지 팔George Pal의 영화로 각색되었으며 이 영화는 이 시대 SF 영화의 고전적 모범이 되었다. 웰즈의 작품에 가장 직접인 영향을 받은 작품으로 스티븐 백스터Stephen Baxter의 『시간의 배』The Time Ships(1995)를 들 수 있다 (Booker and Thomas 16). 이는 웰즈의 소설 문체를 취하면서도 웰즈의 단순한 서술 구조를 확장시키고 있으며 시간여행자가 거의 모든 SF 모티브들을 접하게 되는 상세한 탐색 과정을 볼 수 있다.

부커와 토머스는 시간여행에 대한 보다 상세한 SF적 탐색들 중 하나로 아이작 아시모프의 『영원의 종말』*The End of Eternity*(1955)을 들 수 있다고 지적한다 (17). 이는 시간여행 개념을 인간 진화의 미래 행로를 탐색하는 데 사용한다는 점에서 『타임머신』을 뒤이은 작품이라고 할 수 있다. 이 경우는 진화를 생물학적 면보다 사회적인 면과 지적인 면에 더욱 초점을 둔 개념으로 보고 있다. 이 작품은 시간 경찰time cop이라는 개념을 도입했는데 이는 시간여행을 통해 역사를 조작하도록 공식적으로 임무를 부여받은 정보원이라고 볼 수 있다. 시간여행의 기술과 관련하여 상세한 사항을 볼 수 없지만 아시모프는 우리에게 이 작품이 나오기 이전까지 진전되었던 시간여행의 가능성에 대한 탐색 중 가장 정교한 탐색과정을 보여주고 있다. 아시모프는 이터니티Eternity라고 불리는 조직에 대해 생각하도록 유도하는데, 이 조직의 에이전트들은 시간 바깥에 살면서 시간대를 자유로이 이동한다. 이들은 역사의 진행상황을 관측하며 부당한 역사발전을 막기 위해 역사의 진행상황을 수정할, 섬세하게 계산된 "사실의 변화들"reality changes을 도입한다.

이러한 이야기는 시간여행의 역설paradox에 주목하게도 했다. 예를 들면 당신이 과거로 돌아가서 부모를 만나지 못하게 한다면 무슨 일이 벌어질까? 부모들이 만나지 못했다면 자녀들도 가지지 못했을 것이고, 자녀들이 없다면 당신 자신도 결코 태어나지 못했을 터이고... 그렇지만 당신이 태어나지 않았다면 과거로 돌아가서 부모의 결혼을 방해할 사람이 존재할 수 없을 것이라는 시간여행의 역설은 시간여행에서 많은 주목을 받은 부분이다. 이러한 논리를 이터니티 조직에도 적용할 수 있다. 이터니티라는 조직은 에이전트들이 과거로 돌아가서 이터니티를 낳게 만든 시간분야 기술temporal-field technology에 의해 가능해진 것이다. 그러나 역사의 재앙을 막기 위한 이터니티의 시도들은 인간 역사를 안락하고 평범한 일상으로 움직여가고, 가장 고도의 기술을 촉진시킨 도전과 위기들을 없앤 것으로 되어버린다. 이렇게 되면 이터니티 자체가 탄생할 수 없는 상황이 되는 것이므로, 시간여행의 역설을 환기시키는 면이 있다. 이러한 시간여행역설의 모티브는 많은 이야기의 소재가 되고 있다.

부커와 토머스는 아시모프의 『영원의 종말』을 시간여행의 재난 같은 결과들을 해결해보려는 강력하고도 관료적인 조직들이 등장하는 소설들의 원형으로 본다(18). 이러한 조직들의 전형적인 예는 폴 앤더슨의 연작단편들인 『시간의 수호자들』 The Guardians of Time(1960)의 시간 순찰대Time Patrol인데 이들의 직무는 시간여행자들이 "진짜" 과거를 바꾸지 못하도록 확실히 해두는 것이다. 황폐화된 미래의 관료들이 암울한 상황으로 유도한 사건들을 수정하기 위해 시간여행을 시도하는 것은 테리 길리엄Terry Gilliam의 시간여행 영화인 <12마리 원숭이들> Twelve Monkeys(1995)에서 볼 수 있다. 주인공은 질병으로 황폐화된 지구의 원인 바이러스에 대한 정보를 얻기 위해 과거로 보내진다. 존 발리John Varley의 『밀레니엄』 Millenium(1983, 영화로 1989년에 제작되었다)에서는 지구환경의 황폐화로 인해 인류가 소멸할 위기, 즉 인류가 자손을 가질 수 없는 위기에서 아이를 가질수 있는 더 건강한 과거의 인간을 미래로 보내도록 조처 관리하는 미래의 관료들을 볼 수 있다. 『밀레니엄』은 시간의 속성과 시간여행의 의미들에 대한 고전적 생각들을 포함하고 있는 우수한 시간여행 소설로 손꼽힌다. 하인라인의 「모두 좀비들」 "All You Zombies"(1959)도 시간여행 주제의 고전 중 하나이며 양성을 동시에 지니고 있는 주인공이 시간여행과 성전환 수술을 통해 자신의 아버지이자, 어머니가 되는 이야기이다. 이야기가 전개되는 과정에서 주인공의 삶의 다른 단계들에서 마주치는 모든 주요 인물들이 동일한 사람임이 드러나게 된다.

명확한 과학적 디테일과 시간여행의 과학적 근거에 충실하면서 환경주의 SF에 기여한 경우로는 그레고리 벤포드Gregory Benford의 『타임스케이프』 Timescape (1980)를 들 수 있다. 이 작품에서는 두 그룹의 과학자들이 실행 가능한 시간여행 장치를 개발하는 데 연루되어 있으며 이들의 개인적 직업적 삶이 상세히 묘사되어 있다. 캠브리지의 과학자들은 타키온 광석을 사용하여 과거로 부호화된 메시지를 보내는 방식을 발견하고 1998년에 1962년 과학자들에게 경고의 메시지를 보내는데 그 사이 시간대에 발생한 전 세계의 대양들을 황폐화시킨 생태계의 재앙이나, 1998년 지구의 환경을 사정없이 황폐화시키려는 생태계의 재난을 막기 위해서이다. 벤포드의 텍스트에서 기본적인 과학 연구의 가치는 무엇보다도 중요하며, 과학 연구는 당면한 문제에 직접 관련되지 않더라도 인류 미래에 중요한 결정적 문제를 해결하는 데 도움을 줄 수 있다는 메시지를 읽어낼 수 있다.

영화 등의 다양한 미디어에서 시간여행의 모티브는 매우 다채롭게 사용된다. <터미네이터> 시리즈 영화는 모두 시간여행에 의존하고 있으며 <12마리 원숭이들>은 1990년대의 효율적인 SF 영화들 중 하나로 손꼽힌다. 1985년과 1990년 사이의 <백 투 더 퓨처>Back to the Future 시리즈 영화는 시간여행을 주제로 다룬 영화들 중 가장 성공을 거둔 예로 볼 수 있다. 이 시리즈는 시간여행 장치로 자동차를 제시하고 과학적 근거를 살리려고 노력한 점이나 인물들의 박진감 넘치는 시간여행 과정, 시간여행의 역설을 흥미롭게 도입한 점 등으로 인기를 끌었다. 미국 TV 방송에서 SF 시리즈는 거의 다 시간여행 모티브를 담고 있는데 <스타트렉> 시리즈를 예로 들 수 있다. 이는 <스타트렉: 엔터프라이즈>Star Trek: Enterprise(2001-2005)에서 절정을 이루며 "시간의 냉전"Temporal Cold War이 중심 역할을 하고 있다. <스타트렉> 시리즈 이외에도 다양한 시간여행 시리즈를 볼 수 있다.[2] 미국의 시리즈 <슬라이더즈>Sliders(1995-2000)는 평행

---

[2] 어윈 알렌(Irwin Allen)의 <시간 터널>(*The Time Tunnel*, 1996-67), <여행자들>(*Voygers!*, 1982-83), <퀀텀 립>(*Quantum Leap*, 1989-93) 등을 예로 들 수 있으며 주인공들은 다른 시간대로 이동할 뿐만 아니라 다양하게 다른 개인들의 정체성으로 이동해가기도 한다(Booker and Thomas 22 참조).

우주를 여행하는 주인공들을 포함하고 있으며, 우리의 세계에서 다른 시간대로의 여행 방식을 통해 평행 우주 사이를 여행하는 주인공들을 포함하고 있다.

시간여행과 관련된 모티브들은 매우 다양하며 대표적인 것으로는 타임 슬립Time Slip의 모티브와 시간 지연Time Dilation, 시간의 닻Time Loop 등을 들 수 있다. 타입 슬립은 시간여행 주제가운데 자주 사용되는 인기 있는 장치로서 인물이 한 시간대에서 다른 시간대로 이동되는데, 인물이나 독자가 왜 이런 이동이 가능한가에 대해서는 알지 못하는 경우가 대부분이다. 그래서 타임 슬립은 종종 판타지에서 자주 이용되기도 한다. 그러나 SF적인 타임 슬립 장치도 볼 수 있으며 이를테면 옥타비아 버틀러Octavia Estelle Butler의 『킨드레드』Kindred에서 현대의 흑인여성이 반복해서 남북전쟁 이전의 남부로 이동해가게 되어서 인종주의와 노예제에 대해 복합적인 시각과 사고를 지니도록 유도하는 이야기를 볼 수 있다.

시간 지연도 자주 사용되는 모티브로서 빛의 속도 가까운 속도로 이동하면 시간 지연 효과가 생성된다. 예를 들면, 우주선으로 이동한 형제와 지구에 남아있는 쌍둥이 형제의 연령 차이는 크게 벌어질 수 있다. 그 차이는 수일, 수개월, 수년, 아마도 수 세기도 가능할 것이다. 쌍둥이 형제를 포함하고 있는 대표적인 시간 지연 이야기의 예는 로버트 하인라인의 『별들을 위한 시간』Time for the Stars(1950)이 있다. 쌍둥이 형제가운데 지구의 인구 과다 때문에 새 행성을 찾아나서는 우주선에 승선한 대원과 지구에 남아있는 쌍둥이 짝의 연령 차이는 점점 더 벌어짐을 볼 수 있다. 조 홀드먼Joe Haldeman의 『영원한 전쟁』The Forever War(1974)에서 거의 빛의 속도로 진행되는 우주여행과 연관된 시간 지연의 효과는 반전 메시지를 전달하는 데 효율적으로 사용되고 있다. 이 소설은 실은 작가의 베트남전 참전을 그린 것으로 인식되고 있으며 스페이스 오페라 양식을 통해 전쟁 경험을 기록한 것이다. 혹독한 훈련을 받고 외계인과의 우주전에 투입된 군인들이 지구로 돌아왔을 때 시간 지연 효과 때문에 겪는 소외감은 베트남

전에서 돌아온 군인들이 미국 사회에서 겪는 소외감과 상통한다. 홀드먼은 전쟁이 궁극적으로 무용하며 베트남 참전 군인들을 미국 사회가 어떻게 수용하는가를 비유적으로 제시하고 있다. 또한 홀드먼은 전형적인 스페이스 오페라의 진부한 관용적 장치들을 전복시키고 있는데, 이를테면 스페이스 오페라에서 영웅적 병사의 행위를 통해 전투에 영향을 미치는 것 등의 관용적 패턴이 실제 전투를 경험한 이들에게 얼마나 어리석게 보이는지를 제시하고 있다.

시간의 덫 모티브는 인물들이 되풀이되는 시간 속에 갇혀 이를 벗어나지 못하는 것을 그리고 있다. 로버트 하인라인의 중편 「그 자신의 힘으로」"By His Bootstraps"(1941)는 시간의 덫 주제를 SF의 황금시대에 내놓았다. 주인공 봅 월슨은 시간여행 개념을 이용하여 형이상학에 대한 수학적 분석을 시도하는 학위논문을 쓰던 중 자신의 방에 나타난 사람에 의해 3만년 후의 미래로 가게 되어 미래를 경험한다. 그는 다시 자신의 방으로 되돌아오는데, 봅의 정체성은 돌아올 때 마다 달라져 여러 사람이 되고, 자신의 이전 자아를 보게 되는 경험을 한다. 이 이야기는 수많은 시간의 덫 모티브를 다룬 이야기들의 효시가 되었는데 시간의 경과가 반복되는 덫에 갇혀있어 주어진 시간 기간이 계속 반복되는 것이다.

켄 그림우드Ken Grimwood의 『재생』Replay(1986)도 대표적 시간의 덫 이야기로 볼 수 있는데 1988년 43세의 제프 윈스턴이 갑작스런 심장마비로 죽음을 맞는 것으로 시작한다. 첫 문장에서 그는 바로 죽는 것으로 나오지만, 죽음에서 깨어나서 자신이 1963년 18세의 나이로 자신의 대학기숙사에 있으며 앞으로 이어질 25년의 기억들을 다 가지고 있는 상태임을 발견하게 된다. 따라서 자신에게 유리하게 더 좋은 여러 선택을 하게 되어 부유하고 만족스러운 삶을 누리지만 43세에 한 번 더 죽음을 맞게 되고, 다시 젊어져서 깨어난다. 그는 이때 두 삶의 기억들을 가지고 깨어나게 된다. 이러한 패턴이 반복될수록 윈스턴의 삶은 계속 반복되면서 여러 타임라인들이 형성되는데, 자신이 다른 선택을 할 힘이 있으므로 모든 가능한 대체 타임라인들을 만들어내고 이 타임라인들에는 자살로 삶이 끝나는 경험까지 포함된다. 이 소설은 일본에서 베스트셀러가 되었으며 많은 TV 프로그램에서 이러한 모티브들이 사용되었고 영화 <성촉절> *Groundhog Day*(1993)[3]에 직접적인 영향을 미치게 되었다. 이 영화는 TV 기상캐스터가 무한히 2월 2일을 반복하면서 여러 가지 상황을 자신에게 유리하게 만들고 즐겨보지만 결국 사랑하는 사람을 얻기 위해 자신의 진정한 변화를 초래하는 로맨틱 코미디이다. 같은 상황을 여러 번 반복하여 조금씩 달라진 상황들을 보여주므로 자칫 지루할 것 같은 내용들을 잘 구성하여 시간의 뒷 주제를 로맨틱 코미디에 효과적으로 적용한 예로 볼 수 있다.

대체역사(Alternate History)와 대체 세계(Alternate World)

대체역사는 시간여행에서 파생된 주제로서 역사에서 결정적 전환점이 되는 지점이 다르게 작용했다면 역사가 어떻게 진전되었을까를 가상해보아 역사를 재구성해보는 것이다. 이는 과학적 근거가 없거나 대체역사 부분이 역사적 과정에 대한 진지한 성찰보다는 흥미위주의 모험을 위해 사용되는 경우가 많아서 SF에서 주변적인 영역으로 간주되어오기도 했다. 그러나 근자에 대체역사의 모티브는 더 진지한 성찰의 계기로 작용하고 있음을 알 수 있다. 대체역사는 변화와 가능성, 불확정성 등의 키워드를 포함하고 있다. 해리 터틀도브Harry Turtledove는 SF와 대체역사의 관계를 논하면서 "양자가 다 우리가 알고 있는 세계에서 이루어지는 변화를 논리적으로 추론하는 것을 추구한다"(both seek to extrapolate logically a change in the world as we know it)고 본다(7–8). 대부분

---

3) 우리나라에서는 <사랑의 블랙홀>로 번역되어 알려진 영화이다.

의 SF 형태는 현재 혹은 더 가까운 미래에 변화를 상정하고 좀 더 먼 미래에 그 변화의 효과가 어떨지 상상한다. 반면 대체역사는 좀 더 먼 과거에서의 변화를 상상하고 좀 더 가까운 과거와 현재 그 결과들이 어떠한가를 점검하고 있는 경우가 많다. SF나 대체역사의 경우 기법은 유사하나 차이점은 기법이 시간상 어디에 적용되는가에 있다. 많은 대체역사들이 실제 타임라인과 허구의 타임라인들 사이의 비교를 명백하게 하고 있으며 이는 대부분 시간여행을 통해서 두 라인들을 교차하게 함으로써 이루어진다(Turtledove 7-8).

대부분의 대체역사들은 거대한 스케일로 제시되며 디스토피아나 실제 사실의 역사보다 좋지 않은 사회들을 묘사하는 경향이 있다. 두 가지 질문이 대체역사의 주제로 많이 다루어졌다. "세계대전에서 히틀러가 이겼더라면 어떻게 되었을까"와 "미국 남북전쟁에서 남부가 이겼더라면 어떻게 되었을까"가 그 예이다(Duncan 212 참조). 와드 무어Ward Moore의 『승리의 날을 선포하자』*Bring the Jubilee*(1953)는 만일 남부가 남북전쟁에서 이겼더라면 오늘 날의 세계가 어떻게 되었을까를 다루고 있다. 호지 백메이커는 경기침체기인 1940년대 미국에 살고 있는 주인공인데, 1864년 남부군의 승리 이후 미국 경제는 회복되지 못하고 침체의 상황에 있으며 인종차별은 계속되고 있다. 또한 미국은 독일제국German Union과 적대관계에 있어 전운이 감돌고 있다. 호지는 자신의 이야기를 1877년에 쓰고 있다고 이야기를 시작하는데 이야기는 교양소설Bildungsroman의 형식으로 진행되며 호지의 역사가로서의 성장 및 형성과정을 담고 있다. 중심 주제는 역사 자체이며 전체 역사의 그림을 구축해보고 싶은 호지의 욕망이다.

그러나 무어는 합리적 묘사를 할 수 없는 무질서한 사회를 제시하며 많은 역사 작가들—브룩스 애덤스Brooks Adams, 랜돌프 본Randolph Bourne 등에 대한 암시를 이야기에 포함시키지만 독자들은 하나의 단일한 역사적 서술을 기대하기 어렵다. 호지는 미국을 되살리기 위한 조직인 그랜드 아미Grand Army에 합류하고 시간여행 장치를 발견한 과학자의 집단에 들어가서 그의 지식을 확인하기 위해 과거를 재방문하지만 게티즈버그 전투에서 우연히 연방장교의 죽음을 초래하게 된다. 이는 전투의 진행을 바꾸고 역사의 방향을 바꾸게 되어 타임머신이 존재치 않게 되자 호지는 원래의 현재로 돌아오지 못하게 된다. 호지는 농부로 일하게 되지만 역사 기록의 필요성을 역설하며 자신의 경험한 두 타임라인의 비교를 하기도 한다. 호지의 이야기는 후회에 찬 자조적 서술과 에로티시즘의 폭발로 인해 독특함을 지닌 대체역사 소설로 일컬어지기도 한다(Duncan 213).

　　필립 K 딕의 『높은 성의 사나이』The Man in the High Castle(1962)는 연합군이 2차 대전에 패배하여 중심 축Axis(즉 독일, 일본, 이탈리아 군)이 세계를 정복했다면 어떻게 되었을까 하는 대체역사 SF이다. 딕은 일본이 점령한 서부 해안에서 살고 있는 불법 골동품상, 유도교사, 트럭 운전수 등 평범한 미국인들의 이야기를 다루고 있다. 미국은 1962년 태평양 쪽과 로키 산맥 쪽의 두 부분으로 나뉘어서 독일과 일본에 점령당한 상황으로 설정되어 있다. 딕은 많은 인물들을 통해 복합적인 관점을 제시하면서도 이러한 인물들을 서로 연관시키지 않는다. 플롯 전개도 고르지 못하여 많은 서브스토리들이 존재하면서 결론으로 이르기 전에 다른 이야기들로 갑자기 옮겨가는 식의 전개로 이루어지고 있다. 즉 이들의 이야기는 서로 연결되지 않고 일관성 있게 진전되지 않는다. 딕의 소설이 그러하듯이 대체 세계의 현실은 의문시되고 회의적 분위기가 팽배해있다. 미국 역사가 대량생산된 기념품들로 상품화된 방식을 탐색하면서 동시에 그 기록을 반 사실적 서술, 즉 사실과 허구를 결합시키는 복합적 방식을 사용하고 있다. 또한 딕은 소설 속 소설로 『메뚜기가 무겁게 짓누르네』The Grasshopper Lies Heavy[4]를 제시함으로써 이야기를 더욱 복합적으로 구성하고 있다. 소설 속 소설을 통해 딕

---

[4] 『높은 성의 사나이』의 몇몇 인물들이 호손 어벤센(Hawthorne Abendsen)이 쓴 대중소설인 『메뚜기가 무겁게 짓누르네』를 읽는데 이 제목은 전도서 12장 5절의 "메뚜기도 짐이 될 것이며"에서 따온 것으로 유추되고 있다. 어벤센은 대체 세계에 대해 쓰고 있는데 독일과 일본군이 2차 대전(1939-1945)에 진 것이다. 그런 이유로 독일군들은 점령지 미국에서 이 소설을 금서로 했지만 태평양 유역에서 광범위하게 읽혔고 출판도 중립국에서는 합법적으로 이루어졌다.

은 역사적 사실에 대한 감각을 불안정하게 만들고 유럽 역사의 새로운 진행을 제시한다. 나치들이 로키 산맥에 사건을 만들어내서 서구 국가들을 침략하고 일본인들부터 통제권을 장악할 계획을 세우는 것이다. 무어와 딕의 소설들은 역사의 구성에 대한 회의적 시선을 지니고 있는 것이 특징이라고 볼 수 있다.

대체역사를 다룬 소설은 SF라기보다 역사소설에 더 가까운 듯 보이지만 대체역사 소설은 SF의 핵심인 인지적 소외의 효과를 낳고 있다. 독자는 현재 역사와 소설에 제시된 가공의 역사의 차이에 대해 즉각 인지하게 된다. 따라서 독자들은 역사를 새로운 관점에서 보게 되고 역사의 결과는 특별한 인간의 행위에 의존하며 미리 정해진 것이 아니라는 것을 이해하게 된다. 즉 대체역사 주제의 효과는 과거에 조그만 변화라도 생길 수 있을 경우, 우리의 현재에 발생할 수 있는 변화들을 생각해보게 만듦으로써 역사의 작동에 대해 새로이 생각하고 이해하게 만드는 좋은 방식이 될 수 있다는 점이다. 결과적으로 SF에서 대체역사의 주제는 역사와 문화, 바람직한 미래 대비를 위한 잠재력을 일깨우는 데 주요한 역할을 한다고 볼 수 있다.

오슨 스콧 카드Orson Scott Card의 『패스트워치: 크리스토퍼 컬럼버스의 구원』Pastwatch: The Redemption of Christopher Columbus(1996)도 일종의 대체역사로서 역사의 변화 가설에 기반을 둔 시간여행 주제를 다루고 있다. 23세기 과학자들, 패스트워치 조직체의 과학자들이 미국의 식민사를 바꾸기 위해 콜럼버스 시대로 되돌아가는 기술을 개발한다. 이 소설에서 카드는 15세기 말 유럽의 식민주의자들이 신대륙에 도달한 결과 이곳 거주자들에게 닥친 공포를 형상화하려 하였다. 즉 어떤 다른 대안도 실질적으로 식민화보다 더 나을 것이라고 시사하고 있다. 패스트워치의 과학자들이 과거에 개입하는 것은 역사를 다른 방향으로 이끌 것인데, 이러한 경우 과학자들은 자신들의 실체가 존재치 않게 될 것을 알고서도 이러한 개입을 선택한다. 카드는 미국이 유럽을 견제하고 중미제국과 연합하는 구도를 통해 자신의 종교적 성향을 보인다. 결국 미국 원주민들이 자신들의 야만적 문화를 버리고 건전한 기독교를 받아들임으로써, 또 콜럼버스 자신이 중심 지도자가 되어 고유한 미 제국을 건설함으로써 미국 원주민이 구원된다는 이야기 구성을 하고 있다.

다른 과학기술들을 사용한다면 역사에 어떠한 일이 벌어질 것인가는 스팀펑크에서도 찾아볼 수 있는데 1990년 윌리엄 깁슨과 브루스 스털링이 공동으로 쓴 『미분기』 The Difference Engine[5]는 세 개의 다른 SF 영역을 결합시킨 작품이다. 이 소설은 사이버펑크라고 볼 수 있는데 거대한 슈퍼컴퓨터가 인간 삶의 모든 영역을 통제하고 있는 모습에서 사이버펑크적 면모를 볼 수 있다. 그러나 이 거대 컴퓨터는 그 기능을 잘 수행하지 못하고 있는데, 모든 계산을 기계적으로 수행하며 전자기술 대신 기어를 사용하고 있다. 이러한 면모로 인해 이는 스팀펑크로도 분류되는데 스팀펑크는 19세기에 배경을 두고 있거나 쥘 베른이나 H. G. 웰즈의 스타일이나 감정을 모방하려는 이야기들을 일컫는다. 『미분기』는 19세기 중반에 설정되어 있으므로 스팀펑크에 속한다고 볼 수 있으며 또한 대체역사에 속하기도 하는데, 컴퓨터가 한 세기 이전에 발명되었더라면 세계가 어떻게 될 것인가를 상상해본다는 점에서 대체역사를 다루고 있기 때문이다.

킴 스탠리 로빈슨의 『쌀과 소금의 시대』 The Years of Rice and Salt(2002)는 약 700년간의 지구의 사회적 · 정치적 · 경제적 · 지적 역사를 섭렵하여 보여주는데, 21세기에 어떻게 역사가 이루어져있을지를 모색하면서 동양이 패권을 쥘 역사를 보여준다. 로빈슨은 지속적인 이야기 구성보다 역사적 핵심의 순간들을 포착하여 10개의 짧은 소설 시리즈를 제시하고 있다. 열 개의 이야기는 다른 시간대에 일어나지만 각 시간마다 다시 환생하는 일군의 인물들에 의해 연결되어서 일관성 있게 독자들에게 전달된다. 로빈슨은 역사의 순간 마다 구체적 장소와 시간에서의 삶을 아주 상세하게 설득력 있게 제시하고 있다. 유럽이 14세기

---

5) 표에 있는 수들을 자동으로 계산할 수 있도록 설계된 기계로서, 찰스 배비지(Charles Babbage)가 1823년에 만들었으며 초기 컴퓨터의 개념에 근접한 기계로 볼 수 있다.

에 역병plague으로 없어지고 유럽과 기독교가 역사 단계에서 없어진 상태에서 세계사는 중국과 이슬람 사이의 경쟁에 의해 진전되는 것이다. 이슬람의 지배자 티무르의 군대에서부터 21세기 유럽이 이슬람 개척자들에 의해 채워지는 것까지 다루며, 토착 미국인들은 중국과 이슬람 침략자에 대항하는 연맹을 형성하게 되는데, 67년의 긴 전쟁, 중국과 이슬람 국가 사이의 긴 전쟁을 볼 수 있다. 중국과 이슬람 문화는 자체로 복합적 문화로 제시된다. 중국문화는 불교와 유교 사이의 경쟁, 이슬람 문화도 호전적 팽창주의와 자비로운 평등주의 사이의 대립 경쟁 구도를 이루고 있다. 로빈슨은 대립을 보이는 중국과 이슬람 문화에 대해 상세한 고찰을 제공하고 모든 SF 가운데 비서구 세계의 문화에 대해 가장 강력한 묘사를 제공한다(Booker and Thomas 25 참조). 로빈슨의 대체역사 이야기는 우리 시대 타임라인의 상황과 아주 유사한 점을 보여주고 있으며 역사는 특별한 개별적 사건에 의해 쉽게 바뀌지 않는 강력한 힘들에 의해 진전되고 있음을 시사해준다. 로빈슨은 자신의 소설 제명에서 중국의 고전 『서유기』에서 따온 부분을 사용하고 있으며 동양주의의 영향을 보이고 있다. 즉 그는 직선적으로 진행되는 역사적인 시간 구조보다 순환적이며 신비적인 시간 구조를 선호하여 이야기를 진행하고 있다.

대체역사와 관련하여 대체 세계alternate world도 평행 세계parallel world, 다중 우주multiverse 등의 용어들과 함께 이에 대한 과학적 근거를 밝혀내고 연구하는 학자들이나 작가들에 의해 많은 주목을 받고 있다. 대체 세계는 평행 세계들의 가능성을 제시하며. 평행 세계는 원래 세계와 병행하여 존재하는 또 다른 세계로, 다중 우주로도 지칭된다. 즉 역사의 모든 전환점에서 전적으로 새롭게 다른 우주가 창조되어 모든 가능성이 발생할 수 있다. 이를테면 콜럼버스가 미국을 발견했다는 하나의 말 대신 두 세계가 있을 수 있다. 하나는 콜럼버스가 미국을 발견한 세계이고, 이와 병행하여 존재하는 또 하나의 세계는 콜럼버스가 미국을 발견하지 않은 세계이다.

데이비드 제롤드David Gerrold의 『자신을 접은 사나이』The Man Who Folded Himself(1973)는 시간여행을 통해 자신이 자신의 어머니나 아버지가 되는 과정을 보여준다. 주인공 다니엘 이킨즈는 짐 아저씨라고 주장하는 남자로부터 시간여행을 할 수 있는 타임 벨트를 받게 되며 시간여행을 통해 시간의 속성과 자신의 개인적 정체성에 대해 점점 더 알아가게 된다. 지속적으로 자신의 다른 버전들을 마주치게 되는데 이러한 상황은 여러 다른 평행 세계들 사이에서 움직이는 시간여행에 의해 가능해진다고 볼 수 있다. 각 여행은 조금씩 변화를 초래하면서 자신의 정체성이 바뀌는 새로운 타임라인을 만들어낸다. 반면 원래의 타임라인은 변하지 않고 병행해서 지속되는 식이다. 궁극적으로 시간여행자인 다니엘 이킨즈의 남성 버전과 여성 버전이 만나서 아들을 낳게 되고 이 아들은 이야기의 시작에서 원래 주인공인 자신의 버전으로 자라나게 됨을 볼 수 있다.

잭 워맥Jack Womack의 『테라플레인』Terraplane(1988)도 시간여행과 평행 우주의 주제를 다루고 있는데 사악한 다국적 기업 드라이코가 지배하는 세계를 탐색하고 있다. 21세기에 루터와 제이크는 드라이코 기업을 위해 러시아 과학자들을 납치하려 하나 실패하고 우연히 시간이동 장치에 의해 1939년 과거로 이동하게 된다. 이 과거는 디스토피아여서 링컨은 남북전쟁 전 암살되고 1907년 루스벨트가 미국에 대한 유럽의 경제적 압박 때문에 노예제를 없앤 것을 볼 수 있다. 대공황은 더욱 심각하며 폭력과 편집증, 인종차별로 점철된 역사의 부분들을 볼 수 있다. 한편 러시아 과학자는 스탈린을 평행 세계로부터 납치하여 공산주의가 아닌 러시아의 미래를 대비한다. 루터는 미국 흑인 의사의 아내 완다와 다시 드라이코가 지배하는 세계로 돌아오지만 제이크는 시간차원들 사이의 진공 공간에서 실종된다. 『테라플레인』과 시리즈로 발표된 『엘비시』Elvissey(1993)에서 드라이코 요원들은 어린 엘비스 프레슬리를 납치하려고 느린 우주slow universe로 여행하는데 그들은 빠른 우주fast universe에서 자신들과 경쟁하기 시작하는 엘비스에 대한 숭배를 물리치기 위해서 이러한 여행을 하는 것이다.

이러한 이야기들은 평행 세계가 여러 타임라인을 따라 존재할 수 있음을 제시하고 있으며 이러한 타임라인들의 비교를 통해 역사나 현실에 대한 복합적인 시각과 관점을 갖도록 유도하는 점이 있다.

존 케셀John Kessel의 『닥터 나이스 타락시키기』Corrupting Dr. Nice(1997)도 무한한 수의 평행 우주 존재를 설정한 시간여행이 가정되어 있다. 시간여행자들이 과거에 변화를 시도해도 원래 타임라인에는 어떤 결과도 없으며 이는 변함없이 지속된다. 반면 과거의 조작이나 변형에 의해 새로운 대안적 타임라인이 생성되고 이는 개입의 시점에서 원래 타임라인으로부터 가지를 치게 되는 결과를 낳는다. 그래서 시간여행은 강력한 힘을 지닌 솔팀방크 기업의 통제하에 광범위하게 이루어지며, 이 기업은 무한한 과거들을 관광객들의 무한한 행선지들로 이용하고 있다. 또한 이러한 과거들은 소진되지 않는 자원의 원천을 제공한다. 예를 들면 석유가 풍부하게 나던 다양한 과거들로부터 석유를 들여올 수 있다. 사람들에게도 이러한 원리는 마찬가지로 적용되는데, 예수의 다양한 버전들을 포함해서 사람들도 과거로부터 수입할 수 있다. 과거를 이처럼 제한을 두지 않고 마음대로 이용하는 것에 불편함을 느끼는 사람들이 이러한 과거 이용에 대해 저항하는 세력을 조직하게 된다. 과거 이용 반대의 근거는 이러한 작용이 아직 알려지지 않은 결과들을 가져올 수 있고, 대체된 타임라인들에 살고 있다 하더라도 과거 사람들의 삶을 혼돈스럽게 할 수 있다는 이유 때문이다. 케셀의 시간여행 주인공은 자신의 머리에 이식된 인공지능의 도움을 받는데, 이는 사이버펑크 SF뿐만 아니라 최근의 사이버 기술의 영향을 나타내준다. 케셀은 또한 음악과 영화를 포함한 당대 대중문화를 광범위하게 다루고 있어 시간여행 주제의 영역을 더욱 확장시키고 있다.

▌참고문헌 및 사이트

Booker, M. Keith and Anne-Marie Thomas. *The Science Fiction Handbook*. London: Wiley-Blackwell, 2009.

Duncan, Andy. "Alternate History." *The Cambridge Companion to Science Fiction*. Eds. Edward James and Farah Mendlesohn. Cambridge: Cambridge UP, 2003. 209-18.

Harry, Turtledove, "Introduction." Mackinlay Kantor. *If the South Had Won the Civil War*. New York: Forge, 2001. 7-8.

Hellekson, Karen. *The Alternate History: Refiguring Historical Time*. Kent: Kent State UP, 2001.

Miller, Ron. *The History of Science Fiction*. New York: Franklin Watts, 2001.

Westfahl, Gary, George Slusser and David Leiby. Eds. *Worlds Enough and Time: Explorations of Time in Science Fiction and Fantasy*. Westport: Greenwood Press, 2002.

https://en.wikipedia.org/wiki/The_Forever_War
https://en.wikipedia.org/wiki/Philip_K._Dick
https://en.wikipedia.org/wiki/Jack_Womack
https://en.wikipedia.org/wiki/Kim_Stanley_Robinson
https://en.wikipedia.org/wiki/John_Kessel

3

외계인

외계인Extraterrestrial or Alien은 우주선만큼이나 SF의 인기 있는 이미지이며 외계인의 지구 침공, 이에 따른 외계인과의 접촉이나 소통 등이 빈번한 SF의 소재로 다루어져왔다. 우리와 다른 존재에 대한 색다른 흥미 때문에 외계인을 주제로 다룬 이야기들은 독자나 시청자, 관객들의 관심을 끌고 다양한 콘텐츠를 생성해내고 있다. 통상 외계인을 지칭하는 '에일리언'alien은 타자성otherness과 차이difference를 시사해주는 단어로 볼 수 있다. 20세기 초반까지도 어떤 행성에서 왔던 간에 외계인은 인간과 유사한 존재로 생각되었다. 극소수 작가들만이 지구와 다른 환경들에서 다른 생명체들이 진화할 수 있다는 생각을 하였다. 이를테면 SF에서 외계인이라는 용어를 처음 사용한 에드거 라이스 버로스는 『화성의 공주』A Princess of Mars (1912)에서 지배권을 가진 화성의 종족을 과학적 종족으로 묘사하려 했고, 이는 인간을 닮은 존재로 설정되었다. 그는 화성을 배경으로 사용해 인간과 가깝거나 먼 생명체들을 모아놓을 수 있었다. 주인공인 남부

군 존 카터 대위는 애리조나에서 아파치 공격을 피해 신비롭게 화성으로 이동하게 된다. 카터가 맨 처음 본 생명체들은 행성의 이국적 배경을 구성하고 있다. 또한 화성의 초록 종족과 붉은 종족 사이의 갈등은 인간 사회의 선진적 인간들과 원시적 인간들 사이의 갈등을 환기시키는 면이 있다. 붉은 행성에서 그는 초록 종족의 관습들을 목격하며 화성인 유아들을 키우는 "에일리언 인큐베이터"를 보게 된다. 이처럼 초록 종족에는 부모가 없다는 점에서 에일리언이라는 형용사는 인간의 관습과의 차이성을 나타내주는 징표가 된다. 한편 화성인의 입장에서 보았을 때 지구인이 외계인으로 된다. 화성 종족들 중 하나가 카터를 받아들이면서 "당신은 외계인"이자 족장이라고 진술하는 것이다. 화성인의 입장에서 볼 때 카터가 외계인이 되므로 외계성이라는 것은 맥락과 관점에 따라 바뀔 수 있는 관계의 특성을 지닌다.

『화성의 신들』*The Gods of Mars*(1918)에서 버로스는 플랜트 피플plant people이라는 종족을 보여주는데 이들은 외눈에 머리카락이 없고 손바닥에 입이 붙어있는 종족이다. 또한 이 종족의 축소모형들이 본인들의 겨드랑이에 부착되어있는 기괴한 외모는 가장 그로테스크한 화성 종족의 이미지라고 볼 수 있으며 다른 외계인들은 이들과 비교하여 덜 괴물같이 보일 정도이다. 이를테면 레드 맨은 실제로 구릿빛 피부를 하고 있어서 19세기 미국 원주민의 피부 빛을 연상시킨다. 블랙 피레이츠black pirates는 원시종족으로 구상되었으나 화성의 순수종족이며 귀족에 속한다. 외모상 이들은 카터가 속한 종족과 피부색만 다를 뿐 고결한 야만인noble savage을 집단적으로 형상화한 것처럼 보인다. 카터는 지구와의 유사성과 차이성의 기준에 따라 외계인에 대해 반응하고 있음을 알 수 있다. 즉 이 이야기들에서 외계인들은 육체적으로 아무리 기괴하게 보이더라도 근본적으로 그들이 지닌 동기와 사고 과정에서 여전히 인간적인 면을 지니고 있는 것으로 보인다. 즉 이러한 외계인은 괴물 의상을 입혀놓은 인간과 같았다. 이처럼 기괴한 외모에 생각은 인간과 유사한 외계인의 모습이 외계인의 상투형stereotype이

되었다. 또한 이러한 상투형들은 호전적이고 위협적 존재로서 불행하게도 이들과 마주치게 되는 여성들에게 욕정을 지닌 것으로도 그려졌다. 프랭크 폴Frank R. Paul은 대중 SF 잡지들의 표지에 삽화들을 그렸는데 이러한 특징들이 강조되는 데 기여했다(Seed 30).[1]

2차 대전 사이의 기간에 에일리언이라는 용어는 점점 더 외계의 존재들에 적용되었다. 그러나 시드는 이러한 에일리언은 19세기의 인종이론과 정치학에 뿌리를 둔 것임을 기억해야 한다고 지적한다(28). 외계인은 단지 지구 밖의 우리와 다른 존재가 아니라 다각적 의미로 이해될 수 있다는 것이다. 즉 놀랄 정도로 우리와 다른 존재들, 때때로 다른 행성들에서 온 다른 존재들을 외계인으로 지칭할 수 있다. 아울러 웰즈의 『타임머신』에서 보다시피 지하 노동자들과 타락한 향락 추구자들 사이의 계급 양극화, 혹은 『메트로폴리스』에서 통제자 위치의 엘리트와 좀비화된 노동자들 사이의 계급 양극화 같은 사회적 소외social estrangement를 지칭할 수도 있다. 이처럼 에일리언이라는 의미는 단지 외계 행성에서 온 외계인의 의미를 넘어서서 당대 사회의 정치나 인종, 계급 문제를 함축하고 있음에 주목해야 한다.[2]

상투적 외계인의 바뀌게 된 계기는 스탠리 웨인바움Stanley Weinbaum의 『화성 오디세이』A Martian Odyssey(1934)이며 외계인은 인간이 이해할 수 없는 사고 과정과 동기들을 지니고 있기에 인간과 다른 정신을 지닐 것이라는 개념이 도

---

1) 『어메이징 스토리즈』 1928년 5월호의 표지는 사지가 여러 개이고 몸통과 머리가 구분되지 않는 거대한 괴물 같은 외계인 앞에서 난쟁이같이 왜소한 인간들이 도망치는 삽화를 싣고 있다 (Seed 30-31 참조).
2) 시드는 이러한 특질을 찾아볼 수 있는 작품으로 피어튼 W 두너(Pierton W Dooner)의 『공화국 최후의 날』(Last Days of Republic, 1880)을 예로 들고 있다. 이 작품에서는 중국 이민 노동자들의 고용을 음모로 변형시키고 있다. 두너는 미국의 영토 확장을 정당화하는 메니페스트 데스티니(Manifest Destiny)의 확신감을 뒤집으면서 중국인을 향한 지배 충동을 표면으로 끌어올리고 있다. 그런데 중국인들은 점차 미국을 차지하며 궁극적 결과는 미국의 이름이 지도에서 사라지는 것이다(27).

입되었다. 즉 외계인은 위협이나 구원의 수단도 아니고 선도 악도 아니며 단지 외계인이라는 것이다. 『화성 오디세이』에서 화성으로 간 탐사자들은 괴물 같은 기형의 타조를 만나게 된다. 이 타조는 타자성otherness이 강조되었으나 점차 외모의 이상함이 줄어들고 이들은 인간과 같은 종에 속할 수도 있다는 생각을 불러일으킨다. 실제로 이 타조 모양 외계인은 새가 아니라 작고 둥근 몸체와 긴 목을 가진 생명체라고 볼 수 있고 더 중요한 것은 이들은 지능을 지니고 있다는 점이다. 이들은 수학 도표를 이해하고 영어를 배우는 것을 볼 수 있으며 트윌 Tweel로 명명되어 인간과 동료가 되고 인간과 함께 화성을 공유할 수 있게 된다. 트윌이 인간화될수록 그의 외모도 덜 주목의 대상이 됨을 볼 수 있다.

많은 작가들이 웨인바움의 예를 따라서 외계인의 생태계나 문화들을 창조하였으나 대다수 SF에서 외계인들은 1950년대까지는 주로 악당으로서의 외계인alien as villain 혹은 괴물 의상을 입고 있는 인간으로서의 외계인alien as human in monster costume이라는 상투형들이 생산되었다(Miller 92). 그런데 할 클레멘트의 『중력의 임무』(1954)는 잘 고안된 외계인들을 제시한 SF들의 시발점이 되었다. 지구와는 다른 중력체계를 지닌 메스클린 행성 환경에 맞게 고안된 외계인들은 그러한 환경에서 생존할 수 있게끔 몸체나 정신이 구성된 존재였고, 그 이후로부터 실제 거주환경에 맞는 과학적 사실에 충실한 외계인들의 모습을 다룬 SF들이 많이 등장하게 되었다.

외계인 침공(Alien Invasion)

우주의 외계 군단이 지구를 침공하는 이야기는 SF의 매우 오래 된 형태 중의 하나라 볼 수 있다. 이러한 이야기는 특히 19세기 후반 영국에서 인기가 있었으며 H. G. 웰즈가 1898년 『우주 전쟁』The War of the Worlds을 출판했을 때 절정에 달했다. 웰즈가 이를 집필하기 전까지 외계의 존재들은 지구에 위협적인 존재로 간주되지는 않았다. 웰즈의 『우주 전쟁』은 우리 행성을 침공하는 호전적인 외계인의 개념을 생성했고 이로부터 유사한 주제의 수많은 이야기가 탄생하였다. 또한 『우주 전쟁』은 영국의 식민주의 확장이 빠른 속도로 진전되는 시점에서 식민주의의 문제점을 부각시켰다. 이는 영국 제국주의에 대한 강력한 비판으로 작용하여 식민주의 주체가 아니라 식민화된 대상의 관점에서 식민주의를 보도록 영국 독자들을 유도하였다. 특히 『우주 전쟁』은 외계인 침공 이야기의 잠재력을 보여주었는데 실제 세계의 사회적 정치적 현상에 대한 비판, 특히 제국주의에 대한 비판으로 작용하는 데 기여하였다. 그러나 『우주 전쟁』 이후 대부분의 외계인 침공 텍스트들은 서구 독자들을 식민주의자의 입장으로 유도하는 판타지들이었으며, 식민주의에 대한 비판은 찾아보기 힘들었다.

2차 대전 이후 몇십 년간 대중지에서 조악한 괴물들이 호전적이고 위협적인 존재로 형상화되었다. 외계인 침공의 내러티브는 하나의 냉혹한 이슈를 내세우는 경향이 있다. 즉 정복하느냐 정복당하느냐의 문제를 내세우고 있다. 시드는 인간에 대한 이들의 위협을 환기시키는 과정에서 이러한 내러티브들은 지속적으로 고딕 장르의 특성들과 겹친다고 지적하기도 한다(32). 시드의 지적대로 이들의 위협은 고딕적 공포감과 상통하는 면이 있다고 볼 수 있다. 특히 1950년대 미국에서 외계인 침공의 이야기들이 번성했는데 냉전 시대에 공산주의에 대한 미국의 공포감을 반영하는 현상이라 볼 수 있다. 미국에서 외계인 침공을 다룬 이야기나 영화는 인기 있는 영역으로 되어 다양한 갈래를 형성했고, 단순한 흥밋거리에서 복합적인 사회적·정치적 이슈들을 다루는 높은 수준의 단계로 진전되기도 했다.

영국의 TV 시리즈인 <쿼트매스 실험> The Quatermass Experiment (1955)은 외계인들과의 접촉을 '감염'이라는 개념으로 제시한다. 쿼트매스 두 번째 시리즈와 영화 <쿼터매스 2>(1957)는 첫 시리즈보다 침공을 더욱 강력하게 묘사한다.

지구의 레이더망에 이상한 물체가 포착되며 이 물체가 떨어진 곳을 조사하던 과학자인 쿼터매스는 이상한 산업 시설을 발견하게 된다. 이는 정부가 구축한 시설로 일급비밀로 접근금지구역이 된 곳이다. 작가인 나이젤 닐Nigel Kneale이 회고하듯, 이는 1950년대의 관료주의와 비밀스런 설비 구축에 대한 공포감을 나타내기 위한 것이었다(Seed 32 참조). 첫 시리즈에서와 마찬가지로 산업시설 근방에 거주하는 사람들이 감염되는 이상한 질병에 대한 보고서는 긴장감을 조성한다. 지역주민들이 이 시설을 지키는 사람들을 좀비라고 부르는데 그 이유는 마스크를 쓴 곤충 같은 외모 때문이다. 궁극적으로 이 시설은 지구에 떨어진 생물체들을 위한 인조식품을 만들어내는 곳으로 드러나게 된다. 쿼터매스는 이들을 추적하여 고향 행성으로 돌려보내고 이들을 없앤다. 미국판 영화 제목은 이러한 외계인의 침공에 대한 공포를 살려서 <우주에서 온 적>Enemy from Space으로 제작되었다.

1950년대 외계인 침공을 가장 강력히 표현한 영국 SF는 존 윈덤John Wyndham의 『트리피즈의 날』The Day of Triffids(1951)이라고 볼 수 있는데 인류에 대한 두 가지 위협을 동시에 제시하고 있다. 즉 외계인과 생물체이다. 트리피즈는 소련이 행한 생물학적 실험으로부터 생성된 종이며 이들의 포자가 비행사고로 영국에 떨어지게 된다. 또 하나의 공격은 초록빛 유성인데 이 유성을 바라본 사람들은 눈이 멀게 된다. 영국은 집단적으로 장애인이 되고 우월한 종의 위치를 박탈당한다. 결과적으로 트리피즈의 공격에 노출되고 마는 것이다. 윈덤의 서술 방식은 영국의 자만을 지적하면서 음울한 분위기 속에서 죽음과 종말을 자주 언급하고 있다.

1950년대 미국의 외계인 침공 영화들의 패턴은 존 윈덤이 제시한 것들보다 더 복합적이다. 이는 몇 가지 패턴을 포함하고 있는데 전형적으로 운석으로 오인된 물체가 작은 마을 근방에서 추락한다. 물체안의 존재들은 추락한 장소, 오래된 우물이나 모래밭 등을 인간들을 탈취하기 위한 기반으로 사용한다. 이는 바꿔치기〈나는 우주에서 온 괴물과 결혼했어요〉(*I Married a Monster from Outer Space*, 1958), 감염〈뇌 포식자들〉(*The Brain Eaters*, 1958), 혹은 탈취〈화성에서 온 침입자〉(*Invaders from Mars*, 1953)를 통해 이루어질 수 있다(Seed 34 참조). 이를테면 <화성에서 온 침입자>는 마을 근처 모래밭에 불시착한 우주선을 중심으로 화성인들이 인간의 육체를 탈취하고 있다는 것을 어린 데이비드의 눈을 통해 보여준다. 이러한 종류의 위협은 『블롭』*The Blob*(1958)에서 더 투박하게 제시되는데 점점 성장하는 아메바 같은 유기체가 인간들을 흡수해버리는 걸 보여주며 <우주 공간에서 온 존재>*It Came from Outer Space*(1953)에서는 애리조나 마을의 주민들이 일종의 큰 거품 같은 물질에 흡수되는 걸 보여준다. 결국 외계인들은 우주선을 고치기 위해 마을 우물에 숨어있었으며 마을 사람들을 이용했으나 기본적으로 이들은 유순한 존재였음이 드러난다.

　　로버트 하인라인의 『퍼펫 매스터』*The Puppet Masters*(1951)[3] 역시 외계인의 침입을 다룬 것으로 공산주의의 위협에 대한 알레고리로 읽히기도 한다(Booker and Thomas 29). 2007년 아이오와 주 그린넬 근방에 정체불명 우주선이 시착하는데, 정부 요원인 샘은 이 지역 주민들의 몸속에 외계인들이 침투하여 주민들이 괴상한 행동과 사고를 하고 있음을 보고한다. 또한 샘은 UFO의 역사적 맥락을 파헤쳐서 그 기원이 1940년대로 거슬러 올라감을 알게 된다. 즉 1947년에 UFO가 공식적으로 보고된 해이고 이때 이미 미국과 러시아 사이에 핵전쟁이 난 것이다. 전쟁과 국가적 위협이라는 이중의 주제로 인해 소설의 액션은 복합적이다. 인간의 등에 기생하여 인간의 몸과 뇌에 파고들어 이를 조종하는 외계 기생충 같은 괄태충은 결국 전 지구 정복의 프로그램에 따라 인간을 조종하려는 외계 매스터들의 지시에 따른 것이다. 하인라인은 기생충 같은 이 생명체들 속에 소유욕, 정치적 위협에 대한 공포감 등을 결합시키고 있다. 샘조차도 잠시 이들의

---

3) 이는 1994년 스튜어트 옴 감독에 의해 영화로 제작되었고 우리나라에서는 <에일리언 마스터>로 알려진 영화이다.

침투 대상이 되어 기계적 존재, 익명의 감독자의 지시를 따르는 수동적 도구로 환원되기도 한다. 인간의 몸에 기생하는 외계 괄태충은 공산주의자로 암시되고 있어, 공산주의의 침투에 대한 대중의 공포를 드러내며, 하인라인은 이 외계 생물체가 전 나라로 퍼져나가는 현상을 소련의 공산주의와 연관시키고 있다.

외계 생물체에 대한 군사적 전투는 무용하며 결국 용맹한 미국인들이 괄태충을 세균전을 통해 패배시키는데, 세균은 1950년대 논쟁거리가 많은 무기였다. 하인라인은 세균 무기를 사용하는 걸 지지하고 있으며 그의 메시지는 우리가 영원히 적에 대해 경계하고 있어야 할 뿐 아니라 적을 물리치기 위해서는 어떤 자원도 기꺼이 이용할 용의가 되어 있어야 한다는 것이다(Booker and Thomas 29 참조). 세균전으로 승리를 거둔 이들은 지구 전역의 괄태충을 완벽히 제거한 상태에서 아마존 같은 세 삼세계의 비밀 은신처에 다른 것들이 숨어있을지 모르므로 경계해야 한다고 경고한다. 이러한 맥락에서 외계침입자들의 근거지인 타이탄도 공격하여 모든 괄태충을 제거할 집단학살을 시작할 준비를 한다. 샘은 이러한 미션을 진척시키며 마지막 선언으로 유쾌하게 "죽음과 파괴"(Heinlein 340)를 외치고 있는 것이다.

1950년대 외계인 침공 이야기들 중 가장 유명한 예는 잭 피니Jack Finney의 『신체 강탈자의 침입』Invasion of the Body Snatchers(1955)이다. 이는 1954년 『콜리어즈』Collier's 잡지에 연재되다가 1955년 『신체 강탈자』The Body Snatchers로 출판되었다. 외계의 씨앗이 우주로부터 캘리포니아의 작은 마을 밀 벨리에 정착하는데 이 씨앗은 접촉하는 어떤 인간들도 정확한 복제 형태로 만들어내는 능력이 있다. 그래서 밀 벨리의 주민들은 점차 복제인간들로 대체되어가며 의사인 마일즈 베넬만이 외계인이 마을을 장악하는 것에 저항할 수 있는 존재로 남게 된다. 외계 생물체는 이 마을을 거점으로 전 나라, 전 세계를 이러한 형태로 지배하려는 계획이었으나 마일즈의 방해로 이들은 더 쉽게 식민화될 다른 행성을 찾아 지구를 떠나기로 결정한다.

피니의 소설은 1956년 영화 <신체 강탈자의 침입>으로 만들어졌으며 1978년 같은 제목으로 다시 제작되었다. 영화는 소설에 충실하지만 엔딩은 원작보다 덜 낙관적인 분위기를 제공한다. 저 예산 영화임에도 불구하고 영화에서는 배경을 캘리포니아 주 작은 마을 산타 마이라로 지명을 바꾸어서 생생하게 마을의 변화를 재현하고 있다. 외계씨앗들은 이미 마을 너머 퍼져나가서 이를 멈출 수 있을지는 명백하게 제시되어 있지 않다. 외계인들의 침공 서사에서 주로 외계인의 침공으로 인한 희생자들이 좀비화 되어, 이들의 바뀐 외양을 관찰할 수 있는 것에 비해 <신체 강탈자의 침입>에서는 주변 친근한 사람들의 변형 과정을 의사인 마일즈도 알아보기 힘들 정도이다. 소설에서는 친근한 마을 주민을 더 이상 식별하기 힘든 공포감이 점진적으로 고조되는 것으로 제시되는 데 반해 영화는 극적인 효과를 더 중시하고 있다.

정상적인 미국인의 정신을 탈취해서 이들을 외계의 이데올로기를 갖도록 전환시키는 침공자의 개념은 공산주의가 미국을 전복시킬 수도 있다는 냉전시대의 공포감을 반영하고 있다. 즉 이러한 영화에서 마을을 장악하는 외계 생명체의 침투는 공산주의의 침투를 우려하는 미국의 당시 정서를 반영해준다고 할 수 있다. 부커와 토머스는 이 영화가 반공산주의적 편집증의 분위기를 재현하는 문화 아이콘으로 간주되었다고 지적한다(30). 복제인간들이 모든 사람과 동일하며 감정도 느끼지 못하고 개성도 없는 상황은 그 시대의 공산주의에 대한 생각을 반영해준다. 따라서 외계의 씨앗으로 인해 대체된 인간들이 주는 확신, 단순히 대중들과 같이 가고 감정 없이 사는 걸 익힌다면 삶이 훨씬 즐거워질 것이라는 확신은 공산주의에 뿌리를 둔 유토피아주의를 반영해주는 것으로 볼 수 있다.

리메이크된 영화들은 배경이 다양하게 바뀌며 1978년 작품은 샌프란시스코로 외계 생명체가 작동하기도 전에 도시의 고립으로 영화가 시작되고, 1993년 <신체강탈자>는 앨라배마 육군 기지를 사용하고 있으며, 2007년의 <인베

이전> The Invasion은 외계 생명체가 지구에 우주왕복선을 타고 들어와서 DNA 변형을 통해 인류를 자신들의 종족으로 만들려는 계획을 보여준다. 정신과 의사 캐롤은 갑자기 변해버린 남편으로 인해 공포에 질린 환자나 이상하게 변해버린 아들의 친구, 전 남편 등, 질서정연한 거리를 무표정으로 다니는 이들 모두 외계 생명체 물질에게 감염되어 신체가 강탈되었음을 깨닫는다.

이러한 영화들에서 외계 생물체가 인간의 신체에 파고들어 신체를 장악하는 과정은 공산주의에 대한 공포를 반영한다. 또한 감염되어 자신의 신체가 없어지고 외계 생명체의 작동에 따라 움직이는 이러한 이야기들은 무조건적 권위에 따르는 사회의 문제점을 우화적으로 표현한 것으로도 볼 수 있다. 이처럼 외계인 침공이라는 서브장르는 1950년대 영화에서 유행하는 장르였고 다양한 우주 외계인의 지구 침공 영화들이 나왔다.[4] 이러한 영화들은 당시 인기에 힘입어 저예산으로 양산되는 경우도 많았고 이를테면 에드 우드Ed Wood의 <우주의 플랜 9> Plan 9 from Outer Space (1959) 같은 영화는 SF 영화 중 가장 최악의 영화로 손꼽히기도 했다(Booker and Thomas 31). 그러나 이러한 영화들은 많은 이들의 향수를 불러일으켜서 팀 버튼Tim Burton의 <화성 침공> Mars Attack! (1995)에 영감을 제공하였다. 아울러 <맨 인 블랙> Men in Black (1997) 같은 영화에도 영향을 주었다. 특히 롤랜드 에머리히Roland Emmerich의 <인디펜던스 데이> Independence Day (1996) 같은 영화는 20세기 말에 계속 진행되는 외계 침공 주제의 가능성을 보여주었다.

1950년대는 외계인들이 비행접시를 타고 방문하는 모티브들이 급증하였고 1950년대 많은 외계침공 영화 중 가장 두드러진 영화는 로버트 와이즈Robert

---

4) 크리스천 니비(Christian Nyby)의 <괴물>(*The Thing from Another World*, 1951), 잭 아놀드 (Jack Arnold)의 <아웃 스페이스>(*It Came from Outer Space*, 1954), 우리나라에 <매트 헌터>로 소개된 <인베이전 유 에스 에이>(*Invasion USA*, 1952), <붉은 행성 화성>(*Red Planet Mars*, 1952) 등을 들 수 있으며 이 영화들은 주로 반 공산주의적 편집증을 과장되게 표현하는 경우가 많았다(Booker and Thomas 30-31 참조).

Wise 감독의 <지구가 멈추는 날> *The Day the Earth Stood Still* (1951)로 손꼽힌다. 당시의 반공산주의의 광풍과는 달리 와이즈의 영화는 지구의 평화와 이해를 촉구하는 메시지를 담고 있으며 냉전으로 인한 군비경쟁은 결국 전체 행성의 재난을 초래할 것이라는 경고를 담고 있다. 예수에 비교되는 외계인 클라투Klaatu와 그의 수행 로봇 고트는 평화롭게 지구에 도달했으나 위험한 존재로 인식된다. 그러나 클라투는 인류가 지구를 벗어나서 폭력적 방식을 계속 확장한다면 인류의 문명은 파멸될 것임을 경고한다. 은하계 사이에서 평화 유지를 위해 존재하는 로봇의 활약으로 인간이 이룬 문명이 파괴될 수 있기 때문이다. 냉전의 군비 경쟁을 거부하는 것은 영화에서 매우 용감한 액션인데 당시 미국 냉전의 신경증은 절정에 달해 있던 시기였고 할리우드는 반공산주의 열성분자들의 분위기가 무르익었던 때였기 때문이었다. 이 영화의 성공은 SF라는 장르가 현실과 다른 배경과 사건이 용인되는 관계로, 논쟁을 불러일으킬만한 이슈들에 대해 직접적으로 사회적 정치적 논평을 가할 수 있는 장의 역할을 할 수 있음을 보여준다.

아서 클라크의 『유년기의 끝』 *Childhood's End* (1953)은 외계침입자들을 본질적으로 자비로운 존재로 다루고 있는 점이 특징이다. 고도의 기술과 속임수를 통해 외계의 오버로드Overlord들은 지구를 지배하는데, 인간의 자체 파멸을 막기 위해 고안된 규율들을 부과한다. 예를 들면 동물에게 잔인한 행동을 금하는 것 등이다. 가장 중요한 규율은 지구의 국가들을 없애고 단일한 세계국가World State를 수립하는 것이다. 총감독 커렐린이 이끄는 오버로드의 규율은 유례없는 지구의 평화와 번영 시대에 주요 역할을 하지만 일부 사람들은 인간이 직면할 도전이 없으니 이러한 유토피아적 삶이 다소 단조롭다는 걸 발견하게 된다. 오버로드들은 신비로운 존재로 거의 50여 년 넘게 모습을 드러내지 않으나 이들의 외모는 악마와 꼭 같은 형상으로 날개와 뿔, 뾰족한 꼬리 등을 지니고 있으며 이는 세계의 신화에서 공통적으로 볼 수 있는 모습임을 알 수 있어 상징적 의미를 지닌다.

이들 오버로드들은 그들의 대장인 오버마인드Overmind의 지령에 따라 지구에 온 것임이 밝혀지게 되고 오버마인드는 고도로 높은 수준의 초자연적 능력과 다양한 종들의 혼합체로 구성된 실체이다. 은하계에서 오버로드들의 기능은 단순히 인류와 같은 종족, 즉 진화의 능력이 있는 종족이 살아남아서 진화가 결실 맺기까지 이들을 돕는 것이다. 마침내 진화적 도약이 일어나서 열 살 이하 세계의 모든 어린이들이 초자연적 능력을 갖게 되는 상황에 도달한다. 오버로드들은 나머지 인류들을 지속적으로 감독하지만 나머지 인간들은 미래에 대한 기대도 없이 대다수가 홀로 혹은 집단적으로 자살한다. 초능력을 가지게 된 어린이들은 별도의 구역으로 이주하게 된다. 궁극적으로 변형되지 못한 인간들은 죽게 되는데 잰 로드릭스는 예외적으로 살아남아있다. 잰은 공학도로서 오버로드의 놀라운 세계를 보기 위해 이들의 우주선을 몰래 타고 80년의 여행을 마치고 돌아온다. 시간 팽창 효과로 인해 그는 지상의 시간으로는 4개월의 여행을 한 셈이었다. 그는 돌아와서 자신이 지구에 남은 마지막 인간임을 발견하게 된다. 어린아이들이 오버마인드에 합류할 준비가 되어있고 오버로드들은 자신들의 안전을 위해 지구를 떠난다. 이들은 잰을 지구에 남겨두고 그가 본 마지막 과정을 오버로드들에게 보고하도록 하는데, 마지막 과정은 지구의 완전한 해체로 이어진다.

냉전시대의 긴장이 1960년대에 다소 완화됨에 따라 외계인 침공의 서브장르는 다소 뒤로 물러났으나 계속 흥미로운 작품들이 나오게 되었다. 60년대와 70년대의 이 장르들은 새로운 방향으로 발전되었는데 토마스 디쉬Thomas Disch의 『제노사이드』Genocides(1965)는 인류를 말살하려는 데 열중하는 고도수준의 외계 침입자들을 제시하고 있다. 그러나 1950년대의 반공산주의의 톤과 달리 디쉬의 소설은 우리 행성 바깥에 숨어있는 사악한 외계 군단의 가능성에 초점을 두기보다 인간의 교만에 대한 경고에 더 무게를 둔다. 여기서 외계인들은 지구를 자신들이 식량으로 사용할 거대하고 성장이 빠른 식물들을 재배하기에 완벽한 장소로 보고 있다. 그래서 작물의 씨를 뿌리고 이 식물이 자라는 데 방해가 되는 모든 해충들을 박멸하기 시작하는데, 인간도 거기에 포함된다.

마이클 크라이튼Michael Crichton의 『안드로메다의 위기』*The Andromeda Strain* (1969)는 『제노사이드』와 달리 외계의 세균이 외계 침입자가 된다. 미국 우주선이 추락하면서 거기 묻어온 외계의 세균이 퍼져서 지구 전체를 위협하며 인류를 거의 파멸시킬 위기에 달한다. 마지막에 이 세균이 인간에게 해롭지 않은 유기체로 변형됨으로써 지구는 위기를 면하지만 위기일발의 상황은 지구 전체가 우주로부터 감염될 위험에 대해 경고하는 것으로 읽힐 수 있다. 『안드로메다의 위기』는 1971년 로버트 와이즈 감독에 의해 영화로 만들어져서 성공을 거두었고 크라이튼의 작품이 SF 역사에서 성공적인 멀티미디어 프랜차이즈들의 하나로 시작된다는 점에서 의미가 깊다고 할 수 있다.

리들리 스콧Ridley Scott의 1979년 영화 <에일리언>*Alien*은 외계인에 관련된 많은 모티브들을 포함하면서도[5] 시고니 위버Sigourney Weaver가 맡은 리플리역할을 통해 새로운 여성 전사의 모습을 탄생시켰다. 화물 우주선인 노스트로모Nostromo호가 우주에서 떠다니는 외계인선을 만나게 되는데 "노스트로모"는 영국 소설가 조셉 콘래드Joseph Conrad의 소설 제목과 같아서 제국주의와 식민주의의 모티브를 내포하고 있다 볼 수 있다. 즉 이는 회사가 우주선 대원의 희생에도 불구하고 에일리언을 지구로 데려와 정복의 도구로 쓰려는 모티브와 연결된다. 대원인 케인은 외계인의 우주선 안을 탐색하다가 페이스 허거의 습격을 받고 도로 돌아오나, 끔찍한 에일리언이 케인의 가슴을 뚫고 탄생한다. 에일리언

---

5) 이 영화는 <에일리언즈>(1993), <에일리언 3>(1992), <에일리언의 부활>(1997)의 연속편으로 이어졌고 <에일리언즈>는 에일리언들의 행성에서 벌어지는 액션 모험을 그리고 있으며 <에일리언 3>은 에일리언의 알이 부지불식간에 우주선에 담겨져 지구로 오게 되고 리플라가 자기내부에 에일리언이 있다는 것을 알게 되는 이야기이며, <에일리언의 부활>(1997)은 미 육군이 리플리와 함께 복제인간을 만드는 프로그램을 계획하는 미래에 설정되어 있다 (https://en.wikipedia.org/wiki/Aliens_film 참조).

이 대원들을 다 죽이는 재앙이 일어나는데 스콧은 대원 중 하나가 외계인을 데려오라는 '회사'(이름이 결코 밝혀지지 않은)의 지령아래 움직이는 인조인간임을 드러냄으로써 또 다른 모티브를 도입한다. 스콧은 외계 생명 유기체를 부분 샷 혹은 잠깐 스쳐지나가는 식으로 보여주어 전체 외관을 영화 아주 후반부까지 미스터리로 남겨둔다.

1980년대의 미국문화에서 외계인을 다루는 콘텐츠들은 전반적으로 외계인에 대해 관대하지 못한 성향을 띠었는데 1950년대의 반공산주의 성향으로 돌아가는 면이 있었기 때문이다. 레이건 정부가 반소련적 정책을 선호했기에 이러한 특징을 지니게 되었다고 볼 수 있다. 래리 니븐Larry Niven과 제리 푸어넬Jerry Pournelle의 1985년작 『풋폴』Footfall은 1980년대의 가장 성공적인 외계인 침공 소설로 꼽힌다(Booker and Thomas 34). 이는 과학 기술을 이용하여 탄도 미사일을 요격하려고 한 미국의 군사 계획인 레이건 행정부의 "스타워즈" 전략 방위 구상을 포함해서 초강력 무기의 개발 프로그램을 지지하기 위한 것처럼 보이기도 한다. 『풋폴』은 재난 영화를 상기시키는 포맷을 사용하여 지구와 외계 우주선 사이의 실제 전투와 이 전투가 개인 인물들에게 미치는 충격을 상세히 제시하고 있다. 피스프로 알려진 외계인들은 마치 아기 코끼리 같은 외모를 하고 있는데 두 개의 코끝에는 손가락 같은 촉수들이 붙어있다. 1950년대 반공산주의 정서를 불러일으키는 이 외계 생물체들은 무리로 움직이는 동물 집단의 성향을 지닌 종족으로서 개별적 행동을 거의 하지 않는다. 따라서 이들이 접촉하는 지구인들과의 의사소통이 많은 문제를 일으킬 수밖에 없으며 인간보다 유연성이 떨어지고 새로운 상황에 대한 대처능력도 부족해 보인다. 미국이 SF 작가들의 조언을 얻어 거대한 핵 동력 우주선을 구축하는 계획을 추진하여 피스프들을 물리치게 된다. 피스프들은 자신들이 우주여행을 통해 지구로 올 수 있도록 해준 부사드 램제트호를 다시 구축하는 일을 인간과 함께 하는 데 동의한다. 이러한 과정에서 인간들은 이들의 기술을 습득할 것임이 암시된다.

그렉 베어Greg Bear의 『신의 용광로』The Forge of God(1987)는 역시 재난 영화 포맷을 사용해서 외계인 침공의 모티브를 탐색한다. 이 작품의 자유주의적 분위기는 니븐과 푸어넬이 작품에서 보인 보수주의에 대한 반격으로도 볼 수 있다. 행성 탐식자planet eaters들로 불리는 외계의 알 수 없는 힘은 자신들의 재료로 쓰기 위해 지구를 거의 해체하는 단계까지 이른다. 그러나 피할 수 없는 종말을 기다리는 일군의 인물들의 활동들을 볼 수 있는데, 미국 대통령 윌리엄 크로커맨이 외계의 공격을 신의 분노로 해석하고 지구의 파멸을 성경에 묘사된 세상의 종말로 풀이하여 어떤 행동도 취하지 않는 것은 위기에 처한 지구의 반응이 왜곡되어 있음을 보여준다. 다행히 자비로운 외계인들이 선별된 인간집단과 인간의 문화구조물들을 모아서 일련의 우주방주Space Ark에 옮겨놓음을 볼 수 있고, 베어의 1992년 연속편 『별들의 모루』Anvil of Stars에서 남은 인간들이 행성 탐식자들에게 복수를 감행하려함을 볼 수 있다.

80년대 영화 가운데 제임스 카메론의 『심연』The Abyss(1989)은 <지구가 멈추는 날>과 더불어 경고조의 외계인 침공 이야기를 영화에 담음으로써 냉전시대 군비 경쟁을 문제 삼고 있다. 고도의 기술을 지닌 외계인들이 대양의 해저깊이 존재하면서 지구의 대다수 연안들을 쓸어버릴 만한 엄청난 해일을 일으켜서 지구를 조정한다. 이들은 물을 조정하는 고도의 능력을 지닌 존재로서 1980년대 지속되던 레이건 시대에 지속되는 무기 경쟁을 그치고 지구 국가들의 화해가 이루어지지 않는다면 엄청난 해일로 지구의 해안 지역들을 쓸어버릴 위협을 가하고 있다. 그러나 자신들의 해저 기지를 대양위로 띄워서 인간들을 구해주는데 이러한 외계인의 인간을 위한 중재는 성공적으로 수행되어 평화가 지구에 유지될 수 있다는 희망을 던지고 있다.

1980년대의 외계인 침공 소설들 가운데 옥타비아 버틀러의 『제노제네시스 3부작』Xenogenesis Trilogy은 주목할 만한 역작으로 『새벽』Dawn(1987), 『성인의식』Adulthood Rites(1989), 『이마고』Imago(1989)로 구성되어 있다. 이 3부작은 레이건 정부의 공격적 정책들에 대한 비판으로 구상되었고 인종주의, 젠더, 군사주의, 식민주의와 같은 문제를 포괄하고 있다. 지구의 인간 문명을 실질적으로 소멸시킨 엄청나게 파괴적인 핵 갈등의 결과로 오안칼리라는 외계인이 지구에 도달한다. 오안칼리는 세 개의 성sex을 가지고 자신의 행성에서 영원히 축출된 존재들이다. 이들은 유전자 교체를 통해 인간을 지배하기 원한다. 주인공인 릴리스는 오랜 잠에서 깨어나 의식을 찾을 때 오안칼리와 대면하게 되는데, 이 외계 종족은 회색빛 피부에 코가 없고 귀털이 있는 외모를 지니고 있으며 유창하게 말을 건다. 이들은 고도의 생명공학을 사용하여 인간의 건강을 되찾게 하지만 이는 인간과 오안칼리의 혼성체 형태로 이루어진다. 이 혼성체들은 오안칼리들처럼 지구를 떠나 별들 사이를 여행하며 유전자를 거래하는 상인들이 될 것임을 짐작할 수 있다. 버틀러는 항상 인물들의 육체의 차이나 특성을 인식하고 있으나 독자들이 이러한 낯선 외양과 차이성에 대한 감각이 편견에 의한 것은 아닌지 다시 생각해보도록 세심하게 이야기를 끌고 나간다. 그리하여 지속적으로 '차이'나 '다름'에 대한 독자들의 감각이 변화하도록 유도하고 있다.

접촉(Contact)과 의사소통(Communication)

외계인의 지구 침공도 일종의 인간과 외계인의 접촉 주제로 볼 수 있으며 인간과 외계인의 접촉 주제는 흥미로운 주제로 지속적인 관심을 끌어왔다. 대다수의 대중잡지에 실리는 유형의 이야기들이나 소설들은 외계인의 지구 침공이나 행성 간 전쟁을 다루지만, 더 나아가 인간이 지력이 뛰어난 외계 종족과 대면할 때 어떤 일을 실제로 기대해볼 수 있을까에 주목한 이야기도 많았다. 이에 대해 여러 유형의 이야기가 나올 수 있지만 지구가 나머지 우주 영역으로부터 격리되거나 출입금지 영역이 되는 이야기로부터 외계인이 인간과 함께 평화롭게 살 수 있는 이야기까지 다양한 스펙트럼의 이야기들을 볼 수 있다. 외계종족과 인간의 첫 접촉이 양편에 어떤 영향을 줄까에 대해 쓴 이야기들 가운데 이 문제를 진지하게 검토한 첫 이야기는 머리 레인스터Murry Leinster의 『퍼스트 콘택트』First Contact (1945)이었다. 두 우주선이 우주에서 만나게 되지만 서로의 의심으로 교착 상태에 빠지는데, 이는 소련의 SF 소설가 이반 이프레모프Ivan Efremove의 비판을 받기도 했다. <스타트렉> 시리즈 중 인간과 외계인의 첫 만남에 대한 영화 제작시 영화 제목을 레인스터의 이 소설에서 따오기도 할 만큼 주요한 의미를 지닌 작품이었다.

외계인들이 지구를 점령하기 원하는 외계인 침공 주제의 SF 들과 대조적으로 인간과 외계인의 대면 가능성에 대해 우호적인 경향을 보이는 SF 영화들을 볼 수 있다. 예를 들면 스티븐 스필버그의 <미지와의 조우>Close Encounters of the Third Kind(1977)나 <E.T> 같은 영화는 자비로운 외계인을 등장시켜 외계인 침공에서 볼 수 있는 사악한 외계인들과 다른 모습을 그리고 있다. 외계인은 인간보다 키가 더 작은 형상으로, 인간에게 위협적으로 제시되지 않는다. 빛과 음조들, 손의 신호를 사용하여 인간과 외계인의 의사소통이 확립되어서 위협적이라기보다 우호적 관계가 가능함을 제시하고 있으며, 인간에게 이들과의 만남은 신비롭고 경이로운 체험으로 재현되고 있다. 또한 이러한 외계인과의 의사소통 과정을 통해 인간 사회의 부당한 제도나 관행들에 대해 날카로운 비판을 제공하고 있다.

이처럼 우호적인 외계인은 1951년 <지구가 멈추는 날>에서도 볼 수 있는데 외계인과 그를 동반한 로봇은 지구의 평화를 위해 선의를 가지고 지구에 온 것이고, 1953년 『유년기의 끝』에서도 외계인들의 원 의도는 지구의 멸망을 막기 위해 규율을 부과하는 자비로움에 있음에 주목해볼만하다. 제나 헨더슨 Zenna Henderson의 『피플 시리즈』People series에서도 이러한 유형을 볼 수 있다. 1950년대에 시작된 피플 이야기들에서 헨더슨은 퉁방울눈을 가진 괴물이라는 외계인의 상투형을 거부하고 더 섬세하게 인간과의 차이성을 탐색하며 지역 공동체가 외계인을 대하는 것도 더 세밀하게 제시하고 있다. 그녀의 이야기들에서 "다름"의 의미가 탐색되고 자신의 고향이 천연 재해로 파괴되어 지구로 올 수밖에 없었던 인조인간들, 먼 행성에서 온 "피플"의 역사에 대해 이야기가 펼쳐진다. 1900년 전 주로 미국 남부에 흩어지게 되어 자신들의 고유문화와 종교적 신념을 지키려는 욕망으로 인해 다른 집단과 분리되었던 이들의 능력은 텔레파시와 예언, 치유 등을 포함한다. 이들의 이야기들은 공동체를 갈구하지만 이들을 이해하지 못하는 세계에서 겪는 차별과 소외감을 그리고 있다. 헨더슨은 이 이야기를 통해 외계성이 육체적인 것에서 유래한 것이 될 수 없음을 강조하고 있다.

월터 테비스Walter Tevis의 『지구에 떨어진 사나이』The Man Who Fell to Earth (1963)도 유사한 경우인데 외계인이 외계인이라기보다는 아웃사이더에 속한 인간에 더 가까워서 CIA와 FBI의 조사를 받는 대상이 된다. 이 외계인은 다른 행성에 거주하는 자신들의 종족을 위해 지구의 도움이 필요하다는 것을 밝힘으로써 인간에게 적대적 의도는 없는 것으로 밝혀진다. 1976년 영화에서 데이비드 보위가 인조인간 역할을 맡았는데 오렌지 빛 머리로 분장함으로써 더 강렬한 시각적 효과를 발휘하였다. 로버트 저메키스Robert Zemeckis의 영화 <콘택트> Contact(1997)도 외계인의 존재를 탐색하기 위한 시도와 외계인과의 접촉을 위한 우주 공간 탐험을 과학적 근거에 입각하여 밀도 있게 제시하면서, 동시에 여주인공이 겪는 신비로운 체험은 과학을 넘어선 영적 체험의 신비를 보여준다. 이러한 신비로운 체험은 외계 세계에 대한 낙관적 조망을 보여주지만, 기술적으로 더 우월하거나 더 공격적인 외계인과 덜 발전한 인간이 서로 대면할 때 지구에서 무슨 일이 일어날지를 심도 있게 고려해보지 못한 단점이 있다.

이러한 예들에서 보다시피 작가들은 인간의 특질들을 탐색하기 위해 외계인이라는 개념을 사용하고 있음을 볼 수 있다. 1976년 시작된 옥타비아 버틀러의 패터니스트 소설Patternist novels들에서 이를 잘 고찰해볼 수 있다. 『패턴매스터』Patternmaster의 배경은 미래이며, 인류가 텔레파시 능력자들의 네트워크에 의해 지배를 받고 있다. 패터니스트 연속편들은 이 그룹의 원형이 17세기의 두 인물들로부터 어떻게 형성되었는가의 비밀 역사를 제시하고 있다. 『야생종』 Wildseed(1980)은 이러한 역사 시작들을 노예제를 배경으로 아프리카 지역에서부터 도로Doro(텔레파시 능력자인 남성)와 애니와나Anyanwa(여성으로 모습을 마음대로 바꾸는 자이자 풍요의 화신)가 미국까지 도달하는 과정을 따라가고 있다. 미국에서 이 인물들은 문명은 "차이"들을 제도적으로 억압한다는 걸 배우게 된다.

버틀러가 노예제의 대체역사를 추적하기 위해 SF를 이용하는 반면 오슨 스콧 카드Orson Scott Card는 1986년 소설 『사자의 대변인』Speaker For the Dead에서 남미의 식민화 문제를 가상의 먼 미래에 설정, 루시타니아의 식민지를 배경으로 다룬다. 이는 『엔더의 게임』Ender's Game의 연속편으로 『엔더의 게임』의 사건들이 있었던 해로부터 3000년 이후인 5270년을 배경으로 하고 있다. 엔더는 버거 학살이 끝나고 행성 사이를 떠다니는데, 우주여행의 시간 지연 효과로 인해 엔더는 35세 정도밖에 나이를 먹지 않은 상태로 제시된다. 루시타니아에 피기 외계종Pequeninos(스페인어로 작은 것들이라는 의미)이 발견되어 피기의 행동양식은 연구대상이 된다. 그러나 피기가 연구원 피푸를 죽이는 일이 벌어져 엔더는 루시타니아로 가게 되는데, 피기와 인간이라는 두 집단 사이의 의사소통의 어려움을 볼수 있다. 카드는 서구 문화와 비문명권 문화들 사이의 권력관계들에서 발생하는 오해들과 갈등을 극화하고 있다. 이러한 외계인과 인간의 관계에 대한 이야기들은 우리 현실의 인종, 정치, 식민주의 문제 등을 일깨워주고 있을 뿐만 아니라 차이성이나 타자성에 대한 우리의 관점을 다시 짚어보도록 유도한다.

참고문헌 및 사이트

Booker, M. Keith and Anne-Marie Thomas. *The Science Fiction Handbook*. London: Wiley-Blackwell, 2009.

Harris-Fain, Darren. *Understanding Contemporary American Science Fiction*. Columbia: U of South Carolina, 2005.

Heinlein, Robert A. *The Puppet Masters*. 1951. New York: Del Rey-Ballantine, 1990.

James, Edward and Farah Mendlesohn. Eds. *The Cambridge Companion to Science Fiction*. Cambridge: Cambridge UP, 2003.

Meltzer, Patricia. *Alien Constructions*. Austen: U of Texas P, 2006.

Miller, Ron. *The History of Science Fiction*. New York: Franklin Watts, 2001.

Roberts, Adam. *Science Fiction*. London: Routledge, 2000. Second Edition, London: Routledge, 2005.

_____. *The History of Science Fiction*. Basingstoke: Palgrave, 2007.

Schneider, Susan. *Science Fiction and Philosophy: From Time Travel to Superintelligence*. London: Wiley-Blackwell, 2009.

Seed, David. Ed. *A Companion to Science Fiction*. London: Wiley-Blackwell, 2005.

_____. *Science Fiction: A Very Short Introduction*. Oxford: Oxford UP, 2011.

Slusser, George and Elic S. Rabkin. Eds. *Aliens*. Carbondale: Southern Illinois UP, 1987.

Wolmark, Jenny. *Aliens and Others*. Hemel Hempstead: Harvester Wheatsheaf, 1993.

https://en.wikipedia.org/wiki/A_Princess_of_Mars

https://en.wikipedia.org/wiki/The_Quatermass_Experiment

https://en.wikipedia.org/wiki/Aliens_(film)

https://en.wikipedia.org/wiki/Patternist_series

4

사이버펑크와 파생범주들

    1980년대로 들어서면서 기술 유토피아주의의 문제점을 인식하고 인간과 기술사이의 밀접한 관계를 탐색하는 움직임은 사이버펑크라는 장르를 탄생시켰다. 사이버펑크는 20세기 후반의 포스트모던 상황 현실을 포착해보려는 시도로 볼 수 있는데, 1980년대의 과학 및 정보기술의 진전과 포스트모던 문화에 대한 대응으로서 가장 중요한 SF 트렌드로 자리 잡게 되었다. 아울러 그 영향은 SF의 경계를 넘어서서 확장되었다. 근미래를 주 배경으로 생명공학 기술 혹은 전자적 장치에 근거한 육체 변형, 인간의 두뇌와 컴퓨터 사이의 직접 연결, 인간적 자질들을 갖춘 인공지능, 새로운 기술공간에 의해 제공된 전자적 초월electronic transcendence 등을 묘사함으로써 사이버펑크는 "인간이란 무엇인가"에 의문을 제기하고, '포스트휴먼'은 인간과 기계사이의 경계가 해체되는 필연적 결과임을 시사한다(Booker and Thomas 111 참조). 인간 주체에 대한 전통적인 관점이 도전받는 현상은 전형적인 사이버펑크의 세계, 예를 들면 다국적 기업에 지배되는 디스토피아적 후기산업 세계에 잘 반영되어있다. 이 세계는 후기자본주의 사회에 적응하지 못한 범법자나 부적응자들의 비주류문화가 특징적으로 제시되고, 컴퓨터와 고도기술의 세계와 전통적 가치들에 대한 반체제적 거부가 독특한 결합을 보이고 있다. 펑크 뮤직처럼 사이버펑크는 무정부주의적이나 경우에 따라 매우 정치적이거나 반정치적인 특징을 지닌다.

실제로 사이버펑크라는 용어는 1983년 『어메이징 사이언스 픽션 스토리즈』Amazing Science Fiction Stories라는 잡지에 브루스 베스케 Bruce Bethke가 기고한 단편에서 제목으로 쓴 용어이고, 가드너 도조이스Gardner Dozois가 1984년 『워싱턴포스트』지에 기고한 「80년대의 SF」라는 기사에서 윌리엄 깁슨, 브루스 스털링, 루이스 샤이너Lewis Shiner, 팻 캐디건Pat Cadigan, 그렉 베어Greg Bear 등의 작가들을 설명하기 위해 처음 사용한 용어이다. 또한 스털링은 자신이 편집한 사이버펑크 모음집인 『미러셰이즈』Mirrorshades에서 1980년대를 기술이 만연한 시대로 지칭하면서, "기술만연의 영향은 통제를 지나서 이제 일상적 단계에 도달했다"(xii)라고 선언하고 있다. 이러한 선언에서 보다시피 사이버펑크는 인간과 기술의 관계에 대해 다시 생각해보도록 유도한다. 이 용어는 고도기술에 대한 반문화적 태도와 펑크를 병치시킨 상징적 의미가 더해져서 포스트모던 시대에 걸맞은 용어이자 마케팅 도구로도 인기를 끌었다. 깁슨의 대표작 『뉴로맨서』(1984)가 성공을 거둔 이후 사이버펑크는 여러 영역에 걸쳐서 새로운 의미로 조명되고 응용되었다. 사이버펑크는 하나의 운동이자 서브장르 혹은 관용구를 언급하는 것으로 여겨졌지만 상업적인 상표로 수많은 파생어를 탄생시켰고[1] 독자, 작가, 저널리스트, 비평가, 마케팅 종사자들의 주목을 끌었다.

사이버펑크의 대표 작가는 윌리엄 깁슨이며 깁슨의 초기작들은 『뉴로맨서』(1984), 『카운트 제로』Count Zero (1986), 『모나리자 오버드라이브』Mona Lisa Overdrive

---

1) 카우펑크(cowpunk), 엘프펑크(elfpunk), 스팀펑크(steampunk), 스플래터펑크(splatterpunk), 리보펑크(ribopunk), 테크노고스(technogoth) 등을 들 수 있다(Bould 218 참조).

(1988)로서 이 작품들은 사이버펑크의 예시가 되고 있다. 특히『뉴로맨서』는 대표적 사이버펑크로 수많은 논의 대상이 되고 있다. 이 소설은 암흑가 범죄 소설의 양상들과 컴퓨터 작동의 새로운 이미지들을 결합시킨 플롯을 제시하고 있다. 주인공인 케이스와 몰리 사이의 관계와 케이스가 사이버스페이스에서 인공지능 존재를 탐색하는 과정이 플롯의 중심을 이룬다. 탐색의 모든 단계에서 시스템들의 확산, 육체로부터 범죄적 네트워크를 통해 매트릭스에 이르기까지 시스템이 확장됨으로써 이야기의 구도는 복합적으로 되고 있다. 술집의 첫 장면에서부터 남자 바텐더는 인공 팔과 강철로 제작된 치아를 지니고 있다. 시드의 지적대로 이는 소설의 전체 기조를 설정하고 있는데 모든 인물이 어떤 의미에서 사이보그이거나, 주인공 케이스의 신경 체계에 독소가 주입되는 것처럼 몸에 뭔가 주입되는 경우를 볼 수 있다(68). 눈에 인공렌즈를 장착하고 손가락들 끝에 칼날을 숨기고 있는 사이보그 여성 몰리는 케이스와 한 팀을 이루게 된다. 이들과 더불어 여러 인물들은 일본, 미국, 혹은 터키 등의 도시 외곽지역을 탐색한다. 인물들이 인공물, 약물, 전자 데이터의 침투를 받으므로 이들은 매트릭스, 홀로그램, 유전공학 등을 통해 가상으로 설정된 것처럼 보이는 환경 속에서 움직인다. 이러한 의미에서 깁슨은 모든 것이 계속 프로세싱 되는 데이터와 연관된 격자 등의 수사를 통해 전체적으로 기술화된 세계를 독자에게 각인시키고 있다.

『뉴로맨서』의 하늘은 텔레비전 색에 비교되면서 자연과 인공의 경계가 의미 없는 것이 되는 근미래 세계로 독자들을 유도한다. 디지털 커뮤니케이션과 미디어 기술, 인공 지능, 바이오테크놀로지의 육체 변형들, 원본이 없는 복제물들 등은 조지 오웰의『1984년』이나 필립 K 딕, 윌리엄 버로스의 소설들에서처럼 초라한 디스토피아를 제시하고 있으며, 이 디스토피아에서 국외자적 인물들은 폐기물들 속에서 생계를 유지하면서 사회의 통제 체제들을 피하려 한다. 깁슨은 다국적 자본과 다국적 기업을 다루는데, 사이버스페이스에서 정보의 순환은 자본의 전 지구적 순환을 나타내는 강력한 메타포로 되고 있다(Bould 220). 케이스는 사이버스페이스의 세계로 들어갈 수 있으며 사이버스페이스라는 말은 깁슨이 처음 만들어낸 용어로 사이버스페이스에서 겪는 대체 현실이 큰 인기를 끌면서 주류 문화의 부분이 되기도 하였다.

케이스는 직업이 해커로서 사이버스페이스에 진입시 자신의 육체를 경멸적으로 "고깃덩어리"meat(Gibson 6)라고 표현한다. 이러한 "고깃덩어리"로 표현되는 육체는 모양을 바꾸거나 보강되기도 하는데 케이스의 파트너인 몰리 같은 사이보그가 그 예이다. 육체의 변형은 유기체와 인공물 사이의 경계를 흐리게 하는데 이러한 특징은 포스트휴머니티의 특질을 보여준다. 그러나 깁슨은 포스트휴머니티의 특질들이 과연 1980년대에 퍼져있는 사회적·정치적·경제적 문제들의 해결과 어떻게 연관되는가에 대해서는 확연한 입장을 보이지 않는다. 디스토피아적 미래에 권력의 대부분이 다국적 기업에 독점되어 있고 환경도 오염되어 쓰레기나 폐기물로 어수선하게 채워져 있는 풍경이 텍스트의 대부분을 차지하고 있다. 『모나리자 오버드라이브』에서 중심인물들인 보비 뉴마크와 앤지 미첼은 실제 세계에서의 자신의 존재를 사이버스페이스에서 전자적 불멸의 존재로 대체한다. 이는 사이버펑크에서 주로 발견되는 예, 즉 육체보다 사이버스페이스에서 자유로이 움직이는 정신을 우위에 두는 예시로 볼 수 있다.

대부분의 사이버펑크 소설들이 밀집하게 묘사된 사항들이 현혹적으로 여러 겹을 이루는 구조로 채워져 있다. 이러한 독특한 문체는 포스트모던 문화의 특징인 정보의 과다를 환기시키는 면이 있다. 깁슨처럼 밀집한 산문 문체는 문장들을 거리 속어, 상표 이름, 고급 예술과 대중문화에 대한 언급들, 고도기술 용어 등으로 채워서 독자에게 불균형감을 느끼도록 유도한다. 독자들은 이러한 밀집한 문체에서 나오는 강렬함에 호응하면서도 혼란을 느끼게 된다. 여러 스타일의 혼성인 파스티셰pastiche를 만들어내는 포스트모던 작가들의 영향으로 깁슨은 다른 장르들 양식을 빌려 와서 SF를 하드보일드 탐정 내러티브hard boiled detective narrative, 특히 레이먼드 챈들러Raymond Chandler[2])와 대실 해밋Dashiell

Hammett[3])에 의해 완성된 하드보일드 탐정 내러티브와 혼합시킨다(Booker and Thomas 111). 주변을 둘러싼 폐기물들을 이용해서 강력한 예술작품을 창조해내는 정크 예술가들처럼 깁슨은 과거 문학의 조각들과 파편들을 재조합해서 문학적 콜라주collage를 만들어내고 그 과정에서 과거 장르들을 장난스럽게 전복시킨다. 그러나 깁슨과 다른 사이버펑크 작가들은 SF의 전통과 전임자들에게 충성을 표시한다.

필립 K 딕의 『인조인간은 전기 양을 꿈꾸는가』*Do Androids Dream of Electric Sheep?*(1968)는 최초의 원형적 사이버펑크로 간주되기도 한다. 이 작품에서 구현된 미래모습은 황량하고 폭력적이며 억압적이다. 릭 데커드는 화성 식민지로부터 도망친 여섯 명의 안드로이드들을 잡아들이도록 명령받아서 활동하는데, 안드로이드들과 인간들 사이의 경계는 불분명하게 제시된다. 안드로이드들은 인간적 특질들과 인간적 욕망을 드러내 보이며, 인간들은 자신의 의식에 따라서 그날그날 기분을 맞추도록 해주는 무드 기관에 자신을 프로그래밍 한다. 기술이 모든 인물들의 삶에 침투해있으며 도시풍경은 포스트 산업사회의 폐기물로 가득하다. 부커와 토머스의 지적대로 이는 깁슨의 텍스트에서 보이는 도시를 채우고 있는 폐기물gomi의 선구자로 볼 수 있는데 이러한 폐기물들은 통제를 벗어난 소비 욕망의 결과로 볼 수 있다(112).

이러한 도시의 모습은 영화 <블레이드 러너>*Blade Runner*(1982)에 어둡고

---

2) 미국의 탐정소설가 및 시나리오 작가로서 1932년 탐정소설을 쓰기 시작했고 미국 대중문학에 지대한 영향을 미쳤으며 하드보일드 스타일 탐정소설의 창시자로 평가된다. 『안녕, 내 사랑』 (*Farewell, My Lovely*, 1940), 『높은 창』(*The High Window*, 1942), 『작은 누이』(*The Little Sister*, 1949), 『기나긴 이별』(*The Long Goodbye*, 1953) 등이 있다.

3) 미국의 하드보일드 탐정 소설가이자 시나리오작가, 정치적 행동주의자로서 그의 이야기들은 영화에 지대한 영향을 미쳤다. 아울러 모든 시대를 아울러 매우 뛰어난 미스터리 작가들 중 하나로 간주되고 있다. 『마르타의 매』(*The Maltese Falcon*, 1929) 『피의 추수』(*Red Harvest*, 1929) 『데인 가의 저주』(*The Dain Curse*, 1929) 『유리열쇠』(*The Glass Key*, 1931) 등의 작품이 있다.

오염된 2019년 로스앤젤레스 거리들로 잘 구현되어 있으며 이 영화는 사이버펑크 작가들에게 상당한 영향을 미쳤다. 리들리 스콧 감독은 필름 누아르 양식을 통해 디스토피아적 미래 도시풍경을 재현하였다. 도시풍경은 거대한 마천루들과 네온이 지배하고 있으며 다국적 기호, 특히 아시아의 기호들이 가득하다. 이는 홍콩이나 도쿄 같은 도시들이 사이버펑크 배경에 적절함을 보여주고 있을 뿐만 아니라, 1980년대의 지배적인 근심, 즉 아시아 특히 일본이 미국경제의 지배권을 빼앗을 것이라는 근심을 반영하고 있다.

사이버펑크 대표 작가들은 깁슨 이외에도 브루스 스털링과 루디 러커 등을 들 수 있다. 스털링의 『인조 아이』 *The Artificial Kid*(1980)는 레버리 행성을 배경으로 하는데 산호로 이루어진 대륙들, 공중에 뜬 섬들, 부식되어 변해가고 있는 황야로 구성되어 있다. 행성의 상층에는 주로 상류계급이 거주하고 행성 표면에는 하층 계급이 거주하는 레버리에서는 엄격한 계급 구별이 이루어지고 있다. 상류 계급은 하층 계급이 만든 성과 폭력 비디오를 즐긴다. 아티는 상류 계급 사람들의 재미를 위해 극심한 폭력을 쓰는 거리의 싸움판들을 벌이고 그의 거리 전투는 상업화되어 그를 찬양하는 대중에게 판매된다. 레버리 행성의 창시자 모시즈 모시즈가 냉동상태의 잠에서 깨어나게 되었을 때 아티는 자신의 과거에 대해 불쾌한 비밀을 알게 되며 권력 투쟁에 휘말려 있음을 알게 된다. 둘은 레버리를 뒤에서 조종하던 커벌의 권력으로부터 도주해야 할 운명에 놓인다. 레버리는 일종의 디스토피아로 부각되고 있음을 볼 수 있다.

스털링의 가장 유명한 사이버펑크 작품은 『스키즈매트릭스』 *Schismatrix*(1985)라고 볼 수 있다. 이는 깁슨의 사이버펑크와는 몇 가지 점에서 차이가 있다고 지적되기도 한다(Booker and Thomas 113). 즉 스털링의 세계는 근미래가 아니라 아주 먼 미래이며 지구는 뚜렷이 부각되지 않고, 컴퓨터도 후방으로 물러나있다. 그러나 유전자 변형과 기술적 변형의 결과, 정신없이 빠른 속도, 정보로 가득한 산문, 펑크적 감수성이 결합되면서 사이버펑크의 특징을 그대로 드러낸다. 스털링은 유전자 조작주의자 셰이퍼Shaper와 기계론자 미케니스트Mechanist로 알려진 두 갈래의 포스트휴먼적 발전을 제시한다. 유전자 조작주의자들은 유전자 조작으로 연장된 수명에 덧붙여 높아진 지능, 면역체계, 근육 조절 등을 통해 새로이 만들어진다. 기계론자들은 일종의 사이보그로 육체를 전자적이거나 기계적인 인공기관들로 보강하고 있다. 순수한 인간은 여전히 변형 없이 지구에 존재하고 있으며 주인공인 아벨라르 린제이는 기계주의자 진영에서 태어났지만 유전자 조작주의자에 속하고 순수한 인간 보존운동가로서 젊은 시절 인간 문화의 순수성을 옹호하는 데 헌신했다. 그러나 린제이는 인공 팔을 덧붙여서 유전자 조작주의자를 거슬리게 했는데, 이는 실제로 유전자 조작주의자와 기계론자 사이에 궁극적으로 일어나는 종사이의 교배를 상징하는 면이 있다. 린제이는 외계 존재와 융합하며 그의 육체를 완전히 포기하게 된다. 계속 진화하면서 만들어지는 린제이의 변형들은 인간이 이제 안정되거나 고정적 범주가 아니며 본질적인 인간성 같은 개념은 사라졌음을 시사해준다. 린제이의 낙관주의와 새로운 체험들과 새로운 육체 형체에 대한 개방성은 포스트휴먼 미래에 대한 깁슨의 입장과는 차이성을 지닌다.

그렉 베어의 『블러드 뮤직』*Blood Music*(1985)도 유전공학을 통해 인간이 급진적 변형을 겪고 있음을 보여준다. 생명공학자인 버질 울람은 자신의 림프구들에 기반을 둔 생체 컴퓨터를 창조해내지만 이를 없애라는 고용주의 명령을 받는다. 그는 이를 폐기하지 않고 이를 자신의 육체 속에 주입하게 된다. 즉 일종의 나노기술 형태인 바이오칩을 자신의 혈관에 주입하는데, 누사이트noocytes로 이름붙인 이 나노세포가 급속도로 증가하며 진화하여 스스로 유전자 변형을 이루는 고지능의 존재가 되어 사람들 사이로 퍼져나간다. 급기야 누사이트들은 상수도를 통해 급속히 퍼져나가면서 북미 전체를 차지하며 생물뿐만 아니라 지형까지도 함락시킨다. 이러한 상태에서 결국 인간의 본질은 해체되고 육체의 껍질도 무의미한 상황이 된다. 이러한 이야기는 스털링과 같이 '인간이란 무엇인가'

에 대한 우리의 현재 개념을 급진적으로 변혁시키고 있는 것이다.

이처럼 자기복제화를 이루는 로봇과 인공 생명 형태를 다루는 이야기들은 전통적인 인간 주체에 대해 의문을 제기한다. 이는 루디 러커의 보퍼bopper 소설들, 『소프트웨어』Software(1982), 『웨트웨어』Wetware(1988), 『프리웨어』Freeware(1997)에서도 발견된다. 이 세 작품들은 급격한 기술 변화, 세대 차이들, 의식, 죽음의 운명과 여가로 즐기는 약물 등의 주제를 탐색하고 있다. 보퍼들이란 고안된 존재라기보다 적자생존과 자연선택을 통해 진화된 인공지능을 지닌 로봇이다. 프로그래밍이 주기적으로 임의로 변형되어 자기 복제가 가능한 로봇이 생산되고 이들은 체력 테스트fitness test에 통과해야 살아남게 되는데 러커는 인간의 두뇌와 같거나 인간을 뛰어넘는 진정한 인공지능이 개발될 수 있음을 시사한다. 러커는 이 작품에서 신비주의에 속하는 자신의 철학도 피력하고 있는데, 육체적 실체가 사라진다 해도 소프트웨어적 존재는 하나의 가능성으로 영원히 존재할 수 있다는 입장을 보이고 있다. 이 소설들은 문체나 철학면에서 깁슨이나 스털링보다 필립 K 딕의 소설에 더 가깝다고 지적된다(Booker and Thomas 114). 그러나 러커가 사이보그, 유전공학, 인공지능, 약물 사용, 전자적 초월을 다루는 점에서 전형적인 사이버펑크의 관심사들과 일치점을 보이고 있다 할 수 있다.

사이버펑크에서 인간과 기계사이 경계선이 불분명해지는 것은 인간 육체의 통합적 성격을 해체하는 데 기여할 뿐만 아니라 전통적인 자아의 개념을 불안정하게 만들고 있다. 성격과 기억들이 디지털적으로 복사될 수 있는 세계에서 인간 주체와 개인의 정체성 같은 개념들은 급진적으로 그 기반이 약화된다. 이를테면 케빈 웨인 지터Kevin Wayne Jeter의 『유리망치』The Glass Hammer(1985)는 허구의 자신과 실제의 자신 사이의 경계가 불분명해지는 현실을 보여준다. 이는 주인공 로스 슈일러가 소설화된 자신의 삶을 비디오로 보는 것으로 구성된 소설이다. 그는 암시장 컴퓨터 칩을 유럽 매수자들에 전달하는 데 성공함으로써 매체의 인기 있는 인물이 된다. 정부 위성이 쏜 미사일을 맞고 많은 동료 배송

자들이 죽었으나 그는 이를 피해 애리조나 사막을 건너갔으며 이러한 그의 행적이 전 세계적으로 영상화되고 방송된 것이다. 비디오화된 전기에서 자아는 포장되고 가공되어서 아이러니컬하게도 가공적인 것이 실제보다 더 사실적인 것으로 되고 있음을 볼 수 있다.

팻 캐디건Pat Cadigan은 여성작가로서 가부장제에 의해 보이지 않는 존재로 취급받은 여성들이 전통적인 인간의 개념을 전복하기 위해 오래 투쟁해온 사실에 주목한다. 『시너즈』Synners(1991)는 영화와 비디오 시스템뿐만 아니라 그리드리드라고 불리는 자동화된 교통 통제 네트워크가 지배하는 로스앤젤레스를 제시한다. 이 도시의 공포는 지진과 같은 재난이 덮치는 것뿐만 아니라 전자적인 차원의 재난이 일어나는 것이다. 대단위의 블록아웃이 일어나서 도시를 치단시키고 이는 미디어의 광경으로 전환된다. 도시가 다량의 컴퓨터에 의한 거대 엔터테인먼트 다이버시피케이션 주식회사에 의해 지배된다는 점에서 다국적 기업 타이렐사에 의해 지배되는 <블레이드 러너>의 도시 풍경과 유사한 면을 지닌다.

대다수 사이버펑크에서 보다시피 이식implant은 시너들에게 일상적이다. 인간과 컴퓨터의 접점이 일상적이며 사용자에게 생체조직으로 만든 두뇌 소켓을 이식함으로써 시스템이라고 불리는 전 지구적 커뮤니케이션 네트워크로 직접 접속할 수 있는 기술을 볼 수 있다. 시너들은 록 음악과 이미지들을 합성하여 가상현실 뮤직 비디오를 만드는 자들로, 브레인 소켓을 사용하여 그들이 만든 영상을 곧장 소비자에게 전달하며 소비자 역시 소켓 장비를 갖추어야 한다. 소설 제목의 "syn"은 도시 거주인들이 집단 체험에 서로 연결됨과 합성의 차원을 시사한다. 이러한 체험의 확장은 상업성과 연관된다.

음악 프로덕션 회사와 소켓을 발명한 회사를 다 거머쥔 대기업의 노리개가 되어 지나 에이시와 그녀의 애인 비주얼 마크는 소켓 이식을 받는다. 그들이 궁극적으로 발견하는 것은 브레인 소켓이 높은 창조력을 촉진시키긴 하지만 불안정한 시스템으로 사용자에게 뇌졸중을 유발할 수 있다는 것이다. 마크가 시스템에 접속하여 뇌졸중을 겪을 때 뇌졸중은 컴퓨터 바이러스의 형체로 감염을 촉발하며 시스템과 거기에 접속한 뇌들을 망가뜨린다. 결국 해커가 바이러스를 파괴하고 소설은 마크가 영원히 온라인상에 존재하고 그의 육체를 포기하는 것으로 끝난다. 마크가 자신의 육체의 허물을 벗어버리는 데 비해 지나는 육체를 취하는 자신의 선택을 정당한 것으로 간주한다. 그녀는 자신의 육체가 지닌 한계를 인식하지만 그 사실을 제한적으로 보지 않는다. 또한 기술을 도피의 수단으로 생각하지도 않으며 연결의 수단으로 생각한다. 지나가 자신의 육체를 보존하는 것은 전통적으로 남성을 정신과 연관시키고 여성을 육체와 연관시키는 상투적 젠더 모형에 상응한다고 볼 수도 있다. 그러나 캐디건은 젠더 정체성보다 육체의 실재가 중요하다는 것과 기술의 책임을 강조함으로써 앞선 사이버펑크 작품들을 비판하고 있다.

이 외에도 많은 여성작가들이 사이버펑크적 주제들을 다루었는데 젠더와 정체성을 인간-기계의 접점에서 찾았으며 다수의 사이버펑크 소설에서 발견되는 젠더와 섹슈얼리티의 정치학에 도전하고 있다. 실상 사이버펑크는 1970년대 페미니스트 SF에서 그 선구자들을 찾아볼 수 있다. 조애나 러스Joanna Russ의 『피메일 맨』The Female Man(1975)에 등장하는 자엘은 인조 발톱과 강철 이빨로 남성을 마취시키고 살해하는데, 이는 깁슨 소설의 사이보그 여성인 몰리의 선구자라고 볼 수 있으며 마지 피어시Margy Piercy의 『시간의 경계에 선 여자』Woman on The Edge of Time(1976)는 디스토피아적 도시 풍경, 육체 변형, 다국적 기업의 지배 등 이미 사이퍼펑크에 나오는 모티브들을 사용하고 있다.

비록 짧긴 했으나 사이버펑크 운동은 SF 전체에 지대한 영향을 미쳤으며 많은 텍스트들이 사이버펑크 모티브들과 주제들을 사용하였다. 1980년대에 사이보그들이 SF 영화에서 인기 있는 존재가 되었는데 <터미네이터>(1984), <로보캅>(1987) 등의 영화가 이를 입증해준다. 사이버펑크적 감성을 영화에 도입한 것으로 가장 성공한 경우는 가상현실을 다룬 영화 <매트릭스>The Matrix(1999)

로 볼 수 있다.

사이버펑크는 많은 지류를 낳았으며 대표적인 예로 스팀펑크Steampunk를 들 수 있다. 이는 1980년대 초반에 케빈 웨인 지터, 제임스 블레이록James Blaylock, 팀 파워즈Tim Powers 등에 의해 개발되었고 1990년 윌리엄 깁슨과 브루스 스털링이 공동으로 쓴 『미분기』The Difference Engine가 출판되면서 주목받는 장르가 되었다. 미분기란 표에 있는 수들을 자동으로 계산할 수 있도록 설계되었는데 1823년 찰스 배비지Charles Babbage가 만들었으며 초기 컴퓨터의 개념에 근접한 것이다. 이처럼 스팀펑크는 19세기, 특히 빅토리아 시대에 배경을 두고 있거나 쥘 베른이나 H. G. 웰즈의 스타일이나 감정을 모방하려는 이야기들을 일컫는다. 『미분기』에서는 거대한 슈퍼컴퓨터가 인간 삶의 모든 영역을 통제하고 있으나 기능을 잘 수행하지 못하고 있다. 이 컴퓨터는 모든 계산을 기계적으로 수행하는데 전자기술 대신 기어를 사용하고 있다. 『미분기』는 19세기 중반에 설정되어 있으므로 이는 명백한 스팀펑크에 속하면서 대체역사 장르에도 속한다. 컴퓨터가 한 세기 이전에 발명되었더라면 세계가 어떻게 될 것인가를 상상해본다는 점에서 대체역사 주제도 들어있기 때문이다. 이런 점에서 『미분기』는 SF가 하나의 범주로 명료하게 분류되기 어렵다는 점을 보여주는 예이기도 하다.

<닥터 후>시리즈도 스팀펑크 요소를 포함하고 있다. 1976년의 14시즌 방영분에서 일전의 미래에 기반을 둔 실내 디자인이 빅토리아 시대 스타일의 나무판과 놋쇠로 된 디자인으로 바뀌어서 나왔으며 1996년 미국과의 공동제작 편에서 타디스Time and Relative Dimension in Space의 내부는 거의 빅토리아 시대 서재를 닮도록 다시 디자인된 모습을 보이고 있다. 2005년 다시 나온 시리즈에서도 타디스 콘솔은 빅토리아 시대 타자기와 축음기 등을 포함해서 스팀펑크적 요소를 포함하고 있음을 볼 수 있다. 몇 편의 스토리라인도 스팀펑크에 속하는데 예를 들면 1966년의 <데일렉스의 악>The Evil of Daleks에서 빅토리아 시대

과학자들이 시간여행 장치를 발명하는 이야기를 볼 수 있다. 스팀펑크는 패션과 건축, 각종 문화상품에도 적용되면서 여전히 인기를 끌고 있다.

1990년대 초반은 포스트사이버펑크의 시대로서 사이버펑크보다는 덜 고뇌에 차고 덜 소외된 감성을 보이는 작품들을 볼 수 있다. 이 작품들은 종종 유머러스한 톤을 보이기도 하며 미래에 대해 낙관적 감성을 보이기도 한다(Booker and Thomas 117). 이러한 방향의 글쓰기를 하는 대표 작가는 닐 스티븐슨Neal Stephenson이며 그의 『스노 크래시』Snow Crash(1992)는 사이버펑크 전통에 풍자적 입장을 취하고 있다. 스티븐슨은 깁슨적 사이버공간을 업데이트한 메타버스 Metaverse의 원래 디자이너들 중 하나인 주인공 히로Hiro의 모험들을 제시하고 있다. 히로는 컴퓨터 해킹과 인지기술, 검술을 이용하여 스노 크래시의 미스터리를 파헤쳐간다. 그의 모험을 따라가면서 독자들은 수메르 문화를 접하게 되고 무정부 자본주의 사회의 실체, 재정적·사회적·지적 엘리트들이 후원하는 가상의 메타 사회를 접하게 된다. 스노 크래시의 실체가 밝혀지자 히로는 일련의 자기복제적 정보들이 아무리 다양한 미디어들을 통해 방송된다 하더라도, 획일적인 영향을 대상들에게 미칠 수 있다는 것을 발견하게 된다. 즉 이러한 정보의 전달에서 개인의 개성이나 정체성이 존중받지 못함을 알게 된다.

『다이아몬드 시대 혹은 아씨의 그림책』The Diamond Age: Or, a Young Lady's Illustrated Primer(1995)은 사이버펑크에서 더 나아가 나노기술의 문제를 다루는데 스티븐슨의 서술방식도 매우 다양하다. 그는 동화와 같은 원형적 이야기 패턴과 최신 나노기술 담론을 병치할 뿐만 아니라, 주관적이고 가상적 시간 개념을 사용하며 여러 다른 공간을 복합적으로 제시한다. 그야말로 텍스트는 피터 브리그 Peter Brigg의 지적처럼 복합적인 "거울들의 방"hall of mirrors과 같은 구조를 지니고 있다(116). 특히 나노기술로 제작된 교육용 지침서인 그림책은 텍스트의 이러한 특징들을 집약해서 보여준다. 스티븐슨은 국가의 구분도 모호하고 자유경제 원칙이 지배하는 미래 세계에서 어떻게 세계 질서와 문화가 재편되는가, 문화 공동체의 재편과 교육은 어떻게 관련되는가에 초점을 두고 있다. 여주인공 넬은 그림책의 지침과 현실의 경험을 통해 혁명적 지도자로 거듭나며 이러한 과정은 나노기술 공동체와 문화의 관계, 미래의 새로운 공동체 구성, 첨단기술 시대 여성의 정체성 재구성 등을 다각도로 보여준다. 이는 나노기술을 본격적으로 다루어서 나노펑크로 불리기도 한다.

포스트사이버펑크는 SF의 광범위한 모티브들을 포괄하고 있는 점을 볼 수 있다. 깁슨과 스털링의 후기작들도 포스트사이버펑크에 속하는데, 스털링의 『네트안의 섬들』*Islands in the Net*(1988)을 예로 들 수 있다. 『네트안의 섬들』은 21세기 초기에 지역색이 없어지고 네트워크 기업들에 의해 네트로 연결되어 외관으로 보기에는 평화로운 세계를 제시한다. 주인공 로라는 자신의 통제를 벗어난 사건에 휘말리게 되어 네트 바깥 영역에 있게 되는데, 그리나다의 데이터 천국으로부터 테러리스트의 공격을 받는 싱가포르와 아프리카의 가장 빈곤하고 재난 발생이 빈번한 지역으로 이동하게 된다. 이 과정에서 세계의 정치가 새로이 변형되는 현상을 보여주는데, 전 지구적 기업들은 자신들의 영리를 위해 더 이상 정부를 필요로 하지 않는다는 것을 인식함을 보여준다.

포스트사이버펑크들 대부분이 미래에 대해 희망적인 것처럼 보이지만 디스토피아적 요소나 누아르적 요소들이 여전히 존재함을 알 수 있다. 이를테면 케빈 웨인 지터의 『누아르』*Noir*(1998) 등에서 이러한 요소들을 볼 수 있다. 이는 부유계층이 합법적으로 노숙인들을 살해할 수 있으며 죽은 자들이 빚을 갚기 위해 다시 노동자들로 되살아날 수 있는 도시풍경에 대한 음울한 풍자의 이야기이다.

실제로 사이버펑크와 그 파생 장르들은 근미래에 고도의 정보기술과 과학기술이 발전함에 따라 인간의 개념이 어떻게 변화하며, 우리의 실제 환경은 어떻게 변화하는지, 이는 어떠한 문제점들을 낳을 수 있는지 생각해보게 하는 주요한 역할을 하고 있다. 또한 후기 산업사회와 자본주의 사회의 전 지구적 독점

기업의 문제, 오염된 도시의 문제 등을 일깨움으로써 근미래에 발생할 수 있는 문제들에 어떠한 대응을 해야 하며 어떠한 실천적 책략을 강구해야 하는지 각성하도록 만드는 효과가 있다.

▌참고문헌 및 사이트

Bould, Mark. "Cyberpunk." *A Companion to Science Fiction*. Ed. David Seed. London: Wiley-Blackwell, 2005.

Brigg, Peter. "The Future as the Past Viewed from the Present: Neal Stephenson's *The Diamond Age*." *Extrapolation: A Journal of Science Fiction and Fantasy* 40.2 (1999): 116-24.

Booker, M. Keith and Anne-Marie Thomas. *The Science Fiction Handbook*. London: Wiley-Blackwell, 2009.

Gibson, William. *Neuromancer*. New York: Ace, 1984.

James, Edward and Farah Mendlesohn. Eds. *The Cambridge Companion to Science Fiction*. Cambridge: Cambridge UP, 2003.

Miller, Ron. *The History of Science Fiction*. New York: Franklin Watts, 2001.

Roberts, Adam. *Science Fiction*. London: Routledge, 2000. Second Edition, London: Routledge, 2005.

_____. *The History of Science Fiction*. Basingstoke: Palgrave, 2007.

Schneider, Susan. *Science Fiction and Philosophy: From Time Travel to Superintelligence*. London: Wiley-Blackwell, 2009.

Seed, David. Ed. *A Companion to Science Fiction*. London: Wiley-Blackwell, 2005.

_____. *Science Fiction: A Very Short Introduction*. Oxford: Oxford UP, 2011.

Sterling, Bruce. Ed. *Mirrorshades: The Cyberpunk Anthology*. London: Paladin, 1986.

https://en.wikipedia.org/wiki/Schismatrix

https://en.wikipedia.org/wiki/Pat_Cadigan

https://en.wikipedia.org/wiki/Steampunk

5

로봇/안드로이드/사이보그

SF에서 인간의 정체성과 관련해서 가장 빈번히 등장하는 존재들은 로봇이나 안드로이드, 사이보그, 클론, 인공지능 등일 것이다. 외계인과 달리 이런 존재들은 첨단 과학기술이 점점 발전함에 따라 우리 현실에서 실현될 수 있는 가능성을 지니고 있기 때문이다. 이들에 대해 어떠한 관점을 지니고 어떻게 대응해야 하는가는 이제 당면한 문제가 되고 있음을 알 수 있다.

로봇이라는 말은 1920년에 체코 극작가 캐럴 차펙의 *R. U. R*이라는 SF 연극을 통해 처음 언어화되었다. RUR은 "로섬의 보편적 로봇"Rossum's Universal Robots들의 약자로서 로봇은 체코 단어 중 "노예"slave에 해당되는 말에서 유래했다. 이 단어는 중노동이나 노예상태의 의미를 내포하였다. 극에서 차펙의 로봇들은 실제로 인조인간들에 가깝다고 볼 수 있다. 이 용어의 사용이 점차 발전되어 "자족적이며 원격조종이 가능한 인위적 장치로서 인간의 행동과 가능하면 외모도 모방한 장치"(self-contained, maybe remote-controlled artificial device that mimics the actions and possibly, the appearance of a human being)를 지칭하는 말로 쓰이게 되었다(Seed 59).

차펙의 로봇이 생긴 1920년이 되기 전에 로봇처럼 구성된 존재는 고대까지 거슬러 올라가 오토마타automata 혹은 안드로이드(인간 같은 존재)로 알려진 장치들이 있었다. 19세기 문학에서도 이러한 장치들이 나타나기 시작했으며 여러 군데 이러한 인위적 장치의 구성이 언급되었으나 가장 상세히 기록된 것은 에드워드 엘리스Edward S. Ellis의 『거대한 사냥꾼, 초원의 증기 맨』The Huge Hunter or, The Steam Man of the Prairies(1865)이었다. 이 작품에서 이 기계 장치는 십 피트의 키에 몸 전체가 쇠로 구성되었으며 몸체에 보일러가 붙어있었다. 현재의 기준으로 볼 때는 매우 거친 형태의 모양새이지만 빅토리아 신사들이 쓰는 스토브파이프 모자까지 착용하고 있다. 엘리스의 기계는 증기로 동력이 제공되고 기관차(동력), 인간(형체), 말(채찍에 의해 지시를 받음)이 결합된 요소들을 지니고 있었다(Seed 60 참조).

로봇이 현실적으로 존재하기 오래전에 SF 작가들은 로봇이 인간을 도와주는 장치이지만 이들이 지닌 잠재적 위험들에 대해 인식하였다. 즉 작가들은 인간이 로봇의 도움에 지나치게 의존할 경우의 위험들에 대해 경고하였고 궁극적으로 로봇이 인간들의 직업들 중 거의 대부분을 빼앗아갈 수도 있다고 경고하였다. 시드니 파울러 라이트Sidney Fowler Wright는 1929년 단편 「오토마타」에서 오토마타가 진화과정에서 인간을 앞서는 음울한 미래를 환기시킨다. 또한 프리츠 랑Fritz Lang 감독의 <메트로폴리스>에서 과학자 로트방은 노동자인 마리아의 복제물을 만들어낸다. R. U. R에서는 오늘날 안드로이드라 불릴 수 있는 로봇들이 세계 경제를 전유하게 된다. 로봇 이야기에서 인간의 위치 전위와 복제는 인간이 중심 위치를 잃어버릴 수 있다는 공포감을 보여준다. 수많은 SF 이야기들에 이러한 공포감, 즉 로봇이 언젠가 인간들을 대체할 것이라는 공포감이 재현되어왔다. 인류가 이미 소멸해버린 지 오래되어서 인간들이 실제로 존재했는지, 혹은 인간들이 단순한 하나의 신화에 불과했던 것인지 궁금하게 여기는 로봇 사회에 대한 이야기들도 나오게 되었다.

로봇 서사의 기반을 마련한 작가는 아이작 아시모프로 그는 로봇에 대해 일관성 있는 법칙을 만들어내었다. 그는 1940년대에 로봇 이야기들을 출판하기 시작했는데 기술에 대한 공포를 덜기 위해 "로봇의 3법칙"을 자신의 로봇관련 이야기나 소설에서 전개시켰다. 이 법칙들은 첫째, 로봇은 인간을 해쳐서는 안 되고, 행동을 하지 않아서 인간이 해를 입게 해선 안 된다. 두 번째 법칙은 첫 법칙에 위배되지 않는 한 로봇은 인간이 내린 어떤 명령에도 복종해야 한다. 세 번째는 로봇은 첫 번째 법칙과 두 번째 법칙에 위배되지 않는 한 자신의 존재를 보호해야 한다로 요약될 수 있다.[1] 이러한 법칙들은 메타포라기보다 기계로서의 로봇을 합리적으로 설명하려는 전략이며 로봇을 다룬 SF에서 이들이 재현되는 방식의 근거가 되었다. 아시모프는 자신의 초기 작품들, 『아이 로봇』*I, Robot*, 『벌거벗은 태양』*The Naked Sun*, 『새벽의 로봇』*The Robots of Dawn*, 『로봇과 제국』*Robots and Empires*에서 로봇 3법칙의 주제들을 지속적으로 탐색하였다.

이 법칙들이 로봇의 행동이나 행위에 부과한 제한들은 많은 작가들에게 새로운 이야기의 가능성들을 열어주었다. 로봇을 다룬 SF 작가들은 아시모프의 법칙들을 자신들의 이야기에 적용하였고 어떤 작가들은 아시모프의 3법칙을 준수하는 로봇을 그리다가 로봇을 위협적 존재로 만들기도 하였다. 예를 들면 잭 윌리엄슨Jack Williamson의 「접은 손으로」"With Folded Hands"(나중에 *The Humanoid*라는 장편소설로 됨)에서는 로봇이 어떤 위험으로부터도 인간을 보호해야 한다는 데 너무도 강박적이 되어서 문자 그대로 친절하게 인간을 죽이게 된다. 시드는 <바이센테니얼 맨*The Bicentennial Man*(1976) 같은 영화에서는 인종 문제도 볼 수 있다고 지적하며 로봇과 미국 혹인 사이의 유추를 볼 수 있다고 지적한다(61). 그래서 엔딩에서 앤드루 마틴이 인간으로 인식되길 추구했을 때 인간적 의미뿐만 아니

---

1) <https://en.wikipedia.org/wiki/Three_Laws_of_Robotics>를 참조로 함.

라 인종적 의미도 담겨있다고 본다.

안드로이드Android는 그리스어 "인간 같은"을 의미하는 단어에서 유래한 용어이며 인조인간을 말한다. 인조인간들은 인간과 매우 닮아있으므로 인간과 똑같은 지위와 특권을 갈망하는 것이 가능해진다. <스타트렉>에 나오는 데이터Data는 유명한 인조인간 중 하나로서 인간보다 뛰어난 지력과 판단을 가지고 있으며 시리즈 내내 인간의 행동이나 감정을 학습하여 인간처럼 되어 감을 볼 수 있다. 필립 K 딕은 어떤 작가보다도 인조인간에 대한 이야기들을 많이 집필하였다. 그의 『인조인간은 전기 양을 꿈꾸는가』는 영화 <블레이드 러너>로 각색되었고, 이 영화는 절실하게 인간으로 받아들여지기를 갈망하는 일군의 인조인간에 대한 이야기이다. 화성에서 노동자로 고안된 인조인간들이 도망쳐서 지구로 오게 되는데 이들을 쫓는 릭 데커드는 지속적으로 인간 정체성의 본질에 의문을 지니게 된다. 소설은 첫 페이지부터 다량의 기계화된 세계를 보여주며 종교인 머서교Mercerism조차도 직물류를 다루는 산업 방식을 따라 이름이 붙여져 있음을 볼 수 있다. 복제인간과 인간의 구별점은 무엇인가에 대해 데커트는 답을 찾기 어렵고 모든 복제인간들이 인간이 아니라고 생각하기가 점점 어려워진다. 이러한 패턴과 유사하게 R.U.R의 제3막에서는 두 로봇이 인간적 감정을 보이기 시작하고 로봇에 대한 제3의 공포, 즉 인간과의 구분이 거의 없어질 지도 모른다는 공포를 전달해준다.

이러한 이야기들은 "인간이란 무엇을 의미하는가"에 깊이 관여하고 있다. 1973년 에세이에서 필립 K 딕은 언젠가는 인간이 제너럴 일렉트릭 공장에서 나오는 로봇에 총을 쏘면 놀랍게도 피를 흘리는 인간임을 알게 되고, 반대로 죽어가는 로봇이 인간에게 총을 쏘았는데 인간의 심장인 줄 알았던 부분이 전기 펌프였고 이 부분에서 회색 연기가 솟아오르는 걸 보게 된다는 이야기를 하고 있는데, 이는 인간과 로봇의 경계가 허물어질 것이라는 것을 암시하는 것이다 (Miller 72 참조).

사이보그Cyborg는 인간과 기계의 혼합체이다. 그런 의미에서 로봇이나 안드로이드와 구분되기도 한다. 사이보그는 "cybernetic organism"(인공두뇌의 유기체)의 약자로서 1960년대 우주에서 인간의 생존 문제와 관련되어 만들어진 용어로, 최근에 새로이 각광받고 있는 개념이 되고 있다. 즉 인간에 대한 사고나 각종 문화 콘텐츠에도 많은 영향을 미치는 아이콘이 되고 있다. 다너 해러웨이 Donna Haraway는 1985년 에세이 「사이보그 선언문」에서 인간과 기계 사이의 경계 해체가 이제 과학기술과 정보화 시대에 필연적임을 주장한다. 해러웨이는 서구의 기원신화에 기반을 둔 초월적 통합성을 거부하며 사이보그가 군사주의와 가부장적 자본주의의 사생아적 성격을 가진 점을 강조하는데, 사생아는 자신의 기원에 불충실할 수밖에 없다. 사이보그의 특징들로 "경계를 가로지르기, 강력한 융합, 위험한 가능성들"(transgressed boundaries, potent fusions and dangerous possibilities)(1991, 154)을 주장하는 해러웨이의 관점은 서구 세계관에 통합적이었던 이원론이 과학기술 시대가 진전됨에 따라 해체되어감을 보여준다. 이러한 해러웨이의 사이보그론은 통합적 기원신화에 기반을 둔 인간 주체 개념이 변형될 수 있는 출구를 제공할 뿐만 아니라 사이보그 정체성의 정치학에 새로운 사고 방식을 제공한다.[2]

캐서린 루실 무어Catherine Lucille Moore의 「최상의 여자 탄생」"No Woman Born"(1944)은 해러웨이의 「사이보그 선언문」이 나오기 전 이미 사이보그 구성의 의미를 보여준다. 디드리는 유명한 무용수로서 극장에서 불이 나 화상을 입었고 자신의 뇌를 새 육체에 이식하여 사이보그가 된다. 그녀는 자신의 사이보그 육체를 여성성에 맞게 조정하는데, 이는 젠더가 일종의 수행적 성격을 가지고 있음을 보여준다. 프랑켄슈타인의 피조물처럼 디드리는 자신의 초인적 힘과 스피드를 좋아하지만 나머지 인류로부터 자신의 소외를 인식한다. 즉 그녀는 나중에

---

2) 해러웨이의 사이보그론에 대해서는 이 책의 III장 1. 사이보그론: 미래 인간과 미래 사회 에서 더 상세히 논하였다.

그녀를 이렇게 구성해놓은 사람이 자신과 같은 존재를 더 이상 만들어낼 수 없을지도 모른다는 걸 깨달았을 때, 인류와 그녀의 연결고리는 상실된 것이 아닌가 고민함을 볼 수 있다. 이 이야기에서 인간의 뇌를 로봇에 이식했으므로 기계의 '정신'은 여전히 인간의 뇌이다. 이러한 주제는 한 단계 더 나아가 '인간적인' 정신이 기계의 뇌에 존재할 수 있을지로 발전될 수 있다. 이는 결국 인간과 기계사이의 경계가 흐려지는 날이 올 것이고 미래에는 이러한 경계들이 불가능해질 수도 있다는 생각을 낳게 한다.

TV 시리즈 <스타트렉, 넥스트 제너레이션>과 <스타트렉, 보이저>에서 보그들Borgs은 잘 알려진 사이보그의 예이며 1987년 영화 <로보캅>도 유명한 사이보그의 예이다. 치명적 부상을 입은 디트로이트 경찰관이 옴니 컨슈머 프로덕트 사에 의해 재구성되어 로보캅으로 거리 치안유지에 나선다. 그러나 로보캅의 원래 기억이 지워지지 않아서 영화 후반은 자신을 해친 자들에 대한 복수 시도를 따라 움직이고 있다. <터미네이터> 시리즈도 사이보그가 주요한 부분을 차지한다. 첫 영화에서는 1984년 현재로 시점이 맞추어져 있으면서 2029년 미래로부터 두 침입자, 터미네이터와 그의 적대자가 현재로 침투한다. 터미네이터는 인간 생체 조직 층으로 덮인 사이보그라 볼 수 있다. 그는 사이보그 살인 기계와도 같으며 자신을 계속 재생시키면서 보수해가는 능력으로 인해 자족적이며 끝없이 생성되는 도구와도 같다. 이 영화는 터미네이터가 현재로 잠입하여 죽이려고 시도한 여성의 손에 터미네이터가 패배하는 모습을 보여줌으로써 액션 영화의 틀을 깨기도 하였다. <로보캅>이나 <터미네이터> 등의 영상물에서 볼 수 있는 사이보그는 국가나 공동체의 질서유지 혹은 힘의 상징으로 재현되어 사이보그의 복합적 의미와는 거리가 있다고 볼 수 있다.

마지 피어시의 1991년 소설 『그, 그녀, 그것』He, She and It에서도 사이보그의 주제를 볼 수 있다. 이는 2059년 미국의 유태인 거주지를 배경으로 하고 있는데 요드Yod(헤브라이 문자 중 10번째 글자)로 명명된 불법 사이보그는 거주지를 보호하기 위해 만들어졌다. 전설에 따르면 프라하의 유태인 공동체를 보호하기 위해 16세기에 진흙으로 골렘Golem이 만들어진 것처럼. 피어시는 골렘 스토리를 요약하는 장들과 요드와 주인공 시라 사이의 관계를 추적하는 장들을 번갈아 제시하고 있다. 요드의 사고력, 즐거움을 표하는 능력, 괴물로서의 자신의 정체성을 확인하는 능력 등으로 인해 요드는 사이보그라기보다 인간을 닮아감을 볼 수 있다. 요드의 프랑켄슈타인에 대한 암시는 자신이 창조된 것이 일종의 탄생이라는 것을 의미하고 있다. 피어시는 젠더 역할과 인간의 정체성, 인공지능, 정치경제, 환경주의, 사랑, 스토리텔링 등을 종말 이후 미국을 배경으로 펼쳐내고 있다.

인간의 이미지로 로봇이나 사이보그를 창조해내는 것은 이제 기술을 이용하여 육체를 재구성하거나 육체 변형을 위해 육체를 분해할 수 있음을 시사해준다. 이는 『프랑켄슈타인』까지 거슬러 올라가는 주제이며, 『프랑켄슈타인』은 SF의 원형이 되는 텍스트로 간주되기도 한다. 로봇이나 안드로이드, 사이보그의 주제는 SF에서 '인간적인' 것이 무엇을 의미하는가를 탐색하게 해주는 주요한 영역이다. 인간임을 결정하는 것이 한 사람의 육체인가? 아니면 정신, 혹은 '영혼'이 가장 중요한 것인가? 로봇/안드로이드/사이보그는 이러한 문제들과 더불어 인간의 진화과정에 대해 우리에게 많은 시사점을 던져주고 있다. 미래의 인간은 이제 기계와의 공존을 피할 수 없는 현실로 받아들여야 할 것이고, 이러한 방향의 인간 진화는 어떠한 의미를 지닐지, 세계 구성이 이에 따라 어떻게 달라질지 진지하게 탐색해볼 필요가 있다.

고도기술, 유전공학, 인공지능

로봇, 안드로이드, 사이보그의 주제들은 인공지능 및 유전공학과 같은 고도기술들이 발전하면서 더 심화되어 미래의 인간형은 이제 급속도로 변형될 것임을 예측하게 해준다. 인공지능 및 유전공학과 인간 사이의 관계에 대한 탐색은 SF의 주요 주제들을 이루었다. 특히 포스트사이버펑크에서 이러한 영역들이 자주 언급된다. 리처드 모건Richard K Morgan의 『변형된 카본』Altered Carbon(2002)은 하드보일드 탐정소설의 서술방식으로부터 많은 부분을 끌어왔으며 사이버펑크의 개념들, 다운로드된 인격체 등 사이버펑크의 효과적 장치를 이용하고 있다. 모건의 새로운 개념 도입은 대뇌 피질 더미cortical stack(일시적으로 보존하고 싶은 데이터를 겹쳐 쌓듯이 수납해가는 기억장치)이다. 즉 대뇌 피질 더미는 뇌의 기반에 심어진 작은 장치로서 이는 다운로드 된 인격체를 담고 있다. 평생 동안 주어진 인격체는 다른 육체들에 이식될 수 있으며 이 육체들은 슬리브즈sleeves라고 언급되면서 디지털 형태의 자아를 담는 일회용 용기들로 간주된다. 상황에 따라 주어지는 다른 미션들을 수행하기 위해, 혹은 개개인을 돕기 위해 여러 다른 슬리브들이 선택될 수 있다.

모건의 작품은 영국 붐British Boom 작가들이 사이버펑크에 의존하고 있으며 이를 새로운 방향으로 끌고 가거나 다른 서브장르와 결합함을 보여준다(Booker and Thomas, 118). 『변형된 카본』은 연속편으로 『부러진 천사들』Broken Angels(2004), 『깨어난 분노』Woken Furies(2005)를 낳았는데, 이 작품들은 사이버펑크에 연루되면서 스페이스 오페라 영역으로 이동하고 있다. 이러한 결합은 찰스 스트로스Charles Stross와 켄 맥클라우드Ken Macleod 등의 작품에도 발견되며 이들은 인공지능에서 고도의 진전을 이룬 기술적 특이성을 중심으로 하고 있다. 이언 뱅크스의 컬처 소설들에서 볼 수 있는 마인드들도 인간의 지능을 넘어서서 진행되는 인공지능의 예들로 볼 수 있다.

스트로스, 맥클라우드, 뱅크스 등의 작품들은 진화를 통하지 않고 인간의 지능을 넘어선 존재, 인공적으로 만들어진 실체들에 초점을 둠으로써 포스트휴먼 SF에 새로운 차원을 덧붙였다. 영국 붐 작가들이 인간의 변형들에 초점을 두었지만 전형적으로 기계론적 입장보다는 유전자 조작주의의 길을 따랐고 유전공학에 의해 제공된 가능성들에 특별한 관심을 지녔다. 맥클라우드의 『세계 배우기』Learning the World(2005)는 포스트휴먼 식민지들을 만들며 은하계를 떠도는 탐색자들을 그리고 있는데 우주선 군단은 지적인 외계인들이 구축해놓은 문명을 보게 되고 이 외계인들은 날개가 달린 인간 모습을 하고 있으며 빅토리아 시대나 20세기 초반 지구의 인간과 더 비슷하다는 걸 알 수 있다. 맥클라우드는 세대 우주선의 모티브를 사용하고 있는데 우주선 안의 사회는 고전적 세대 우주선 이야기에서 볼 수 있는 것보다 훨씬 더 복잡하게 얽힌 관계를 구성하고 있다. 또한 우주선 안의 복합적 관계뿐만 아니라 이 외계종족 사회와 우주선에 대한 이들의 반응 등을 묘사하는 데 있어 매우 섬세한 디테일 구성을 보인다. 맥클라우드는 인물들뿐만 아니라 사회 구성 면에서도 인간과 외계인 양쪽을 다 사실적으로 보이도록 만들고 있다. 또한 인물들이 직면하는 다양한 윤리적 선택의 문제들도 답을 제시하지 않고 독자가 생각해보도록 유도하고 있다. 즉 이들과 인간의 콘택트 스토리를 통해 인간보다 문명이 처진 외계종족의 행성을 식민화하는 문제, 외계인 탐사를 위한 작업이 갈등을 야기하고 전쟁을 일으킨다면 책임의 소재가 어디에 있는가의 문제, 과학적 탐사의 정당성 문제 등을 환기시키고 있다. 이 과정에서 이질성, 모든 사람들이 다르게 생각한다는 이질성은 중요한 모티브이다. 우주선의 구성원들은 실상 시스템의 원주민들보다 더 분열되어 있는데 이야기 진행에서 다양한 파당들이 깨어지고 흥미롭게 창조적 방식으로 재배열된다.

유전자 조작의 더 흥미로운 예들은 저스티나 롭슨Justina Robson의 『자연사』Natural History(2003)이다. 이는 유전공학이 고도로 발전하여 인간이 기계가 하던 일로 생각되었던 일부터 시작해서 실질적으로 어떤 직무라도 수행하도록 고객 맞춤형이 될 수 있는 미래 세계를 조명하고 있다. 이를테면 인간이 우주선까지도 될 수 있으며 이러한 고도의 기술을 사용함으로써 온갖 창조물들을 개발해낼 수 있다는 것은 판타지에 가깝게 여겨지기도 한다. 이는 SF 모티브들이 모두 실제화된듯한 목록들을 포함하고 있으며 변형, 주조된 인간들과 자연의 유전 구조를 유지하고 있는 진화되지 않는 인간들 사이의 갈등과 긴장을 진지하게 제시하고 있다.

이러한 인간 유전자 조작을 통한 진화를 상상해보는 모티브는 아서 클라크의 『유년기의 끝』(1953)에서 이미 제시되었고 외계인의 개입이 인간 진화의 과정을 촉진시킨 것으로 제시된다. 이러한 개입의 과정은 옥타비아 버틀러의 『제노제네시스 3부작』(1987, 1989)보다 더 상세히 제시된다. 더 거슬러 올라가면 이러한 인간 진화에 대한 상상은 웰즈의 『닥터 모로의 섬』(1896)까지 추적해볼 수 있으며 이 작품에서 유전자 변형은 인간의 진화나 기술 진전의 긍정적 효과로 이어지기보다 공포를 야기하는 경고의 메시지를 읽어낼 수 있다.

최근의 영국 붐 유전공학 가능성 탐색 중 매우 중요한 선구자들 중 하나는 제프 라이먼Geoff Ryman[3]의 『차일드 가든』The Child Garden(1989)에서 발견된다. 미래 런던은 혁명 이후 미래 세계로 설정되어 있으며 사회주의 원칙이 지배하고 중국문화가 세계 사회에 중심적인 위치를 차지한다. 기계적 기술은 거의 존재하지 않고 기계적 기술은 다양한 바이오기술에 의해 대체되었다. 가장 놀라운 사실은 바이러스를 광범위하게 사용하는 것이다. 개인들이 바이러스에 의해 특별한 기술과 능력을 부여받으며, 건물들과 우주선조차도 건축되는 것이 아니라 배양된다는 개념이며 세계는 거대한 바이오컴Biocom, 즉 컨센서스Consensus라고 알려진 집단의식에 의해 통치된다. 각 개인의 복합적인 정신 패턴이 10살 때 '읽힌' 뒤에 이 바이오컴에 덧붙여진다. 이는 고전적 인간 개념이 완전히 전복된 미래를 제시함으로써 인간의 진화 방향에 대해 생각해보도록 유도하는 면이 있다.

호주 작가 그렉 이건Greg Egan 역시 고도기술에 의해 엄청나게 변화한 미래

---

3) 캐나다 출생으로 미국에서 교육받고 주로 영국에서 거주해서 영국 붐의 작가로 간주되고 있다 (Booker and Thomas 119).

인간에 대한 비전을 제시한다. 이는 사이버펑크와 1930년대 올라프 스테이플던 Olaf Stapledon의 소설들에서 보이는 철학적 비전에까지 연결된다. 이건의 『치환된 도시』*Permutation City*(1994)는 인간 의식의 컴퓨터 시뮬레이션, 즉 인간의 의식은 컴퓨터 프로그램에 의해 생성될 수 있다는 사이버펑크의 모티브를 담고 있다. 이건은 양자 존재론quantum ontology, 인공 생명과 가상현실에 대한 다양한 철학적 양상들을 포함해서 많은 개념들을 탐색하고 있다. 『디아스포라』*Diaspora*(1997)에서는 포스트휴먼 진화가 어떻게 이루어지는지 진화의 다중적 가능성들을 더욱 과감히 탐색하고 있다. 여기서 어떤 인간들은 본질적인 향상이 있긴 하나 생물학적 육체를 유지하고 있다. 다른 인간들은 더 진전된 로봇 신체들로 살고 있으며 육체 없이 실체가 없는 지능들로 존재하기도 한다. 이건의 작품은 양자 물리학과 수학에 근거를 둔 하드 SF 작업으로 유명하며, 더 중요한 것은 기술적 진전이 인간의 본성에 근본적인 변화를 초래했을 뿐만 아니라 리얼리티 자체의 속성에도 변화를 초래한 미래 세계를 상상해보는 것이다(Booker and Thomas 120). 이런 점에서 그의 작품은 근자의 SF적 탐색, 사이버펑크에서 볼 수 있는 근미래에 대한 제한된 상상을 넘어서서 더 놀랄만하게 전개되는 미래의 가능성을 탐색하는 방식을 보여주고 있다.

이건이 제시하는 여러 미래의 가능성들은 현재 컴퓨터 기술과 유전공학의 실제 기술 개발과 진척 사항을 고려해볼 때 곧 실현될 수 있다는 설득력을 지닌다. 이처럼 인간과 삶에 대한 개념 자체가 엄청난 변화를 겪을 것으로 예상되는 시점에서 어떤 다른 문화 양식보다 SF는 이러한 변화에 대비하도록 도움을 줄 수 있을 것이다. 미래의 가능성과 인간의 변화에 대해서 여러 담론들이 형성되고 있는 시점에서 SF들을 통해서 미래 사회의 방향과 인간의 진화 방향에 대해 좀 더 진지한 고찰이 필요할 때이다.

참고문헌 및 사이트

Bould, Mark. "Cyberpunk." *A Companion to Science Fiction*. Ed. David Seed. London: Wiley-Blackwell, 2005.

Booker, M. Keith and Anne-Marie Thomas. *The Science Fiction Handbook*. London: Wiley-Blackwell, 2009.

Haraway, Donna J. *Simians, Cyborgs, and Women: The Reinvention of Nature*. London: Routledge, 1991.

_____. *The Companion Species Manifesto: Dogs, People, and Significant Otherness*. Chicago: Prickly Paradigm Press, 2003.

_____. *When Species Meet*. Minneapolis: U of Minnesota P, 2008.

James, Edward and Farah Mendlesohn. Eds. *The Cambridge Companion to Science Fiction*. Cambridge: Cambridge UP, 2003.

Miller, Ron. *The History of Science Fiction*. New York: Franklin Watts, 2001.

Roberts, Adam. *Science Fiction*. London: Routledge, 2000. Second Edition, London: Routledge, 2005.

_____. *The History of Science Fiction*. Basingstoke: Palgrave, 2007.

Schneider, Susan. *Science Fiction and Philosophy: From Time Travel to Superintelligence*. London: Wiley-Blackwell, 2009.

Seed, David. Ed. *A Companion to Science Fiction*. London: Wiley-Blackwell, 2005.

_____. *Science Fiction: A Very Short Introduction*. Oxford: Oxford UP, 2011.

https://en.wikipedia.org/wiki/Three_Laws_of_Robotics

6

유토피아/디스토피아

유토피아

유토피아라는 단어는 이상적이고 완벽한 사회를 지칭하는데 어원상 eu-topia(좋은 곳, good place) 혹은 ou-topia(존재하지 않는 곳, no place)를 의미한다. 이는 1516년 토머스 모어Thomas More의 『유토피아』Utopia에서부터 생겨난 단어로서 이상 사회를 지칭하는 용어가 되었다. 유토피아는 실제 세계의 문제들이 해결되고 정의와 평화가 공존하는 이상적 사회를 그려보려는 시도에서 출발하였기에 여러 이상적 사회의 모형을 배출했다. 실제로 많은 종류의 유토피아들이 상상으로 구성되었는데, 과학자들이 모든 것을 운영하는 곳, 전적으로 공산주의인 곳, 자본주의인 곳, 혹은 전적으로 여성들이 운영하는 곳, 정부가 전혀 없는 곳 등을 들 수 있다. 이런 사회들은 주로 시계 장치처럼 일정하게 돌아가고 모든 거주민들이 완벽하게 행복한 곳으로 제시되고 있다.

사실 모든 가공의 이야기는 작가 자신이 거주하는 실제 세계와 다른 세계를 투사해본다는 데서 유토피아적 요소를 가지고 있다고 볼 수 있다. 우리의 세계보다 더 나은 세계를 상상해보려는 시도는 모든 문학의 주요한 기능들 중 하나로 인식되어 왔기 때문이다(Booker and Thomas 75). 일반적으로 작가의 세계와 시간적으로나 지리적으로 아주 멀리 떨어져있는 이상적 사회들을 그려보고자 하는 유토피아 소설의 전통은 강한 SF적 요소를 지니고 있다. 다코 서빈은 유토피아의 일반적 특질들을 고립된 위치, 파노라마적 범주의 묘사, 형식의 시스템, 독자가 정상으로 가정하는 사실과 대치되는 극적 책략 등으로 열거한다(Seed 73 참조). SF는 1920년과 1930년대 대중지를 중심으로 성장해왔기에 이러한 잡지들에 실린 이야기는 기술에 대한 낙관주의에 근거하여 고도의 기술들을 활용함으로써 더 나아질 수 있는 미래 세계에 대한 비전을 제시하였다. 더 나은 미래 세계는 전형적으로 강한 유토피아적 요소들을 포함하고 있었다.

본격적인 SF의 유토피아 장르가 시작되기 전 유토피아 소설의 전통은 고대 그리스까지 추적해볼 수 있으며 가장 중요한 것은 플라톤Plato의 『공화국』 Republic(380-370 B.C.)이다. 이는 후대의 유토피아 작가들에게 많은 영향을 미쳤다. 플라톤의 이상적 공화국에서 가장 기본적 정치원칙은 특별히 훈련받고 철학적 사고를 하는 가디언Guardian이라는 계몽된 엘리트들의 통치이다. 이러한 엘리트주의는 현대의 많은 사람들에게 혐오스러운 것이 될 수도 있다. 또한 개인의 자유는 모든 이의 더 큰 행복을 위해 희생되어야 한다는 생각도 문제점이 될 수 있다. 이처럼 초기의 유토피아 설정은 유토피아적 비전들이 잠재적으로 문제를 안고 있을 수밖에 없음을 시사해준다. 대부분의 유토피아 관련 저서들은 그다지 좋은 저서들이 아니었다. 그 원인 중 하나는 작가들이 이야기의 구성보다는 이상 사회에 대한 자신들의 개인적 관점들을 나타내는 데 더 관심이 있었기 때문이라고 볼 수 있다.

유토피아 소설 전통에 주요 공헌을 이룬 작품은 앞서 언급한 토머스 모어의 『유토피아』이다. 모어의 유토피아는 플라톤의 유토피아보다 더 구체적인데 모어는 랠프 히스로데이라는 유럽인이 미지의 섬에 방문한 과정을 묘사하면서 이 여행자를 독자에게 친근한 세계와 새로이 제시된 영역 사이의 중재자 역할로 설정하여 이 섬에 대한 보고를 하고 있다. 플라톤보다는 좀 더 이야기 구도에 가까운 구성을 하고 있는데. 거의 모든 유토피아 소설들에 내재한 풍자적 요소를 보이고 있다. 모어의 유토피아 사회에서는 모든 사람들이 수도사 같은 의복을 입고 공동으로 먹고 일한다. 모두 공동 재산을 위해 일하고 불복종의 징후가 있는지 서로 긴밀히 감시한다. 모어는 가톨릭 교도여서 원죄는 엄격한 법에 의해 억제되어야 한다고 믿었다. 그의 이상사회는 자신의 실제 사회의 문제점들을 비판하기 위해 현재 영국의 여러 제도나 사회 상황과 대비하여 설정이 되어 있음을 알 수 있다.

다른 유토피아적 작품들, 프란시스 베이컨의 『뉴 아틀란티스』*New Atlantis* (1627) 같은 작품은 모어를 따랐고 18세기 이후부터 유토피아를 다룬 작품들은 신장세를 보였다. 이때는 과학의 잠재력과 인간의 잠재력에 대한 인본주의적 믿음으로 인해 계몽주의 원칙들에 기반을 둔 이상적 사회가 설립될 수 있다는 생각이 광범위하게 퍼지게 되었던 것이다(Booker and Thomas 76). 이러한 근대적인 유토피아적 비전은 19세기와 20세기 초반에 절정을 이루었고 특히 사회주의적 이상에 고무된 경우가 많았다.

모어의 『유토피아』 이후 수많은 유토피아 관련 작들이 나왔고 이 작품들의 기본 구도는 고전적 유토피아의 전형을 보여준다. 에드워드 제임스Edward James는 고전적 유토피아 이야기의 기본 구도를 몇 가지로 요약한다. 즉 몇 명의 동료를 데리고 다니는 여행자가 있고 이 여행자는 발견되지 않은 대륙 혹은 머나먼 섬에 착륙한다. 최근의 유토피아 이야기들에서는 다른 행성 혹은 미래에 도착하는 경우도 있다. 그는 지역주민들에게 환영을 받고, 지역주민들은 자신들의 사회를 그에게 보여주길 원한다. 곧 그는 지역의 연장자를 만나게 되고 연장자는 자기네 사회의 즐거움에 대해 그에게 이야기해준다. 때때로 이 여행자는 이 이상적 사회의 제도들과 고향의 제도들을 대조하여 언급하기도 한다. 독자는 은 이를 통해서 스스로 자기가 속한 사회와 이상향 사회를 대조해보게 된다 (James 219-20).

이러한 이상적 사회들의 뼈대를 이루는 체계나 제도는 수년간 발전되어 왔다. 유토피아가 가톨릭이건 청교도이건 사회주의이건 공통으로 해당되는 특징은 작은 마을 스타일의 공동체를 중심으로 한 공동 활동이 중요한 요소라는 점이다. 대부분의 유토피아는 돈과 사유재산을 제거하여 탐욕, 절도, 질투, 사회 갈등의 대부분 원인들을 없애고 있다. 구성원이나 지도자의 이성과 선의가 풍부하여 공동체가 평화와 조화를 이룰 것임이 강조된다. 유토피아 작가들은 법률가 같은 직업을 없애는 데 거의 일치를 보이고 있으며 19세기부터는 성직자를 법률가와 유사하게 없애야 할 집단으로 간주하고 있다. 이 양 집단은 화해와 평화를 가져온다고 주장하지만 실은 허위 정보와 불화와 자기 이익을 증진시키는 집단으로 간주된다. 작가들은 자신들이 구성한 유토피아에서 다양한 방식으로 개인에게 직업만족도와 큰 자유를 제공함으로써 행복과 만족을 증진시키는 기발하고도 독창적인 방식들을 제안하고 있다(James 220 참조).

19세기 후반부터 제1차 세계대전이 발발하기까지 거의 200개가 넘는 유토피아 저서가 출판되었고 몇 개의 유명한 예들을 제외하고는 대다수는 일반 독자들의 손에 닿기 어려웠다. 이처럼 유토피아 관련 저서들이 유행한 이유 중 하나는 기술변화의 빠른 속도와 미국에서 자본이 소수 소유자들에게 집중되는 현상에 따라 사회 정의에 대한 집중도 높은 논의가 이루어졌기 때문이다(Seed 75). 이러한 논의들을 수립하기 위해 사용된 책략들은 다양하다. 예를 들면 새뮤얼 버틀러Samuel Butler는 영토 탐색이라는 오랜 전통에 입각하여, 여행자가 빅토리아 시대 영국의 많은 가치관들을 뒤집어엎는 세계로 가는 것을 그리고 있다. 『에레혼』Erewhon(1872)에서 묘사된 사회는 질병에 걸리는 건 범죄여서 감옥에 가야 하며, 기계가 세상을 지배할까봐 두려워서 기계를 없애버린 사회이다. 캐나다 작가 제임스 드 밀James De Mille은 난파선 모티브와 발견된 원고 모티브를 결합시켜서 1888년『구리 병에서 발견된 이상한 원고』A Strange Manuscript Found in a Copper Cylinder를 썼으며 이는 남극 근방에 젠더 평등이 이룩된 세계를 그리고 있다.

쥘 베른은 최상의 작품은 아니지만 유토피아 주제로 작품들을 썼으며 단편 소설「2889년에」"In the Year 2889"에서 천년 후 미래의 미국에 대해 썼다. 이는 29세기 자수성가한 뉴욕의 언론황제가 하루 동안 과학기술의 눈부신 발전을 보고 겪게 되는 일을 그리고 있다. 흥미로운 것은 부인과 영상 통화하는 장면도 포함되어 오늘 날의 기술을 예견하고 있다는 점이다. 그는『떠다니는 섬』The Floating Island(1895)에서 독특한 유토피아를 창조했는데 4.5마일 길이와 3마일 폭을 가진 섬이 유토피아로 설정되어 있다. 현악 4중주단이 이 섬을 방문했을 때 이 섬은 막대한 부를 자랑하는 낙원처럼 보이지만 두 개의 당으로 나눠진 정치는 낙원이 깨어질 것임을 암시하고 있다.

19세기 후반에는 대다수의 유토피아들이 다양한 사회주의 형태로 나타난다. 찰스 푸리에나 로버트 오웬 같은 유토피아주의자들은 인간이 본질적으로 사악한 존재가 아니라 천성적으로 선한 존재이며 자본주의가 인간본성을 왜곡시키는 면을 제거하면 선이 나타날 것이라고 믿었다. 유토피아가 19세기에 특별히 인기가 있었던 이유는 이 시기가 큰 정치적 사회적 혁명의 시기였으므로 모든 이들이 세계가 어떻게 운영되어야 하는가, 어떻게 돌아가야 하는가에 대한 생각들을 표출하고 싶어 했기 때문이라고 볼 수 있다.

특히 에드워드 벨라미Edward Bellamy의『뒤돌아보며』Looking Backward 2000-1887(1888), 윌리엄 모리스의『유토피아에서 온 소식』News from Nowhere(1890), H. G. 웰즈의『근대의 유토피아』A Modern Utopia(1905) 등이 대표적 예들이다.『뒤돌아보며』는 19세기 후반에 무척 광범위하게 읽히던 유토피아 소설들 중 하나였다. 이 책은 전 세계적으로 광범위한 독자층을 형성시켰고 러시아가 이 책을 금

서로 했을 때 더욱 유명세를 타게 되었다. 벨라미는 윌리엄 모리스와 웰즈의 유토피아에 촉발제 역할을 했고 미국의 민족주의 운동과 여러 사회 운동의 발흥에 중요한 역할을 했다. 벨라미의 소설은 미국의 유토피아 소설 중 가장 영향력 있는 작품으로 베스트셀러가 되었을 뿐만 아니라 정당의 창조를 고무시켰다. 벨라미는 또한 주인공이 오랜 잠을 거쳐 미래의 유토피아로 간다는 '잠든 이 깨어났을 때'의 패턴이 대중화되는 데 기여했다.

벨라미는 2000년에 있을 유토피아의 도래를 보여주기 위해 핵심 장소로 보스턴을 사용했다. 주인공 줄리안 웨스트는 자신이 잠든 날로부터 113년 뒤의 미래를 보게 된다. 자본주의 사회가 사라지고 소득의 공평한 분배를 누리는 사회를 목격하게 되는데 넓은 길과 광장이 펼쳐진 크고 위생적인 도시를 발견하게 된다. 사회 갈등이나 이익추구도 사라졌는데 모든 산업이 국가에 의해 관리되고 생산과 소비는 분리되어있는 듯 보이며, 여성에게 더 해방된 역할을 부여하는 듯 보인다. 그러나 여성의 아름다움과 우아함을 강조한 것은 여전히 남성 중심 사회임을 시사해준다. 소설의 대부분이 그의 안내자인 닥터 리트의 강의들, 20세기의 마지막 년도에 보스턴에서 일어난 경이로운 일들에 대한 강의로 구성되어있다. 보스턴은 소득의 공평한 분배가 있는 곳이며 모두가 산업군에서 일하고 45세에 평화롭고도 풍족한 상태에서 은퇴를 한다. 벨라미는 효율성을 강조하며 모든 행위들이 공동으로 행해지는 상태가 이상적임을 제시한다.

가장 놀라운 점은 사유자본에서 국가자본으로의 전환이며 1897년『뒤돌아보며』의 연속편인『평등』Equality에서는 평화로운 혁명에 의해 변화가 초래된 것처럼 보인다. 이러한 변혁은 기술적 산업적 효율성에 의존하고 있으며 더 나은 세계를 구축하기 위해 필요한 것은 이성과 합리성의 능력을 믿는 계몽주의적 신념이라는 생각을 보여준다.

그러나 효율성에 대한 강조는 잠재적으로 인간성을 말살시킬 수도 있음이 지적되었으며 특히 모리스는 벨라미가 자기 시대의 독점들에 대해 도전하지 않고 너무 쉽게 유토피아를 만들어낸 것, 도시 중산계급을 이상화하는 것, 중앙국가의 통제하에 도시의 기계 같은 삶을 연장시키는 것에 대해 비판하였다. 모리스의 『유토피아에서 온 소식』에서 농경에 중심을 둔 유토피아는 대부분 벨라미의 작품에 대한 비판적 반응으로 보인다. 그러나 이 역시 이상화되었다는 비판을 받을 수 있다. 주인공 윌리엄 게스트가 깨어나서 변형된 런던을 보게 되는데, 1952년 런던의 트라팔가 광장에서 사회주의 혁명, 2003년 과도기가 끝나고 2150년경의 런던을 여행하면서 본 것을 기록한 여행기이다. 도시의 이미지는 빅토리아 시대 산업의 모든 흔적들과 스모그들이 지워져서 아름답게 되었고, 작고 환한 빛깔의 건물들로 채워졌다. 이는 새로운 중세도시로의 귀환이며 근대이전 상태로 돌아간 것이다. 도시와 시골의 구분이 더 이상 존재하지 않으며 공예 길드들은 공산주의 사회를 보여주고 있다. 이윤추구의 모티브가 없어졌으므로 범죄가 소멸되었고 여성들은 어린아이를 양육하는 전통적 역할을 맡고 있다. 모리스는 흔히 공산주의 사회에 대해 구성원들이 일하려는 동기가 결핍되어있다는 비판에 대응하여, 모든 일은 창조적이고 즐거워야 한다는 관점을 『유토피아에서 온 소식』에서 구체화하였고, 이는 대부분의 사회주의 사상가들과는 차이성을 보이는 것이다.

H. G. 웰즈는 사회개혁에 대한 큰 관심을 지녀서 그의 사상을 배출할 이상적 출구로 유토피아를 다룬 이야기를 이용하였다. 『잠든 이 깨어날 때』*When the Sleeper Wakes* (1910)에서 웰즈는 미래도시를 묘사하는데, 이 미래도시는 기술과 과학의 놀랄만한 발전을 이루고 있으며 일종의 사회주의 정부에 의해 통치되는 도시였다. 그는 합리적이고 이성적 지도자에 의해 과학기술의 혜택이 공유된다면 낙원을 이룰 수 있을 거라는 생각을 보이고 있다.

그러나 기술과 관련 없는 유토피아적 비전들도 찾아볼 수 있는데[1] 매우

---

1) 오스틴 라이트(Austin Tappan Wright)의 『아일란디아』(*Islandia*, 1943) 같은 작품은 기술 낙관주의에 의존하지 않고 기술이 거의 존재하지 않는 목가적 남태평양 섬의 낙원을 그리고 있다.

강력한 영향력을 지닌 작품들 중 하나로 샬럿 퍼킨스 길먼Charlotte Perkins Gilman의 『허랜드』Herland(1915)를 들 수 있다. 이는 1970년대에 나타난 페미니스트 유토피아에 중요한 기반과 영감을 제공했다고 볼 수 있다. 『허랜드』는 모두가 여성인 사회로서 남성이 2000년간 배제되어온 사회를 그리고 있으며 문자 그대로의 페미니스트 공동체를 제시한 것이라기보다는 '페미니스트 사회'라는 낯설게하기 장치를 통해 20세기 초반 미국사회를 풍자하고 있다고 볼 수 있다.

20세기에 유토피아 비전들은 두 방향에서 비판을 받았다. 첫째 실상 많은 유토피아들이 디스토피아 즉 억압적 사회들로 판명되었다는 것이다. 그 이유는 개인의 의지 위에 완벽한 제도를 우선시하는 압제 때문이거나, 개인들이나 엘리트들이 대다수, 혹은 소수 위에 권위를 행사하는 걸 막기 어려운 점 때문이라는 것이다(James 220). 유토피아에 반대한 SF의 고전적 예들은 아서 클라크의 『유년기의 끝』Childhood's End(1953)과 『도시와 별들』The City and the Stars(1956) 등에서 볼 수 있다. 양 소설에서 그는 고전적 유토피아를 묘사하고 있는데 그곳도 필연적으로 결함이 있음을 보여준다. 『유년기의 끝』의 결말에서 지구는 파멸되고 그에 따라 대부분의 인구도 파멸되나 이로 인해 촉발된 에너지는 영적 능력을 부여받은 어린이들이 초능력을 지닌 마인드로 변형되기 위해 사용된다. 클라크는 소설에서 SF 장르 전체에서 찾아볼 수 있는 가장 상세하고 매력적인 유토피아적 미래들 중 하나를 제시한다. 그러나 그것은 막다른 길과 같다. 권태가 지배하며 창조적 예술의 실질적 종말을 볼 수 있는 것이다.

『도시와 별들』에서 디아스파의 거주민들은 이 세상의 어떤 종족들보다 만족스러운 상태에 있으며 자신들만의 방식 안에서 행복한데, 질병, 범죄, 빈곤,

---

라이트는 실제 존재하는 섬을 유토피아로 설정했기에 평생 여기에 몰두했고 이 작품은 유토피아 사회를 가장 상세하게 묘사한 작품들 중 하나로 손꼽힌다. 여성에 대한 태도, 반식민주의 등은 그 시대에 앞선 선진적인 면으로 볼 수 있다. 스토리텔링보다는 이상사회 구축에 더 관심이 있었기에 내러티브는 다소 약하다고 평가받는다(Booker and Thomas 77 참조).

갈등, 물질적 결핍 등이 없다. 주민들은 자신들의 환경을 조절할 거의 마술 같은 능력을 가지고 있다. 그러나 주인공인 앨빈은 이러한 삶의 방식을 헛된 것으로 보고 있다. 왜냐하면 호기심을 지니고 자기 주변의 세계에 대해 더 배우는 것, 세계를 지배하는 것이 인간의 운명이라고 생각하기 때문이다. 디아스파 주민들 대다수는 이러한 인식이 없는데 이들은 자신들의 상황을 효율적으로 수용하도록 조절되어있기 때문이다. 앨빈은 이 유토피아를 고립에서 벗어나게 함으로써 깨뜨리는데, 미래는 바깥 세계로의 확장과 행성들을 차지하는 데 있다는 사실이 암시되며 이것이 인류의 진정한 운명임이 암시된다.

SF 작가들이 유토피아에 반대하는 것은 '완전', '완벽'의 아이디어가 아니라 유토피아 작가들이 대개 정적인 사회를 목표로 하고 있다는 점에 대해 반대하는 것이다. 유토피아는 더 완벽한 제도들을 향한 온건한 진보가 있을 수 있으나 일반적으로 모험, 위험 감수, 공간 혹은 기술적 지평의 확장에 대한 비전이 결핍되어 있다. 이러한 점에서 SF 작가들은 고정적 유토피아보다는 지속적인 투쟁과 진보를 더 선호한다. 어떤 의미에서 20세기 SF 작가들의 프로젝트는 고전적 유토피아와 대조되는 입장에 있는데, 에드워드 제임스는 이 역시 그 자체가 유토피아니즘의 형태일 수 있으며 이를 "기술적 유토피아니즘"technological utopianism으로 부를 수 있다고 지적한다(James 222). 즉 SF 작가들이 공통적으로 가지고 있는 것은 고정된 이상적 세계보다는 더 나은 세계를 창조하려는 진지하고도 깊은 욕망이며 더 나은 세계는 이상 세계와 꼭 동일한 것은 아니라고 볼 수 있다는 것이다. 더 나은 세계는 과학에 대한 교육을 통해서 이루어질 수 있고 현재 세계를 대체할 수 있는 가능성의 재현을 통해서 이루어질 수 있다. 이러한 대체적 가능성들의 대부분은 정치 혁명보다는 기술적 혁명에서 나올 수 있다는 것이 기술적 유토피아니즘의 기반이었다.

맥 레이놀즈Mack Reynolds는 벨라미의 아이디어의 많은 부분, 특히 평등한 소득 분배라는 아이디어와 맥을 같이한다. 1960년대와 80년대 많은 SF를 내놓았던 레이놀즈는 미국의 사회주의 노동당의 활발한 당원이었고 자신이 사회적 SFsocial science fiction라고 명명한 장르에 특히 전념했다. 1970년 동안 벨라미의 두 유토피아 소설들에 대응하여 레이놀즈는 천년왕국의 희망에 더 강한 회의를 표현하는 소설들을 내놓았다. 그의 작품들은 그의 좌파적 정치 비전으로 인해 사회주의 원칙들에 입각한 미래의 유토피아 사회들을 그리고 있다. 그러나 20세기 사회의 문제점들을 제시하면서 유토피아에 대한 회의적 입장을 보인다. 『2000년에서 뒤돌아보며』Looking Backward, from the Year 2000(1973)과 『2000년의 평등』Equality in the Year 2000(1977)은 벨라미의 유토피아 소설들에 제시된 19세기 후반 사회주의 비전을 업데이트한 것처럼 보인다. 그러나 레이놀즈의 2000년에는 벨라미의 산업군대가 없으며, 문제는 대량 실업을 어떻게 대처해나가야 하는 것이다. 산업적 효율과 자동화가 더욱 진전됨은 소수의 행정가나 기술자만 필요하다는 것을 의미한다. 모두에게 보장된 1년간의 임금을 기반으로 생계를 위해 일할 필요 없이 비교적 편안하게 산다고 가정할 경우, 사람들은 행복을 성취할 수 있을까? 이것은 레이놀즈가 여러 다른 각도에서 계속 탐색했던 문제였다. 이 문제는 근미래 미국을 배경으로 한 『코뮌 2000 A.D.』Commune 2000 A.D. (1974)나 우주의 거주지를 배경으로 한 『라그랜지 파이브』Lagrange Five(1979)에서 탐색했던 문제이다. 우주 속 거주지 개념은 1970년대 초반의 실제로 미국의 우주 열정가들에 의해 고무되고 있던 개념이었고 미국의 확장을 위한 다음 장소였다. 이를테면 L5 협회2)는 18세기 수학자인 라그랑즈의 이름을 딴 지구-달의 중력 체계 안의 안정적 지점들 중 하나에서 거주지의 가능성들을 촉진하였다.

레이놀즈는 벨라미 스타일의 사회주의와 전통적 유토피아에 대한 열정에도 불구하고 동료 SF 작가들의 유토피아 비판을 일부 수용하였다. 유토피아가 달성되면 그때는 또 무슨 문제가 있을까? 고전적 의미에서의 유토피아, 즉 결핍

---

2) L5 협회는 캐롤린 메이널과 키스 핸슨에 의해 제라드 오닐의 우주 식민지 개념을 더 진척시키기 위해 1975년 창설되었다.

과 부당함과 불평등, 갈등이 없는 유토피아는 자체의 문제들을 가지게 될 것이다. 제임스의 지적에 따르면 첫째로 후기 산업사회의 여가의 과잉이다(224). 이런 문제를 다룰 방법이 있는가? 레이놀즈가 『타임 글래디에이터』*Time Gladiator* (1966)에서 제시했듯이 현대에도 이러한 문제는 로마시대 제국의 양태와 그렇게 다르지 않을 것이다. 즉 여가의 과잉은 부작용을 초래할 것임을 알 수 있다. 두 번째 문제는 비민주적 엘리트들이 유토피아에서 권력을 추구하는 걸 막는 문제이다. 이는 『어떤 내일 이후』*After Some Tomorrow*(1967)와 『롤타운』*Roltown*(1976)에서 레이놀즈가 논했던 문제이다. 세 번째로는 진보와 목표의 필요성이라는 문제이다. 『유토피아 이후』*After Utopia*(1977)에서 리트 박사는 과거로부터의 방문객인 프레이시 콕스웰에게 자신들은 유토피아인이 바라는 모든 걸 성취했다고 설명한다. 궁극적인 형태의 민주주의와 모든 이를 위한 풍요, 국가 및 인종간의 분쟁이 종식되고 모든 실질적인 목적을 위해 개인들 간의 분쟁도 종식되었다는 것이다. 그러나 이들은 목표와 방향이 결핍되어 죽어가는 것과 다름없다. 콕스웰은 외계의 위협이라는 아이디어를 만들어내기로 결심하는데, 종을 단합시켜 진보와 확장에 이르는 길로 다시 되돌려놓기 위한 것이다. 그는 유토피아의 정체적 성격으로부터 벗어나기 위한 또 다른 SF적 장치를 쓰는데, 국경지역을 태양계와 그 너머로 몰아붙이는 것이다. 『라그랜지아의 혼돈』*Chaos in Lagrangia* (1984)의 말미에는 야심차고 불만족 상태에 있는 우주의 거주민들이 세대 우주선을 타고 별들로 갈 계획을 세우고 있음을 볼 수 있다.

비판적 유토피아

레이놀즈의 유토피아 소설들은 대부분 1970년대에 집필되었는데 이 시기의 SF 유토피아의 재유행은 민권 운동, 뉴 레프트 운동, 환경 운동, 1970년대 초반 반전 운동, 게이와 레즈비언 운동의 출현 등에 기인한 것으로 볼 수 있다. 그러나 중요한 점은 1960년대 후반의 페미니즘의 재등장이다. 1970년대는 유토피아 소설의 르네상스기라고도 볼 수 있는데 탐 모이란Tom Moylan은 어슐러 르 귄의 『빼앗긴 자들』The Dispossessed(1974), 조애나 러스Joanna Russ의 『피메일 맨』The Female Man(1975), 사무엘 델라니Samuel R. Delany의 『트라이톤』Triton(1976, Trouble on Triton으로 재발행), 마지 피어시의 『시간의 경계에 선 여자』Woman on the Edge of Time(1976)를 비판적 유토피아critical utopia라고 부른다(81–84 참조). 이 작가들은 유토피아적 청사진을 제시하는 것의 위험에 대해 잘 알고 있었으며 그들의 실제 사회를 비판할 뿐만 아니라 유토피아적 대안들을 비판하는 데 자신의 소설들을 이용하였다. 이 네 작품은 비판적 유토피아 소설로서 많은 논의의 대상이 되었다.

『빼앗긴 자들』은 1970년대 유토피아 르네상스의 중심 작품으로 꼽힌다. 이 작품은 유토피아 장르가 현대에 다시 부활한 예들 중 하나로 손꼽히며, 유토피아 소설에서 발견되는 특징들을 지니고 있다. 세티 항성계의 두 행성 아나레스와 우라스의 대조를 설정하기 위해 주인공인 아나레스 출신 물리학자 세백이 우라스에 도착하는 것은 유토피아 문학의 관례인 "여행자" 모티브를 따르고 있다. 소설은 원래 "모호한 유토피아"An Ambiguous Utopia로 부제가 붙어 있었으며 르 귄은 주인공의 각 행성 거주를 교체하여 제시함으로써 두 행성의 대조적 속성을 제시한다. 아나레스는 무정부주의 유토피아로 정의될 수 있다. 그러나 아나레스는 완벽한 사회가 아니며 그러한 완벽한 사회란 없다는 것이 르 귄의 생각이었다. 아나레스 사람들은 개인적 물질 소유가 없고 모든 것이 공유되므로 일종의 '빼앗긴 자들'이며 우라스의 경우 물질적으로 풍요하나 보수적 사회이며 노동계급 대다수는 자신들의 노동으로 창출해낸 부에 접근하지 못함으로 인해 '빼앗긴 자들'로 볼 수 있다. 특히 세백이 우라스를 방문했을 때 외부자로서의 관점은 이 행성의 소비주의를 강조하는 데 효과적이다. 이러한 두 행성의 대조를 통해 르 귄은 무정부주의 사회의 위험과 관료주의의 위험을 동시에 제시하고 있다. 가장 완벽한 인물로 주인공의 파트너인 택버 같은 인물을 들 수 있는데, 인내심과 생명에 대한 사랑, 충성심, 진정한 동료애를 지닌 인물로 이런 인물이 주변과 맺는 관계에 의해 공동체가 이상적인 방향으로 갈 수 있다는 르 귄의 메시지를 읽어낼 수 있다.

델라니의 『트라이톤』은 푸코의 용어, "모호한 헤테로피아"an ambiguous heteropia를 빌려와서 모든 종류의 문화적·성적 욕망에 모두 대응해줄 수 있는 사회가 어떻게 가능한가를 탐색한다. 이러한 과정에서 획일적이고 다양성이 없는 유토피아에 대한 비판을 수행한다. 『트라이톤 행성에서의 곤경』Trouble on Triton(1976)에서 헤테로피아인 테시스의 주민들은 모든 유형의 성 행위를 자유로이 즐긴다. 이들의 성적 성체성은 유동적이다. 즉 누구도 자유로이 젠더, 섹스, 성향을 바꾸기 위해 외과 수술적 변형이나 심리 치료를 받을 수 있다. 테시스는 다중적 젠더를 인정하는 사회이며 이분법적 젠더는 그 의미를 상실하고 있다. 델라니는 테시스를 통해 강제적 이성애에 대한 급진적 비판뿐만 아니라 대안적 성들을 긍정적으로 재현하고 있다. 르 귄과 델라니의 두 작품들은 유토피아 사회들이 결국 필연적으로 정체와 억압으로 흘러갈 수밖에 없다는 관습적 우려를 극복해보려는 1970년대의 유토피아 소설들의 시도를 특히 잘 보여주고 있다. 이들은 이 시기에 전형적인 특징으로 볼 수 있는 열린 유토피아, 혹은 비판적 유토피아의 성장에 기여하고 있으며 페미니스트 유토피아의 활성화에 주요 역할을 한 것으로 볼 수 있다.

피어시는 『시간의 경계에 선 여자』에서 가난한 히스패닉계 여성으로 정신병원에 갇혀있는 코니 라모스의 디스토피아적 세계를 고찰하고 있다. 그리고 그녀가 인종, 계급, 젠더의 벽들이 대량 제거된 미래의 매사추세츠로 이동함으로써 일종의 유토피아에 대한 비전을 체험한다. 코니는 텔레파시의 힘을 이용해 미래의 유토피아로 여행하는데 그곳에선 남성과 여성이 평화롭게 공존하고 있다. 마타포이셋에는 젠더 역할에 입각한 성차들이 없어졌으며 성차별은 존재하지 않는다. 이곳 사람들은 양성성이 특징이다. 여성들은 출산하지 않으며 아이들은 『멋진 신세계』에서처럼 인공 지능에서 잉태된다. 남성과 여성 모두 다 젖을 먹이기도 한다. 피어시의 비전은 공공성, 소규모 공동체, 양육, 관용, 자연과의 교감 같은 면에서 다른 페미니스트 유토피아들과 공통점을 지닌다. 더 나아가 이 행성의 거주자들은 성적 자유를 누리며 서로 친밀한 유대를 가진다. 피어시는 마타포이셋을 통해 델라니의 테시스와 마찬가지로 강제적 이성애에 대한 급진적 비판뿐만 아니라 대안적 성들을 긍정적으로 재현하고 있다.

젠더 관계에 대한 관심은 파멜러 사전트Pamela Sargent의 『여성들의 해변』 *The Shore of Women*(1986), 세리 테퍼Sheri Tepper의 『여성 나라의 문』*The Gate to Women's Country*(1988) 등에서도 볼 수 있는데 특히 테퍼는 모계사회를 제시한다. 테퍼는 여성 나라의 문을 중심으로 남성, 즉 전사들의 공간과 여성의 공간으로 나뉘어져 있어 각자의 체계와 문화를 가지고 있음을 제시한다. 남성 전사 문화는 독자적 여성 세계와 대조를 이루는데 이러한 구조가 생겨난 배후의 비밀이 여주인공 스타비아의 회상을 통해 전개된다.

조애나 러스의 『피메일 맨』 역시 작가의 머리글자를 딴 네 명의 여성들을 통해 바람직한 공동체란 무엇인가를 모색한다. 네 명의 주인공들은 조애나, 자넷, 지니, 자엘로서 실상 동일한 인물의 네 버전으로 볼 수 있다. 조애나는 현재 미국에 살고 있으며 자기 사회에 협상하기 위해 피메일 맨으로 위장해야 한다. 자넷 에바슨은 화일어웨이라는 유토피아 행성출신인데 이 행성에는 남성이 소멸된 상태로 여성들만 거주하고 있다. 지니는 뉴욕의 사서이며 연장된 대공황기에 살고 있다. 자엘은 민족주의자 암살범으로서 남성과 여성 사이의 공공연한 전쟁이 이루어지는 세계에 거주하고 있다. 그녀의 이름은 상징적으로 가나안 왕 야빈의 장군을 죽인 성경 속 인물 이름을 따서 지어진 것이다. 네 명의 주인공들은 소설 안에서 서로 상호작용하는데, 사회 관찰자, 해방된 여성, 역사가, 투

사라는 역할들이 서로 뒤섞여있으며 이러한 뒤섞임에 맞게끔 소설은 인터뷰 원고로부터 일인칭 서술에 이르기까지 다양한 방식을 혼합한 형태를 취하고 있다. 2부는 "나는 누구인가"의 질문으로 시작해서 전체 소설이 의문의 방식으로 진행된다. 어느 '내'가 말하고 있는지 불분명할 때도 있으며 이는 작가의 전략의 일부라 볼 수 있는데, 독자로 하여금 지속적으로 다른 이야기들을 비교 대조하도록 유도하고 있기 때문이다. 즉 실험적 형태의 소설로서 네 명의 여성이 다른 시간대의 평행 세계로부터 이야기를 진행하면서 서로 상호작용하고 있는데, 실제로 동일한 한 여성의 다른 버전들로 볼 수 있다. 이 과정에서 동성애 에로티시즘의 묘사를 통해 「상황이 변했어도」에서보다 강요된 이성애에 대한 더 강한 도전을 던지고 있다. 이처럼 페미니스트 SF 작가들은 주로 젠더나 성 평등 문제를 중심으로 한 유토피아에 관심을 두었고, 이를 통해 현 사회의 억압과 불평등의 문제를 드러내 보이는 데 주력하였다.

에코토피아

20세기 말 몇 가지 지구의 문제들을 중심으로 한 유토피아 SF들을 볼 수 있다. 환경 문제에 대한 관심은 어니스트 캘런바크Ernest Callenbach의 『에코토피아』Ecotopia(1975)에서 볼 수 있다. 『에코토피아』는 환경운동의 출현에서 영감을 받았으며 미국 서부 해안의 분리 독립된 유토피아 국가를 묘사하고 있다. 이 국가는 사회주의 원칙에 입각하여 조직되었고 지구의 환경에 대한 존중과 보존에 전념하고 있다. 유토피아의 고전적인 모티브에 따라 윌리엄 웨스턴이라는 기자가 자신이 속한 신문사의 신문에 실을 이야기를 위해 에코토피아를 여행하는데 미국에서 독립을 취득한 샌프란시스코를 중심으로 한 유토피아 거주지에 대한 보고서로 구성되어 있다. 웨스턴은 이곳이 전원의 가치관으로 복귀하고 기술을 선별적으로 사용함으로써 삶의 스타일이 변형되었음을 보여준다. 이곳에서는 더 소박한 삶의 방식을 볼 수 있으며, 거주민들의 공격성을 없애기 위해 전쟁 게임들이 정기적으로 수행됨을 볼 수 있다. 캘런바크가 회고에서 인정하듯이 인종적 통합은 이루어지지 못했고 흑인들은 소울 시티라고 알려진 별개 지역에서 거주하고 있다. 그럼에도 불구하고 그의 소설은 SF에 침투하기 시작한 환경에 대한 새로운 인식을 반영하고 있다.

에코토피아의 가장 뚜렷한 특징은 성장을 부정하는 것이다. 즉 제로 섬의 안정적 사회이며 안정을 유지하지만 정체되어 있지는 않다. 제로 섬 사회이지만 변화가 없다는 걸 의미하는 것은 아니다. 이 안정된 국가는 집중적 재활용 프로그램 같은 다양한 환경 친화적 정책들을 통해 더 개선되고 발전됨을 볼 수 있다. 자유교육과 형벌 정책들이 모든 시민들에게 인간적 조건들을 유지하도록 도움을 주고 있으며, 성적인 태도는 일반적으로 1960년대의 성 혁명을 반영하고 있다. 이곳의 반자본주의 경제 정책으로 인해 대부분의 미국기업들은 에코토피아에서 나가고 없으며, 남은 경제 시스템은 자유 시장 자본주의의 요소들을 지니고 있긴 하지만 사회주의 특징들을 대량 지니고 있다. 모든 시민들을 위한 경제적 평등, 노동자 소유의 회사들, 개혁된 노동 조건들, 보편적으로 보장된 사회 복지 등이 그러한 예들이다. 이 작품은 킴 스탠리 로빈슨의 녹색 유토피아인 『태평양의 끝』*Pacific Edge* (1990)과 『세 캘리포니아들』*Three Californias* 3부작의 세 번째 권에 지대한 영향을 주었다.

이외 이언 뱅크스의 "컬처" 소설들, 켄 맥클라우드의 "폴 레볼루션"Fall Revolution 소설들도 유토피아 SF로 간주될 수 있다. 그러나 에드워드 제임스는 이러한 환경 개념을 중심으로 한 유토피아 SF 중 가장 기여도 높은 작가로 킴 스탠리 로빈슨을 지적하고 있다(226). 그의 『태평양의 끝』은 20세기에 시작된 환경관련 입법 개혁들에서 성장해온 유토피아적 이상에 근거하여 21세기 중반 유토피아 사회의 출현을 상정하고 있다. 1990년대의 중요한 에코토피아는 로빈슨의 『화성 3부작』이다. 『화성 3부작』은 화성 자체가 주인공이라 볼 수 있고 지구로부터의 여행자들이 화성에 도착하면서 화성을 유토피아로 만들어가는 것이 목표가 된다. 2026년에 시작된 화성의 발견과 탐색은 『붉은 화성』Red Mars(1992), 생명이 거주할 수 있도록 화성을 테라포밍 하는 것은 『초록 화성』Green Mars (1994), 정착의 확장은 『푸른 화성』Blue Mars(1996)의 중심 이야기들이다. 첫 연구 탐사기지는 유토피아를 위한 터전으로 가능하지만 역시 여러 논의의 중심 터전이 된다. 로빈슨은 유토피아를 고립되거나 분리된 장소들로 보는 오랜 전통으로부터 벗어나 유토피아들을 역사의 길road of history로 보았고, 소설을 통해 독자로 하여금 3부작의 역사적 맥락을 놓치지 않도록 유도한다(Seed 96). 또한 로빈슨은 화성의 식민화를 통해 새 행성의 유토피아적 가능성을 최대한 살리려는 식민주의자들 사이의 논의를 상세히 구현함으로써 유토피아적 에너지를 생성해낸다. 세 작품을 통해서 지구 사회의 실패를 피하게 해줄 화성에서의 새로운 사회를 어떻게 창조해낼 것인가에 대한 논의들을 볼 수 있으며 이는 『푸른 화성』에서 절정을 이룬다. 지구와 대비되는 유토피아 창조뿐만 아니라 앞선 많은 SF 작가들에 대한 언급을 함으로써 앞선 작가들의 화성에 대한 아이디어들로부터 로빈슨 자신의 텍스트가 진화되어 나온 사실을 이야기하고 있다. 그래서 소설은 두 과정들을 나란히 이야기하고 있다. 즉 거주할 수 있는 유토피아로서 화성의 탄생과 유토피아에 대한 아이디어의 모체들로부터 자신의 소설이 형성되는 것, 이 두 가지 이야기가 동시에 진행되고 있다. 그의 화성 3부작은 1990년대 미국 SF의 가장 위대한 업적으로 평가되며 행성의 식민화를 통해 유토피아적 가능성을 일깨운 점은 뒤이은 화성 관련 내러티브에 많은 영향을 미치고 있다.

　　SF 유토피아 작품들에서 제시된 많은 이야기들은 미래의 유토피아들을 인간 진보의 자연스러운 결과로 제시한다. 아서 클라크의 경우 1950년대 고전적 유토피아를 매도했었지만 1990년대에 유사 유토피아를 『3001 최후의 오디세이』3001 The Final Odyssey(1997)에서 제시하고 있다. 이 공동체는 20세기의 정신병들, 종교적 신앙을 포함해서 많은 정신병들이 제거된 상태이다. 1970년대부터 클라크의 소설들은 과학적 진보와 함께 사회진보의 지속적 진행과 지구를 넘어서는 인류의 확장에 대한 믿음을 보여주었다.

영국 붐(British Boom)과 유토피아

1990년대는 영국 SF와 판타지 작가들이 두각을 드러냄으로써 영국 붐 British Boom이라고 불리는 집단이 되었는데, 이들은 새로운 유토피아적 에너지를 불러일으켰다. 이를테면 차이나 미에빌China Miéville은 영국 붐의 중심인물로서 톨킨적 도피주의가 지배했던 판타지 장르에 새로운 유토피아적 에너지를 덧붙였다(Booker and Thomas 82). 그는 가상의 세계와 우리가 거주하는 실제 세계 사이의 연결점을 구축하는 독특한 구성방식을 활용하였다. 그의 판타지 사이언스 공포소설, 『퍼디도 스트리트 정거장』Perdido Street Station(2000)은 어디에도 속하지 않는 장르이며 톨킨의 판타지를 넘어서려는 시도로 볼 수 있다. 인물들의 다양성은 평범한 인간, 곤충 인간, 기술적 지능들, 여러 다른 창조물들 같은 인물들로 형상화되고, 이들 모두가 거주하는 뉴 크로부존이라는 환상적 도시의 복합성과 임의적 성격은 이러한 인물들의 혼종성을 반영한 것으로 보인다. SF, 판타지, 공포물의 혼성 장르적 성격을 지님으로써 장르 간의 경계를 흐리게 하고 있으며 SF적이지만 다른 판타지 장르와의 대화나 독특한 문체는 정통 SF와는 차별성을 지닌다.

스페이스 오페라와 사이버펑크, 포스트사이버펑크 같은 SF의 서브장르 들이 영국 붐의 주요 작가들인 찰스 스트로스Charles Stross와 켄 맥클라우드Ken MacLeod 같은 작가들에 의해 새롭게 활성화되었다. 이들은 컴퓨터 기술과 인공지능의 막대한 진보에 의해 이루어질 수 있는 사회주의이자 무정부주의의 유토피아적 미래들을 상상했다. 둘 다 실제 존재하는 이상적 사회들의 묘사보다는 유토피아를 향해가는 운동에 더 관심이 있었다. 이는 기술의 독창성을 통해서 인공지능이 지닌 능력의 갑작스럽고도 폭발적 진보로 시작한다.

유토피아니즘의 맥락에서 영국 붐의 주역은 이언 뱅크스로서 엄청나게 진전된 인공지능들이 거주하는 세계를 조망하고 있다. 뱅크스는 컬처라고 알려진 사회주의 유토피아를 상세히 묘사하는데, 이러한 사회주의 유토피아 묘사에서 스트로스와 맥클라우드의 묘사를 넘어선다. 수천 년의 생물학적·사회적·문화적 진화의 산물인 컬처는 최첨단으로 진전된 기술을 사용하여 인간, 정확히 말하자면 포스트휴먼인이 부유한 삶을 살고, 여가와 문화, 교육, 개인적 잠재력의 탐색 등에 몰두하는 삶을 영위하도록 결핍이 없는 사회를 창출해낼 수 있다. 이는 마인드들로 알려진 정교한 인공지능들에 의해 관리된다.

마인드들은 지능이 인간보다 훨씬 우월하지만 인간을 돌보는 데 깊이 몰두해있고 인간이 풍요한 삶을 영위하도록 조정한다. 이러한 사회에서 법률은 존재하지 않고 행위는 거의 미학적 방식으로 사회관습에 의해 조절된다. 개인들이 자신들의 삶을 각자 좋은 방식으로 추구하며 모든 이들에게 충분한 부가 있기 때문에 사회는 마인드들로부터의 최소 간섭만으로도 원활하게 기능한다. 마인드들은 필요할 때만 인간의 일에 간섭하며 인간이 살 수 있는 체계만 제공하는 걸 선호한다. 대부분의 인간들이 주로 거대한 궤도인 오비탈Orbitals, 즉 별들 근방 우주에서 순환하는 링 같은 구조물들에 거주하고 있는 상태지만, 마인드들의 체계 안에는 행성 간의 여행이 더 확장되는 계획이 포함되어있다.

컬처 안의 일상적 삶의 문제들은 대다수 해결되었음에도 불구하고 컬처는 더 발전되지 못한 다른 문명들과 공존해야 한다. 이러한 상황이 때때로 전면전으로 이어지기도 한다. 뱅크스의 첫 컬처 소설인 『플레바스를 생각하라』(1987)에서 종교적이면서 호전적인 이다란 제국과 컬처 사이의 갈등과 전쟁은 흥미로운 이야기들을 구성하게 만들었다. 주인공 호르자는 기계에 의해 지배되는 은하계가 정체될 것이라는 판단하에 이디란들 편에 서는데 적어도 이들은 인공지능이 아니라 살아있는 실체라는 이유 때문이다. 호르자의 탐구는 하이퍼스페이스 점프를 수행하는 마인드를 찾는 것인데 이러한 특별한 능력을 지닌 마인드에 대한 묘사보다는 은하계 탐색에 더 주안점이 주어져있으며 이러한 점에서 스페이스 오페라의 특성을 볼 수 있다. 컬처의 가장 문제적 양상은 간섭주의 성향이다. 컬처는 덜 발전한 문명들을 더 긍정적이고 인도적인 방향으로 끌고나가려는 은밀한 시도를 한다. 이러한 과정에서 마치 컬처는 지구 선진국들의 제국주의 성향들을 보여주는 듯하다. 단 차이점이라면 부커와 토머스의 지적대로 마인드들은 너무도 앞서 있어서 다른 사회를 지도하기에 실질적으로 자질이 있다는 것이고, 반면 지구의 더 부강한 선진 국가들은 그렇지 못하다는 점이다(83).

로빈슨, 스트로스, 맥클라우드, 뱅크스의 작품들은 더 나은 사회를 초래할 수 있는 기술의 능력에 대한 희망이 새로이 솟아남을 보여준다. 이러한 점에서 이들은 1930년대의 SF로 돌아가는 듯 보인다. 단 이들의 텍스트에서 볼 수 있는 과학기술의 기반이나 논리들이 더 설득력 있고 더 복합적인 면을 띠고 있음은 당연한 발전일 것이다. 또한 이들의 작품들이 시대의 더 복합적인 사회적 · 정치적 아이디어들의 영향을 보여주고 있는 점도 주목해볼 수 있다. 이들의 소설들은 유토피아적 사고의 잠재적 르네상스를 시사해주고 있으며 이는 21세기에 접어든 시점에서 실제 세계에서 인간의 진화를 위한 과감하고 새로운 가능성을 시사해주는 하나의 문화적 흐름으로 볼 수 있다.

최근에는 SF 작가들이 입법, 교육, 제도, 기술이나 환경의 변화 등에 입각한 유토피아보다 인간의 발전에 대해 더 확장된 관점을 보이며, 힘든 일을 없애고 물질적 요구를 해결하기 위한 기술의 사용, 이를테면 3D 프린터의 개발이나 드론의 개발, 나노기술의 가능성 등에서 유토피아의 가능성을 보기도 한다. 특히 고도의 나노기술 발전은 마술과도 같게 될 것이어서 모든 것을 만들어내고 질병을 치료하는 등 인간에게 필요한 것들을 제공할 수 있다는 것이다. 전통적 유토피아는 주어진 제한된 여건이나 자원을 취해서 입법이나 교육 등에 의해 인간을 유토피아에 맞게 만들도록 구성하였지만, 포스트모던 시대의 유토피아 형태는 더 완벽한 사회를 진화와 기술의 결과로 간주하고 있는 경향이 있다 (James 227).

그러나 의학이나 생명과학, 나노기술 등이 인간의 육체를 개선시켜서 질병을 제거하고 불사에 가까이 다가가는 형태의 인간을 창조해낸다면 무엇이 성취될 것인가, 사이보그화 된다면 인간의 몸에 어떤 가능한 변화가 있을 것인가, 이러한 변화들을 가상해본다면 유토피아적 결과들만큼이나 많은 디스토피아적 결과들을 생각해볼 수 있다. 불사는 인간의 성장과 발전에 대한 전망을 확장시킬 수 있어서 유토피아와 관련되기도 하지만 한편으로는 권태와 정신적인 불안정과 인구의 과다를 초래할 수 있다는 문제점들을 안고 있기도 하다.

대부분의 유토피아 SF 들을 통해볼 때 본질적인 질문은 결국 삶의 의미란 무엇인가, 인간의 운명은 무엇인가, 인간의 행복과 만족은 어디서 오는가 등으로 요약될 수 있다. 이는 너무도 복합적인 여러 양상들을 포함하고 있어서 한마디로 대답하거나 해결할 수 없는 문제들이다. SF 작가들은 이러한 문제들에 대해 다각도로 접근함으로써 유토피아의 지평을 넓혀왔고, 토머스 모어가 상상할 수 있었던 것보다 미래는 더 많은 가능성을 지니고 있음을 일깨우는 데 기여하였다고 볼 수 있다.

디스토피아

유토피아가 현재의 사회·정치·경제·문제들이 해결되었거나 이러한 문제들의 해결을 위한 효율적인 기제들을 가지고 있다면 디스토피아는 유토피아의 꿈이 악몽이 되어버린 가상세계이다. 유토피아의 반대로서 디스토피아는 모든 것이 잘못되어버린 사회들을 묘사한다. 주로 유토피아가 유토피아의 구성에 대해 이야기하는 데 반해, 디스토피아는 이미 존재하고 있는 것으로 제시되며 서술과정은 주로 디스토피아 사회의 체제에 부적응자, 혹은 비판적인 주인공의 행동을 통해 기존 체제가 붕괴되는 이야기 패턴을 따르고 있다(Seed 88). 또한 안티 유토피아로서 디스토피아는 어떤 유토피아적 사고 형태의 부정적 의미들을 비판하기 위해 고안되기도 한다. 그러나 디스토피아 SF는 현재 실제 세계의 어떠한 성향들로 인해 초래될 수 있는 결과들에 대해 경고하기 위해 고안되기도 한다. 이러한 유형의 디스토피아는 종말 이후 미래post-apocalyptic future에서 발생하며 이 미래는 큰 재난, 주로 핵전쟁 이후의 미래이며 살아남은 인류의 구성원들이 생존을 위한 원시적 투쟁으로 내몰리게 된다.[3]

19세기 말 유토피아 소설들의 강풍 이후 디스토피아 소설은 20세기에 주로 두드러진 현상이 되었다. 20세기는 정치나 사회 문제들이 점점 더 복잡해졌기 때문에 유토피아적 해결들에 대해 회의적 입장이 두드러졌고 파시즘의 등장 같은 역사적 사실 때문에 전체 서구 계몽주의 프로젝트에 회의적이 될 수밖에 없었다. 유토피아 사회들이 인간개인의 잠재력을 최대한 성취하도록 고안된 것이라면 디스토피아 사회들은 그러한 성취를 간섭하는 억압적 상황들을 개인에게 부과한다. 이러한 억압적 상황들은 실제 세계에 이미 존재하고 있는 상황들의 확장이나 과장일 경우가 많다. 디스토피아 텍스트들은 이러한 가공의 세계라는 맥락 안에서 개인의 자유박탈이나 억압 등을 다룸으로써 실제 세계의 문제들을 비판한다. 디스토피아 소설은 어떻게든 사회 통제와 개인적 욕망 사이의 대립을 포함하는 핵심 모티브와 아이디어들에 초점을 둔다. 디스토피아 국가에

---

3) 월터 M 밀러 2세(Walter M. Miller Jr)의 소설 『레이보위츠를 위한 성가』(A Canticle for Leibowitz)는 전쟁 이후 미래, 즉 과학이 거의 잊히고 옛날 교과서가 종교적 유물로 착각되는 미래에 대해 이야기하고 있다. 이런 유형을 다룬 대표적 영화들로는 <매드 맥스>, <워터 월드>, <터미네이터> 등을 들 수 있다(Miller 90 참조).

서는 사회통제가 일반적으로 상위 권력에 속해있다. 교회나 학교, 경찰 등과 같은 공식 기관들은 사고와 상상력과 행위를 규제하기 위해 사용되고 개인에게 다른 관점들의 표현이나 다른 스타일의 삶을 탐색하는 것에 대해서 아주 제한된 영역을 제공한다. 서구사회에서 전통적으로 개인의 정체성 발전이나 개인적 욕망의 성취를 위한 행동 방식들로 간주되었던 것들이 디스토피아에서는 중심 체제에 의해 강하게 감시되고 통제되는 경향이 있다. 때로는 개인의 감시와 정신 통제, 징벌 등을 위해서 고도의 기술적 장치들이 사용되기도 한다.

부커와 토머스는 현대의 디스토피아 SF의 기반을 놓은 결정적 작품들로 예브게니 자미아틴Yevgeny Zamyatin의 『우리들』We(1924), 올더스 헉슬리의 『멋진 신세계』Brave New World(1932), 조지 오웰Geroge Orwell의 『1984년』(1949)을 손꼽는다(66). 이 세 작품들은 직접적으로 20세기의 주요 두 정치 시스템들을 비판하고 있다. 『우리들』은 소련의 혁명 이후의 권력남용 가능성에 대해 경고하고 있으며 『멋진 신세계』는 또 다른 방향으로 서구 자본주의의 시스템이 악몽같이 확대된 경우를 탐색하고 있다. 『1984년』은 자본주의와 사회주의 양자에 대해 회의적 입장을 보이면서, 1940년대 오웰의 시대에도 그러하듯이 양자 중 어느 하나도 시민의 삶을 더 풍요하게 하기보다 억압적 전체주의 체제로 이끌 가능성이 있음을 시사하고 있다. 그는 빅 브라더Big Brother라고만 알려진 독재자에 의해 다스려지는 세계를 묘사하는데, 개인적 자유도 사생활도 없는 디스토피아를 제시한다. 세 작품 모두 그들이 속한 디스토피아가 가하는 개인에 대한 억압을 벗어나거나 극복하기 위한 주인공들—D-503, 버나드 마르크스, 윈스턴 스미스의 시도를 중심으로 하고 있다. 이 세 텍스트들은 뒤이은 수많은 디스토피아를 다룬 SF에 주요한 영향을 미친 것으로 평가될 수 있다.

『우리들』은 1917년 볼셰비키 혁명에 이어 집필되었는데, 그 뒤 나온 디스토피아를 다룬 작품에 중심이 될 만한 많은 모티브를 포함하고 있다. 이야기의 배경은 소련 사회가 중심을 차지하나 현대 사회에 적절한 이슈들과 관심사들이 포함되어 있다. 레닌이나 초기 소련 지도자들이 보이는 과학, 기술, 합리성에 대한 신념과 대조적으로『우리들』은 기술이 인간성을 말살시키리라는 공포와 인간의 문제들에 대해서 이성적 해결을 과도하게 주장하는 것에 대한 공포가 중심이 되어 있다. 그러나 과학과 합리주의 자체를 거부하지 않으며 볼셰비키 혁명 자체에 반대하는 것도 아니다. 먼 미래의 황량하고 정체된 원 스테이트One State는 완벽하게 과학적 이성적 원칙들에 의해 통치되어 시민들이 어떤 인간성도 다 빼앗긴 단일체 국가이다. 자미아틴의 디스토피아 국가 주민들은 자연이 배제된 메마른 인공의 환경에서 살고 있으며 이름대신 수로 표기된 레벨로 분류되며 개인은 사람으로 언급되기보다 수자로 언급된다. 주인공인 D-503은 수학자로서 원 스테이트의 원칙에 철저한 시민으로 제시되는데, 수로 매겨진 시민들은 개성을 상실한 상태로 단지 국가라는 거대한 기계의 교환 가능한 부품들일 따름이다.

원 스테이트의 통치자들은 강한 감정이 삶의 이성적 평정을 흐려지게 하는 상태를 경계하며 인간 삶의 영역들을 통제하는 데 특별히 관심을 둔다. 감정과 관련된 영역인 시와 음악도 스테이트에 의해 관리된다. 그러나 시민들의 감정적 삶을 통제하려는 공식적인 시도에도 불구하고 원 스테이트는 국가적으로 추구하는 체제 순응과 엄격한 합리주의, 이성주의의 완벽한 성취를 이룰 수 없다. 주인공 D-503도 I-330이라는 여성과 사랑에 빠지게 됨으로써 수학적 논리와 지배질서에 대한 충성이 흔들리게 되는 것이다. 자미아틴은 볼셰비키 혁명의 이데올로기에 내제해있는 억압의 가능성을 묘사함으로써 극도의 비관적 면을 보이지만 시와 성, 사랑 같은 감성적 힘들이 궁극적으로 국가의 완전한 통제 너머에 있다고 시사함으로써 이러한 힘들에 대한 믿음을 보인다. 텍스트가 끝날 때 국가에 대한 전면적 반란은 진행 중인 것으로 된다. 국가가 강력한 억압적 조처로 대응함으로도 불구하고 반란의 결과는 불확실하게 남아있는 상태이다.

소련 역사의 위기에 쓰인 것이 『우리들』이라면 헉슬리의 『멋진 신세계』는 1930년대 대공황 초기에 집필되어서 서구 자본주의 위기에 대응하고 있다. 1926년 미국을 방문한 이후 헉슬리는 미국의 미래가 세계의 미래라고 생각하였으며 포디즘Fordism이라고 알려진 대량생산 방식의 적용에 기반을 둔 사회를 제시하고 있다. 이러한 미래는 양적 결과와 효율성이 최고로 여겨지며 현재의 클로닝 기술에 비추어볼 때 있을 법한 세계이다. 이 세계국가에서는 인간을 알파, 베타 등으로 등급을 나누어 만들어냄으로써 운명이 생물학적으로 결정되고 이러한 사회의 규격화는 획일적 복장과 계급에 맞춘 언어사용 등에 반영되어 있다. 헉슬리는 자본주의의 몰락을 그리고 있지 않고 인간성을 말살하는 자본주의의 승리를 그리고 있다. 그는 쾌락주의가 지배하는 미래 사회를 그리고 있는데, 개인은 성, 마약, 정신을 마비시키는 다중 감각적 오락 등을 통해 인스턴트식 행복을 추구한다.

헉슬리의 디스토피아는 자미아틴과 오웰의 디스토피아와 다르게 보이나, 쾌락에 초점을 둔 미래 사회 역시 개인의 자유가 결여된 사회이다. 이 사회에 만연한 섹스와 마약, 대중문화는 사회문제로부터 관심을 돌리기 위한 것이고 개인으로 하여금 당국에 도전하게 만들지도 모르는 강한 감정을 갖지 못하게 하기 위한 것이다. 이 세계국가는 특별한 역할을 수행하도록 유전자 조작이 되어서 개인의 자율적인 선택은 없다. 그러나 헉슬리의 디스토피아는 자미아틴의 원스테이트를 특징짓는 강력한 권력의 행사를 통해서가 아니라, 서구 현대 부르주아적 사회의 전형적인 특징들이 더욱 기묘하게 조정되면서 통제가 이루어지고 있다.

1958년에 헉슬리는 미국영주권자가 되었고 미국문화의 관찰을 『멋진 신세계 재고』*Brave New World Revisited*로 내놓았다. 이는 1932년 그가 상상해낸 디스토피아의 어두운 그림이 1950년대에 실제화 되고 있다는 것을 제시한다. 헉슬리는 개인의 자유를 위협하는 권력의 거대한 중앙집권화를 인식하였다. 그는 현대 기술이 경제적·정치적 권력의 집중으로 이어졌다고 경고하면서 대중들로 하여금 이러한 막대한 비인격적 힘들의 작용에 경계심을 갖도록 유도한다. 이러한 헉슬리의 생각은 미국의 전후 SF의 디스토피아적 특징들과 상통한다.[4]

오웰의 『1984년』에서는 다른 디스토피아 체제들과 달리 인간성을 구원하거나 인간 삶의 질을 개선하기 위한 시도가 없다. 이 디스토피아는 오로지 권력을 영속화하는 것을 목표로 하고 있으며 당Party은 디스토피아를 의식적으로 창조하려고 한다. 즉 옛날 개혁가들이 상상했던 어리석은 쾌락주의적 유토피아와 정반대인 세계를 창출하려 한다. 이러한 목표에 맞추어서 디스토피아와 관련된 거의 모든 중심 모티브들이 집약되어 있다. 예를 들면 오웰의 오세아니아에서 과학 자체는 자유로운 사고의 영역으로 남아있지만 과학기술의 기계적 적용은 곧바로 정치적 억압에 적합하게 쓰이고 종교도 정부의 이데올로기에 봉사하기 위해 사용되며 성은 이성간의 강한 감정적 끌림을 막기 위해 엄하게 통제된다. 예술과 문화도 공식적 이데올로기의 직접적 전파를 위한 도구로 사용된다. 그러나 오웰의 디스토피아에서 가장 강력한 두 장치는 역사조작과 왜곡된 언어사용이라고 볼 수 있다. 즉 지배당의 프로그램과 이데올로기를 지지하기 위해 역사를 조작하는 것과 당의 정책과 일치하는 생각들만 표현하도록 하는 새 언어인 뉴스피크Newspeak를 도입하는 것은 전체주의의 유지에 가장 핵심 역할을 하고 있다.

오웰의 텍스트는 1940년대 말을 통해 이어지는 디스토피아 전통의 총체와

---

4) 예를 들면 인구과잉의 위험에 대해 해리 해리슨(Harry Harrison)의 『공간을 만들어줘』(*Make Room! Make Room!*, 1966)는 1999년도 뉴욕을 혼잡하고 지속적인 식량부족에 시달리는 곳으로 묘사하고 있다. 헉슬리가 "정치적 판촉"(political merchandizing)이라고 부른 현상이 프레드릭 폴(Frederic Pohl)과 시릴 콘블러스(Cyril M. Kornbluth)의 1953년 소설 『우주의 상인들』(*The Space Merchants*)의 주제가 되고 있다. 이 소설에서는 미래에 큰 사업체가 정부의 기능을 앗아갔고, 외계의 우주가 거주지로서의 가능성이 있는 지역으로 상품화되어 있다. 또한 번지르르한 광고의 이면에 정치적 반대자에 대한 억압과 인공 식자재를 생산하기 위해 라틴아메리카 잡역부의 노동을 착취하는 상황을 볼 수 있다(Seed 83 참조).

도 같다. 레이 브래드버리Ray Bradbury가 텔레비전을 오락을 위한 장치로 설정한 반면 오웰은 통제를 위한 장치로 사용하고 있다. 숨겨진 카메라가 사방에 심지어 교외에도 존재하고 있기 때문이다. 공동체 구성원들이 서로 감시하고 보고하는 사회이면서, 동시에 이들은 빅 브라더에 의해 감시되고 있다. 주인공인 윈스턴 스미스가 이 체제에 반하는 행위로 체포된 이후 그의 생각과 태도를 재수정하는 과정은 피할 수 없는 이 사회의 작동 구조임을 보여준다. 소설의 마지막에 그는 빅 브라더를 사랑한다고 말하며 그 자체가 아이러니컬한 결론이라고 볼 수 있다.

오웰의 『1984년』은 이후 디스토피아 소설에 지대한 영향을 미쳤고 이를테면 앤서니 버제스Anthony Burgess의 『1985년』(1976)에서 오웰에 대한 긴 헌사를 볼 수 있다. 『1985년』은 디스토피아 작품들에 대한 일련의 생각들을 제시하고 있다. 버제스는 디스토피아의 전통 안에서 자신의 입지를 짚어보는데, 그는 오웰이 자미아틴의 영향을 받았음을 논하고 『멋진 신세계』에 대한 거부를 논하며 논의의 중심에 자유의 개념을 두고 있다. 점진적으로 그는 행동주의에 대한 적대감을 자신의 작품 세계 중심에 두며, 이반 파블로프Ivan Petrovich Pavlov나 B. F. 스키너Burrhus Frederic Skinner의 이론에 적대감을 보이고 있다. 특히 스키너의 인간 주체에 대한 생각들은 『시계태엽 오렌지』A Clockwork Orange(1962)에서 비판의 대상이 되고 있다.[5]

『시계태엽 오렌지』는 청소년 범죄에 대한 대중의 근심을 반영하면서 이야기 속에 당시의 비밀스런 실험들, 특정조건에 반사하게 하는 훈련 실험을 포함시키고 있다. 버제스가 소설에 사용한 러시아어와 런던속어 등의 혼합은 매우

---

[5] 스키너는 행동주의 심리학자로서 쥐를 이용한 학습실험, 일명 스키너의 상자로 유명하다. 즉 행동의 결과로 자신의 행동을 바꿀 수 있다는 주장을 폈다. 그의 작품 『월든 2』(*Walden Two*, 1948)는 행동 수정의 기술들을 탐색한 작품으로 볼 수 있다(https://en.wikipedia.org/wiki/ B._F._Skinner 참조).

독창적 문체 구성으로 이어지고 있다. 길거리의 갱 리더인 알렉스가 서술하는 이 소설의 구도는 3단계로 나뉘는데 알렉스의 여흥을 위한 폭력이 체포로 이어지고, 투옥과 재건 치료, 사회로의 귀환으로 구성되어있다. 알렉스의 목소리를 내레이션으로 사용함으로써 독자는 거리 갱의 정신세계로 곧장 들어가는데 폭력과 성 등에 대한 무심한 태도를 접할 수 있다. 1971년 이 소설을 기반으로 제작된 큐브릭의 영화에서도 알렉스를 미화했다는 것으로 비판을 받게 되었다. 원전에서 디스토피아의 핵심은 혐오치료 방식으로서, 그의 정신 속에 폭력을 구토와 연결 짓도록 부정적으로 조건반응을 형성시키는 것이다. 이 과정은 제2권의 본질을 이루며 영화를 통해 극화되고 있는데, 알렉스의 눈을 안과 장치 틀로 고정시켜 뜨게 해놓고 시행하는 혐오치료 장면은 영화에서 매우 유명한 이미지들 중 하나가 되었다.

버제스는 지속적으로 당시의 행동주의 심리 이론의 중심이었던 스키너를 공격했으며 그 이유는 알렉스가 받은 치료들이 개인이 지닌 주체 의지를 제거한다고 생각했기 때문이었다. 『시계태엽 오렌지』는 마지 피어시의 『시간의 경계에 선 여자』와 유사하게 치료라는 이름으로 개인에게 공식적인 행동 수정을 가하는 행위에 대한 비판으로 볼 수 있다. 피어시의 소설에서도 주인공은 정신병으로 인해 전기경련요법 치료 대상이 되고 있음을 볼 수 있다. 또한 토머스 디쉬Thomas M. Disch의 『강제 수용소』Camp Concentration (1982)는 화자가 은밀한 정부의 실험시설에서 자신도 모르게 실험대상으로 활동하게 되는 걸 보여준다. 이 세 소설들은 이러한 실험들을 직접 겪게 되는 주체들이 서술하고 있어서 그들이 받는 치료의 속성들 때문에 각 개별 주체의 상황이 문제시 되고 있음을 읽어낼 수 있다(Seed 88참조).

1930년대의 영국 디스토피아 소설들은 특별히 파시즘의 위험에 대한 경고들로 구성되었으며 가장 대표적인 예가 캐서린 버데킨Katherine Burdekin의 『만자의 밤』Swastika Night (1937)이다. 나치가 영국을 정복한 지 700년 이후에 배경을 두고 경쟁관계인 독일과 일본제국이 세계를 지배하며 유럽과 아프리카는 독일에 의해 통치되는 미래 세계를 그리고 있다. 히틀러는 신으로 숭배되고 있으며 기독교인들은 하찮은 자들로 밀려나고, 유태인들은 제거되고, 여성들은 모든 권리가 박탈된 상태이다. 이 미래 세계에서 정보의 유포는 엄하게 제한되어 있다. 책들은 사실상 성스러운 히틀러 책을 제외하고는 금지되어 있고 사실상 거의 모든 시민들이 문맹이다. 역사는 거의 전적으로 잊혔고 과거의 유일한 기록들은 히틀러가 신의 경지로 올라가 있는 고도로 신화화된 버전들이다. 독일 나치즘 이전 모든 문명에 대한 기억은 잊혀 있다.

미국에서도 이처럼 파시즘의 위험에 대한 경고를 싱클레어 루이스Sinclair Lewis의 『여기선 일어날 수 없어』It Can't Happen Here (1935)에서 볼 수 있다. 루이스는 공산주의에 대한 과도한 공포는 미국을 파시즘 쪽으로 몰고 갈 수도 있다고 경고하고 있다. 버데킨의 파시스트 디스토피아에서 책들이 금지된 것처럼 미국 디스토피아 소설에서도 역시 같은 주제를 볼 수 있는데 있는데 책과 문학은 디스토피아 체제들의 권력에 강력한 위협으로 제시되고 있다. 미국에서 이를 가장 생생하게 다룬 작품으로는 레이 브래드버리의 『화씨 451도』Fahrenheit 451 (1951)를 들 수 있을 것이다(Booker and Thomas 69). 이는 『멋진 신세계』의 영향을 받았는데 『멋진 신세계』에서 헉슬리는 독자에게 상실된 과거 문화를 상기시키는 문학적 암시들로 텍스트를 끝낸다. 브래드버리의 디스토피아에서는 책들이 금지되었고 특히 소설들이 금지되어 있으며 국가는 화부 팀들을 고용하여 이 사회에서 엄격하게 금지된 책들을 찾아내서 태워버리는 작업에 몰두한다. 브래드버리는 책의 운명을 사회 전체의 운명과 동일시하고 있다.

브래드버리가 생각한 미래 미국의 문화는 책 대신에 끊임없이 지속되는 대중문화의 전자적 공세이며 이는 사회의 공식 이데올로기를 전달하기 위해 고안된 것이다. 사실 더 큰 목적은 시민들의 정신을 쓸모없는 정보로 침투시켜서 마비시키려는 것이다. 이는 『멋진 신세계』의 대중문화의 주입 방식과도 상통한다. 브래드버리는 모든 영성이 제거되어버린 완전히 상업화된 소비문화를 그리고 있다. 성경도 금서가 되어 있으며 예수는 상업 생산품을 광고하는 일종의 연예인 광고자로 텔레비전에 등장하고 있다. 브래드버리는 이 한 가지 문제로부터 추론하여 책들의 억압이 어떻게 대화의 억압을 구성하고, 사람들의 사회적 상호작용이 텔레비전 연속극들의 미디어 "함께하기"togetherness로 대체되는지를 보여주고 있다. 마지막에 몬테그가 도시로부터 탈출하여 "책 인간"book people이 거주하는 상징적 영역으로 들어가게 되는데 책 인간들은 모든 책들을 암기하여 머릿속에 넣고 있어서 인간 자체가 하나의 책으로 비유될 수 있는 상징적 존재들이다.

커트 보니컷Kurt Vonnegut의 『자동 피아노』Player Piano(1952) 역시 1950년대 초기 미국의 근심거리에 대응하고 있다. 제너럴모터스를 모델로 한 산업 거인 industrial giant의 작용들이 보니컷 텍스트의 핵심이다. 보니컷은 생산 라인의 확장이 키워드가 됨을 보여주는데 자신이 헉슬리의 영향을 받았음을 인정한다. 즉 인간 행위가 기계작용으로 대체된 것을 보여주며 인물들의 기계화도 보여준다. 이 과정을 통해서 자동화가 인간의 노동을 완전히 없애기 시작하면서 사람들이 완전히 대본대로 통제된 삶을 살아가는 기계 같은 자동인형으로 되어버리는 공포에 초점을 두고 있다. 디스토피아가 된 미국 사회에서 시민들은 적절한 위치에 맞도록 학창시절에 분류되고 테스트를 거쳐 범주화된다. 컴퓨터화된 시스템들은 이러한 테스트 결과들을 따라 적합한 위치로 시민들을 추천한다. 주어진 행동 패턴들로부터 조금이라도 이탈하면 경찰 정보 시스템에 기록되고 저장되어, 잠재적 태업자saboteurs들은 엄중히 감시된다.

이러한 예들은 전형적인 디스토피아적 SF로 볼 수 있다. 유토피아적 삶을 가져다주도록 의도된 기술적 진전이 그 반대로 간다는 점에서 전형적인 디스토피아 SF인 것이다. 유토피아와 디스토피아는 관점에 따라 다르게 책정될 수 있다. 한 사람에게는 꿈같은 유토피아 사회가 다른 사람에게는 악몽이 될 수도 있는 것이다. 이를테면 사무엘 델라니의 『트라이톤 행성에서의 곤경』*Trouble on Triton*(1976)[6])은 유토피아와 디스토피아의 특질들을 동시에 가지고 있다. 스키너의 『월든 2』는 심리적 통제와 과학적 사회 디자인의 유토피아적 가능성을 탐색하도록 작가가 의도했지만 많은 독자들에게 디스토피아 텍스트로 읽힌다. 스키너는 개인의 자유 개념을 인정하기 거부하며, 자유는 사실상 환영이고 모든 인간들은 엄격하게 그들이 처한 환경의 지배를 받는다고 주장하고 있다. 더 나아가 민주주의도 환영이며 부적절한 다수에 의한 폭정에 버금가는 것이라고 제시하고 있다.

환경주의와 인구과잉에 대한 1960년대의 새로운 관심들은 디스토피아 소설에도 반영된다. 버제스의 『부족한 씨앗』*The Wanting Seed*(1962)은 인구과잉의 위험에 관심을 두고 미래의 영국에는 인구과잉이 삶의 질에 심각한 퇴락을 가져오고 인구 성장을 제한하기 위해 성생활 통제, 동성애 권장, 임신 제한 등 가혹한 조처를 하는 제도를 가져올 것이라고 본다. 부커와 토머스는 인구과잉에 대한 가장 잘된 소설로 존 브루너John Brunner의 『잔지바르에 서봐』*Stand on Zanzibar*(1968)를 들 수 있다고 지적한다(70). 브루너는 21세기 초반의 인구 과잉 문제를 안고 있는 가공의 세계에서 여러 이슈들을 탐색하기 위해 복합적인 서술 책략들을 사용하고 있다. 뒤이어 『들쑥날쑥한 궤도』*The Jagged Orbit*(1969), 『양들이 올

---

6) 델라니는 『트라이톤 행성에서의 곤경』이 어슐러 르 귄의 『빼앗긴 자들』의 부제, "모호한 유토피아"(ambiguous utopia)가 말해주듯이 부분적으로 르 귄의 『빼앗긴 자들』과의 대화를 위해 집필되었다고 말한다. 『빼앗긴 자들』은 부제가 말해주듯이 유토피아의 개념에 대해 몇 가지 상충되는 관점들을 함축하고 있다. 『트라이톤 행성에서의 곤경』은 부제가 "모호한 헤테로피아"(an ambiguous heteropia)로 헤테로피아인 테시스의 주민들은 급진적으로 해방된 상태의 삶을 살고 있다. 정부는 개인의 행동에 거의 간섭하지 않고, 개인은 법의 간섭을 받지 않는다. 기술이 고도로 발전하여 자신을 변형시켜 개인의 선택에 따라 행동패턴, 젠더, 성적 취향 등을 자유로이 취할 수 있다. 테시스는 다중적 젠더를 인정하는 사회이며 이분법적 젠더는 그 의미를 상실하고 있다. 이러한 점에서 페미니스트 유토피아로도 볼 수 있으나 이를 혼란으로 여길 수도 있는 복합적인 문제들을 안고 있기도 하다.

려다본다』The Sheep Look up(1972), 『쇼크웨이브 라이더』The Shockwave Rider(1975) 등의 후속 디스토피아 소설들을 집필하였다. 『들쑥날쑥한 궤도』는 인종주의와 군사산업 복합시설의 범죄적 성향들에 초점을 두고 있으며 『쇼크웨이브 라이더』는 전 세계적 커뮤니케이션의 폭발적 증가의 충격에 초점을 두고 있어서 사이버펑크를 예견케 한다. 실제로 사이버펑크 SF는 대다수가 디스토피아적 성향을 지니고 있음을 볼 수 있다.

1970년대는 유토피안 에너지를 다시 볼 수 있다. 특히 여성작가의 작품들이 그러한데 마지 피어시의 『시간의 경계에 선 여자』(1976)는 두 개의 대안적 미래, 유토피아와 디스토피아를 제시하는 복합적인 텍스트이다. 조애나 러스의 『피메일 맨』(1975) 역시 페미니즘적 관점에서 유토피아와 디스토피아의 요소를 가지고 있다. 여성작가의 디스토피아 소설 중 대표적 예는 마거릿 애트우드 Margaret Atwood의 『시녀 이야기』The Handmaid's Tale(1985)로서 우파의 종교적 근본주의자들이 지배하는 근미래의 디스토피아적 체제, 특히 여성이 성 노예로 고용되는 것에 대한 기록으로 볼 수 있다.

잭 워맥Jacke Womack의 『무분별한 폭력의 난무』Random Acts of Senseless Violence(1993)는 미국사회가 폭력과 무질서로 쇠락해가는 것을 그리고 있다. 드라이코 기업의 지배와 횡포를 연속으로 그리면서 『엘비시』Elvissey(1993)에서는 엘비스 프레슬리에 대한 숭배가 드라이코의 권력의 경쟁자로 등장하기도 한다. 냉전이 끝나고 전 지구적으로 사회주의가 패함과 더불어 1990년대 디스토피아 비전들은 점점 커가는 기업권력의 남용에 초점을 두게 된다. 닐 스티븐슨의 『스노 크래시』Snow Crash(1992)에서부터 맥스 배리Max Barry의 『제니퍼 정부』Jennifer Government(2003)같이 걷잡을 수 없는 사유화, 민영화를 다룬 텍스트, 서구 기업들이 제3세계를 사악하게 조종하는 리처드 모건의 『마켓 포스』Market Forces (2005)에 이르기까지 기업의 권력 남용으로 인한 디스토피아를 볼 수 있다. 배리의 『컴퍼니』Company(2006)에서는 인간성을 말살하는 기업문화에 대한 디스토피아적 비전을 볼 수 있다. 브루스 스털링의 『디스트랙션』*Distraction*(1998)도 1990년대 후반 미국에 이미 두드러지게 보이는 사회문제들을 디스토피아로 형상화하고 있다.

전 지구적 기업의 횡포로 인한 디스토피아를 그린 영화들, 리들리 스콧의 <블레이드 러너>(1982), 폴 버호벤Paul Berhoeven의 <토탈 리콜>(1990), 스티븐 스필버그의 <마이너리티 리포트>(2002) 등이 모두 필립 K 딕의 이야기들에 기반을 두고 있으며 어두운 미래, 특히 전 지구적 독점기업이 지배하는 어두운 미래의 비전들을 제시하고 있다. 딕의 소설들의 많은 부분들은 강한 디스토피아적 요소들을 포함하고 있다. 딕은 "무엇이 실제인가"What is Real?의 의문을 지속적으로 추구하였는데, 이는 그에게 형이상학적 문제였을 뿐만 아니라 그의 시대의 사실들과 어떻게 협상할 것인가의 문제이기도 하였다. 딕은 오늘날 미디어와 정부와 기업들과 종교 집단, 정치 집단들에 의해 거짓 사실들이 가공되는 사회에 살고 있다고 생각했으며 전자장치들이 이러한 거짓세계들을 독자, 시청자, 관객들에게 전달하고 있다고 믿었다(Seed 88 참조). 딕의 주인공들은 복합적이고 사악한 조직체들 속에 존재하면서 이러한 조직들의 작용들을 알아보지도 이해하지도 못한다. 딕의 작품 속 지속적인 충동은 지배 체제들의 신비화에도 불구하고 이러한 체제의 기제에 대해 인물들이 점차 인식해가는 쪽으로 설정되어 있다. 주인공들은 점차 더 큰 힘에 의해 자신이 갇혀있다는 것을 발견하게 되는데, 일반적으로 딕의 소설 패턴들은 주인공들이 자신의 정체성을 입증하기 불가능한 상황들에 맞닥뜨려가는 것이다. 이를테면 『끝에서 두 번째의 진실』*The Penultimate Truth*(1964)은 지하 복합시설에서 거주민들이 바깥 세상에 대한 정보를 전적으로 미디어에 의존하는 것이다. 1966년 스토리인 「도매가로 기억을 팝니다」"We Can Remember It for You Wholesale"는 1990년 영화 <토탈 리콜>로 제작되었는데 기억 이식의 상업적·정치적 시스템들을 보여주고 있다. 딕의 작품 속 리얼리티는 주인공들의 현실 영역너머에 존재한다. 그의 가장 어두운 소설들은 전략적으로 독자들을 혼란시켜서 인물들의 편집증이나 망상 paranoia에 밀접하게 접근하도록 만든다. 이러한 주제의 가장 극단적인 예는 『거짓말 주식회사』 Lies, Inc.(1966/1984)인데 주인공은 거대한 컴퓨터 기업으로부터 자신이 이해 불가한 메시지를 받고 있는 상태를 두려워하고 있다. 그리고 『발리스』 VALIS(1981)에서 인물들은 외계지능 시스템을 통해 드러난 지구의 속성에 대해 추측하기도 한다.

<매트릭스>(1999)는 딕의 작품에 기반을 두지는 않았지만 많은 부분 딕의 주제들을 반영하고 있다. 악몽 같은 미래, 인간이 기계의 노예가 되어있으나 대체 가상현실에 갇혀서 노예상황을 모르고 지내는 상태를 묘사하고 있다. 커트 위머Kurt Wimmer 감독의 <이퀼리브리엄> Equilibrium(2002)도 <매트릭스>의 영향을 강하게 받았으며 미래의 억압적 정부를 묘사하고 있는 점에서 고전적 의미의 디스토피아적 성격이 있다(Booker and Thomas 72 참조).

디스토피아는 21세기 초반에 가장 중요한 SF의 서브장르가 되고 있다. 그 이유는 고도의 과학기술 진전으로 인한 문제, 전 지구적 환경 문제, 전 지구적 자본주의의 폐해, 빈부 격차 등의 문제로 인해 미래 세계의 방향에 대해 우려하는 목소리들이 다양해지면서 가상적 디스토피아를 설정해보는 데 관심이 더 커졌기 때문이다. 디스토피아 SF가 현재 문제들을 비판하는 경고성 풍자로 읽힌다면 여러 의미에서 우리에게 각성을 유도하고 미래 사회의 방향을 고민하게 만드는 효과가 있을 것이다. 디스토피아 SF에서 현 사회의 문제점들을 극복할 수 있는 바람직한 대안의 가능성을 함께 모색한다면, 이 장르는 더욱 효율적인 역할을 수행하는 것으로 볼 수 있다. 이러한 점에서 디스토피아를 다룬 SF는 유토피아를 다룬 SF의 반대가 아니라 일종의 보충적 역할을 하는 것으로 간주될 수 있다.

▌참고문헌 및 사이트

Booker, M. Keith and Anne-Marie Thomas. *The Science Fiction Handbook*. London: Wiley-Blackwell, 2009.

Baccolini, Raffaella and Tom Moylan. Eds. *Dark Horizons: Science Fiction and The Dystopian Imagination*. New York: Routledge, 2003.

Bartowski, Frances. *Feminist Utopias*. Lincoln: U of Nebraska P, 1989.

Haraway, Donna J. *Simians, Cyborgs, and Women: The Reinvention of Nature*. London: Routledge, 1991.

James, Edward. "Utopias and Anti-Utopias." *The Cambridge Companion to Science Fiction*. Eds. Edward James and Farah Mendlesohn. Cambridge: Cambridge UP, 2003. 219-29.

Kumar, Krishan. *Utopia and Anti-Utopia in Modern Times*. Oxford: Basil Blackwell, 1987.

Miller, Ron. *The History of Science Fiction*. New York: Franklin Watts, 2001.

Moylan, Tom. *Scraps of the Untainted Sky: Science Fiction, Utopia, Dystopia*. Boulder: Westview Press, 2000.

Roberts, Adam. *Science Fiction*. London: Routledge, 2000. Second Edition, London: Routledge, 2005.

_____. *The History of Science Fiction*. Basingstoke: Palgrave, 2007.

Schneider, Susan. *Science Fiction and Philosophy: From Time Travel to Superintelligence*. London: Wiley-Blackwell, 2009.

Seed, David. Ed. *A Companion to Science Fiction*. London: Wiley-Blackwell, 2005.

_____. *Science Fiction: A Very Short Introduction*. Oxford: Oxford UP, 2011.

https://en.wikipedia.org/wiki/B._F._Skinner

II

SF와 비평이론

1

마르크시즘 이론과 SF

    SF에는 인간의 정체성 문제, 현재 사회가 안고 있는 문제들, 미래 세계의 방향성 문제 등이 담겨있어서 시의성 있는 이야기들을 제공하면서 현 상태에 대한 각성의 효과와 더불어 다양한 사고를 촉진시키는 효과가 있다. 이러한 점으로 인해 1960년 이래로 SF에 대한 심도 있는 연구는 마르크시즘, 페미니즘, 포스트모더니즘, 문화연구, 퀴어 이론, 생태주의, 미래학 등의 다양한 영역과 얽히면서 SF의 가능성에 더욱 무게를 실어주고 있다.

    그 가운데 마르크시즘은 SF와 관련된 이론들 중 가장 기반이 되는 틀로 볼 수 있다. 인종주의에 대한 비판과 페미니즘적 사고들도 마르크시즘에서 역사적 모형을 빌려 왔다. 즉 억압을 논하는 데 있어 노동계급의 억압으로부터 유추하여 유색인종과 여성의 억압을 논해왔다. 마르크시즘이 소련의 몰락과 전 지구적 자본주의의 확산으로 많이 약화되었지만 핵심 개념들은 주요한 비판적 사회 운동들과 학문 영역에 여전히 유효하게 작용하고 있다. 이러한 점에서 SF도 자체에 마르크시즘적 모티브를 담지하고 있는 경우가 많으며 SF 연구 또한 이에 주목하여 마르크시즘적 접근을 시도하는 경우가 많다.

특히 SF와 관련된 유토피아 소설은 마르크시즘적 사고와 유사성을 지녀왔다.[1] 가장 간단히 말하자면 SF와 유토피아 소설은 현 상황에 대한 진보적 대안 progressive alternative들을 상상해보는 데 관심이 있어왔으며, 현재 상황의 비판 혹은 현재 사회가 봉착하게 될 미래의 결과들을 함축하기도 하였다. SF는 특히 전체 인류의 관점에서 변화를 상상하고, 이 변화들은 인류가 사회 진화를 위해 행한 과학적 발견들이나 발명의 결과들로 상정하고 있는 경우가 많다. 이러한 변화들은 마르크시스트 유토피아적 상상력의 관심사라고 볼 수 있다. 마르크스의 시스템은 자본주의적 경제 체제에 대한 복합적인 비판과 더불어 정의롭고 민주적인 삶의 방식에 대한 미래의 비전을 결합시킨 것으로 볼 수 있다. 이러한 특성은 현재 사회의 문제들을 미래에 투사하여 이의 해결과 대안을 시도하는 SF의 구성과 연관된다고 볼 수 있다.

가장 초기 형태에서부터 유토피아 소설은 실제 세계에서 일어나는 억압이나 착취와 대조하여 공정하고 합리적인 가상의 사회들을 묘사해왔다. 마르크스는 프롤레타리아 혁명 이후 도래할 유토피아 사회를 구체적으로 묘사하지 않았으며 『공산주의 선언』의 결론에서 막연한 용어로 묘사하였다(Csiscery-Ronay, Jr 113 참조). 그러나 그는 역사적 목표로 프롤레타리아 혁명 이후 도래할 유토피아 사회의 중요성을 확신하였고, 기술을 인간 해방의 필수적인 도구로 가치 있게 여겼다. 마르크스는 자본주의가 중심이 되는 세계에서는 기술이 대중을 착취하고 노예화시키는 도구가 되지만 정의로운 사회에서는 기술이 과도한 노동으로

---

1) 마르크시즘 이론과 SF의 관계, 특히 유토피아를 중심으로 한 관계는 이스트반 시서리 로니 2세 (Istvan Csiscery-Ronay, Jr)의 "Marxist Theory and Science Fiction." *The Cambridge Companion to Science Fiction*. Eds. Edward James and Farah Mendlesohn. Cambridge: Cambridge UP, 2003. 113-24의 논의 일부를 참조로 하였다.

부터 인간의 자유를 보장해줄 수 있다고 믿었다. 실제로 마르크시즘의 영향으로 19세기 후반에는 대다수의 유토피아들은 다양한 사회주의 형태로 나타난다. 찰스 푸리에나 로버트 오웬 같은 유토피아주의자들에게 인간은 본질적으로 사악한 존재가 아니라 천성적으로 선한 존재이기 때문에 이들은 자본주의가 인간본성을 왜곡시키는 면을 제거하면 선이 나타날 것이라고 믿었다. 유토피아는 19세기에 특별히 인기가 있었으며 유토피아가 그 시대에 사회적 문제에 대해 점차 증가하던 관심사들을 반영해주었기 때문이다. 정치적·사회적 혁명의 격동기에 모든 이들이 세계가 어떻게 운영되어야 하는가, 어떻게 돌아가야 하는가에 대한 자신들만의 아이디어를 내놓기에 몰두하였던 것이다.

그 가운데 유토피아적 사회주의 사고는 19세기 후반 영어권 세계와 러시아의 SF 형성에 매우 강력한 영향력을 미친 요인들 중 하나였다. 1880년 중반에서 1차 대전 시작 사이 30여 년간 영미권 SF의 발전에서 매우 중요한 작가들은 에드워드 벨라미, 윌리엄 모리스, H. G. 웰즈, 잭 런던 등인데 이들은 모두 사회주의자였다. 이들은 비도덕적 자유방임 주의적 자본주의 사회의 개혁과 더불어 유토피아가 달성될 수 있다고 믿었다. 이러한 점에서 서구세계에서 특히 웰즈의 영향력은 마르크스보다 더 컸다. 그의 『근대의 유토피아』A Modern Utopia (1905), 『해방된 세계』The World Set Free(1914), 『기적을 일으키는 사나이』Men Like Gods(1923) 같은 작품은 세계적으로 인기를 누렸고 그가 선호하는 진보적 과학자들과 기술자들에 의해 운영되는 기술주의적 세계정부는 1930년 이전까지 좌파 사회사상의 많은 부분을 지배하였다.

미국의 경우 SF가 대중잡지를 통해 강력한 대중문화로 자리매김함으로써 일차 대전 이후 마르크시즘의 영향이나 사회주의 사상들은 그렇게 크지 않았다. 웰즈는 가장 강력한 모델로 남아있었지만 미국 SF 작가들은 웰즈로부터 주로 기술주의 엘리트를 정당화시키는 모티브를 찾아내었다. 미국의 대표적 SF 주인공은 인류의 보편적 이익과 정당한 사회를 재구성하기 위해 일하는 사회주의 과학자가 아니었다. 이는 에디슨이라는 개인적 천재 발명가라는 형체 속에 구현화된 다중적 존재의 합, 즉 기술자-발명가-기업가였다(Csiscery-Ronay, Jr 115 참조). 러시아 혁명 이후 미국 SF 작가들은 점점 반공산주의, 반사회주의자가 되어갔다. 2차 대전 이후는 반공산주의가 미국사회의 분위기를 주도하였다. 2차 대전 이후 시기 미국 SF는 반유토피아적 주제들이 지배적이었다. 프레드릭 폴과 시릴 콘블러스 같은 작가와 사회주의자인 맥 레이놀즈 같은 작가들이 반자본주의적 풍자들에 가까운 작품들을 집필함으로써 마르크스적 성향을 이어갔다. 대부분의 SF 작가들은 1930년대의 좌파적 공감을 가지고 있었지만 반사회주의자들이 되었고 이들은 자유방임 주의적 자본주의와 개인주의를 미래의 자연스러운 질서로 묘사하였다. SF 영화는 매카시즘을 반영한 듯 공산주의에 대한 신경증적 반응이 지배하는 방향으로 되면서 인기를 끌기도 하였다. 유토피아라는 단어는 소련의 공산주의와 연상되었고 2차 대전 이후 SF는 반 유토피아적 성향이 지배적이었다.

1960년대에 이러한 반유토피아적 · 반급진주의적 풍토는 극적으로 변화하였다. 민권 운동, 유럽 식민지들의 독립, 페미니즘 운동, 자본주의 사회에서 기술발전으로 인한 여러 문제 등에 봉착하여 이러한 현상들을 반영하는 문화 움직임들을 볼 수 있다. 이러한 운동은 다양한 목표들을 갖게 되는데 두 가지 특징을 볼 수 있다. 즉 마르크시스트 사고에 대한 존중과 쿠바 출신의 이탈리아 작가 이탈로 칼비노Italo Calvino가 명명한 유토피아적 충전Utopian charge에 대한 갈망이다. 이는 마르크시스트들이 자본주의의 고질적 양상이라고 지적한 빈곤과 인종차별, 성적 억압, 경제적 착취 등의 양상들을 없애고 싶은 강력한 욕망을 말한다(Calvino 247). 이러한 두 욕망은 SF에 영향을 주게 되고 SF 작가들은 냉전 상태의 세계질서를 대체할만한 가상적 대안을 구상하려는 시도를 하였다. 즉 현 사회의 대안이 되는 공동체의 모색이 이루어졌으며, 불확실하지만 현 사회의 문제들을 가상적 관점에서 비판하고 해결해보려는 시도가 팽배했고, SF는 이러한 사고의 흐름을 구현화할 수 있는 도구가 되었다. 이러한 흐름에 따라 프랭크 허버트의 『듄』Dune(1965), 로버트 하인라인의 『낯선 땅의 낯선 자』Stranger in a Strange Land(1961), 커트 보니것의 『고양이 요람』Cat's Cradle(1963), 『타이탄의 마녀들』Sirens of Titan(1959) 등이 엄청난 인기를 누렸다.

유토피아적 충전은 많은 형태로 배출되었다. 철학적 무정부주의, 좌파 니체주의, 최초의 녹색운동, 자유지상주의, 억압에 대한 프로이트적 분석과 더불어 억압에 대한 마르크시즘적 비판 등이 그 예이다. 프로이트적 마르크시즘은 허버트 마르쿠제Herbert Marcuse에 의해 널리 퍼지게 되었다. 이러한 무리들은 두 양상을 지니게 되었는데 첫째로 신좌파로서 자본주의적 물신화로부터의 해방과 유토피아에 근거를 둔 자본주의 비판에 대한 강조를 볼 수 있고, 둘째로 반식민적, 혁명적, 국가적, 인종적, 계급적 저항의 유사레닌적 정치학이었다. 전자는 문화에 대한 비판적 인식을 강조했고 후자는 격렬한 저항과 혁명을 위한 전제조건으로 계급의식을 강조했다. 양자 다 자본주의 비판에서는 서로 방향이 같았다고 볼 수 있다. 이러한 방향들에서 현재 문제에 대한 대안을 상상해보고 가상적 비판들을 형성해보려는 욕망은 문화 이론을 형성하였다. 영국의 경우 계급문화의 사회학이라는 맥락에서 마르크시스트 문화이론으로 발전했고 마르크시스트 SF 이론이 본격적으로 대두하지는 않았다.

미국에서는 좌파 학계와 학생들뿐만 아니라 대중문화에서 SF에 대한 관심이 촉발되었다. 필립 K 딕, 조애나 러스, 어슐러 르 귄, 사무엘 델라니 등의 작가들이 예술적 정치적으로 세련된 SF를 선보였다. 1970년대 중반에 SF는 대중오락을 위해 쓰인 것이고 특히 미국에서는 사회비판을 피하고 부르주아적 개인주의 이데올로기를 지지한다고 간주되어서 마르크시스트 비평가들은 미국에서는 SF 장르가 기존의 자본주의 이익들과 이데올로기적으로 공모하는 입장에 있다고 보았다. 즉 미국의 제국주의나 매카시즘적 반공산주의를 SF에서 볼 수 있다는 입장이었다.

신마르크시즘: 비판적 유토피아론

마르크시즘과 관련된 SF논의는 다른 노선을 따라 진행되었다. 1973년 다코 서빈Darko Suvin과 리처드 뮬렌Richard Dale Mullen이 『사이언스 픽션 스터디즈』 *Science Fiction Studies*를 창간함으로써 SF에 대한 신마르크시스트neo-Marxist적 관점이 활성화되었다(Csiscery-Ronay, Jr 117). 이 저널은 하나의 방향을 책정하지는 않았고 마르크시스트가 아닌 학자들도 포함시켜 주요한 SF 학자들의 연구를 간행하였지만, 마르크시즘적 관점을 지닌 비평가들이 중심이 되었다.2)

이들이 중요시한 비판적 유토피아critical utopia는 헤겔리안 마르크시즘의 전통에서 중요한 비중을 차지했던 개념들로부터 유래하였다. 즉 잘 훈련된 저항의식을 구축하기 위해 계급지배의 양상을 문화로 보고 분석했던 마르크시스트 비평가들로부터 유래하였다.3) 이러한 방향은 노동계급에 의한 해방 혁명이라는 전통적 마르크시즘의 가설을 따르지 않았다. 이들은 유토피아를 사회정의와 평등에 대한 희망을 살아있게 하는 해방적 사고 양식을 의미하는 것으로 새로이 인식하였다. 에른스트 블로흐에 의해 더 정교하게 수립된 유토피아 개념은 행복하고 계몽된 사회적 삶에 대한 소망이다. 또한 유토피아 개념은 이러한 이상적인 유토피아를 성취하는 데 방해가 되는 이데올로기적 장애물을 확인하고 공격하는 장비가 되어준다. 유토피아적 마르크시스트 SF 비평의 주 노선은 전체주의적 전 지구적 자본주의의 암흑시대에 역사적 인식을 담고 있는 실체로서 궁

---

2) 서빈에 덧붙여서 이러한 계열로는 프레드릭 제임슨(Fredric Jameson), 피터 피팅(Peter Fitting), 탐 모이란(Tom Moylan), 마크 앤저너트(Marc Angenot), 칼 프리드먼(Carl Freedman) 등을 들 수 있다. 이들은 SF적 상상력의 핵심으로 비판적 유토피아('critical utopia', 탐 모이란이 명명한 용어)를 중시하였다(Csiscery-Ronay, Jr. 117 참조).

3) 이러한 입장을 대변하는 이론가들로는 테오도르 아도르노(Theodor Wiesengrund Adorno), 발터 벤야민(Walter Bejamin), 에른스트 블로흐(Ernst Bloch), 안토니오 그람치(Antonio Gramsci), 레이먼드 윌리엄스(Raymond Williams), 게오르그 루카치(George Lukács) 등을 들 수 있다.

정적이며 계몽적 희망을 주는 SF의 잠재력을 주장하는 것이었다.

　서빈은 『과학소설의 변신』Metamorphoses of Science Fiction(1979)에서 SF 비평의 중심이 된 몇 가지 개념들을 도입하였다. 서빈은 인지적 소외 개념cognitive estrangement, 노붐novum, 유토피아와 SF 사이의 연결 등을 주요 개념으로 제시하였다. 인지적 소외는 러시아 형식주의의 낯설게 하기defamiliarization와 독일극작가 브레히트의 소외효과alienation effect를 결합시킨 것으로 볼 수 있다. 서빈은 이러한 문학 이론 전통을 응용하여 SF 내용들이 새로운 기준들과 새로운 관점들을 제공함으로써 독자들이 경험하는 현실을 낯설게 만들어 현실을 새로운 관점에서 깨닫게 한다고 본다(Suvin 6 참조). 친근한 현실을 다시 보는 것은 인지적 목적을 가지고 있는데, 독자에게 환기시키는 현실에 대한 인식은 사회 상황들을 합리적으로 이해할 수 있는 창구가 된다. 이를테면 웰즈의 『타임머신』에서 몰록과 엘로이의 계급 분화는 독자에게 빅토리아 시대의 계급 분화와 그 문제점을 깨닫게 한다. 물론 SF와 판타지 장르의 인지적 소외는 차이성을 지닌다. SF의 인지적 소외는 논리적으로 일관성이 있고 체계적이어야 한다. 또한 이러한 인지적 소외는 과학적 인식 과정을 어느 범주까지는 설득력 있게 제시하고 있어야 한다.

　SF 이론에서 더 영향력 있는 것은 서빈의 노붐이다. 노붐은 콘텐츠들에서 볼 수 있는 역사적 기술혁신들과 새로운 고안물들을 말하며, 독자들의 현 세상과 구분해주는 가장 중요한 구분점들이 된다. 또한 노붐은 개연성이 있고 합리적인 것이어서 유령이야기나 고도의 판타지에서 흔히 볼 수 있는 초자연적 개입과 대조된다. 즉 발명이나 발견들 주변의 인물들이나 배경이 역사적으로 설득력 있게 짜여있다. 노붐은 물질적 과정들의 산물이며 물질적 세계 속에서 노붐의 원인들로부터 논리적으로 도출될 수 있는 효과들을 생산해낸다. 그것이 과학기술의 역사 속에 있건 혹은 다른 사회제도 안에 있건 간에 역사적 논리의 관점에서 개연성이 있어야 한다.

서빈은 노붐의 개념을 에른스트 블로흐로부터 가져왔다. 블로흐에게 이 용어는 살아있는 역사속의 구체적 혁신들을 일컫는 말이며 이는 인간의 집단의식을 정적인 현재로부터 일깨워 역사가 변화할 수 있는 의식으로 바꾸게 하는 것이다. 그러므로 노붐은 긍정적인 역사적 변형들을 위한 희망을 고취시킨다. 이러한 점에서 노붐은 SF 장르의 특성, 독자가 현재의 일상적 삶이 어떻게 변형되는가 상상하고 싶은 욕망에 의존하는 SF 장르의 특성과 상통한다.

노붐과 인지적 소외는 SF적인 사고방식의 특징일 뿐만 아니라 유토피아적 사고방식의 특징이기도 하다. 이 양자는 경험적 실재를 비판하며 현재에 대한 대안을 상상한다. 이런 이유로 서빈은 진정한 SF는 유토피아 문학 장르에 유전적으로 연결된다고 주장한다. 블로흐는 문화의 모든 재현들이 예술적으로 가치 없는 도피주의적 공식 같은 것일지라도 작품들이 현재의 문제 상황을 부인하고 삶을 살만하고 즐거운 것으로 만들려는 소망을 촉발한다면 어떤 유토피아적 양상을 포함하고 있다고 본다. 이러한 현재의 문제들에 대한 비판적 거부와 소망 충족의 결합은 특히 SF에서 활발한 점으로 볼 수 있다. SF는 합리적 원칙들 위에 구축된 가상의 세계들을 소망하는 것과 연관되어 있기 때문이다(Csiscery-Ronay, Jr 119 참조). 서빈은 이러한 목적에 부합되지 않는 SF의 예로 <스타워즈>, <E.T.> 등을 들어서 사람들을 일깨우는 가치가 거의 없는 콘텐츠로 지적하였다. 서빈은 훌륭한 SF는 사회의 진실을 얼마나 깨우치게 하는가를 기준으로 하여 평가되어야 함을 강조하였다.

시서리 로니에 따르면 『사이언스 픽션 스터디즈』에서 마르크시스트 학자들의 작업은 대부분 두 실질적 목적을 가지고 있다(120). 첫째 목표는 SF 최근작 중 비판적 유토피아의 이중적 기능, 즉 현 상황 비판과 희망적 대안 찾기를 통해 독자들로 하여금 전복적 작업들에 눈뜨게 하고 급진적 통찰력을 갖도록 유도하는 작품들을 찾아내는 것이다. 이러한 작업의 대표적 예들은 어슐러 르 권의 『빼앗긴 자들』, 조애나 러스의 『피메일 맨』, 사무엘 델라니의 『트라이톤』,

마지 피어시의 『시간의 경계에 선 여자』 등이다. 이 작품들은 경험적 실재를 낯설게 하기뿐만 아니라 유토피아 개념 자체를 낯설게 하고 있다. 두 번째 목표는 부르주아적 이데올로기의 제거할 수 없는 모순들을 드러내면서 이를 해결하고 자하는 복합적 텍스트들 속에서 비판적 유토피아의 내용을 찾아내고 상세히 해석하는 것이다. 예를 들면 필립 K 딕은 어떤 다른 작가보다도 마르크시스트적 분석의 대상이 되었으며 마르크시스트 비평가들에게 가장 섬세한 텍스트 비평을 고취시키기도 하였다. 마르크시스트 비평가들은 딕을 모든 정치이론 형태에 혐오를 가졌지만 자기 사회의 진정한 현실 상황인 편집증, 불안정, 일상적 무질서를 제대로 반영한 작가로 평가하고 있다.

마르크시스트 SF 이론의 비판적 유토피아론은 너무 협소하다는 비판을 받아왔다. 비판적 유토피아에 맞는 이상적 유형과 예들을 찾다보니 이러한 예들에만 정전의 위상을 부여하는 경향이 있었고 대중적 호소력이 있는 많은 작품들의 장점이나 미덕들을 다루지 못한 점이 지적되었다. 마르크시스트 SF 이론은 기술 과학적 혁신들이 인간의 삶을 전 지구적으로 변형시키고 있는 점, 이러한 혁신들이 생산 수단을 변형시키고 세계의 모형이나 문화적 가치, 인간의 신체까지 변형시킬 잠재력이 있다는 점을 충분히 고려하지 못하였다. 프레드릭 제임슨은 포스트모더니즘과 제3세계 영화에 대한 논의에서 이러한 도전에 맞섰으나 그의 관심은 예술에 대한 기술의 효과에 있었으며, 기술사회의 변화들을 부정적 총체성의 관점에서 보았기에 SF 독자나 작가들의 관심을 차지하고 있는 현상을 거의 다루지 않았다. 즉 새로운 유형의 지식이 이룰 사회 진화의 새로운 가능성들에 대해 관심을 보이지 않았다.

새로운 기술이 새로운 종류의 지식이나 사회 진화의 새로운 가능성으로 이어질 수 있다는 이론은 페미니즘에서 발견되고 있다. 비판적 유토피아 이론가들은 페미니즘 이론에 상대적으로 적은 관심을 기울여왔다. 페미니즘적 사고는 원래 진보적 사고의 모형을 마르크시즘에서 빌려 왔으나 이로부터 점차 벗어나고 있다. 그 예가 다너 해러웨이의 사이보그론이라고 볼 수 있다. 해러웨이는 사회주의 페미니즘의 한계를 극복하기 위한 출구로 사이보그론을 내세웠으며 SF적 상상력과 페미니즘의 결합을 통해 당대 기술과학은 자연스럽게 구분되어 오던 젠더의 남녀 구분이나 동물과 인간, 기계와 인간사이의 경계를 결정적으로 붕괴시킨 것으로 보고 있다. 정체성들이 붕괴되고 해체되었으므로 자본주의의 지배확장을 위한 도구로 구축된 연결의 네트워크가 새로운 형태의 사회존재, 즉 사이보그를 만들어내었다고 본다. 해러웨이의 사이보그는 무산계급자나 가부장제 하의 여성을 모델로 하고 있어 전복적 성격을 지니며 과학기술 시대 새로운 방향의 정체성 모색에 초점을 두고 있다.

해러웨이의 세계지형도는 명백히 SF로부터 유래되고 있으며 SF로부터 사이보그 개념을 추출해내고 이를 역사적 변형의 적극적 행위자로 변형시키고 있다. 해러웨이는 SF와 실제 현실 사이의 경계는 시각적 착각에 불과하다고 주장함으로써 이원론적 시각이나 사고의 해체를 강조한다. 해러웨이의 논의는 비판적 유토피아 이론가들보다 더 포스트모던 문화에 퍼져있으며 SF 작가들의 지배적 흐름이 된 과학기술적 언어들과 밀접한 관련을 지니고 있다고 볼 수 있다.

┃ 참고문헌

Bloch, Ernst. *The Principle of Hope*. Oxford: Blackwell, 1986.

Booker, M. Keith and Anne-Marie Thomas. *The Science Fiction Handbook*. London: Wiley-Blackwell, 2009.

Calvino, Italo. *The Uses of Literature*. New York: Harcourt, 1982.

Haraway, Donna J. *Simians, Cyborgs, and Women: The Reinvention of Nature*. London: Routledge, 1991.

Istvan, Csiscery-Ronay, Jr. "Marxist Theory and Science Fiction." *The Cambridge Companion to Science Fiction*. Eds. Edward James and Farah Mendlesohn. Cambridge: Cambridge UP, 2003. 113-24.

James, Edward and Farah Mendlesohn. Eds. *The Cambridge Companion to Science Fiction*. Cambridge: Cambridge UP, 2003.

Miller, Ron. *The History of Science Fiction*. New York: Franklin Watts, 2001.

Moylan, Tom. *Scraps of the Untainted Sky: Science Fiction, Utopia, Dystopia*. Boulder: Westview Press, 2000.

Roberts, Adam. *Science Fiction*. London: Routledge, 2000. Second Edition, London: Routledge, 2005.

_____. *The History of Science Fiction*. Basingstoke: Palgrave, 2007.

Schneider, Susan. *Science Fiction and Philosophy: From Time Travel to Superintelligence*. London: Wiley-Blackwell, 2009.

Seed, David. Ed. *A Companion to Science Fiction*. London: Wiley-Blackwell, 2005.

_____. *Science Fiction: A Very Short Introduction*. Oxford: Oxford UP, 2011.

Suvin, Darco. *Metamorphoses of Science Fiction*. New Haven: Yale UP, 1979.

2

페미니즘, 퀴어 이론과 SF

페미니즘, SF, 낯설게 하기

　SF는 변화의 문학으로 인식되어왔으나 성적 정체성과 젠더 문제 등에 대해서는 활발한 관심이 부족하였다고 볼 수 있다. 1930년대에서 50년대의 SF 여성작가들은 편견을 피하기 위해 남성 필명을 쓰거나 젠더가 모호한 필명을 쓰기도 했다.[1] 1970년대에 들어서서도 앨리스 셸던Alice Sheldon은 1977년 자신의 정체가 드러날 때까지 여전히 제임스 팁트리 2세James Tiptree Jr.라는 남성 필명을 사용하였다. 그럼에도 불구하고 이들은 젠더관련 문제들을 도발적으로 다루어서 주목을 받았다. 본질적으로 SF가 남성적이라는 대중적 생각에도 불구하고

---

[1] 레이 브래킷(Leigh Brackett), 캐서린 매클린(Katherine MacLean), 마리온 짐머 브래들리 (Marion Zimmer Bradley), 주디스 메릴(Judith Meril) 등은 1930년대에서 50년대의 주요 여성 SF 작가들이었으며 캐서린 무어(Catherine Lucille Moore), 안드레 노튼(Andre Norton) 같은 작가들은 필명이나 남성의 이름을 빌려서 작품 활동을 하기도 했다(Booker and Thomas 86 참조).

페미니스트 독자들의 관심은 젠더의 가상적 재구성에 대한 SF의 잠재력과 차이와 다양성을 재현할 SF의 가능성을 꼼꼼히 살펴보는 데 있다. 사실주의로부터 자유로운 성격으로 인해 SF는 페미니스트들의 주장을 담아낼 유연성 있는 장르로 볼 수 있다. 페미니스트 SF 작가들은 SF의 장치들을 통해 일상화되어 있어서 보이지 않는 가부장적 구조의 유형들을 투명하게 보이도록 만든다. 이러한 전략은 기존의 가부장적 상황들에 대한 효율적인 비판으로 작용한다. 또한 젠더에 대한 전통적 가설들을 해체하고 젠더가 사회적 구성물임을 드러낸다. 페미니스트들은 양성 평등이 이루어진 가상적 공간을 창조해내며 그 속에서 가부장적 구조들의 대안들을 검토하는데, 이 가운데 아마도 1970년대 페미니스트 유토피아들은 SF의 가장 큰 성과로 평가될 수 있다. 이때 SF 장르는 젠더와 성 문제를 자유로이 탐색하는 장이 되었고 1960년대와 70년대의 페미니즘 운동 및 정치학과 맥락을 같이하면서 이러한 문제들은 SF에서 주요한 위치를 차지하게 되었다. 1980년 이래로 페미니스트 SF에 대한 중요한 연구들이 대두되고 이러한 연구는 더욱 활성화되고 있다.

페미니스트 SF는 단순히 여성에 대한 것이 아니라 페미니즘 정치학의 목적인 문화와 사회의 변형을 위한 첫 단계 프로젝트의 강력한 장비가 된다 (Hollinger 128). 페미니스트 이론들은 새로운 세계와 미래의 발전에 지속적으로 영향을 주고 있기 때문이다. 또한 기술에 대한 근심과 희망이 복합적으로 얽혀있는 시대에 페미니스트 사고의 모형들과 페미니스트 SF 사이의 연결점을 만들어 나가는 것은 어느 때보다도 중요해졌다. 페미니스트 이론은 타자를 인식하지 못하는 가부장적 문화의 패권적 재현들을 다시 짚어보게 한다. 따라서 페미니즘은 다른 비평담론처럼 일상적 인간 현실에서 당연시 여겨지는 양상을 낯설게 한다. 실상 낯설게 하기의 개념은 오래전부터 SF와 연관되어왔다.[2]

---

2) 이는 다코 서빈의 인지적 소외 개념(cognitive estrangement)이나 노붐(novum) 이론에서도 강조된다. 인지적 소외는 러시아 형식주의의 낯설게 하기(defamiliarization)와 독일 극작가 브레

페미니즘도 다른 사조들과 마찬가지로 다양한 갈래가 있으며 다양한 방법론을 제공하고 있으나 SF적 맥락을 고려해서 볼 때 다너 해러웨이와 캐서린 헤일즈 같은 이론가들의 작업이 주목할만하다. 이들은 과학과 기술의 발전에 초점을 두고 텍스트를 사고의 실험들로 읽어낸다. 즉 과학과 기술의 발전, 예를 들면 생식 기술과 커뮤니케이션 기술들이 여성의 삶을 다르게 형성할 것이라는 사실에 관심을 두고 있다. 이들은 어떤 근거이든 백인 남성 중산계급 중심의 인간성 규정에 대해 의문을 제기하며 여성의 정당한 삶의 권리를 위해 사회정의를 성취하길 추구한다. 이들은 여성이 남성의 타자로서 억압과 불평등의 근원이 된 가부장적 질서를 수정하고 세상을 변화시키고자 하는 것이다.

이들의 이러한 작업과 맥락을 같이하는 예로서 옥타비아 버틀러의 「블러드 차일드」 "Bloodchild"(1984)를 볼 수 있는데 버틀러는 인간 생식의 문제를 낯설게 하기로 접근하고 있다. 「블러드 차일드」에서 인간과 외계인은 공생적인 관계를 발전시킨다. 인간은 보호구역Preserve에서 외계인 후원자의 보호를 필요로 하며 외계인들은 숙주가 되는 인간 육체들을 필요로 한다. 그러나 젠더와 인종 문제가 실제 세계의 관계들에서 그러하듯이, 권력의 노선은 모두 한 방향으로 흘러가는 경향이 있다. 텍스트에서 억압적 상황에 있는 인간들은 그들에게 주어진 어떤 통제라도 효율적으로 사용해야 한다. 주인공 갠은 지구의 노예제로부터 도피를 추구했던 일군의 인간 중 하나이지만 틀릭이라고 알려진 도마뱀 같은 외계인들 사이에 거주하게 된다. 인간 남성은 틀릭의 알을 부화시키기 위한 숙주 역할을 해야 하는 것이다. 갠은 외계인의 알을 자신의 몸에 받아들여 배양하는 데 동의한다. 즉 임신의 상태가 되는 데 동의한다. '출산'의 체험은 육체적으로 고통스러울 뿐만 아니라 생명에 위협이 될 수도 있다. 자신 앞의 많은 인간들이

히트의 소외효과(alienation effect)를 결합시킨 것으로 볼 수 있다. 서빈은 이러한 문학 이론을 응용하여 SF 내용들이 새로운 기준들, 새로운 관점들을 제공함으로써 독자들이 경험하는 현실을 낯설게 만들어 현실을 새로운 관점에서 깨닫게 한다고 본다(Suvin 6 참조).

그러했듯이 갠은 그의 육체를 외계인 티가토이의 외계 생식 시스템에 복종하는데, 보호 구역에 있는 자신의 가족이 제한된 자유라도 가질 수 있게 하기 위해서이다. 버틀러는 여성의 생식 경험의 모순적 속성, 해방적이면서 동시에 노예상태가 되는 모순적 속성을 갠을 통해 제시하고 있다. 즉 갠은 출산에 완전히 참여하는 자인 동시에 숙주 동물host animal로 자신을 보게 된다.

이처럼 「블러드 차일드」에서 여성을 규정짓는 자연스러운 출산 경험은 남성에게 부과되어 낯설게 되고 있다. 인간의 자연스러운 육체 경험인 임신과 출산, 즉 생식의 문제가 낯설게 되고 있는 것이다. 여성작가들의 많은 SF 이야기들처럼 「블러드 차일드」는 본질적으로 여성적이거나 본질적으로 남성적인 인간 속성과 인간 경험의 양상들을 구분하여 읽어내려는 성향들에 의문을 제기한다. 그리하여 젠더는 구성된 것임을 인식하도록 유도한다. 이 이야기는 남성으로 하여금 가부장제 문화속의 여성이 겪는 것처럼 출산을 경험하도록 만듦으로써 억압과 착취가 가부장제에만 있는 독특한 현상이 아니라 가모장적인 틀릭 문명 또한 문제가 있음을 제시하고 있다. 「블러드 차일드」는 1980년대에 지배적인 생식의 권리에 대한 논쟁과도 연관되며, 갠처럼 주인의 자식을 강제로 떠안아야 했던 미국 흑인 여성노예의 종속적 위치를 환기시키기도 한다.

또 다른 종류의 낯설게 하기는 에마 불Emma Bull의 『본 댄스』Bone Dance (1991)에서 볼 수 있는데 이는 1980년대 사이버펑크의 페미니즘적 수정판과 같다. 이는 종말 이후 미래에 배경을 두고 있으며 깁슨의 『뉴로맨서』와 같은 분위기를 풍기고 있다. 『본 댄스』의 사건들은 타로카드 점과 부두voodoo교라는 종교를 기본 골격으로 하고 있다. 스패로우라는 인물이 이야기를 풀어나가는데 이 인물은 소설의 전반부부터 젠더가 분명하지 않다. 그/그녀로 볼 수 있는 스패로우는 지난 유물, 영화, CD 등을 찾아서 거래하는데 종말 이후 세계에서 시티라고 불리는 곳에서 이러한 거래를 하고 있다. 스패로우의 문제는 가끔 정신이 나가서 깨어보면 자신이 도시의 다른 지역으로 가있는 것인데, 무슨 일이 일어나는지 분명히 제시되고 있지 않다. 2부는 무슨 일이 벌어지고 있는지의 배경을 보여주는데 지구의 종말이 어떻게 일어났는지 역사를 드러내 보여준다. 에마 불은 이 세계에 대해 우리가 알고 있는 모든 것에 도전하는데, 특히 스패로우의 정체성에 대해서 더욱 그러한 도전이 두드러진다. 젠더는 『본 댄스』에서 본질적인 것이 아니다. 부제가 "기술찬양론자들을 위한 판타지"A Fantasy for Technophiles로 되어 있듯이 판타지적 요소가 강하여 일종의 도시 판타지로 볼 수 있다. 하드 SF와 판타지를 결합시킨 장르적 특성은 하나로 정의될 수 없는 속성을 보이며 스패로우도 다양한 젠더를 지닌 주체 구성을 통해 변칙적 정체성을 지니고 있다. 주체는 다중적이고 모순된 것이라는 포스트모던적 생각들이 스패로우를 통해 재현되고 있다. 즉 스패로우는 남성인 동시에 여성이며 그/그녀는 중립적 몸체로서 남성으로도 여성으로도 나타날 수 있으며 이는 동시에 자연적/기술적이다. 그/그녀는 분류를 피하는 존재이고 에마 불은 기존의 젠더 구분에 대한 기대감을 해체시키고 주체를 인식하는 새로운 방식들을 제시한다. 이는 SF의 소설적 담론들이 리얼리즘의 제한된 관습에 갇히지 않은 채 당대 페미니스트 이론에서 주창된 주체의 복합적 성격을 어떻게 포괄하고 있는지 보여주는 좋은 예이다. 그래서 페미니즘의 낯설게 하기 프로젝트는 이론적 담론으로부터 구체적 이야기를 통해 소설 읽기의 즐거움으로 확장될 수 있음을 보여준다.

과학기술 시대와 여성

사이버스페이스, 인공지능, 사이보그 등 최근의 과학기술 개념들을 중심으로 미래 인간의 가능성에 대해 다양한 갈래의 연구가 진행되고 있는 가운데 포스트휴먼시대의 페미니즘도 이러한 맥락을 고려하여 진행되고 있다. 포스트휴먼 시대의 여성론은 과학기술이 여성에게 어떻게 해방적 기능을 하는가, 여전히 젠더를 재생산 하는 것인가의 쟁점에 관심을 두고 있다. 과학기술의 발전을 긍정적 관점으로 수용하는 경우 사이보그를 포스트휴머니즘 문화에서 여성의 가능성, 여성의 정체성을 찾는 하나의 수사troupe로 작용하고 있는 점에 초점을 둔다. 또한 다양한 종의 공존 가능성이 주장되면서 타자의 경험이 주요한 논제로 대두되고 있다. 과학기술과 여성의 관계에 대해 비판적 관점을 취하고 있는 연구는 과학기술의 영역, 사이버공간의 여성은 결국 남성의 대상이 된다는 관점을 취한다. 이러한 영역에서는 궁극적으로 젠더 재생산이 이루어질 수 있음을 지적하며 다른 대안을 탐색해야 한다는 주장을 볼 수 있다.

과학기술 시대의 여성에 대한 논의들은 주로 기술발전에 따른 여성 육체 및 여성 주체성의 재구성과 여성 삶의 변화에 초점을 두고 있다. 기술이 원래 남성적 지배와 관련된다고 보는 논의들은 과학기술 영역에서 여성이 소외됨을 주된 문제로 삼는다. 기술에 대한 정의자체가 남성적 성향을 지니고 있으며 여성과 관련된 기술은 하찮은 것으로 간주되어 여성이 기술적으로 무지하고 무능하다는 상투적 여성형을 재생산하고 있다는 것이다[3]. 이처럼 과학기술과 남성성을 연관시키는 것은 생물학적 성차에 내재해있는 것이 아니며 젠더의 역사적 문화적 구성의 결과로 볼 수 있다. 이러한 논리에 따르면 기술이 생산되고 사용되어온 방식은 주로 남성적 가치에 의해 형성되어온 것으로서 여성은 이 영역에서 주변적 존재가 된다. 토폴레티는 이러한 논의가 디지털 기술의 영역까지도 확장된다고 언급한다(22). 이를테면 많은 여성들이 일상 삶에서 컴퓨터를 사용하고 있더라도 여성은 기술영역에서 주변화 되는 현상이 지속된다고 볼 수 있다. 주디스 스콰이어즈Judith Squires는 사이버페미니즘이 여성을 해방시켰다고 보는 사디 플랜트Sadie Plant나 해러웨이의 사이버문화 페미니즘에 회의적인 입장을 보

---

3) 예를 들면 주디 와이즈먼(Judy Wajcman)은 『페미니즘, 기술과의 대면』(*Feminism Confronts Technology*, 1991)에서 이러한 경향을 지적하면서 남성성과 기술이 서로 관련된 것으로 보는 시각은 양성 사이의 불공평한 권력관계를 낳는다고 보고 있다(137).

인다. 스콰이어즈는 사이보그나 사이버문화에 주력하는 현상을 "사이버에 대한 열광"cyberdrool(360)으로 지칭하면서 이를 경계해야 한다고 보고 명확히 정의될 수 있는 물질론적 페미니즘을 요청하는 입장을 유지한다. 스콰이어즈는 플랜트나 해러웨이의 논의가 기술에 격앙된 해방의 비전을 낭만적으로 투사하고 있다고 본다(360–73 참조). 해러웨이는 계몽주의 인식론을 부정했지만 이러한 인식론에서 얻을 것이 있다는 입장을 보인다.

초기의 급진적 페미니즘 논쟁들에서는 이처럼 여성이 기술에서 배제되는 것보다 기술 자체가 본질적으로 가부장적이어서 여성과 조화를 이룰 수 없는 것이 문제로 대두된다. 즉 여성과 기술의 관계는 불공평한 것으로 여성이 착취와 억압을 당할 수밖에 없으며 여성이 기술에 접근한다 해도 가부장적 가치관의 지배라는 구도 안에 남을 수밖에 없다. 이러한 문제에 대해 급진적 페미니즘의 해결책은 기술을 거부하고 여성의 힘으로 유기적 육체의 가치를 재평가하는 것이다. 이는 포스트휴먼시대에 여성성을 재수립하려는 데 초점을 둔 것이나 여성을 자연과 육체와 근접한 것으로 설정함으로써 다시 본질론적인 관점으로 환원시키는 것이 문제이며 해러웨이도 이러한 급진주의 페미니즘의 주장에 대해 비판적 관점을 보인다.

근자의 사이버 페미니즘은 기술과 남성성을 연관시켜보는 전통적인 관점을 거부하며 근본적으로 여성을 사이버스페이스에서 능동적인 행위자로 설정한다. 사이버페미니즘은 여성이 기술의 희생자라는 관점을 벗어나서 여성이 자신의 쾌락을 위해 기술 문화적 공간에 거주할 수 있다는 사실에 초점을 둔다. 이 가운데 사디 플랜트는 젠더화된 기술개념을 거부하고 여성이 실제로 디지털 시대의 새로운 경제에 더 적합하다고 주장한다. 사이버스페이스는 부재의 장소가 아니라 여성에게 긍정의 장소로서 이 공간에서 여성의 차이성은 여성에게 장애물이 아니라 내부로부터 남성 권력이라는 개념 자체를 약화시킬 수 있는 것으로 본다(Plant 60). 플랜트는 여성이 컴퓨터나 인공두뇌 시스템과 마찬가지로 시뮬레이션 기제simulation mechanism이며 이러한 자격으로 여성과 자연을 연관시키는 범주의 구성을 와해시키는 정치 행위를 통해 자아를 구성할 수 있다고 본다 (58-59). 플랜트와 같은 사이버페미니즘의 관점에서 보면 기술이 여성에게 더 해방적인 의미를 지닐 수 있다.

그런데 대표적인 몇 가지 예만 보아도 이와 같은 논의들은 단순히 기술혐오/기술찬양의 이분법적 구도로 재단할 수 없는 면이 있다. 논의의 관점이 서로 대립되는 경우에도 기본적으로 과학기술 시대에 여성 정체성이 새로이 탐색될 필요성과 방향 모색에 초점을 두려는 노력은 동일하기 때문이다. 또한 한 가지 자명한 점은 어떠한 관점에서 보건 간에 21세기 여성의 삶에서 과학기술 영역의 비중은 점점 커지고 있다는 사실이다. 그러므로 21세기 페미니즘의 방향을 제대로 수립하기 위해 좀 더 구체적인 현실성 있는 검토 작업이 필요하다.

페미니즘, 외계인, 괴물성, 사이보그

많은 연구들에서 지적되었듯이 페미니스트 작가들의 SF는 자주 타자적 존재들, 즉 괴물들이나 외계인, 사이보그 등을 의미 깊게 재현해오고 있다. 페미니스트 SF 작가들은 이 형체들을 통해 가부장적 문화에서 타자로 간주되어온 존재들의 관점과 체험들을 탐색하고 있다. 원조는 메리 셸리의 『프랑켄슈타인』이라고 볼 수 있으며 프랑켄슈타인이 창조한 괴물은 철저히 공동체에서 소와된 타자로서 당시 여성의 처지를 반영해주기도 한다. 엘리노어 아나슨Eleanor Arnason의 『칼의 반지』 *Ring of Swords*(1993)는 외계인을 이용하여 이러한 문제를 탐색하고 있다. 아나슨의 이야기는 로버트 하인라인의 『스타십 군단』 *Starship Troopers*(1959)의 인간과 외계인의 대립구도에서 이루어지는 전쟁 이야기를 풍자적으로 다시 꾸민 것이다(Hollinger 132). 하인라인의 버그bug의 구성은 관습적으로 남성주의적이다. 외계인들은 완전히 외계의 알 수 없는 존재, 차이의 존재이므로 그들에 대한 대응은 전쟁뿐이다.

『칼의 반지』도 이와 마찬가지로 두 공격적 종들 사이의 전쟁 상황을 도입하고 있다. 인간과 외계종 간의 대립 구도이지만 아나슨의 외계종은 인간보다 윤리적으로 우월하다는 확신을 볼 수 있다. 하인라인의 소설이 외계-인간 사이의 전쟁으로 구조화 되어 있는데 비해 아나슨의 소설은 일련의 외교적 사건들로 구조가 짜여있다. 전면전을 피하기 위해 영웅이 아닌 인물들이 연장된 협상을 시도하는 것이다. 그 과정에서 화해스라는 외계종족의 젠더 차이가 너무나 뚜렷이 발견된다. 남성들은 전사들이고 여성들은 협상가로서 남성과 여성의 삶은 철저히 분리되어 있다. 그들은 직업, 주거공간, 정치구조, 문화제도, 성적 방식 등을 철저히 분리하여 별개로 지니고 있다. 화해스 종족이 우주여행을 개발했을 때 남성들은 새로운 적들을 찾아서 주변지역으로 나아가고, 여성들과 아이들은 가정에 머무른다. 지구인들은 처음에는 이들을 남성들이 지배하는 호전적 종족으로 간주한다. 그러나 나중에 여성적 권위가 남성보다 더 우위에 있다는 사실을 포함해서 이들 문화의 다른 양상들을 발견하게 된다.

화해스 종들에게는 남성과 여성 삶의 방식 차이들이 너무 커서 이성애가 아니라 동성애가 기준이 된다. 호전적이고 털에 뒤덮인 화해스 종의 성 기준은 동성애가 정상 기준으로 간주되고 이성애는 일탈로 간주된다. 그러므로 이들은 이들의 군사지도자인 이딘 그와하가 인간 남성 니콜라스 샌더즈를 사랑할 수 있다는 것을 완벽하게 정상적인 것으로 간주한다. 아나슨은 관습화된 외계인들의 동성애를 통해 실제 인간 사회의 이성애를 비춰보고, 니콜라스 샌더즈와 이딘 그와하와 같은 다른 종간의 동성애를 묘사함으로써 동성애/이성애라는 이분법을 해체하고 있다. 아나슨의 소설은 페미니즘뿐만 아니라 퀴어 이론과도 연관된다. 또한 아나슨은 화해스라는 외계 종족의 문화를 통해 인간의 문화와 관습들을 돌아보고 비판해보도록 유도한다.

1985년 해러웨이는 「사이보그 선언문」을 통해 과학기술 시대에 사회주의 페미니즘의 한계를 극복하고 페미니즘의 방향을 새로이 정립하였다. 그 이후 사이보그는 페미니스트 문화 연구에서 중요한 비중을 차지해오고 있는 실정이다. 해러웨이에게 페미니스트 SF 작가들은 사이보그를 위한 이론가들이고 SF 자체는 특별히 가치 있는 상상적 영역이며, 그 안에서 과학과 기술이 어떻게 인간의 정의나 정체성에 대한 관습적 사고들을 분산시키고 재편하는가 점검해볼 가치가 있다고 보았다. 특히 해러웨이의 "분열된 정체성"fractured identities 개념은 SF의 여러 작품들과 관련되는 주요 개념이다. 해러웨이는 통합적 정체성 혹은 체험을 총체화 하려는 시도를 거부하는데 해러웨이의 사이보그론에서 주장하는 사이보그의 정체성은 상황에 따라 변화하는 유동성이 특징이다.

해러웨이의 선언문은 젠더와 정치의 문제를 포스트모던 담론들에 도입하였다. 해러웨이에게 20세기 후반의 기계들은 자연과 인공, 정신과 육체, 자기개발과 외부적으로 고안된 것의 구분, 그리고 유기체와 기계들의 구분을 완전히 모호한 것으로 만들었다(Haraway, 1989, 176 참조). 해러웨이의 선언문은 세계의 주변부로부터 지배질서에 대한 저항과 정치적 도전을 위한 가능성들을 시사한다. 해러웨이는 조애나 러스, 사무엘 델라니, 존 발리, 제임스 팁트리 2세, 옥타비아 버틀러, 모니크 위티그, 보나 매클린타이어Vona McIntyre 등의 SF 작가들에게 빚지고 있다고 하면서 이들을 사이보그를 위한 이론가들이라고 말하고 있다(1989, 197). 해러웨이의 사이보그는 부분적으로 페미니스트 SF 작가들의 작품들에 의해 영감을 받은 것으로 포스트모던적 경계 가로지르기와 경계 붕괴의 특징을 지니고 있다. 이에 따라 해러웨이는 페미니스트 SF에 나오는 사이보그들은 남성 혹은 여성, 인간, 인공물, 종의 구성원, 개인적 정체성, 혹은 육체의 상태들을 문제시하고 있다고 지적한다(1989, 197, 201).

캐서린 루실 무어의 「최상의 여자」(1944)에서 디드리는 여성작가의 SF 스토리에서 볼 수 있는 중요한 사이보그들의 초기 예이다. 이 이야기는 해러웨이의 사이보그론이 나오기 전 이미 사이보그 개념을 이야기에 도입하고 있다. 디드리는 유명한 무용수로서 극장에서 불이 나 화상을 입었고 뇌를 새 육체에 이식하여 사이보그가 된다. 그녀는 자신의 사이보그 육체에 여성성을 입히려 하는데 이는 젠더는 본질적인 것이 아니라 일종의 수행임을 보여준다. 프랑켄슈타인의 피조물처럼 디드리는 자신의 초인적 힘과 스피드를 좋아하지만 나머지 인류로부터 자신의 소외를 인식한다. 전통적인 '여성'에 대한 관점이나 정의들을 의문시하면서 무어는 SF의 잠재력, 즉 전통적 이분법적 젠더구분에 도전하는 SF의 가능성을 보여주고 있다. 디드리는 완벽하지는 않지만 해러웨이의 사이보그 구성, 즉 본질적 젠더 속성을 초월하는 해방적 메타포로서의 사이보그를 구체화하여 보여준 데 의미가 있다.

제임스 팁트리 2세의 「접속된 소녀」"The Girl Who Was Plugged In"(1973) 역시 해러웨이의 사이보그 선언문이 발표되기 전 나온 이야기로서 가장 비극적 사이보그 이야기라고 볼 수 있다. 주인공 피 버크P Burke는 추하고 기형적인 육체를 가진 여성으로서 세상의 기준으로 볼 때 숨겨져야 할 비참한 육체의 소유자이다. 이 기괴한 모습의 육체는 고도기술 연구소의 작은 실험실에서 다른 사이보그 여성에게 연결된다. 그녀의 정신은 당시 남성의 이상으로 만들어진 아름다운 여성 델피라는 사이보그 육체에 연결되어 작용한다. 버크는 델피와 연결되어 델피의 육체를 어떻게 조종하는지 알게 된다. 반면 그녀 자신은 보이지 않는 존재로서 시스템으로 들어가서 인간 개인으로서가 아니라 시스템에 접속하는 두뇌로서 델피를 조정한다. 버크는 자신과 연결된 델피의 아름다운 육체가 되기 위해 어떤 희생도 감수하려 하는데, 이는 미래 사회에서 중요한 의미를 지니는 것이다. 이 과정에서 폴이라는 재벌 젊은이가 델피에게 반하고 델피 몸에 연결된 버크는 그와 사랑에 빠지지만, 결국 자신의 정체가 밝혀지는 순간 죽음을 맞게 되는 것이다. 이 이야기는 사이보그 정체성조차도 성/젠더 체제의 압박으로부터 자유를 획득하기 어렵다는 어두운 현실을 조명해준다. 또한 광고가 금지된 미래 사회에서 상품을 팔기 위한 사이보그 델피의 이미지 조작 등은 현 세대의 소비문화에 대한 풍자적 의미를 지니고 있다고 볼 수 있다.

페미니스트 유토피아

1970년대 이르면 여성작가들은 SF 영역에서 더 중요한 역할을 하게 되며 이는 1960년대 미국, 캐나다, 영국, 유럽 등에서 힘을 얻기 시작한 페미니즘 운동, 즉 제2차 물결의 페미니즘 운동에 의해 더욱 가속도가 붙게 된 결과이다. 60년대 1차 페미니즘 운동에서 참정권을 획득하여 2차 운동에서는 가정을 포함하여 사회의 모든 영역들에서 더 큰 평등을 향해 나아갔다. 이러한 과정에서 변화를 중시하고 과학에 근거한 가상적 세계를 그려보는 SF의 성격으로 인해 SF는 페미니즘의 주장들을 담아내기에 적합한 장르가 되었다. 특히 젠더 문제 등은 SF의 장치들을 통해 당연시 되던 가부장적 구조들의 양상을 드러냄으로써 독자들에게 와 닿는 문제가 되었다. 젠더에 대한 전통적 가설들을 해체하고 젠더가 사회적 구성물이라는 것을 강조하는 페미니스트 SF 작가들은 양성 평등이 이루어진 가상적 공간을 창조해내며 그 속에서 가부장적 구조들의 대안들을 검토하는데, 이 가운데 아마도 1970년대 페미니스트 유토피아들은 SF의 가장 큰 성과로 평가될 수 있다.

예를 들면 어슐러 르 귄의 『어둠의 왼손』(1969) 무대인 게센 행성은 자웅동체나 양성을 가진 자들이 거주하는 곳이다. 한 달 주기인 케머 기간 동안을 빼고는 이들은 남성도 여성도 아니다. 케머 기간 동안은 양성 중 하나를 택해서 생식을 할 수 있으며 성차별주의는 여기에 없는데 성 자체가 고정된 범주가 아니기 때문이다. 테란 행성의 겐리 아이는 에큐멘이라는 우주 행성과 문화 연합체에 가입토록 이들을 설득하는 사절로 방문했지만 이 행성의 젠더 구분이 없는 상태를 받아들이기 어려워한다. 그는 게센인들과 교류하면서 젠더에 대한 자신의 가설들을 검토해보게 된다. 처음에는 단순히 그들을 남자로 분류했는데 그의 이분법적 생각은 점점 더 소멸된다. 게센인들의 성 정체성이 유동적인 속성을 지니고 있어서 겐리 아이는 남녀성의 경직된 이분법에 혼란을 느낀다.

겐리는 로드 에스트라벤과 밀접한 관계를 맺는데 에스트라벤은 겐리와 친하게 된 정치가이지만 케머 기간에 여성으로서 겐리와 함께 여행하게 된다. 겐리는 이러한 관계를 통해 게센인의 정체성을 혼란스러운 느낌이 아니라 총체적인 것으로 받아들이기 시작한다. 젠더에 대한 겐리의 가설들이 도전받음에 따라 독자들은 젠더의 구성적 속성에 대해 생각해보게 된다. 그러나 이 작품은 자유로운 젠더 구성과 전쟁 없는 문명을 구축한 게센 행성의 유토피아적 가능성들에도 불구하고 게센인들을 대다수 남성으로 그린 것으로 비판받았다. 동성애도 배제되어있는데 케머 기간 동안 동성 짝은 극도로 희귀한 경우로 되어 있다. 그럼에도 불구하고 『어둠의 왼손』은 SF에서 젠더에 대한 획기적 탐색이 되었다. 홀링거는 이로부터 많은 작가들이 유토피아 소설의 맥락에서 젠더의 관습적 구분에 도전하고 동성애 주제도 탐색하게 되었다고 지적한다(88).

모두가 공유하는 공동의 가치, 남성을 지배문화로부터 축출하는 것, 가부장적 가치관의 거부는 페미니스트 유토피아의 특징들이다(Hollinger 88). 조애나 러스의 「상황이 변했을 때」"When It Changed"(1972)는 이러한 점들을 잘 보여주는 대표적인 페미니스트 유토피아로서 전통적인 SF에 퍼져있는 젠더 이데올로기를 전복하려는 시도의 일환으로 여성을 남성으로부터 분리하는 책략을 쓰고 있다. 러스의 인물들은 가부장제 구조 없이도 바람직한 사회를 구축하게 된다. 역병이 화일어웨이 행성의 남성을 다 소멸시킨 상태에서 그 이후 600여 년간 생존자들은 위계적 사회가 아니라 협동적이며 안정된 사회를 발전시킨다. 이 사회에서는 여성들이 난자를 혼합하여 생식을 이어가고 있다. 분리주의적 동성애 사회의 유토피아니즘은 여성이 어떤 의미에서 남성보다 우월하다는 가설에 의존한다. 이러한 가설은 이들과의 관계를 새로이 하기 위해 남성들이 지구로부터 여기를 방문했을 때 더욱 강조되고 있다.

『피메일 맨』(1975)에서는 화일어웨이인들이 다시 등장하고 있다. 여기서 화일어웨이는 다른 세 배경들과 대조를 이루는 기능을 하고 있다. 세 배경 중 한 곳은 디스토피아로서 남성과 여성이 각기 다른 사회를 형성하고 양성 간의 전쟁에 몰두해있다. 『피메일 맨』은 실험적 형태의 소설로서 네 명의 여성이 다른 시간대의 평행 세계로부터 이야기를 진행하고 있으며 상호작용하고 있는데, 네 명의 여성은 동일한 여성의 다른 버전들로 볼 수 있다. 러스는 동성애 에로티시즘의 묘사를 통해 「상황이 변했을 때」보다 강요된 이성애에 더 강한 도전을 던지고 있다.

이러한 작품들은 여성들이 남성의 부재 속에서만 유토피아적 가능성들을 실현할 수 있다는 것을 보여준다. 이 공동체들은 가부장적 구조들과 대립하여 형성되므로 이처럼 분리주의적 페미니스트 유토피아들이 도전하는 젠더 구분 이데올로기에 다시 예속되는 것이 아닌가 의문을 낳게 한다. 즉 남녀 분리적 책략이 여성들을 해방시키고 힘을 부여해주는 반면 역시 고정된 젠더 범주를 단순히 재생산하게 되는 점이 문제이며 남성성과 여성성이라는 본질적 개념들을 재강화하는 것으로 비판을 받고 있다. 더 최근의 분리주의 페미니스트 유토피아인 니콜라 그리피스Nicola Griffith의 『암모나이트』Ammonite(1992)는 1970년대의 선구자들의 전통과 지속성을 유지하면서도 동성애적 분리주의 책략에 의문을 던지고 있다. 이는 그리피스의 첫 소설로서 레즈비언, 게이, 양성애, 트랜스젠더를 다룸으로써 젠더에 대한 이해를 확장시키고 있다.

1970년대 페미니스트 유토피아에 또 다른 주요한 기여를 한 작품은 마지 피어시의 『시간의 경계에 선 여자』(1976)이다. 주인공인 코니 라모스는 텔레파시의 힘을 이용해 유토피아 미래로 여행하는데 그곳에선 남성과 여성이 평화롭게 공존하고 있다. 미래의 매타포이셋에는 젠더 역할에 입각한 성차들이 없어졌으며 성차별은 존재하지 않는다. 이곳 사람들은 양성성이 특징이다. 여성들은 출산하지 않으며 아이들은 『멋진 신세계』에서처럼 인공 지능에서 잉태된다. 남성과 여성 양자 다 아이에게 젖을 먹이기도 한다. 피어시의 비전은 분리주의는 아닌 반면 공공성, 소규모 공동체, 양육, 관용, 자연과의 교감 같은 면에서 다른 페미니스트 유토피아들과 공통점을 지닌다(Hollinger 90). 더 나아가 이 행성의 거주자들은 성적 자유를 누리며 서로 친밀한 유대를 가진다.

피어시처럼 사무엘 델라니도 성적 금기사항들로부터의 자유, 이성애적 기준들부터의 자유를 탐색하는데, 배경은 엄격하게 유토피아는 아니지만 유토피아적 특성들을 지니고 있다. 『트라이톤 행성에서의 곤경』(1976)에서 헤테로피아인 테시스의 주민들은 모든 유형의 성 행위를 자유로이 즐긴다. 성적 성체성은 유동적이어서 누구도 자유로이 젠더, 섹스, 성향을 바꾸기 위해 외과 수술적 변형이나 심리 치료를 받을 수 있다. 테시스는 다중적 젠더를 인정하는 사회이며 이분법적 젠더라는 용어는 그 의미를 상실하고 있다. 델라니의 테시스나 피어시의 매타포이셋은 강제적 이성애에 대한 급진적 비판뿐만 아니라 대안적 성들을 긍정적으로 재현하고 있다.

페미니스트 유토피아의 핵심적 요소인 여성의 생식기술 조절은 마거릿 애트우드의 『시녀 이야기』(1985)에서 가부장제로 다시 돌아간 모습을 보여준다. 이는 디스토피아 소설로서 1980년대의 보수주의로 귀환하는 사회 분위기에서 이루어졌던 생식의 권리에 대한 논쟁에 기반을 두고 있다. 애트우드의 길리어드 공화국은 우파 종교근본주의자들에 의해 통치되는 근미래의 억압적 국가로서 여성들은 양육이라는 의무에 의해 가치가 부과된다. 이를 수행하지 못하는 자들은 가부장적 젠더 개념과 궤를 같이하는 다른 사회적 의무들, 즉 아내, 하녀, 창녀와 같은 역할을 수행해야 한다. 제목의 하녀는 내용물을 담는 하나의 용기 vessel처럼 국가에 의해 아이의 양육 목표로 징집된 자들이다.

옥타비아 버틀러의 『제노제네시스 3부작』 역시 외계 종족과의 생식 동반

관계를 다루고 있는데 이는 외계인 오안칼리와 인간 사이의 유전자적 교환을 포함한다. 결과적으로 인간-외계인의 혼종을 볼 수 있다. 이 과정에서 외계인들이 주 책임자로서 유전자교환을 통해 인간이 지닌 위계질서 존중의 자연스러운 성향을 없애고자 한다. 버틀러의 인간-오안칼리 혼종은 인종의 경계들과 문화의 범주들을 가로지르는데, 이는 비유적으로 다너 해러웨이가 주장한 사이보그 정체성과 사이보그의 유토피아적 가능성을 상기시킨다.

페미니즘, 사이버펑크, 디스토피아

사이버펑크 소설의 인간과 기계의 결합은 사이보그의 특징인 강력한 융합과 위험한 가능성들을 향해있다. 그러나 이러한 인간과 기계의 접점은 대다수가 남성적 용어로 묘사되어왔고 사이버펑크는 육체를 대변하는 여성보다 정신을 대변하는 코드화된 남성에 더 특권을 부여함으로써 젠더 경계들을 더 강화하는 것으로 비판받아왔다. 그러나 홀링거는 사이버펑크의 선도자들을 페미니스트 SF에서 찾아볼 수 있다고 주장한다(92). 조애나 러스의 『피메일 맨』이나 마지 피어시의 『시간의 경계에 선 여자』 등이 그 예이며 초기의 선도자로 볼 수 있는 작가의 작품은 제임스 팁 트리의 「접속된 소녀」(1973)이다. 윌리엄 깁슨의 『뉴로맨서』에서 해커인 주인공이 사이버스페이스에 잭인 하듯이 여성 주인공인 피 버크는 남성의 권력구조들에 접속됨을 볼 수 있다. 델피의 사이보그 육체와 연결되어 델피를 원격조종하면서 버크는 또 다른 종류의 육체로 구현된 자신을 경험한다. 델피는 광고가 법적으로 금지된 미래에 상품을 팔기 위한 광고 목적으로 만들어진 사이보그 육체이다. 델피는 아름답지만 꼭두각시에 불과한 사이보그이며 버크는 실제로 존재하지만 기형의 몸체를 가진 추한 외모의 여성이다. 델피의 아름다움이 여성적 미의 기준이 된 세상에서는 버크의 육체는 소외되고 기형적인 존재로 간주된다. 버크는 여성성을 델피의 몸을 빌려 수행하는데 이는 무어의 「최상의 여자」에서 디드리가 여성성을 수행하는 행태와 유사하다 (Hollinger 92). 버크는 오로지 델피의 역을 수행할 따름이다. 마지막에 그녀는 델피를 사랑하게 된 남성이 아름다운 껍질 뒤의 버크의 실체를 보고 공포에 질리면서 그녀를 거부하자 죽음을 맞게 된다. 미래의 소비 중심 사회에서 기술을 통한 여성의 이러한 상품화나 외모지상주의는 이 이야기의 풍자 속에 핵심으로 자리하고 있음을 볼 수 있다.

　　1980년대의 남성 중심 사이버펑크가 페미니스트 SF에 의해 영향을 받았다면 페미니스트 SF 역시 남성작가의 사이버펑크에 영향을 받은 것이 사실이다. 즉 페미니스트 SF도 사이버펑크 모티브를 텍스트에 포함시키면서 젠더 정치학과 성의 정치학에 도전하였다. 이를테면 팻 캐디건Pat Cardigan의 『시너즈』Synners (1991)는 기술을 무비판적으로 찬양하고 전자적 초월을 육체의 일상적 체험 위에 두는 남성 사이버펑크 텍스트들에 대한 대안을 제시한다. 캐디건은 여성들을 보이지 않거나 부재로 만들어온 가부장제도 안에서 육체의 존재를 수립하기 위해 오래 투쟁해온 여성들이 완전한 육체적 초월에 대해 어떻게 대응하는가에 주목한다. 『시너즈』는 신시사이저synthesizer 즉 근미래 뮤직비디오들의 창조자들에 근거하고 있으며 가베와 샘, 지나 세 사람을 중심으로 전개된다. 다이버시피케이션 회사는 새로운 시장개척을 통해 수익을 올리기 위해 지나의 동료 시너인 비주얼 마크를 실험 대상으로 선정한다. 그의 뇌를 스캔함으로써 그의 시각적 상상력이 뛰어나다는 것이 입증되었기 때문이다. 비주얼 마크를 이용한 다이버시피케이션의 프로젝트는 큰 성공을 거두게 되어 마크를 네트 상에 연결하여 이를 판매하게 된다. 그러나 그가 죽음으로써 뇌졸중을 불러오는 바이러스로 네트가 오염되고 접속자는 뇌졸중에 감염된다. 킬리, 샘, 아티, 지나, 가베의 공동 작업을 통해 죽음은 최소화되고 모두가 회복되지만 다이버시피케이션 회사를 탄생시킨 시장은 여전히 작동하고 있음을 볼 수 있다.

마지 피어시는 깁슨의 사이버펑크에서 모티브와 이미지들을 빌려 왔고 『그 그녀, 그것』(1991)을 다국적 기업이 지배하는 디스토피아적 근미래에 설정하고 있다. 여주인공이자 인공두뇌학 전문가인 시라는 기업 돔에서 티브카의 독자적이고 자유로운 소도시로 돌아오게 되는데 멀티스와 지하 범죄세계에 의해 위협받는 소도시를 방어하기 위해 프로그램화된 요드를 돕도록 요청받는다. 사이보그들은 기업에 의해 금지되어 있으므로, 요드가 인간으로 간주되는 것이 소도시의 생존에 결정적이다. 시라와 요드 사이의 관계에 소설의 중심이 되지만 '인간이란 무엇인가'하는 질문이 중심이 되고 있다. 인공지능은 전적으로 기술적으로 구축된 육체 속에 뿌리내리고 있어서 인간과 기계 사이의 경계는 흐려진다. 더구나 요드는 관습적 젠더 개념을 문제시 하는 방식으로 구성되어서 형체는 남성이지만 프로그래밍의 결과는 양성적 인격체이다. 그러나 그의 양성성에도 불구하고 그는 이상적 남성으로 묘사되고 있다. 즉 생물학적으로 남성이지만 시라의 욕구와 필요에 민감한 감정이입이 된 연인과 같다. 요드는 전적으로 성공적인 구성체는 아니지만 해러웨이의 사이보그 메타포를 구체화시킨 예로 볼 수 있다.

성 정체성에 대한 부분, 게이 레즈비언, 양성적 인물들이 점차 SF 텍스트에 많이 등장하기 시작하면서 SF는 퀴어 이론 연구에까지 연결된다. 사무엘 델라니와 존 발리는 젠더와 성에 대한 고정관념을 급진적으로 해체하며 대안적 성을 추구한다. 동성애와 다양한 성을 포함하는 최근작은 미래의 노예 이야기 slave narrative에 기반을 둔 델라니의 『모래알 같은 내 주머니속의 별들』*Stars in my Pocket Like Grains of Sand*(1984)가 있으며 발리의 『강철 해변』*Steel Beach*(1992)이 있다. 게이/레즈비언 정체성의 주변화에 초점을 둔 SF는 제프 라이먼Geoff Ryman의 『어린이 정원』*The Child Garden*(1989)이며 여기서는 유전공학적으로 만들어진 바이러스들이 대중을 유도하며, 동성애를 나쁜 문법bad grammar으로 여기고 박멸하고 있다. 레즈비언 주인공 밀레나는 바이러스에 면역인 체질이어서 유전공학적으로 만들어진 폴라베어 여성 롤파를 사랑하게 된다. 그러나 그녀와의 사랑은 롤파의 레즈비언주의를 박멸한 바이러스들 때문에 비운에 처해짐을 볼 수 있다.

퀴어 이론과 SF

퀴어 이론은 SF 검토의 새로운 방식을 제공하기 시작한 지 얼마 되지 않았다. 퀴어 이론이라는 용어는 테레사 드 로레티스Teresa de Lauretis가 1989년 캘리포니아 대학 콘퍼런스에서 처음 사용하였다(Pearson 159 참조). 퀴어 이론은 인간의 성적 정체성과 젠더 정체성은 사회적으로 구성됐으며 하나의 개인이 "동성애자", "이성애자", "남성", 또는 "여성" 등의 표현을 이용하여 설명할 수 없다는 주장을 한다. 또한 한 개인을 하나의 분류 범주로 구분하는 관례를 문제시한다. 주디스 버틀러Judith Butler의 『젠더 트러블』Gender Trouble(1990)이 대표적 연구서로, 버틀러에 따르면 인간의 이성애는 내부에 존재할 수도 있는 동성애적 욕망의 억압을 통해 구축된다는 것이다. 즉 이성애라는 것은 수행적 반복 또는 규범적 젠더 정체성에 의해 받아들여진 것이다.

버틀러의 수행성Performativity 개념은 포스트모던 형태의 SF를 퀴어 이론 입장에서 분석시 가장 유용한 분석 도구라고 볼 수 있는데(Pearson 158), 버틀러는 우리가 남성이나 여성의 이상에 완벽하게 맞추어 살고 있지 않기 때문에, 모든 젠더는 수행성, 비자발적이며 항상 어느 정도 불완전하다는 것이다. 이러한 생각에 따르면 젠더 구성은 정해진 역할 수행에 따라 얼마든지 변할 수 있는 것이다. 마지 피어시의 『시간의 경계에 선 여자』에서는 모든 인간이 양성이며 남녀 구분이 불합리하게 여겨지는 미래를 그리고 있다. 사무엘 델라니의 『트라이톤 행성에서의 곤경』은 인간이 다중적 성multiple sexes을 가지고 있으며 어린이는 적어도 다른 다섯 개의 성sexes을 지닌 다섯 명의 어른들에 의해 가장 잘 키워질 수 있다고 믿는 세계를 제공하고 있다. 델라니가 그리고 있는 테시스는 다중적 젠더를 인정하는 사회이며 이분법적 젠더는 그 의미를 상실하고 있다. 테시스는 강제적 이성애에 대한 급진적 비판뿐만 아니라 대안적 성들을 긍정적으로 재현하는 매개체로 작용하고 있다.

실제로 20세기 후반부에 SF에서 대안적 성alternative sexualities에 대한 관심사가 싹트기 시작하였다. SF 내의 성에 대한 모든 가능한 묘사들에 대한 검토와 연구를 위한 작업이 중요하게 대두되었다. 육체, 젠더와 성의 개념들을 고정적인 것으로 보지 않고 유동적으로 그리는 SF의 면모들은 이분법적 정체성 해체, 경계 해체의 전략과 맞아떨어진다고 볼 수 있다. 동성애를 긍정적으로 재현함으로써 대안적 성들에 대해 생각해보도록 유도한 작품은 시어도어 스터전Theodore Sturgeon의 「잃어도 좋은 세계」"The World Well Lost"(1953)로부터인데 SF 영역에서 명백한 동성애를 제시하는 길을 열었다고 평가되고 있다(Pearson 158 참조). 즉 그 당시 정서로 수용되기에는 문제가 있었고 편집자로부터 여러 차례 거절당했던 이야기이지만 SF의 동성애 묘사에 초석을 마련한 것으로 평가되고 있다.

퀴어 이론의 진정한 목표는 고정적인 정체성들의 가치를 무효화하고 백을 흑 위에, 남성을 여성 위에, 정상적 성을 동성애위에 두는 이분법적 가치관을 해체하기 위해 사회가 급진적으로 재구성되는 미래를 가능케 만드는 것이다. SF와 퀴어 이론은 현재를 디스토피아로 보고 미래에 대한 유토피아적 희망, 즉 자신과 다른 타자의 존재를 인정하고 공존하는 세계에 대한 희망을 공유하고 있다.

SF는 관습적 젠더 역할에 대한 도전들이 시급하고 이는 지속적인 정치적 프로젝트를 구성하고 있음을 보여준다는 점에서 중요하다. 이 장르가 우리의 현재 존재를 형성하고 영향을 미치는 젠더 문제들에 복합적 시각을 제시함으로써 젠더의 구성적 성격을 탐색해보는 매개체의 역할을 해내고 있다. 다시 말해 SF는 젠더와 섹슈얼리티를 제한하기보다 확장하는 방식으로 재정의하도록 허용하며 대안적 성들을 검토하는 장이 되어왔다. 홀링거는 젠더 탐색이 SF의 주된 관

심사 중 하나로 부상되면서 팁트리 상이 제정된 점은 주목할 만하다고 주장한
다(96). 이는 SF나 판타지 중 우리의 젠더 이해를 탐색하거나 확장시키는 SF에
대해 특별히 공로를 인정하는 것이다. 1991년 제정된 이 상은 제임스 팁트리
2세의 이름을 따서 만들어진 것이다. 제임스 팁트리 2세의 원래 본명은 앨리스
셸던이며 남성필명으로 활동하였으나 자신이 여성작가라는 작가적 정체성을 밝
힘으로써 SF에서 남성작가의 글쓰기와 여성작가의 글쓰기 사이의 그릇된 경계
를 해체하는 데 도움을 주었다고 볼 수 있다.

▮ 참고문헌

Booker, M. Keith and Anne-Marie Thomas. *The Science Fiction Handbook*. London:
    Wiley-Blackwell, 2009.
Butler, Judith. *Gender Trouble: Feminism and the Subversion of Identity*. New York:
    Routledge, 1990.
Cockburn, Cynthia. *Machinery of Dominance: Women, Man, and Technical Know-How*.
    London: Pluto Press, 1985.
Haraway, Donna. "A Manifesto for Cyborgs." rpt. *Coming to Terms*. Ed. Elizabeth
    Weed. New York: Routledge, 1989. 173-204.
_____. *Simians, Cyborgs, and Women: The Reinvention of Nature*. London: Routledge,
    1991.
_____. *The Companion Species Manifesto: Dogs, People, and Significant Otherness*. Chicago:
    Prickly Paradigm Press, 2003.
_____. *The Haraway Reader*. London: Routledge, 2004.
_____. *When Species Meet*. Minneapolis: U of Minnesota P, 2008.
Hollinger, Veronica. "Feminist Theory and Science Fiction." *The Cambridge Companion
    to Science Fiction*. Eds. Edward James and Farah Mendlesohn. Cambridge:
    Cambridge UP, 2003. 125-36.

Jagose, Annamarie. *Queer Theory: An Introduction*. New York: New York UP, 1996.

Miller, Ron. *The History of Science Fiction*. New York: Franklin Watts, 2001.

Pearson, Wendy. "Science Fiction and Queer Theory." *The Cambridge Companion to Science Fiction*. Eds. Edward James and Farah Mendlesohn. Cambridge: Cambridge UP, 2003. 149-60.

Plant, Sadie. "The Future Looms: Weaving Women and Cybernetics." *Cyberspace, Cyberbodies, Cyberpunk: Cultures of Technological Embodiment*. Eds. Mike Featherstone and Roger Burrows. London: Sage, 1995. 45-64.

Roberts, Adam. *Science Fiction*. London: Routledge, 2000. Second Edition, London: Routledge, 2005.

_____. *The History of Science Fiction*. Basingstoke: Palgrave, 2007.

Schneider, Susan. *Science Fiction and Philosophy: From Time Travel to Superintelligence*. London: Wiley-Blackwell, 2009.

Seed, David. Ed. *A Companion to Science Fiction*. London: Wiley-Blackwell, 2005.

_____. *Science Fiction: A Very Short Introduction*. Oxford: Oxford UP, 2011.

Squires, Judith. "Fabulous Feminist Futures and the Lure of Cyberculture." *The Cybercultures Reader*. Eds. David Bell and Barbara M. Kennedy. London: Routledge, 2001. 360-73.

Toffoletti, Kim. *Cyborgs and Barbie Dolls: Feminism, Popular Culture and the Posthuman Body*. London: I.B. Tauris, 2007.

Wajcman, Judy. *Feminism Confronts Technology*. Cambridge: Polity Press, 1991.

3

포스트모더니즘 이론과 SF

　　포스트모더니티, 혹은 포스트모더니즘은 계몽주의 모더니티나 모더니즘으
로부터 철학적·정치적 이탈 혹은 방향 바꾸기라고 볼 수 있다.[1] 계몽주의 모
더니티 프로젝트의 근원은 역사적으로 정치적 자유주의, 세속주의, 과학적 방식
의 승리라는 맥락에서 18세기의 휴머니즘적 주체의 발흥과 역사적으로 연관되
어있다. 포스트모더니즘은 2차 대전 얼마 후 일어나기 시작한 광범위한 근간을
지닌 문화변환을 시사한다. 문화적 표현으로서 포스트모더니즘은 광범위한 범
주의 문화 산물들, 건축, 춤과 음악, 회화와 조각, 픽션 등 문화 산물들에 표현

---

1) 다른 사조들과 마찬가지로 이 용어의 의미는 지속적으로 시험되어왔다. 무엇보다도 다국적 자본
　주의에 의해 형성된 특별한 사회문화적 상황으로 인식되었고(리오타르, 보들리야르, 제임슨 등이
　대표적 예이다), 패권적 전 지구적 기술정치학의 복합체로 주변부로부터의 저항과 대립을 요하는
　상황(해러웨이, 라투르, 베스트와 켈너), 아이러니컬하게 자기반영적인 예술적 형태와 주제들(허
　천, 맥헤일) 등으로 인식되었다(Hollinger 233-34 참조). 조나단 베니슨(Jonathan Benison)은 자
　체로서의 포스트모던은 문화의 수용상 변환이 특징인 사회 상황이라고 이야기한다(141).

된 다양한 예술적, 형식적 주제적 실험들을 시사해준다. 장 프랑수아 리오타르 Jean Francois Lyotard의 1979년 포스트모던 상황 분석이론은 포스트모더니즘에서 중요한 지점을 차지한다. 포스트모던하다는 것은 계몽주의 이래 서구의 발전을 인도해오고 정당화해온 매스터 내러티브master narrative에 대한 신념을 잃는 것이 다(Lyotard, xxiv). 이러한 거대 서사grand narrative는 종교, 역사, 진보, 과학을 포함한다. 과학은 자연계를 지배하는 지식의 축적이라는 면에서 휴머니즘적 주체의 궁극적 도구이다. 과학의 효율성은 주체와 객체 사이의 절대적 범주 구분에 기반하고 있다. 이러한 범주 구분은 포스트모던 상황에서 점차 의미를 잃고 있다. 리오타르의 포스트모던의 구성은 인식론적 가능성과 관련된 것으로 볼 수 있는데, 즉 우리가 우리 자신과 세계에 대해 알게 되는 방식들에 관한 것으로 볼 수 있다(Hollinger, 239). 거대 서사의 영향력이 점차 줄어드는 하나의 성과는 주변부 담론이 주목받기 시작하는 것이고, 이를테면 여성 작가들의 SF가 번성한 것을 예로 들 수 있다. SF가 남성작가 중심이고 관습적으로 남성적 이야기라는 관념을 깬 것은 부분적으로 포스트모던적이라고 정의될 수 있다. 또한 페미니스트 프로젝트인 급진적인 이론적 재사고와 해체주의적 실행은 포스트모더니즘과 연결되는 특성이 된다.

　　리오타르는 전 지구적 경제에서 지식의 상업화를 인식하였는데 그의 관점은 제임슨의 신마르크시스트적 분석, 즉 포스트모더니즘을 후기 자본주의의 문화 논리로 분석한 입장과 상호작용한다. 제임슨은 다국적 자본주의, 미국의 저급한 미디어 문화의 충만, 물신숭배(페티시즘)의 지배 등의 특징을 지니는 포스트모던 상황에 주목한다. 제임슨에게 포스트모더니즘은 우리 당대의 "문화 지배자"cultural dominant이며 오늘날의 모든 문화적 표현을 형성하는 힘이다(Jameson 4 참조). 그는 모든 문화 현상, 문화적 표현을 형성하는 힘에 주목하면서 포스트모던 문화는 외면 스타일에 대한 집중과, 감정적 감성의 결여, 역사적 지속성에 대한 감각 상실 등으로 인식될 수 있다고 지적한다. 제임슨에게 이러한 관점에서 사이버펑크는 포스트모더니티의 정수가 되는 가공적 표현이었고 『뉴로맨서』는 포스트모더니즘의 정수가 되는 사이버펑크 소설이었다. 제임슨은 고급문화와 SF를 포함한 저급한 대중문화 사이의 구분이 점차 해체되어가는 것에 주목하여, 이러한 예술적 포퓰리즘은 긍정적 발전이 아니라 우리의 성스러운 고급문화 아이콘들의 가치절하와 상품화에 이르게 한다고 보았다(2). 많은 포스트모더니즘 지지자들은 제임슨의 평가를 받아들이면서도 포스트모더니즘을 민주적 방향의 발전으로 환영하였다. 이러한 맥락에서 포스트모더니즘은 SF와 같이 주변화 되었던 문화적 형식에 관심을 집중하는 데 도움을 주었다.

고급문화와 저급문화 사이의 경계 약화의 주목할 만한 결과는 SF 이미지들과 아이디어들이 포스트모던 문학 텍스트들 속에 자주 포함되고 있다는 것이다. 이러한 포스트모던적 사색소설들에서 SF는 추론적 서술 장르라기보다는 현재, 즉 고도의 산업사회의 최근 발전들에 대해 이야기하는 한 방식으로서, 현재에 대한 비유적 담론으로 간주된다. 제임슨이 지적한 역사적 연속성의 상실을 보여주는 포스트모던 상황을 비판적으로 보여주는 셈이다.

해러웨이나 보들리야르, 제임슨, 베스트와 켈너Best and Kellner가 지적했듯이, 인간 삶에 미치는 과학기술의 영향은 포스트모더니즘의 조성요소 중 하나로 지적되어왔다. 특히 생식기술, 생명의학 공학, 인공지능, 커뮤니케이션 기술들, 군사통제 작전시스템들 연구를 둘러싼 윤리적·이데올로기적 전투들 등 서구 사회의 과학기술 진보는 포스트모더니즘의 발흥과 밀접한 연관이 있다. 기술과학technoscience이라는 용어는 이제 초국가적 자본주의와 전 지구화된 정치 환경에서 전통적 순수과학과 응용된 기술사이의 구분이 더 이상 유효하지 않다는 것을 의미한다(Hollinger 233). 지식은 권력과 뒤얽혀있고 이제 기술과학은 객관적이지도 가치중립적이지 않으며 정치적·문화적 실행이라고 볼 수 있다.2)

---

2) 브뤼노 라투르(Bruno Latour)의 과학기술에 대한 관점은 『브뤼노 라투르의 과학인문학 편지』에서 잘 드러난다. 그는 과학기술의 자율성이라는 개념을 전면적으로 검토하면서 과학기술은

과학기술의 발전은 점점 더 우리의 삶을 SF 자체로 만들고 있다. SF는 대중적 장르를 지칭할 뿐만 아니라 점차 늘어나는 광범위한 문화적 묘사와 분석의 방식을 언급한다. SF는 후기산업사회에 사는 사람들의 일상적 의식의 양상이 되었으며 기술적 가속도가 일상적 의식 너머로 가고 있다는 인식 속에 가치관과 물적 상황의 변형에 대해 고민하고 근심하게 만들고 있다. 또한 최근의 과학기술 발전은 SF와 과학적 사실 사이의 간극이 점차 좁아지고 있으며 문학적 상상력과 과학도 융합되어가도록 촉진하고 있다. 이는 또한 SF 자체의 포스트모던 상황이라고 볼 수 있으며, 미래 지향적 서술 장르인 SF의 지속되는 문화적 기능에 대해 다시 생각해보게 만든다. 콜린 밀번Colin Milburn은 과학소설과 과학의 경계가 실상 불분명해지는 상황을 맞고 있다고 지적하면서(284), 특히 나노기술을 다룬 텍스트들이 전통적인 휴머니즘에 도전하는 구체적 실례들을 언급하면서 새로운 육체나 문화의 탄생 가능성을 제시하고 있다.   ·

나노 내러티브는 유토피아적 비전을 제시하건 대재난의 악몽을 그리건 간에 반복적으로 인간 육체의 균형을 깨는 관점에서 미래를 그림으로써 전통적 인간주의적 해석에 저항한다. 스티븐슨의 『다이아몬드 시대』(1995)에서 드러머들의 성애화된 집단의식으로부터 딘 쿤츠의 『한밤중』(1989)에서 늑대로의 변형, 캐스린 앤 구난의 『퀸 시티 재즈』(1994)에서 "생명이 부여된" 도시구조와 육체구조의 침투성, 그렉 베어의 『블러드 뮤직』(1994)에서 전체 인구가 지각력을 지닌 갈색 진흙의 소용돌이 판으로 변형되는 것에 이르기까지 나노 내러티브의 포스트휴먼 육체들은 결코 안정적이거나, 이상화되거나, 규범적이거나, 제한적이지 않으며 포스트휴먼 육체성에 대한 허용치들은 나노기술적 상상만큼이나 광범위하다. 나노로직은 인간육체의 경계들이나 배열을 분산시키고 자연이나 문화에 의해 주어진 형체들에 연루되지 않고 육

자체로 자율적이거나 중립적인 개념이 아니라 역사, 문화, 문학, 경제, 정치와의 '관계 속에서' 파악해야 함을 역설한다(20).

체를 재건한다. 그러므로 나노기술은 동시대 담론이자 미래의 물질과학으로
서 포스트휴먼 공학의 도구이다. (287)

밀번의 지적대로 나노펑크 텍스트에서 이러한 인간 육체의 전이들, 이에 따른
인간 개념의 변화를 쉽게 발견해낼 수 있다. 즉 기술발전에 따른 포스트휴먼 시
대 인간의 정체성은 제도들, 기술들, 기호체제들, 권력관계들의 복합적 배치 안에
서 구성되는 과정이자, 통합적 실체로 규정되기 어렵다는 점을 보여준다. 이러한
SF의 특성들은 포스트모더니즘의 특징들과 상통하는 면이 있다고 볼 수 있다.

포스트모더니즘과 SF

포스트모더니즘처럼 SF도 정의와 재정의가 지속적으로 이루어지는 용어라
고 볼 수 있다. SF는 이야기의 기반이 실제과학이건 유사과학이건 간에 개연성
이 있어야 하고 이러한 점에서 19세기의 이성과 과학의 진전과 함께 발생한 장
르로 간주되었다. 첫 세대 미국의 대표적 SF 작가들, 예를 들면 아이작 아시모
프, 로버트 하인라인, 아서 클라크 등은 황금시대를 대변하게 되었고 이 기간
동안 과학적 방식은 이들의 글쓰기 미학, 형식적 특질, 주제들에 제시되었다. 황
금시대 SF의 특징이라면 투명한 산문 문체, 논리적 결론으로 유도되는 직선의
인과 관계로 이루어진 서술 전개, 인간의 지성과 이성에 대한 주제에 몰두, 지
구라는 제한된 환경을 벗어나 승리에 찬 확장을 이루는 데 대한 낙관적 믿음이
었고, 홀링거는 이러한 관점에서는 SF는 포스트모던화의 후보가 되지 못할 것
처럼 보인다고 지적하기도 한다(243).
그러나 본격적으로 포스트모더니즘과 연관된 SF는 1970년대에 그 예들을
볼 수 있다. 사무엘 델라니의 헤테로토피아 소설인 『트라이톤』, 『트라이톤 행성

에서의 곤경』, 조애나 러스의 페미니스트 풍자인 『피메일 맨』 등을 예로 들 수 있다. 델라니의 텍스트는 복잡하고 밀집한 언어사용을 통해 현실의 복합성을 표현코자 했다. 먼 미래에 성의 변환을 일상적인 것으로 만들어버린 사회, 육체를 옷처럼 입는 사회, 그래서 사회적 육체는 두 젠더 이상의 많은 정체성들을 인식하게 되는 사회에서 정체성이나 삶을 선택할 수 있는 수는 다양하다. 도시 또한 전적으로 인위적이고 고도로 진전된 기술로 구성된 공간이다.

러스의 『피메일 맨』은 그야말로 형식적으로 포스트모던 메타픽션이며 단일 여성 주체를 파편화시키는 서술을 통해 자의식적으로 구성되어있다. "J"는 평행 세계들에 존재하는 네 개의 다양한 인격체들이며 조애나(소설작가), 지니(작가의 여성적 버전), 자엘(맨랜드와 우먼랜드 사이의 지속적 전투에서 활약하는 암살 에이전트), 자넷(화일어웨이라는 여성만 거주하는 유토피아적 행성으로부터 온 사절)이 실제로 동일 인물의 각기 다른 버전이다. 네 명의 주인공들은 소설 안에서 서로 상호작용하는데 사회 관찰자, 해방된 여성, 역사가, 투사라는 역할들이 서로 뒤섞여있으며 이러한 뒤섞임에 맞게끔 소설은 인터뷰 원고로부터 일인칭 서술에 이르기까지 다양한 방식을 혼합한 형태를 취하고 있다. 러스의 소설 형식 실험은 혁신적이며 네 명의 여성이 다른 시간대의 평행 세계로부터 이야기를 진행하면서 모두 상호작용하는 양상은 독자로 하여금 지속적으로 이야기들을 비교 대조하도록 유도하고 있다.

형식적으로 실험적인 SF가 드물었지만 SF의 포스트모던화의 징후 중 또 하나는 자기 반영성self-reflexivity이다. 자기 반영적 텍스트는 무엇에 대해 쓰던 내러티브가 자신들에 대한 것인 것이다. 장르로서 SF는 이러한 자기 반영성이 많이 주어진 장르는 아니었으나 장르의 오랜 수사와 관습들을 발전시켜오면서 일종의 비판적 혹은 장난스러운 재평가의 적절한 대상이 되었다. SF 작가들이 초기의 장르적 관습들을 바꾸고 인용하고 패러디하고 탐색하는 것에서 이를 볼 수 있다. 이를테면 포스트모던 SF 작가들은 선배작가들이 관습적으로 받아들인 규율들을 자의식적으로 의문시하게 되었다. 근자의 예는 존 케셀John Kessel의 시간여행 이야기 「침입자들」"Invaders"(1991)이다. 이 이야기는 병치된 시간 사이트들을 중심 구조로 삼고 있다. 1532년 피자로와 그의 사제들 및 군인들이 페루를 침공했고 잉카 제국을 완전히 멸망시킬 것을 제시한다. 2001년에 우호적이고 재미있는 외계인들인 크렐Krell³)이 워싱턴 레드스킨의 축구경기 한가운데 도착한다. 제삼의 시간 흐름인 "오늘"에서는 SF 작가가 우리가 읽고 있는 이야기를 자기 책상에 앉아 집필하고 있다. 이 작가는 자신인 존 케셀과 흡사하다. "오늘"에 배정된 핵심 구절에서 작가는 SF 읽기와 쓰기의 행위에 대해 숙고한다. 「침입자들」에서 "작가"를 자신의 소설 인물로 구성한 것, 이 작품을 쓰는 행위과정에 있는 자신을 인물로 구성한 것은 자기반영성을 보여주는 예이며 소설 속 여러 단계의 다른 사실들 사이의 포스트모던적 상호작용을 더 부각시키는 효과가 있다.

SF는 항상 장르상 상호텍스트성이 있는 장르로서 다른 작가들의 아이디어나 관습 등을 빌려 오고 수정하는 경향이 있다. 이를테면 스페이스 오페라의 부활을 볼 수 있으며, 새로운 바로크 스페이스 오페라로 불리는 장르에서, 광범위하고 복합적인 먼 미래들은 엄청나게 다양한 포스트휴먼 캐릭터들이 거주하고 있는 것을 볼 수 있다. 이 텍스트들은 급진적 하드 SF라고 불리며 그렉 이건, 폴 맥큐리Paul J McAuley 등과 같은 작가들의 활약을 볼 수 있다. 또한 브루스 스털링의 먼 미래 사이버펑크 소설인 『스키즈매트릭스』(1985)는 이러한 부활의 초기 예 중 하나이며 이후 댄 시먼스의 『히페리온』(1989), 콜린 그린랜드Colin Greenland의 『플렌티의 반환』Take Back Plenty(1990), 알라스테어 레이놀즈Alastair Reynolds의 『구원의 방주』Redemption Ark(2002), 찰스 스트로스의 『특이점 하늘』Singularity Sky(2003) 등이 대표적 예들이다. 이러한 작품들은 SF의 가장 오랜 서브장르이자 가장 폄하되어온 것 중 하나인 스페이스 오페라를 새로운 방향으로 부활하는 데 기여했고 대부분 기술과학이 중심인 현재의 믿을 수 없는 복합적

---

3) 1950년 고전 영화 <금지된 행성>에서 이름을 따온 것이다. 크렐은 20만 년 전에 갑자기 이유를 알 수없이 멸종된 고도로 우수했던 종족으로 연구 대상이 되어 있다.

성격들을 되돌아보게 만드는 미래를 구성하고 있다.

포스트모던 스페이스 오페라도 주목할만한데, 이 이야기의 형태는 고전 스페이스 오페라의 서사시적 범주에까지 이르지만 냉철한 냉소주의, 루리타니아 스페이스 오페라의 자기 보존적 실용주의보다 더 깊은 냉소주의가 특징이며, 인류의 미래에 대해 음울한 비관론을 볼 수 있다. 포스트모던 스페이스 오페라는 인간과 인조인간 같은 외계인들 대신에 지능이 있는 생명체의 다양한 형체들을 포괄한다. 인간, 외계인, 기계, 혹은 이런 존재들의 조합들이나, 진화와 기술, 혹은 생명공학에 의해 만들어진 조합들 등 극단의 다양한 형태의 생명체들을 포괄한다. 또한 인간이 지배자가 아니거나 이동 수단이 우주선이 아닌 다른 수단이며 풍부한 문학적 문화적 암시들을 볼 수 있다(Westfahl 206). 이 장르에서는 도피적 모험의 요소와 병치된 진지한 사고를 볼 수 있는데, 이러한 특질들을 포스트모던이라고 이름붙일 수 있는지 문제점도 있으나 포스트모던 스페이스 오페라는 스페이스 오페라가 더 복합적으로 발전하고 있음을 보여준다.

점차 포스트모던 소설과 SF 사이의 경계는 흐려져서 텍스트적 혼종들이 나오는 추세를 볼 수 있다. 장르의 경계들은 희미해지고 다른 장르의 텍스트들의 지속적인 침입을 막기는 불가능해졌다. 과학 철학자이자 사회학자인 브뤼노 라투르Bruno Latour는 다양한 육체들과 대상들, 세계에서의 관계들을 범주화, 차별화, 구분화, 분류화하려는 근대 계몽주의의 지속적 노력들은 예외들의 번성the proliferation of exceptions을 초래했다고 지적한다(50). 오늘날 이러한 예외들의 예는 SF에 풍부하게 존재한다. 프랑켄슈타인의 피조물처럼 이것도 저것도 아니고 순수주의자들의 눈으로 볼 때 고정된 장르 집단에서 퇴출되어야 할 존재들을 볼 수 있다. 포스트모던의 징후아래 이 예외들이 새로운 종류의 기준으로 구성되기 시작했다. 최근의 혼성 텍스트의 예 중 하나는 차이나 미에빌의 판타지 사이언스 공포소설, 『퍼디도 스트리트 정거장』Perdido Street Station(2000)을 예로 들 수 있다. 이 텍스트는 어디에도 속하지 않는 장르로서 톨킨의 판타지를 넘어서려는 시도를 볼 수 있다. 인물들의 다양성, 즉 평범한 인간, 곤충 인간, 기술적 지능들, 여러 다른 창조물들 같은 인물들과 이들 모두가 거주하는 뉴 크로부존New Crobuzon이라는 환상적 도시의 말할 수 없는 복합성과 임의적 성격 등은 텍스트의 혼종성을 반영한 것으로 보인다. 미에빌은 SF 판타지, 공포물의 혼성 장르적 속성을 활용하여 SF적이지만 정통 SF와는 차별성을 보이고 있다. 포스트모더니즘의 영향으로 예외 장르들은 지속적으로 번성하고 그 과정에서 SF는 풍요하고 새로운 방향들로 지속적인 변형을 겪어나가고 있다.

홀링거는 이러한 변형들의 매우 중요한 것 중 하나가 윌리엄 깁슨의 최근 소설에서 잘 제시되어있다고 지적한다(245). 『패턴 인식』Pattern Recognition(2003)은 미래의 현재future-present에 대한 사실주의 소설이다. 2002년 런던, 도쿄, 모스크바에서 이야기가 전개되며 패턴이나 의미를 탐지해내려는 인간의 욕망, 의미 없는 데이터에서 패턴을 찾아내려는 위험 등을 다루면서 역사해석의 방법들, 브랜드명과 친근한 문화, 예술과 상업화의 관계 등을 포함하고 있다. 기술과 상품의 가공세계속의 모든 것, 즉 여행과 커뮤니케이션의 고속 기술들, 다국적 기업들의 내밀하고 미궁 같은 사업들, 컴퓨터가 매개하는 가상의 관계들 등을 통해 액션의 많은 부분들이 진행되고 있다. 이는 이미 우리의 기술 문화적 환경의 부분이 되고 있기에 텍스트는 우리에게 현재가 이미 미래에 의해 침투되고 있다는 것, 이미 SF의 자료들이 되고 있다는 것을 극화시키고 있다.

포스트모더니즘과 사이버펑크

SF의 가상적 세계에 대한 디테일에서 포스트모던의 징후들을 더 많이 발견해낼 수 있다. 홀링거에 따르면 윌리엄 깁슨의 『뉴로맨서』의 출판과 더불어 SF는 공식적으로 포스트모던이 되었다(236). 깁슨의 소설과 사이버펑크 운동의 결과 많은 비평가들이 1980년대 후반과 1990년대 초반 밀레니엄의 전환기에 SF가 포스트모던 상황을 특별하게 표현한 것으로 보았다.[4] 아울러 많은 SF 학자들이 포스트모던 이론에서 SF를 이해할 수 있는 새로운 틀을 발견하였다. 깁슨의 사이버스페이스는 우리의 물적 세계체험을 점차 대체해가는 가상현실의 설득력 있는 구성뿐만 아니라 광대하고 복합적인 데이터 웹으로서 새로운 포스트모던 공간으로 수용되었다. 사이보그, 인공지능, 클론의 포스트휴먼적 존재방식에 대해 찬양도 비난도 하지 않은 깁슨의 중립적 관점은 인간과 고도기술이 필연적으로 공진화할 수밖에 없음을 보여주는 예가 되었다.

　　SF는 직접적으로 포스트모더니즘에 대한 이론적 저술들에 영향을 미쳤다. 장 보들리야르는 하이퍼리얼hyperreal의 사회철학자로서 포스트모던적 상황을 SF적 가상현실의 상황으로 보았다. 보들리야르는 포스트모더니즘의 특성을 분열된 개인으로 규정한다. 즉 개인은 삶의 속도가 기하학적으로 증가하는 환경, 이미지들, 메시지들, 커뮤니케이션을 위한 여러 시도들로 채워진 환경에서 개인의 말살을 경험하게 된다.[5] 시뮬레크럼simulacrum 이론은 이미지가 실재를 대체하여, 포스트모던 시대에 이미지가 모든 것이 되고 모사품이 실재를 대체하는 것이다. 예로서 실제 선거보다 여론조사가 더 중요해지는 등을 들 수 있다. 실제를 모방한 이미지인 시뮬라크르가 실재를 만들어내고 있고 그 시뮬라크르끼리도 서로를 시뮬라시옹하여 또 다른 이미지를 생성한다. 쉽게 말해 시뮬라시옹은 가상현상, 시뮬라크르는 그 가상현상을 만드는 이미지나 사물들을 말한다.[6]

---

4) 홀링거는 『뉴로맨서』 외에도 루이스 샤이너의 『프론테라』(*Frontera*, 1984), 브루스 스털링의 『스키즈매트릭스』(1985), 루시우스 세퍼드(Lucius Shepard)의 『전시의 삶』(*Life During Wartime*, 1987), 팻 캐디건의 『시너즈』(1991) 등이 초국가적 과학기술과 전 지구적 합병이라는 맥락에서 가상적 삶을 정확히 재현하고 있다고 지적한다(236).

5) Jean Baudriilard. *The Ecstasy of Communication*. New York: Semiotext, 1988. 26-28 참조.

6) Jean Baudirllard, "Simulation and Science Fiction." Trans. Arthur B. Evans. *Science Fiction Studies* 18.3 (1991): 309-13. 참조. 이후 SF에 대한 보들리야르의 견해도 이를 참조로 논하였다.

보들리야르는 고도의 초국가적 자본주의와 전 지구화된 멀티미디어로 구성된 고도기술 세계는 끝없는 이미지와 실재의 징후들을 점차 지워가는 유사 사건들의 증식과 순환으로 정의된다고 본다. 시뮬레이션이 실제를 대치하고 복사본이 원본을 없애는 것이다. 이는 제임스 팁트리의 「접속된 소녀」에서 묘사된 스펙터클 중심 사회와 유사하다. 이 작품에서 미디어 스타들은 거대기업 대표들에 의해 조정되며 이들은 소비주의가 만연한 미래에서 상품을 팔기위한 살아있는 광고들로 고용된다. 이는 많은 사이버펑크 소설에서 볼 수 있는 것과 같은 세계이고 그 세계에서는 이미지가 물질적 실재보다 더 강력할 경우가 많으며 실제 세계의 육체 구현은 인물들에 의해 포기되기도 하는데, 이를테면 『시너즈』의 버추얼 마크는 육체가 없는 디지털적 존재를 더 선호하는 것이다.

보들리야르에 따르면 세계의 구축world building에 추론적 접근으로 주목할 만한 고전 SF는 지금 불가능한 것이다. 보들리야르는 19세기와 20세기의 식민화와 우주탐색의 이야기같이 오래되고 좋은 SF의 상상력은 죽었으며 어떤 다른 형태의 것이 나오고 있다고 보고, 현재 실재의 상실에 대응하여 나온 SF는 문화적 재현의 주요 형태라고 보았다. 이러한 종류의 SF는 다른 데 있지 않고 사방에 있다는 것이다. 특히 필립 K 딕의 시뮬레이션에 대한 풍자적 판타지인 『시뮬라크라』The Simulacra(1964)와 제임스 그레이엄 발라드James Graham Ballard의 테크노그래픽 소설 『크래시』Crash(1973)는 하이퍼리얼한 현재를 설득력 있게 전달하고 있다고 보았다. 이제 실재는 향수의 대상으로만 존재하는 것으로 재현됨이 특징이다.

캐서린 헤일즈의 경우는 이미 우리가 포스트휴먼이 되었다고 가정하고 유기체와 시뮬레이션, 인공지능 체제 사이에 경계를 두지 않는다. 정보기술 연구와 문화사 연구방식을 결합한 방법론(과학과 인문학의 결합)으로 정보는 어떻게 육체를 벗어버리도록 만들었는가, 사이보그의 기술적 문화적 구성이 어떻게 이루어지는가, 인공두뇌학 담론에서 자유주의 휴머니즘적 인간주체가 어떻게 분해되는가를 분석한다. 헤일즈는 포스트휴머니즘의 '포스트'의 개념이 종결이 아니라 진행되고 있는 변형과 변화의 과정을 함축하고 있음에 초점을 둔다(Hayles 283-91 참조).

일레인 그레이엄Elaine L Graham도 같은 맥락에서 마이크로 칩스, 유전자 변형, 클로닝, 정보기술의 새로운 발견들은 모두 인간과 동물, 기계 사이의 경계선에 대해 의문을 던지게 하며 인간의 육체를 새로이 구성하게 함에 주목한다. 그레이엄은 이러한 새로운 기술들이 어떻게 인간성에 대한 우리의 가장 기본 생각들에 도전하게 만들며, 대중문화와 창조적 예술 안에 어떻게 이러한 문제들이 표현되는가를 탐색한다. 즉 프로메테우스의 신화와 프랑켄슈타인의 괴물에서 포스트모던 SF에 이르기까지 환상적 창조물들이 서구 신화, 종교, 문학에 내재해있다고 보는 것이다(Graham 1-17 참조). 이들은 인간이 지닌 창조적 잠재력, 혹은 한계에 대한 현재의 논의와 연결된다.

특히 포스트모더니즘 이론들에서 발견되는 포스트휴먼시대 인간의 육체나 정체성의 문제는 하나의 창구로 접근하기 힘든 실체로 되고 있다. 이러한 특성은 SF를 통해 가장 잘 구현되고 있다. 이러한 관점에서 사이버펑크는 근미래 고도기술 세계의 가공적 구성들을 통해서 인간에 대한 관습적 생각들이 포스트모더니즘의 맥락에서 해체되는 하나의 방식을 표현한 것으로 읽힌다. 포스트모던 시기와 상황은 인간을 관습적 계몽주의 주체로 보던 것에서 종말을 향해가는 것으로 보고 있다. 인간을 안정되고 고정된 범주로 이해하던 방식은 급진적 변형을 보인다. 특히 사이버펑크 이야기들은 탈자연화denaturalize의 과정을 상상하여, 인간을 문자 그대로 포스트휴먼으로 변형시키며, 이는 낯설게 하기, 즉 SF의 본질적 특성인 낯설게 하기의 책략보다 더욱 급진적인 면을 지닌다(Hollinger 237 참조).

린다 허천Linda Hutcheon은 포스트모던의 초기관심은 우리 삶의 방식의 주된 특질 중 어떤 부분을 탈자연화하는 것이라고 본다(2). 이러한 부분들은 자본주의, 가부장제, 자유주의 휴머니즘 등을 포함할 수도 있다. 사이버펑크에서 유기체와 비유기체 사이의 경계는 불분명하며 탈자연화는 도처에서 발견되는 특징이다. 탈자연화는 『뉴로맨서』의 첫 문장, "항구 위 하늘의 색은 죽은 채널에 맞춰진 텔레비전의 색깔이었다"(Gibson 3)에서 잘 제시되어 있다. 인간과 자연 양자의 변환은 당대 하드 SF들에서 지속되며 이는 급진적 하드 SF로 불리기도 한다. 예를 들면 그렉 이건은 『디아스포라』 *Diaspora* (1997)에서 아주 먼 미래에 포스트휴먼들은 다양한 디지털 상태로 존재하는데 이들을 전통적 "인간"으로 보기 어렵다. 일부 플레셔들fleshers만이 관습적 인간의 육체를 지니고 있을 따름이다. 일부 유기체에 기반을 둔 활기찬 자들exuberants의 육체들은 효율성과 장수를 위해 급진적으로 변형되었다. 일부는 글레이스너 로봇Gleisner robot이라고 불리는 비유기체적 육체에 거주하고 있다. 이 작품의 주 인물들은 육체가 없고 셰이퍼들shapers이라고 불리는 지능을 지닌 소프트웨어 시스템들이며 이들은 디지털 공동체들로 이루어진 가상환경에 거주한다. 이들의 안전은 다중적 백업 카피들을 만들어내어서 모든 태양계에 걸쳐 퍼져있는 장소들에 보관됨으로써 보장된다. 이건이 그리는 먼 미래에는 유기체, 비유기체, 육체를 지닌 인간과 디지털적 존재 사이의 대립이 사라진 가상의 세계를 볼 수 있다.

필립 K 딕은 포스트모던적 낯설게 하기의 거장으로 인식되어왔고 사이버펑크에 결정적 영향력을 준 작가로 인식되어왔다. 포스트모던 기술문화의 잠재력, 즉 모든 것을 포괄하는 시스템이 인간세계와 자연계를 어떻게 지배하고 있는가를 편집증적으로 극화하였기 때문이다. 그의 영향력은 사후에도 지속되어서 다국적 자본주의와 최첨단 기술과학의 교두보에서 제작된 영화들의 플롯 요소들을 지속적으로 제공하였다.[7]

---

7) <블레이드 러너>, <스크리머스>, <토탈 리콜>, <마이너리티 리포트>, <페이첵> 등이 대표적 예이다.

잭 워맥의 근미래 소설도 기업이 다른 정치 경제 기관보다 훨씬 강력한 힘
이 있는 세계, 미디어의 혼미와 경제적 억압이 지배질서인 세계를 제시하고 있
는데, 사이버펑크에서 제시된 미래의 양상들과 상통한다. 워맥의 세계가 평균
사이버펑크 미래보다 더 낮은 기술사회이나, 점점 더 불투명한 미래 담론의 구
성은 리오타르와 제임슨의 포스트모더니즘론의 주장과 유사하다. 예를 들면 잭
워맥의『엘비시』(1993)는 2033년 디스토피아를 배경으로 하며, 이 가공의 세계
는 드라이코에 의해 지배되는데, 드라이코는 전 지구적 지배를 위해 가차 없이
자신들의 계획을 실행하는 다국적 기업이다. 인구의 대부분은 엘비스의 교회the
church of Elvis의 다양한 분파에 속해있고 그들은 자신들의 세계를 새로이 해줄
새로운 구세주로 엘비스의 귀환을 기다리고 있다. 워맥은 이처럼 대중들의 상상
력을 장악하고 있는 엘비스 프레슬리의 지속적 힘을 탐색하는 과정에서 인간을
조정하는 거대 서사의 힘과 인간의 자기 망상에 대한 풍자적 비판을 수행하고
있다. 드라이코는 지금 엘비스를 둘러싸고 있는 사후의 명성과 신화를 없애기
위해 대체역사를 이용하기로 한다. 즉 드라이코 기업 요원들은 어린 엘비스 프
레슬리를 납치하려고 느린 우주slow universe로 여행하는데 그들은 빠른 우주fast
universe에서 자신들과 경쟁하기 시작하는 엘비스에 대한 숭배를 물리치기 위해
서 이러한 여행을 하는 것이다.
   이러한 이야기들은 평행 세계가 여러 타임라인을 따라 존재할 수 있음을
제시하고 있으며 역사나 현실에 대한 복합적인 시각과 관점을 갖도록 유도한다.
1954년 느린 우주의 대체 엘비스의 실체는 성적 포식자sexual predator로서 진짜
엘비스와 아주 다른 존재이다. 어떤 경우건 진짜 엘비스조차도 항상 그의 팬과
신도들의 구성물이었다. 대체 존재인 엘비스는 자신이 납치되어가게 된 세계의
무질서한 현실에 혼란스러워져서 이 모든 게 SF라는 결론 외에는 그의 혼란을
표현할 방식이 없다. 엘비스 추종자들 위에 있는 엘비스의 힘을 조정하고 이용
하기 원하는 드라이코 임원들은 엘비스가 대중 SF를 선호하는 사실을 두려워한

다. 즉 대체 엘비스의 SF 선호는 자신들이 원하는 엘비스의 이미지에 아무런 기여도 하지 못함을 두려워한다. 대체 엘비스는 드라이코가 지배하는 사회를 벗어나기 위해 모든 위험을 감수하는데, 이러한 가짜 엘비스조차도 드라이코 세계의 반인간주의적 세상과 비교해볼 때 심리적으로 건강하고 도덕적으로 정상임은 전 지구적 독점기업이 지배하는 어두운 미래에 대한 풍자를 보여준다. 이는 곧 우리의 현재, 즉 전 지구적 자본주의와 독점기업의 문제점들을 파악하고 그 대응책에 대해 생각하도록 각성을 유도하는 효과가 있다.

▎참고문헌

브뤼노 라투르. 『브뤼노 라투르의 과학인문학 편지』. 이세진 옮김. 서울: 사월의책, 2012.

Badmington, Neil. *Alien Chic: Posthumanism and the Other Within*. London: Routledge, 2004.

Balsamo, Anne. *Technologies of the Gendered Body: Reading Cyborg Women*. Durham: Duke UP, 1999.

Baudrillard, Jean. "Simulation and Science Fiction." Trans. Arthur B. Evans. *Science Fiction Studies* 18.3 (1991): 309-13.

_____. *The Ecstasy of Communication*. New York: Semiotext, 1988.

Bell, David. *Cyberculture Theorists*. New York: Routledge, 2007.

_____ and Barbara M. Kennedy. Eds. *The Cybercultures Reader*. London: Routledge, 2001.

Benison, Jonathan. "Science Fiction and Postmodernity." *Postmodernism and the Reading of Modernity*. Eds. Francis Barker, Peter Hulme and Margaret Iversen. Manchester: Manchester UP, 1992. 138-58.

Best, Steven and Douglas Kellner. *The Postmodern Adventure: Science, Technology and Cultural Studies at the Third Millenium*. New York: Guildford Press, 2001.

Braidotti, Rosi. *Nomadic Subjects: Embodiment and Sexual Difference in Contemporary*

Feminist Theory. New York: Columbia UP, 1994.

_____. *Metamorphoses: Towards a Materialist Theory of Becoming*. Cambridge: Polity Press, 2002.

Butler, Andrew M. "Postmodernism and Science Fiction." *The Cambridge Companion to Science Fiction*. Eds. Edward James and Farah Mendlesohn. Cambridge: Cambridge UP, 2003. 137-48.

Cockburn, Cynthia. *Machinery of Dominance: Women, Man, and Technical Know-How*. London: Pluto Press, 1985.

Gibson, William. *Neuromancer*. New York: Ace, 1984.

_____. *Pattern Recognition*. New York: Putnam, 2003.

Gramham, Elaine L. *Representations of the Post/Human Monsters, Aliens and Others in Popular Culture*. New Brunswick. Rutgers UP, 2002.

_____. "Cyborgs or Goddesses?: Becoming divine in a cyberfeminist age." *Virtual Gender: Technology, Consumption and Identity*. London: Routledge, 2001. 302-22.

Haraway, Donna J. *Simians, Cyborgs, and Women: The Reinvention of Nature*. London: Routledge, 1991.

Hayles. N. Katherine. *How We Became Posthuman: Virtual Bodies in Cybernetics, Literature, and Informatics*. Chicago: Chicago UP, 1999.

Hollinger, Veronica. "Science Fiction and Postmodernism." *A Companion to Science Fiction*. Ed. David Seed. London: Wiley-Blackwell, 2005. 232-47.

Hutcheon, Linda. *The Politics of Postmodernism*. London: Routledge, 1989.

Istvan, Ciscicsery-Ronay, Jr. "The SF of theory: Baudrillard and Haraway." *Science Fiction Studies* 18.3 (1991): 387-404.

Jameson. Fredric. *Postmodernism or, The Cultural Logic of Late Capitalism*. Durham: Duke UP, 1991.

Latour, Bruno. *We Have Never Been Modern*. Trans. Catherine Porter. Cambridge: Harvard UP, 1993.

Lévy, Pierre. *Collective Intelligence: Mankind's Emerging World in Cyberspace*. Trans. Robert Bononno. Cambridge: Perseus Books, 1999.

Lyotard, Jean-François. *The Postmodern Condition: A Report on Knowledge*. Trans. Geoff Bennington and Brian Massumi. Minneapolis: Minnesota UP, 1984.

Milburn, Colin. "Nanotechnology in the Age of Posthuman Engineering: Science Fiction as Science." *Configurations* 10.2 (2002): 261-95.

Plant, Sadie. "The Future Looms: Weaving Women and Cybernetics." *Cyberspace, Cyberbodies, Cyberpunk: Cultures of Technological Embodiment*. Eds. Mike Featherstone and Roger Burrows. London: Sage, 1995. 45-64.

Westfahl, Gary. "Space Opera." *The Cambridge Companion to Science Fiction*. Eds. Edward James and Farah Mendlesohn. Cambridge: Cambridge UP, 2003. 197-208.

4

테크노오리엔탈리즘 이론과 SF

테크노오리엔탈리즘은 데이비드 몰리David Morley와 케빈 로빈스Kevin Robins
가 만들어낸 용어로 1980년대 일본 경제가 최고조로 달했을 때 나타난 반 일본
anti-Japan 그리고 반 동아시아 인종주의anti-East Asian racism의 형태를 지칭하는
용어로 사용되었다(Morley and Robins 147-73 참조). 몰리와 로빈스에 따르면 PC나
워크맨, 비디오 게임 등과 같은 새로운 기술들에 대해 점차 증가하는 양가적 태
도는 황화yellow peril 개념에 기반을 둔 예전의 상투적인 동아시아인과 연결되어
있다는 것이다. 그런데 황화는 아시아인들이 서구문명을 정복할 수도 있다는 공
포감이며 그 기원은 13세기 칭기즈칸이 유럽을 침공했던 때까지 거슬러 올라간
다. 19세기에는 사회주의적 다위니즘, 맬서스의 인구론, 제국주의가 지속될 수
있을까에 대한 근심, 미국사회의 중국계 이민을 둘러싼 위협감 등이 합쳐져서
미국판 황화를 생성해내었다(Park 7). 미국과 영국, 호주의 지식인들은 천연자원
이 제한적 상황이 될 경우 아시아 국가들의 인구 증가와 "원시적"(즉 비 서구의)

인종들이 더 우월한 백인종을 지배하려는 자연적 성향으로 인해, 통제되지 않은 상황에서는 아시아의 유색인종이 앵글로 색슨족에 맞설 세계 대전을 일으킬 수 있다는 가설을 내놓았다(Thompson 1–62)[1].

데이비드 S 로David S Roh, 벳시 후앙Betsy Huang, 그레타 A 니우Greta A, Niu는 SF 소설과 영화의 여러 예들을 통해 볼 때 테크노오리엔탈리즘의 정의를 "문화 생산과 정치 담론들에서 아시아와 아시아인들을 낮은 기술 혹은 고도기술의 관점에서 상상해보는 현상"(the phenomenon of imagining Asia and Asians in hypo-or hypertechnological terms in cultural production and political discourses)으로 내리고 있다(2). 테크노오리엔탈리즘적 상상력은 기술적 · 미래주의적 언어들이나 코드들과 융합되어 있다. 특히 신자유주의 무역정책들이 지배적으로 됨에 따라 서양과 동양 사이의 정보와 자본의 흐름이 더욱 활발해졌고 이에 따라 아시아화된 미래에 대한 테크노오리엔탈리즘적 상상이 더욱 지배적이 되었다.

오리엔탈리즘이 아시아를 전통적 근대이전의 이미저리로 포착하는 반면 테크노오리엔탈리즘은 아시아를 더 광범위하고 동적이며 종종 모순적 이미지들로 제시하며, 동서양 양자에 의해 급속한 경제적 문화적 변형을 겪고 있는 "오리엔트"의 이미지로 구축하고 있다(Roh 외 3). 토시야 우에노Toshiya Ueno는 테크노오리엔탈리즘을 글로벌리즘의 가장 첫 중요한 효과로 보고 있다. 우에노는 오리엔트가 서구에 의해 만들어졌다면 테크노 오리엔트 역시 정보 자본주의의 세계에 의해 만들어진 것이라고 지적한다(228). 태평양 양쪽 지역은 제국주의적 야심들과 소비주의 사회의 욕망들에 지배되면서, 이에 따른 기술적 발전들은 발명과 생산을 가속화시켰다. 이러한 과정에서 아시아 국가들의 문화적 · 경제적 지배에 대해 경쟁심을 가진 서구 국가들이 그들의 야심과 두려움을 표현할 수단을

---

1) 이러한 가설을 주장한 대표적 이론가들로는 브루스 애덤스(Brooks Adams), 찰스 피어슨(Charles Pearson), 매디슨 그랜트(Madison Grant), 로스롭 스토다드(Lothrop Stoddard) 등을 들 수 있다(Park 7 참조).

테크노오리엔탈리즘에서 찾고 있다.

일본이나 중국과 관련된 테크노오리엔탈리즘은 다양한 담론을 생성해내고 있으며 테크노오리엔탈리즘에 대한 연구 또한 활발해지고 있는 시점이다. 테크노오리엔탈리즘의 이론적 틀은 오리엔탈리즘, 테크놀로지, 다문화주의를 중심으로 활발히 구성되고 있다. 포스트 식민주의적 관점의 에드워드 사이드, 데이비드 몰리, 미디어 연구에 초점을 두는 케빈 로빈스, 기술문화 연구에 초점을 두는 리자 나카무라, 웬디 전, 젠더와 문화 연구에 초점을 두는 제인 지현 박의 연구들을 볼 수 있으며 또한 문화이론가 중 대중문화에서 인종 차이의 사회정치적 의미에 관해 논한 호미 바바, 벨 훅스, 스튜어트 홀의 이론들도 주목해볼 만하다.

스티븐 홍 손Stephen Hong Sohn은 특히 아시아계 미국인을 동화와 통합에 부적절한 외계인으로 보는 황화 소설이나 문화 형식들에 주목한다(6). 제인 지현 박Jane Chi Hyun Park은 할리우드 영화에서 1980년대 문화 형성에서 오리엔탈 스타일의 대두, 1990년대 이의 발전, 2000년대 이러한 오리엔탈 스타일이 지배 담론으로 흡수되고 있는 점의 원인을 규명하면서 테크노오리엔탈리즘의 양상을 분석하고 있다(6-8). 벳시 후앙도 미국 과학소설에 서구인들의 미래 구상에 아시아와 아시아인들이 중요한 역할을 함을 지적하면서 서구의 문화 산물들과 미디어들에서 테크노오리엔탈리즘이 주요한 비중을 차지하고 있음에 주목한다(24).

황화를 다룬 이야기는 서구세계가 동아시아 및 동남아시아와 군사적 접촉을 했을 때인 20세기에 등장했고 시기마다 조금씩 다른 사회적 정치적 맥락을 반영하고 있긴 하지만 인종주의적 색채를 띠고 있다. 푸 만추 박사Dr Fumanchu[2]

---

[2] 영국소설가 색스 로머(Sax Rohmer)의 푸만추 시리즈 소설에 나오는 간교한 중국과학자로서 시리즈 일부에는 유럽 과학자를 납치해서 중국을 강화시키려는 계획을 세우기도 하는데 이는 동양의 기술 부족과 서구 기술에 대한 욕망을 시사해준다. 푸만추 박사는 과거와 현재의 모든 과학 관련 영역을 섭렵하는 엄청난 지능을 지니고 있으며, 전체 동양인종이 지닌 잔인한 교활함을 소지하고 있다고 묘사된다(Roh 외 1 참조).

는 테크노오리엔탈리즘의 이미저리가 20세기 초반에 서구의 문화생산물들에 재현된 예를 보여준다. 이러한 황화 내러티브에는 동양이 서양에 대한 위협적 존재라는 공식, 동양은 타자로서 가두어지고 통제되고 길들여져야 한다는 공식이 지속적으로 반복되고 있다. 20세기 후반에 테크노오리엔탈리즘이 적용된 주된 지역들은 주로 일본과 중국이었다. 우에노는 "테크노오리엔탈리즘에서 일본은 지리적으로 지정되었을 뿐만 아니라 연대순으로도 기획되었다. 장 보들리야르가 일본을 궤도 속 위성이라고 불렀다. 일본은 이제 기술의 미래 속에 위치하게 되었다"(228)고 주장한다. 이처럼 1980년대에는 동양적 타자가 일본이었고 미국에 대한 위협은 군사적이라기보다 경제적인 것이었다. 물론 경제적 위협도 종종 군사적 위협으로 재현되기도 하였다. 몰리와 로빈스는 이 시기에 뉴스와 대중매체는 도쿄를 포스트모던 메트로폴리스의 정수로 묘사하기 시작했고 이차대전시 상투적 일본인을 인간이라기보다 기계에 근접한 것으로 재현하였다고 지적한다 (Park 7 참조).

새로운 기술들과 연결되어서 일본은 가상의 국가체제에서 미래의 개념을 재현하는 것으로 되었다. 1980년대 일본의 경제적 성공에 대한 공포감은 새로운 소비자 기술들의 생산과 거래에 기반을 두고 있으며, 1980년대 후반과 1990년대 초반에 일본기업들이 미국문화의 중요한 상징들을 구매하기 시작했을 때 절정에 달했다. 동시에 일본은 로봇연구와 인공두뇌학 등 첨단 과학기술 분야 연구를 선도했다. 즉 인간의 정신적 육체적 · 능력들을 재생산함으로써 인간이 특이하고 자율적 주체라는 계몽주의 후기 개념에 직접적으로 도전하는 고도기술들의 연구에 선도적 위치를 점했다(Park 8). 경제적 자본의 소유를 통해 일본은 미국문화를 이용하는 것처럼 보였다. 즉 기술의 능숙한 활용을 통해서뿐만 아니라 인간이 무엇을 의미하는지 의문을 던짐으로써 근대 서구의 중심 가치관을 불안정하게 만들었다. 이러한 조합으로 인해 일본인은 미국문화의 정통성과 합법성을 위협하는 새로운 경제적 · 기술적 황화의 위험한 요인이라는 상투형이 생성되었다. 혁신기술을 중심으로 한 일본의 성공은 기술적 기량을 드러냄으로써 근대 서구문화의 합리적인 기반을 불안정하게 만들었다. 일본에서 확대되어 테크노오리엔탈리즘은 지배적 서구기술을 넘어서며 문화적·기술적으로 우세해가는 동아시아에 대한 서구세계의 두려움을 보여주며, 고도기술면에서 인간에 대한 개념도 변화시키고 있다. 또한 새로운 핵심기술의 중심에 동아시아인이 자리하고 있음을 보여주고 있다.

이러한 동아시아 집단 가운데 특히 중국의 경우는 1990년대 세계 경제에 영향력을 미치는 주요 국가로 인식되면서 이중의 테크노오리엔탈 이미지로 재생산되었다. 즉 막대한 노동력으로 세계의 상품들을 생산하는 생산자들인 동시에 세계의 가장 큰 시장, 즉 가장 큰 소비 집단의 이중적 이미지를 지니게 되었다. 일본과 중국은 테크노오리엔탈리즘에서 각기 다른 의미로 자리매김 되었다고 볼 수 있다. 이들은 서로간의 경쟁자들로 구성되었고 미국 경제에 위협자로 구성되었다. 일본이 기술적 발견들에서 미국과 경쟁하는 데 반해 중국은 노동과 생산 영역에서 미국과 경쟁하게 되었다. 데이비드 S 로, 벳시 후앙, 그레타 A 니우는 더 거친 용어로 말하자면 "일본은 기술을 창조하지만, 중국은 바로 기술이다"(Japan creates technology, but China *is* the technology)라고 할 수 있다고 지적한다 (4). 서구의 눈에는 일본과 중국은 미래의 결정적 엔진들인데, 일본이 발명하면 중국이 만들어내는 것이다. 또한 아시아 전체가 실제로 서구보다 더 큰 소비시장이 되어가고 있다. 이러한 양상들은 다양하게 각종 대중문화 매체에서 재생산되고 있다.

21세기에는 일본의 경제적·기술적 위협이 중국으로 넘어간 것으로 볼 수 있다. 고도의 기술을 가진 국가라는 명성은 가지고 있지 않음에도 불구하고 중국의 빠른 경제성장은 막대한 노동력과 규제완화 등을 동반한 막대한 제조업 베이스에 기반을 두고 있다. 중국은 애플이나 델 등을 포함한 기술 회사들의 생산지로 적합하게 되었으며 미국의 미디어에서는 테크노오리엔탈리즘의 모티브를 활용한 광고를 보여주는데, 중국을 지력이 없는 노동자들에서 사악한 에이전트들로 변형시킨 모습을 보여주고 있다. 예를 들면 2010년 10월 미국의 예산 낭비 감사 시민 모임citizens against government waste이 "중국 교수"Chinese Professor라는 광고를 유튜브에 업로드 했는데 2030년 북경을 배경으로 하는 이 광고는 중국인 교수가 고도기술 장치들이 있는 큰 홀에서 강의를 하고 있는 모습을 그리고 있다. 강의는 미국의 몰락에 관한 것이며 푸만추 박사를 상기시키듯 교수는 카메라로 직접 미소를 날려 보내며 학생들의 웃음을 유도하고 있다. 중국 교수의 강의를 강의실 기술과 학생들의 태블릿 스크린 사이에 매끈하게 연결시켜서 연출함으로써, 이 광고는 중국이 기술의 생산과 소비에서 세계를 리드해가고 있다는 것을 시사해준다(Roh 외 12 참조).

2004년 데이비드 미첼David Mitchell의 『클라우드 아틀라스』Cloud Atlas에서도 기술화된 동아시아의 미래를 보여주는 테크노오리엔탈리즘의 모티브를 볼 수 있다. 미첼의 여섯 개의 이야기들은 과거, 현재, 미래를 가로지르는 인물들과 이야기들을 함께 연결시키고 있다. 이 가운데 「손미 451의 기도」"An Orison of Sonmi-451"는 22세기 어떤 시점에서 통일된 한국을 배경으로 하고 있으며, 이야기의 중심인물 손미 451은 복제된 클론으로 패스트푸드점에서 일하고 있다. 미첼은 고도기술과 강요된 소비, 과장된 광고를 한국의 주된 특징으로 설정하고 있다. 손미는 자신의 노예상태를 인식하고 억압받는 계급을 위한 권리를 주장할 힘과 지식을 얻지만, 이는 서구 문명의 산물인 고전들을 읽은 후에 얻어진다. 미첼의 소설은 과학기술 찬양과 과학기술 공포증적 사색들을 위한 터전으로 아시아를 인식하는 것과 동시에 그러한 환경에서 오로지 서구의 코드를 숙지한 주체만이 자유주의적 휴머니즘을 진정으로 실현할 수 있다는 관점을 강조하고 있다(Roh 외 14 참조).

리자 나카무라Lisa Nakamura는 디지털 공간들은 재각인된 인종주의적 수사들과 상투형들로 넘치며 디지털 공간은 인종주의가 도전받기보다 더 강화되는 터전이라고 지적한다(227). 그러나 새 미디어들에서 테크노오리엔탈리즘적 관습들은 변형을 이루고 있다. 그 원인은 제조업 베이스로서, 기술 혁신의 소스로서, 문화수출을 위한 전달자로서의 몇 단계의 아시아와 밀접하게 연결되어 있기 때문에 테크노오리엔탈리즘이 단순한 차원을 넘어서서 더 복합적으로 되고 있기 때문이다. 새 미디어에서 아시아적 주체는 동시에 여러 정체성을 지니는데, 생산자(저임금 노동), 디자이너(발명가로서), 능수능란한 소비자(기구나 장치와 하나가 된 주체들로서)로 인식된다(Roh 외, 14 참조). 이러한 복합성은 새 미디어, 특히 게임에서 테크노오리엔탈화된 주체의 정신분열증적 의미화를 낳는다.[3]

이처럼 다양한 매체들 가운데 특히 20세기 후반부터 SF 콘텐츠에서 테크노오리엔탈리즘의 요소들은 필수적으로 등장하는 아이템이 되고 있다. 20세기 초부터 지금까지 SF에서 재현된 아시아인과 아시아의 풍경들은 후기자본주의적 두려움, 미국을 중심으로 한 서구의 경제적 지배를 위협하는 실체에 대한 두려움을 반영하고 있다. SF에 테크노오리엔탈리즘의 모티브가 가장 많이 등장하는 이유는 SF 장르가 현재의 실존적·인종적·기술적 근심들을 미래에 투영해보는 정신 때문일 것이다. 특히 근자의 사이버펑크나 나노펑크는 주요 인물이나 지역이 동양, 특히 동아시아를 포함하고 있음을 볼 수 있다. 1980년대 이후의 사이버펑크 서사에서 인종적으로 모호한 주인공들을 볼 수 있으며 주요 인물들의 인종이 백인이 아닌 것으로 설정된 경우도 많다. 아울러 젠더와 성적 정체성도 기술을 통해 전복적 방식으로 재현되고 있다. 사이버펑크나 나노펑크 서사에서 빈번히 발견되는 이러한 테크노오리엔탈리즘의 모티브는 윌리엄 깁슨의 『뉴로맨서』를 필두로 하여, 닐 스티븐슨의 『다이아몬드 시대』, 『스노 크래시』, 린다 나

---

3) 이를테면 2011년 블리자드 엔터테인먼트가 내놓은 게임 <판다리아의 미스트>(*The Mists of Pandaria*)는 아시아와 아시아인을 탐색되고 조정되어야 할 이국적 영역으로 그리고 있다. 동시에 이 게임은 세계화의 효과를 보여주고 있는데 아시아적 주체의 디지털 기술과 게임 플레이 기술을 수용하고 찬양하는 면을 보인다(Roh 외 15 참조). 이처럼 아시아인은 서로 상충되는 이미지들로 구성되고 있다.

가타의 『보어 제조기』뿐만 아니라 <킬빌>, <매트릭스>, <블레이드 러너> 등 주요 할리우드 SF 영화들에 이르기까지 다양한 영역을 포괄하고 있다. 이러한 예들에서 이미 아시아적 주체가 기술적 문화적 관점에서 재현되는 양상에서 테크노오리엔탈리즘과 다문화주의가 재현되는 방식의 복합성을 볼 수 있다.

이처럼 1980년대 이래 테크노오리엔탈리즘의 등장과 인기는 동아시아 사람들과 동아시아 지역이 기술과 연관되어 "미래"로서의 동아시아라는 집합적 판타지를 생성해내고 있다. 특히 이러한 판타지는 이미저리, 표상iconography, 수행performance 등을 통해 지속되어 기술과 동아시아를 융합시켜 오리엔탈 스타일을 생성해낸다. 아시아적 미래나 기술화된 아시아적 주체는 다국적 도시로부터 혼합인종에 이르기까지 다양한 양상으로 드러나며 할리우드 영화의 경우 점차 테크노오리엔탈리즘의 모티브를 더 비중 있게 재현하고 있음을 볼 수 있다. 그러나 할리우드 영화는 다중적이고 복합적인 아시아 문화 및 역사, 미학들을 단순화하고 상업화하는 면이 있다. 따라서 동아시아 지역이나 동아시아인을 상투적인 형태로 재현하는 경우가 대부분이다. 어떠한 과정을 거쳐서 2000년대 테크노오리엔탈리즘이 할리우드의 영화의 주요 담론 중 하나로 자리매김 되었는지 역사적 문화적 맥락을 살펴보아야 할 필요가 있다. 아울러 동아시아 지역과 동아시아인의 재현이 제대로 형성되도록 아시아적 입장과 관점에서 방향성과 방법론을 탐색해야 할 필요가 있다.

나노펑크 속 테크노오리엔탈리즘의 예들

그레타 니우는 나노펑크 두 편, 닐 스티븐슨의 『다이아몬드 시대』와 린다 나가타의 『보어 제조기』를 통해 테크노오리엔탈리즘의 모티브를 분석하고 있다. 니우는 아시아적 주체가 북미 SF 시장의 활기를 돋우는 데 자주 부각됨을 주목하면서 이를 사이버펑크나 나노펑크 장르에서 두드러진 현상으로 지적한다. 나우는 북미 SF에서 사이버나 디지털기술 기반이건 나노기술 기반이건 간에 테크노오리엔탈리즘의 요소들이 많은 부분을 차지하고 있음을 지적한다(73). 나우의 지적처럼 특히 1980년대 이래 기술과 동아시아를 융합시켜 오리엔탈 스타일을 생성해내는 방식은 다국적 도시로부터 혼합인종에 이르기까지 점차 범주를 확대해가고 있다.

나우는 린다 나가타의 『보어 제조기』를 예로 들면서 폭스의 핵심 나노기술로 창조된 니코가 아시아적 특징들과 사이보그적 특질들을 결합하고 있는 점에서, 테크노오리엔탈리즘의 요소를 전개하기 위한 인물로 볼 수 있다고 지적한다(84). 즉 니코를 이야기의 한 축으로 삼고 첨단기술과 니코를 연결시킨 점에서 테크노오리엔탈리즘의 요소를 볼 수 있다는 것이다. 니코는 인간과 차별적 육체를 지닌 점이 강조됨을 볼 수 있다.

> 초상화에서 그는 인간이 아닌 무엇처럼 보였다. 그의 머리는 부드럽고 머리카락이 없었으며 이마가 넓었다. 그의 얼굴은 반쯤 가려져있었고 넓적한 아시아인의 코와 작은 귀들은 무중력 보호 장치 아래서 거의 보이지 않았다. 눈썹도 없었는데 아빠가 인상적인 검정색 능선으로 대체해놓았던 것이다. 그의 눈은 푸른색이었으며 아주 정상적인 인간의 눈이었다. 비록 눈을 보호하는 수정 렌즈 뒤에 있어서 보기에 힘들었지만 말이다. 늘 그러하듯 초상화에서 그는 벌거벗은 상태였다. 그의 몸은 부드럽고 길게 벋은 남성 몸의 조각이었다. 그것은 진공상태의 무중력으로부터 그를 보호하기 위해 고안된 생체 갑옷으로 덮여있었으며 니코라고 불리는 푸른빛 색조로 번쩍이고 있었다. 성기와 항문 부분 위에는 마치 생체로 된 허리둘레 옷처럼 부속 기관이 뒤덮고 있었는데 이는 사회에서 요하는 정숙함을 지키는 것이자 그에게는 진공상태 하에서의 보호 장치였다. (17-18)

니코의 외양에서 강조된 "펑퍼짐한 아시아인의 코"는 아시아의 이미지를 부각시키며 그의 피부 빛은 중국 도자기와 같은 푸른 피부색으로서 이에 맞추어 이름이 부여되었음을 알 수 있다. 나우는 니코라는 이름이 중국 도자기 빛을 연상할 뿐만 아니라 일본 국립공원과 도시의 이름과 같은 이름임에 주목하면서 동아시아의 이미지로 연결되는 점에 주목한다(84). 이처럼 동양과 고도의 기술을 연관시키는 테크노오리엔탈리즘적 이미지는 나노펑크에서 점점 지배적으로 되어가고 있음을 주목해볼 수 있다. 아시아인이나 아시아 지역에 대한 수사trope가 점점 복합적으로 되어가고 있는 시점에서 나가타는 아시아적 이미지를 위협적 실체라기보다 제 일세계의 기술적 패권주의를 벗어날 가능성으로 제시하고 있는 점이 특징적이라고 볼 수 있다.

나가타는 『보어 제조기』를 통해 인간의 정체성과 공동체에 큰 변혁을 가져올 수 있는 첨단 나노기술이 어떤 방향으로 전개되어야 바람직한가를 제시하고 있다. 특히 동아시아 지역 및 아시아인과 핵심기술의 관계에 초점을 두고 있는 데서 테크노오리엔탈리즘의 모티브를 찾아볼 수 있다. 최근 나노펑크에서 점차 비중을 더해가는 테크노오리엔탈리즘은 서구기술의 지배를 넘어서서 문화면에서나 기술면에서 부상하는 동아시아에 대한 서구세계의 두려움을 보여주고 있으나 나가타는 아시아적 이미지를 위협적 실체라기보다 서구 중심의 기술적 패권주의를 벗어날 가능성으로 제시하고 있다. 즉 나가타는 덜 논의된 국가, 인도네시아와 인도 같은 국가나 이 지역 아시아인들에 주목하게 함으로써 미래 공동체의 가능성을 기술로부터 소외된 지역에서 찾고 있다.

『보어 제조기』와 같은 해 출판된 닐 스티븐슨의 『다이아몬드 시대』에서도 중국의 기술에 대한 서구사회의 두려움, 이에 대한 견제 등을 읽어낼 수 있다. 텍스트에서 중국을 지칭하는 천상왕국의 엑스 박사Dr. X는 중국의 핵심기술자로서 자신이 개발한 새로운 시드기술에 대한 확신을 보여준다.

"그들은 틀렸소." 그가 말했다. "그들은 이해 못하오. 그들은 서구세계의 관점에서 시드를 생각하고 있소. 당신네들 문화, 그리고 해안 공화국의 문화는 너무 부실하게 구성된 것이오. 질서에 대한 존중도 권위에 대한 존경도 없어요. 질서는 상층에서부터 부과해야만 무정부 상태가 발생하지 않아요. 당신들은 시드가 당신네 사람들에게 주어지면 그들이 무기나 바이러스, 마약들을 원하는 대로 만들어서 질서를 파괴시킬까봐 두려운 거요. 당신들은 피드를 통제하는 방법으로 질서를 부여하고 있소. 하지만 천상왕국의 우리들은 규율이 잘 서있고 권위를 존중하며, 우리마음 속에도 질서를 지니고 있소. 그래서 가정도, 마을도, 국가도 질서가 잡혀있소이다. 우리들 손에서만 시드 기술은 무해할 것이오." (456-57)

여기서 엑스 박사는 유교문화를 바람직한 공동체 질서의 근간으로 이야기하고 있다. 엑스 박사는 서구의 대표격인 신 빅토리아인의 개인주의적 성향을 지적하고 이들이 시드기술을 위협적으로 보는 것에 대해 유감을 표명한다. 엑스 박사는 자신들의 질서가 신 빅토리아인의 질서 개념과 달리 마음속에 자연스럽게 자리 잡고 있는 질서, 규율임을 설파한다. 엑스 박사는 의무감과 정직, 순종이 미덕이라고 주장하는데, 이는 팽Fang 판사와 함께 버려진 중국 고아 소녀들을 양육하는 모습에서 실체화되어있다. 스티븐슨의 텍스트에는 중국과 서구 문화, 기술, 공동체의 윤리 등이 지속적으로 비교되면서 중국 공동체나 기술에 대한 두려움을 볼 수 있다. 결말에는 백인 여성이 중국 소녀들의 지도자가 되는 구성을 통해 이러한 두려움을 극복하는 듯 보인다.

나가타는 스티븐슨의 텍스트에서 볼 수 있는 중국 기술에 대한 두려움이나 백인 여성이 중국 여성의 지도자가 되는 구성과는 또 다른 패턴을 제공함으로써 테크노오리엔탈리즘의 전형적 패턴과 차별성을 보인다. 즉 사이버펑크에서 볼 수 있는 문명이나 기술에 대한 냉소적 태도나 동아시아에 대한 두려움과 달리 나가타는 신기술이나 아시아지역에 대해 보다 긍정적인 가능성을 제시하고 있음을 알 수 있다. 폭스의 기술로 이루어지는 새 공동체나 푸시타의 공동체에서 이러한 특징들을 엿볼 수 있으며, 이는 사이버펑크에서 보이는 문명이나 기술에 대한 냉소적 태도나 동아시아에 대한 두려움과 달리 이 지역의 가능성에 새로운 길을 제공해준다는 점에서 의미가 깊다.

기술은 항상 사회적 목적에 따라 유동적이며 문화적 가치에 따라 수정되어야 한다. 이러한 관점에서 볼 때 테크노오리엔탈리즘에 대한 연구를 통해 다른 종류의 권력관계, 예기치 않던 관계 형성에서 새로운 문화와 역사 구성의 가능성을 발견해낼 수 있다. 아울러 포스트-포스트 휴먼시대에 정체성이 대상들, 제도들, 기술들, 기호체제들, 권력관계들의 복합적 배치 안에서 구성되거나 실체화되는 것이며 결코 통합적 실체가 아니라는 점을 규명해낼 수 있다. 이러한 점들은 사이버시대와 나노기술시대의 테크노오리엔탈리즘의 방향에 새로운 길을 제공해준다. 영미의 SF나 할리우드 영화에 점점 지배적인 동아시아인이나 장소, 동아시아의 과학기술의 의미 및 가치를 새로이 규명함으로써 글로벌 마케팅을 향한 우리의 문화산업에도 하나의 방향성 및 방법론을 마련할 수 있을 것이다.

▎참고문헌

Chun, Wendy Hui Kyong. "Race and Software." *Alien Encounters: Popular Culture in Asian America*. Eds. Mimi Thi Nguyen and Thuy Linh Nguyen Tu. Durham: Duke UP, 2007. 305-34.

Huang, Betsy. "Premodern Orientalist Science Fictions." *MELUS* 33.4 (2008): 23-43.

_____. "Reorientations: On Asian American Science Fiction." *Contesting Genres in Asian American Fiction*. New York: Palgrave Macmillan, 2010. 95-140.

Morley, David and Kevin Robins. *Spaces of Identity: Global Media, Electronic Landscapes and Cultural Boundaries*. London: Routledge, 1995.

Nagata, Linda. *The Bohr Maker*. Kula: Mythic Island Press LLC, 2011.

Nakamura, Lisa. *Cybertypes: Race, Ethnicity, and Identity on the Internet*. New York. Routledge, 2003.

Niu, Greta Aiyu. "Techno-Orientalism, Nanotechnology, Posthumans, and Post-Posthumans in Neal Stephenson's and Linda Nagata's Science Fiction." *MELUS* 33.4 (2008): 73-96.

Mitchell, David. *Cloud Atlas: A Novel*. New York: Random House, 2004.

Park, Jane Chi Hyun. *Yellow Future: Oriental Style in Hollywood Cinema*. Minneapolis: U of Minnesota P, 2010.

Roh, David S., Betsy Huang and Greta A. Niu. Eds. *Techno-Orientalism: Imagining Asia in Speculative Fiction, History, and Media*. New Brunswick: Rutgers UP, 2015.

Sohn, Stephen Hong. "Introduction: Alien/Asian: Imagining the Racialized Future." *MELUS* 33.4 (2008): 5-22.

Thompson, Richard. *The Yellow Peril: 1890-1924*. New York: Arno Press, 1978.

Ueno, Toshiya. "Japanimation and Techno-Orientalism." *The Uncanny: Experiments in Cyborg Culture*. Ed. Bruce Grenville. Vancouver: Arsenal Pulp Press, 2002. 223-36.

첨단기술과 SF

1

사이보그론: 미래 인간과 미래 사회*

미래 인간의 가능성

정보기술의 발전과 유전공학 혁명 등에 의해 전통적인 휴머니즘에서 논의되던 인간과 다른 새로운 유형의 인간 가능성이 주요한 이슈로 대두되고 있다. 이에 따라 사이버스페이스, 인공지능, 사이보그 등 최근의 과학기술 중심개념을 중심으로 미래 인간의 가능성에 대해 다양한 갈래의 연구가 진행되고 있다. 포스트휴머니즘에서 새로운 인간의 가능성이나 우려에 대한 다양한 논의들이 진행되는 가운데 닐 배드밍턴Neil Badmington, 일레인 그레이엄Elaine Graham, 프란시스 후쿠야마Francis Fukuyama 등이 기술시대에 인간의 자아와 육체 문제 등에 초점을 두면서 과학 기술의 발전이 인간의 해방자 역할로 이어지는지, 더 억압적 상황으로 되는가에 대한 논의들을 촉발하고 있다. 1970, 80년대의 기술공포 현

---

* 이 장은 필자의 논문 「과학기술시대의 페미니즘과 사이보그론」(『영미문학페미니즘』 제17권 1호, 2009년, 269-94면)을 참조로 하여 재구성하였다.

상technophobia과 1990년대의 기술편중주의technomania 양자의 흐름가운데 인간과 기계의 새로운 관계에 대한 많은 논의가 진전되고 있다.

특히 이러한 과학기술과 정보기술 혁명, 기계와 인간의 결합 등이 논의되는 가운데 사이보그론은 혁신적인 의미를 지닌다. 실제로 사이보그는 과학과 기술에 대한 문화 연구에서 주요한 이론적 근거로 접근되고 있으며 이를 중심으로 인간 주체, 지식, 자연과 문화의 관계 등이 재정립되고 있다. 사이보그는 포스트휴머니즘 문화에서 미래의 인간 정체성을 모색하는 주요 개념으로 부상되면서 파생적 연구들을 촉발했는데, 기술의 지배와 인간, 변이된 인간 생체 등의 의미를 탐색하는 연구들로 이어지고 있다. 특히 해외연구의 경우 문화, 과학, 커뮤니케이션, 신학 등의 영역에 이르기까지 사이보그에 대한 논의는 다양하게 진행되고 있으며 학제간의 융합으로 접근되고 있는 경우가 많다. 연구자들이 하나의 전공자보다 복수 영역에 걸친 전공자들이 많음을 볼 수 있다.

사이보그론은 국내외 모두 다너 해러웨이의 사이보그 선언문이 주요 기점을 제공하고 있으며 동반종 선언과 더불어 사이보그의 확장점의 의미를 포스트페미니즘의 다양한 여성론과 접목시키는 연구들을 볼 수 있다. 이를테면 사이보그가 젠더 변형의 가능성에 도움을 줄 수 있을 것인가, 또 하나의 젠더화된 범주를 확인하는 것일까는 여전히 논의 대상이 되고 있다. 아울러 SF 소설이나 영화, 게임, 광고, 상품 등의 영역에서 사이보그나 사이보그를 중심으로 한 다양한 변종들의 실체가 대중문화에서 어떠한 의미를 지닌 것인지 디지털 시대의 문화연구로 대두되고 있다. 이러한 연구 흐름 가운데 사이보그를 기점으로 전통적인 인간 범주를 넘어서는 다양한 포스트휴머니즘의 인간론을 우리의 시각에서 되짚어보고 재평가할 필요성이 있다.

사이보그론

국내외에서 해러웨이의 「사이보그 선언문」, "A Manifesto for Cyborgs: Science, Technology, and Socialist Feminism in the 1980s"을 중심으로 이 선언문의 획기적 성격이나 의의에 대한 많은 논의들이 생성되었다.[1] 사이보그가 미래 인간의 가능성을 제시한다는 점에서 실제로 해러웨이의 이 선언문은 하나의 기념비적 의미를 지니게 되었다. 논의의 촉발점이 되었던 해러웨이의 「사이보그 선언문」은 사회주의 페미니즘을 재개념화하려는 시도로 출발하였으며, 1970년대와 1980년대의 급진주의 페미니즘 운동에 대한 대응이라고 볼 수 있다. 해러웨이는 생물학적 결정론과 사회적 구성주의의 대립구도에 기반을 둔 젠더 개념이 생긴 양상을 분석하면서 이러한 생물학과 문화의 대립 구도에 대해 비판적 입장을 취한다. 다시 말해 성/젠더 구별에서 볼 수 있을 것 같은 이원론에 입각한 서구페미니즘의 한계를 넘어서는 데 지향점을 둔다. 해러웨이는 페미니즘에서 여성을 보편적인 하나의 개념으로 설정한 동시에 결정적인 개념으로 사용해온 사실을 극복해야 한다는 관점을 취하며 사이보그가 이제 20세기 후반 여성의 체험을 변화시킬 가능성에 주목한다.

다시 말해 해러웨이의 사이보그론은 유기체와 기계의 대립으로는 과학기술과 정보화 시대에 대응하기 어렵다는 인식을 전제로 한다. 즉 유기체와 기계 사이의 경계를 없애고 자연과 문화의 경계도 재구성되는 데 초점을 두고 있다. 자연으로 돌아가는 '여신주의 페미니즘'에 반대하며 해러웨이는 신도 여신도 죽

---

1) 사이보그 선언문 외에 『겸손한 목격자@ 제2의 천년. 여성인간©_ 앙코마우스 tm을_ 만나다』 (*Modest Witness@Second Millennium. The Female Man©meets OncoMousetm*)와 『동반종 선언』(*The Companion Species Manifesto: Dogs, People, and Significant Otherness*)에 대한 연구도 적지 않게 볼 수 있다. 주로 이 저서들에 대해서는 확장된 사이보그 개념을 중심으로 한 다양한 논의 및 평가가 이루어지고 있다. 2008년의 『종들이 만났을 때』(*When Species Meet*)에 대해서도 국내외적으로 본격적 논의가 이루어지고 있다.

었다고 인정하면서 사람들이 동물이나 기계와의 친족관계를 두려워하지 않는 시대, 영구히 부분적인 정체성들과 모순적 관점들을 두려워하지 않는 시대의 도래에 대해 낙관적 전망을 보인다. 또한 기술문화의 전적인 채택이나 전적인 거부가 아니라 이 양자의 관점을 동시에 이해하는 능력을 강조한다. 정치적 투쟁이란 동시에 양자의 관점에서 보는 것이며 그 이유는 양자의 관점에서 볼 경우 다른 관점에서 볼 때 보지 못했던 지배와 가능성을 동시에 드러내 보여주기 때문이라는 것이다. 사이보그의 개체성은 괴물 같으며 사생아적이며 우리들의 현재 정치상황에서 저항과 다시 짝짓기의 신화만큼 강력한 신화를 바랄 수 없다고 주장한다(154).[2]

해러웨이는 서구의 기원신화에 기반을 둔 초월적 통합성을 거부하며 사이보그가 군사주의와 가부장적 자본주의의 사생아적 성격을 가진 점을 강조하는데, 사생아는 자신의 기원에 불충실할 수밖에 없다. 이러한 점과 관련하여 사이보그의 역할들, "경계를 가로지르기, 강력한 융합, 위험한 가능성들"transgressed boundaries, potent fusions and dangerous possibilities(Haraway 1991, 154)을 주장하는 해러웨이의 관점은 서구 세계관에 통합적이었던 이원론이 과학기술 시대가 진전됨에 따라 해체되어 감을 보여준다. 이러한 해러웨이의 사이보그론은 통합적 기원신화에 기반을 둔 인간 개념이 변형될 수 있는 출구를 제공한다. 아울러 사이보그 정체성의 정치학에 새로운 사고방식을 제공한다. 특히 자연/문화, 자아/타자, 유기체/기술의 이분법 해체를 통해 여성 주체성의 구성, 젠더 문제 등에 하나의 획기적인 전환점을 마련했다고 볼 수 있다.

이러한 방향을 제시하는 사이보그론은 21세기 페미니즘에 어떤 대안이 될 것인가? 페미니즘이 여전히 의미 깊은 정치학이 될 수 있는 것인지, 정체성의 확인과 어떻게 연관된 것인지 생각해볼 수 있다. 이 문제에 대해 해러웨이의

---

2) 해러웨이의 「사이보그 선언문」은 원래의 선언문을 보강하여 *Simians, Cyborgs, and Women: The Reinvention of Nature*. London: Routledge, 1991. 149-82에 게재한 에세이를 참조로 한다.

"분열된 정체성"fractured identities 개념을 검토해볼 필요가 있다(1991, 155–61 참조). 해러웨이는 사회주의 페미니즘과 급진주의 페미니즘에 비판적 입장을 보이는데, 특히 캐서린 맥키넌Cahterine MacKinnon의 급진주의 페미니즘에 비판적이다. 맥키넌의 주장, 페미니즘이 마르크시즘으로부터 벗어나야 하며 성을 계급보다 먼저 고려해야 한다는 점은 인정하나 인종이나 행위자를 없애는 맥키넌의 '본질적 여성' 개념을 거부한다. 즉 해러웨이는 통합적 정체성 혹은 체험을 총체화하려는 시도를 거부하며 여성이라는 공통된 이름으로 타자의 경험을 말하려는 입장을 부정한다. 해러웨이의 사이보그는 젠더를 초월한 존재로서 여성적 총체의 체험을 부정하며 사이보그의 정체성은 상황에 따라 유동적인 특성을 지니는 것이다. 해러웨이는 차라리 줄리아 크리스테바Julia Kristeva의 여성 개념이 청년이나 동성애자처럼 역사적 집단으로 상정된 점에 주목하면서 커뮤니케이션 네트워크 속의 여성, 즉 사회적 범주로 구축된 여성 개념이 페미니즘에 더 적합하다는 관점을 유지하고 있다.

실상 해러웨이의 분열된 정체성 개념은 여성을 부정한다기보다 타자(여성, 유색인종, 자연, 노동자, 동물 등)를 고립시키는 이원론에 대한 비판과 통한다. 지속적으로 하나라는 통합신화는 환영일 따름이라는 해러웨이의 주장은 고도의 기술문화와 상통하는 면이 있다. 고도의 기술문화는 이제 인간과 기계의 관계에서 누가 만들고 누가 만들어졌는지 명백하지 않기 때문이다. 해러웨이에 따르면 우리 자신은 생물학과 같은 공식적 담론 안에서건, 통합회로 안의 가정경제 같은 일상에서건 사이보그, 혼종, 모자이크, 괴물임을 발견하게 된다. 이처럼 경계해체와 융합이 특징인 사이보그 정체성의 구성은 본질적 여성 개념을 넘어서서 유동적 정체성 개념을 수립하는 의미가 있다.

해러웨이는 포스트모던 페미니즘에 대해서도 비판적 입장을 보이며 첼라 샌도벌Chela Sandoval의 용어를 빌려 유색여성Woman of color에 대한 논의를 전개한다. 유색여성을 사이보그와 동일선상에서 보고 이와 관련하여 대항적 차이성에 대해 논한다. 해러웨이는 특히 샌도벌의 용어, 대립적 의식oppositional consciousness[3])을 사이보그 정치학과 일관성을 이루는 것으로 채택한다. 대립적 의식이란 타자성, 차이성, 특이성의 결과 나오는 유사성에 강조점을 두고 있기 때문이다. 또 이는 실제적인 관련성으로부터 구축된 것으로 본다(1991, 161). 특히 해러웨이는 유색여성의 글쓰기를 사이보그의 특별한 기술로 보고 유색여성의 글쓰기에 주목한다. 치카나Chicana 시인 체리 모라가Cherrie Moraga의 언어를 예로 들어, 모라가의 언어가 총체적이지 않으며 영어와 스페인어의 괴물, 즉 자의식적으로 잘라진 언어로서 괴물을 창조해내었다고 주장한다(1991, 175). 이러한 모라가의 글쓰기 특징은 마치 사이보그적 정체성과 통하는 면이 있다고 보는 것이다.

해러웨이는 정보화시대의 여성의 삶에 대해 "통합회로 속의 여성"women in the integrated circuit 개념을 도입한다(1991, 170-73). 여성이 이제 과학과 기술의 사회 관계들을 통해 밀접하게 재구조화되는 세계에 살고 있음을 강조하는 것이다. 해러웨이는 레이철 그로스먼Rachel Grossman의 용어, 통합회로라는 메타포를 빌려와 과학기술 시대 여성의 삶의 패턴이 어떠한 형태로 바뀌어 가는지 추적한다. 통합회로는 마이크로칩으로서 여러 유형의 다양한 기능을 수행함을 의미하는데, 통합회로속의 여성 역시 여러 기능을 할 수 있다. 통합회로라는 메타포는 네트워크로 작용한다는 기본 전제하에 해러웨이는 산업사회에서 공/사 구분이 되는 7개 영역을 제시한다(1991, 72). 통합회로 안에서 이 영역의 연결을 볼 수 있으며 가정, 교회, 국가 같은 범주가 옛 자본주의 형태하의 분리된 단위라기보다는 네트워크로 연결된 커뮤니케이션과 같다고 보고 있는 것이다.

이러한 점은 세계의 구도와 질서가 재편되는 양상을 잘 지적한 부분으로 볼 수 있는데 세계질서의 변화에 대해 해러웨이는 비판적이라기보다 낙관적 전

---

3) 유색여성이 페미니즘 집단에 미치는 효과를 설명하기 위해 만들어낸 샌도벌의 용어이다.

망을 유지하고 있다. 페미니즘 정치학도 사이보그와 마찬가지로 통합된 전체라기보다 일련의 부분들로 작용한다고 보는데, 이러한 맥락에서 통합적인 시각보다는 부분적인 시각이 주요하며 부분적 시각만이 객관적 비전을 약속해주는 것으로 본다(1991, 184-201). 따라서 특정한 위치에서 고찰하는 상황지식situated knowledge을 과학기술 시대에 합당한 대안으로 내세운다. 즉 상황지식의 영역만이 "지속적이고 합리적이며 객관적인 의문 가능성이 남아있는 곳"(1991, 191)이라는 것이다.

해러웨이의 사이보그론의 가장 주요점은 분열된 정체성이나 상황지식 같은 주요 개념에서 보다시피 이원론에 대한 강력한 거부와 저항이라고 볼 수 있다. 해러웨이는 이론과 정치학으로서의 페미니즘의 문제로 돌아가 통합적 이론은 실제의 대부분을 놓친다는 주장을 펼친다. 이 시대에 반과학, 반기술적 입장을 취하는 것은 부적절하며 과학기술과 함께 대항할 길을 찾는 것이 필요하다는 강력한 선언을 하고 있다.

사이보그 이미저리는 이 에세이에서 두 가지 결정적 주장을 표현하도록 도움을 줄 수 있다. 첫째 보편적이며 총체화하는 이론을 생산하는 것은 아마도 항상 그러하지만 지금은 분명하게 실재의 대부분을 놓치는 중요한 실수이다. 둘째 과학과 기술의 사회적 관계에 대해 책임을 지는 것은 반과학적 형이상학, 악마연구 같은 기술의 거부를 의미한다. 그래서 타자들과의 부분적 연결 속에서, 우리의 모든 부분들과의 의사소통 속에서, 일상생활의 경계들을 재구축하는 숙련된 임무를 끌어안는 걸 의미한다. 과학과 기술이 복합적인 지배들의 모체일 뿐만 아니라 인간을 크게 만족시킬 수 있는 수단이기 때문만은 아니다. 사이보그 이미저리는 우리의 육체와 도구들을 설명해온 미궁 같은 이원론 밖으로 나가는 길을 제시해줄 수 있다. 이것은 공통 언어의 꿈이 아니라 강력한 이교도적인 헤테로글로시아의 꿈이다. 그것은 새로운 권리를 가진 초구세주들의 회로 속에 공포를 불어넣기 위해 여러 언어로

말하는 한 페미니스트의 상상이다. 그것은 기계. 정체성, 범주, 관계, 스페이
스 스토리들을 만들기도 하고 파괴하는 양자 다를 의미한다. 이 양자는 모두
소용돌이의 춤에 묶여있지만 나는 여신보다는 차라리 사이보그가 되겠다.
(1991, 181)

자신이 사이보그가 되겠다는 이와 같은 주장에서 보다시피 사이보그는 정체성
재구성의 원천, 즉 서구이원론을 극복하는 힘으로 주창되고 있다. 아울러 "정
보의 지배학"The Informatics of Domination(1991, 161)이라고 자신이 지칭한 세계질서
의 재편에 대해 정치적 대안이 어디에 있는지 생각하도록 유도한다. 슈나이더
J Schneider는 해러웨이의 선언문에서 반심리분석적 관점, 아이러니 등의 특징들
을 볼 수 있으며 선언문을 2차 대전 이후 레이건 시대를 반영하는 산물, 정치
로서의 과학기술을 반영하는 산물로 지적한다(58). 슈나이더가 요약하듯이 사이
보그론의 핵심개념인 다중성multiplicities, 이질성heterodoxies, 괴물성monstrosities(66)
은 20세기 후반 세계질서의 변화 과정과 맞물려 있는 것이다. 데이비드 토머스
David Tomas는 20세기 후반부 급진적 학문이론의 맥락에서 해러웨이의 「사이보
그 선언문」을 읽어야 한다고 주장한다. 즉 부분성, 잡종성, 혼성, 유희적 아이
러니의 포스트모던과 탈식민적 관점을 반영하는 20세기 후반부의 대립적 의식
의 산물로 볼 수 있다는 것이다(Tomas 175-89 참조). 사이보그가 10년간의 정치적
문화적 실행들을 규정하는 모든 모순적 특질들을 구현하고 있는 점에서 슈나이
더나 토머스의 주장은 설득력이 있다고 볼 수 있다. 이처럼 사이보그는 과학기
술 시대의 진전에 따른 복합적 결과로서 포스트휴먼 시대의 특질과 맞물려있음
을 당연하다고 하겠다.
　　실제로 과학기술 발전에 따른 페미니즘의 방향과 실천적 과제를 고려해볼
때 해러웨이의 사이보그론은 새로운 세계질서에 대한 대응방식과 사고방식의
한 패러다임을 마련해준 것으로 평가할 수 있다. 사이보그 개념을 방향성 없는

포스트모던 상대주의의 일환으로만 치부할 수 없다. 왜냐하면 해러웨이의 「선언문」은 변화된 행위를 요청하고 있으며 정체성, 페미니즘, 지배와 저항에 대해 새로운 이야기 방식을 추구하고 있기 때문이다. 과학기술의 발전에 따른 전 세계의 구도 변화에 초점을 맞추고 있는 해러웨이의 사이보그는 처음으로 이 개념을 사용한 클라인즈/클라인Clynes/Kline의 사이보그나 근자의 대중적 사이보그와 차이성을 지닌다. 해러웨이의 사이보그는 페미니즘적 SF의 산물에 더 근접해 있고 포스트 젠더의 세계를 상정하고 있다. 해러웨이는 사이보그가 정보의 지배나 통합회로 속의 인간과 관련하여 미래 세계의 질서에 대처할 수 있는 존재라고 믿는다. 즉 해러웨이는 사이보그가 우리의 존재론이 될 수 있고 정치학을 제공해줄 수 있다고 보는 것이다. 이러한 관점에 입각하여 사이보그와 함께 더 살만한 세계를 구축하려는 해러웨이의 의도에 초점을 맞출 필요가 있다. 즉 더 살만한 세계를 이뤄나가는 데 이론적 실천적 전략으로서 사이보그론이 지닌 유용한 가치를 인식하고 수용해야 한다.

사이보그의 확장 지점: 동반종론

해러웨이가 「사이보그 선언문」에서 전개한 사이보그론은 『동반종 선언』을 거쳐 『종들이 만났을 때』에 이르기까지 더 심화되고 확장된 개념과 방법론을 보인다. 해러웨이는 생물학, 과학역사, 철학, 페미니즘과 마르크시스트 이론, 구조주의, 기호학 SF, 대중문화에 이르기까지 많은 영역을 포괄하고 있으며 사이보그의 성격과 유사한 탈경계적 학문의 성향을 자신의 논의에서 보이고 있다. 이 두 연구서에서 과학기술 문명과 정보지배의 시대에 인간과 다른 종들의 복합적 관계를 탐색하려는 시도를 볼 수 있다. 동반종은 사이보그처럼 경계를 해체하고 교란하는 여러 존재들을 포함하며 해러웨이의 논의를 통해 유인원, 여자, 앙코마우스, 흡혈귀, 유전자, 칩, 폭탄, 데이터베이스, 두뇌 등에 이르기까지 다양하게 제시됨을 볼 수 있다. 특히 『동반종 선언』에서 주요한 것은 관계성이다. "관계가 분석의 가장 작은 단위"(2003, 20)라고 천명하면서 인식론적으로나 존재론적으로 우리 모두가 관계에 근거한다는 입장을 보인다. 따라서 타자의 경험이 주요한 논제로 대두되면서 다양한 종의 공존 가능성이 제기된다.

해러웨이는 사이보그가 동반종이라는 더 광범위하고 이상한 가족의 구성원, 즉 어린 자매라고 보며 이 가족 개념 안에서 재생산 생명공학 정치학은 하나의 경이로움, 때때로는 멋진 경이로움이 된다고 본다(2003, 12). 타자와 차이성을 인정하는 해러웨이의 사이보그론은 특히 동물인 개로 확장되어 사이보그 개념은 인간과 기계, 동물의 혼성개념으로 된다.

> 여기서 개는 그들의 역사적 복합성 안에서 주요한 의미를 지닌다. 개들은 다른 주제들을 위한 변명이 아니라 과학기술의 몸체 안에서 육체를 지닌 물질-기호이다. 개들은 이론을 위한 대용물이 아니다. 그들은 함께 생각하기 위해 여기 있는 것이 아니다. 함께 살기 위해 여기 있는 것이다. 그들은 아마도 인간 진화의 범죄에서 짝이자 코요테처럼 간교하게 시초부터 정원에 있는 것이다. (2003, 5)

> 하나의 동반종만이 있을 수 없다. 적어도 하나를 만들기 위해서는 둘이 있어야 한다. 그것은 구문 안에 존재하며 육체 안에 존재한다. 개들은 관계들의 피할 수 없는 모순적 이야기에 관한 것이다. ─관계에서 짝들 중의 누구도 앞서 존재하지 않는 상호 구성적 관계들이다. 관계 짓기는 딱 잘라서 끝나지 않는다. 역사적 특이성과 임의적 변덕이 내내 자연과 문화, 자연문화 속으로 침투해 다스려왔다. 아무런 기반은 없다. 내내 코끼리들을 지탱해온 코끼리들만 존재할 따름이다. (2003, 12)

대표적으로 이 두 예만을 보아도 해러웨이의 강조점은 관계성임을 알 수 있다. 해러웨이는 인간과 다른 종의 연관성이 필연적인 것일 수밖에 없다고 보며 과학기술 연구를 더 잘 이해하기 위해 인간과 동물의 관계, 다른 "자연문화"[4]와의 관계를 탐색해야 할 필요성을 역설하고 있다. 해러웨이는 인간의 조력자, 일꾼, 위협자이나 적, 동반자이자 친구로서 함께 진화해온 다른 종들을 연구함으로써 진화 생물학의 역사를 새로이 조명해야 함을 강조한다. 다시 말해 이러한 종들이 어떻게 사회적·생물학적·행동학적 측면에서 역사적으로 우리와 연결되는가를 규명함으로써 과학기술 시대에 우리들의 삶의 방향을 바로 세울 수 있다고 본다.

페미니즘적 관점에서 보면 여성과 동물은 타자화된 존재로서 유사성이 있다. 해러웨이는 이제 이러한 '타자'의 구분은 의미가 없으며 관계성에 기반을 둔 융합을 더 폭넓게 전개한다. 특히 인간과 개가 함께 살아오면서 함께 진화해온 점을 거듭 강조한다. 해러웨이는 그레이트 피레니즈Great Pyrenees와 오스트레일리언 셰퍼드Australian Shepherd라는 두 종에 대해 집중해서 다루며(2003, 66–87 참조) 이러한 종의 역사에서 이들이 어떻게 인간과 함께 진화해왔나를 보여주기 위해, 기르기, 훈련하기, 사육훈련장, 민첩성 경주 등의 경기에 대해 이야기한다. 이러한 과정을 통해 우리가 살고 있는 자연문화의 역사를 알 수 있다는 것이다. 이러한 동반종 논의는 사이보그론보다 더 구체적으로 경계 해체와 특정 지점의 부분적 연결이 강조되면서 이러한 연결에서 상호소통communication과 존중respect의 미덕이 강조되고 있다(2003, 49). 해러웨이의 논의는 종들이 상호작용하는 경계선들에 대해 해러웨이 특유의 철학을 내포하고 있으며, 과학기술의 지배로 코드화되어가는 세계에서 인간과 다른 종들 사이의 복합적 관계 규명이 이제 당면한 과제임을 주장하고 있다.

---

4) 자연문화(natureculture)는 해러웨이가 만들어낸 합성어로서 자연과 문화를 이분법으로 분리하지 않고 하나의 개념으로 설정한 것이다.

『종들이 만났을 때』에서 동반종 논의는 더 심화되어 동반종의 개념이 인간으로부터 동물, 다른 유기체들, 경관, 기술들로 확대되면서 동반동물 이상을 포함하고 있다. 초기의 인간과 기계의 결합인 사이보그 개념에서 사이보그라는 용어는 동반종을 더 선호하는 쪽으로 진행됨을 볼 수 있다. 해러웨이는 주로 가축 종과의 교류를 중시하며[5] 존중, 호기심, 지식이 동물과 인간의 만남에서 생성될 수 있다는 주장을 펼친다. 이전 논의에 자신이 다루었던 사이보그, 유인원, 개 등이 상상된 가능성의 존재인 동시에 맹렬하고 일상적인 현실의 존재임을 밝히며, 이러한 이중성에 관한 것이 이 연구서라고 언급한다(2008, 4). 또한 자신이 논의에서 즐겨 쓰는 물질적 기호학material semiotics의 수사를 다시금 천명한다. 비유적인 의미와 실제 물질적 대상을 동시에 포함시키는 자신의 논의 방식을 다시 강조하고 있는 것이다. 아울러 일종의 실뜨기 놀이처럼 세계에 거주하는 존재들이 내부 상호 작용 속에서 구성된다고 본다. 지구에 거주하는 여러 종들의 유대관계 일부를 재결합하는 데서 다른 방식의 세계화가 이루어질 수 있다고 보고, 우리는 상호 복합적인 층들 내에서 함께 형성되어가는 종들의 유대 속에 있으며, 반응과 존중이 이러한 유대 안에서만 가능한 것이라고 본다.

　　나의 요지는 단순하다. 다시금 우리는 내내 상호복합성의 층 속에서 서로를 공동으로 형성하는 종들의 유대 속에 있다. 반응과 존중은 서로를 되돌아보고 뒤섞인 역사들에 들러붙어있는 실제 동물들과 사람들의 유대 속에서만 가능한 것이다. 당연히 복합성을 이해하는 일이 요구된다. 그러나 더한 것이 역시 요구된다. 더한 것이 무엇이 될지 파악하는 것이 위치 지어진 동반종들

---

5) 해러웨이는 자신의 개 케이엔(Cayenne)과 롤란드(Roland)와의 공유경험에 초점을 두고 민첩성 훈련 및 민첩성 경기에 대해 언급한다. 다른 동물들, 양, 돼지, 닭, 소, 영장류, 고래, 믹소트리카 파라독사 등에 대해 언급하지만 주된 논의의 초점은 개라고 볼 수 있다. 해러웨이는 『동반종 선언』과 같은 맥락으로 인간이 개와 함께 진화해오고 상호 길들어온 과정의 중요성에 대해 지속적으로 언급한다.

의 작업이다. 늘상 비대칭적인 삶과 죽음, 기르기와 죽이기에 대해 책임 있는 관계 안에서 "예의바름"을 배우는 것은 세계정치학의 문제이다. ... 산문적인 세부사항: 좋은 태도를 실행하면 유능한 동물들을 만들어주는데, 사람들은 이들을 인식하기 위해 배울 필요가 있다. 얼굴을 가진 이들이 다 인간은 아닌 것이다. (2008, 42)

여기서 해러웨이는 인간만이 예외적이라는 사실에 반박하며 인간과 동반종들과의 관계성이 더 중요하다는 입장을 보인다. 인간을 우위에 두는 인간예외론은 동물과 인간의 관계를 지배/피지배의 단순논리로 보게 하기 때문에 인간/동반종의 관계가 지닌 복합성을 읽어낼 수 없다는 것이다. 이러한 논의들은 사이보그론의 도발적이고 아이러니로 가득한 주장들로부터 더 확장된 철학적 윤리적 담론의 틀을 유지하고 있다. 즉 해러웨이 초기의 포스트모던 사회주의 페미니스트적인 논쟁은 여러 종의 차이성들을 포괄하는 방향으로 진행됨으로써 사이보그론의 전개 방향은 21세기 기술과학과 인간의 관계에 대해 보다 철학적 윤리적인 성격을 띠게 된다. 해러웨이의 이러한 관점은 지속적으로 반복됨을 발견할 수 있는데 종의 라틴어 어원인 '보기', '응시하기'가 강조되어 각 종의 '되돌아보기'가 주요 개념이 된다.

　　　동반종에 대한 근자의 말하기와 쓰기에서 나는 주의/존중/서로를 보기/되돌아보기/시각-촉각적 만남이라는 상황 안에서 살아보려 노력해왔다. 종들과 존중은 시각적/촉각적/인식적 접촉 안에 있다. 종들은 함께 식탁에 앉으며 혼란스런 짝들이자 동료들, 함께 있는 cum panis이다. ...
　　　이 모든 의미에서, 난 주의를 기울여서 휴머니즘이나 포스트휴머니즘 어느 것에도 적합하지 않은 것의 부분으로 생각하고 느끼려 한다. 동반종ㅡ모든 종류의 시간성과 육체성속에서 내내 함께 형성되어온 것들은 모든 종들이 의문시되는 비 휴머니즘을 위한 나의 혼란스러운 용어이다. 내게 있어선 사람들에 대해서만 말할 때조차도 동물/인간/살아있는 것/살아있지 않은 것의 범주구분들은 주의해볼 가치가 있는 일종의 만남 안에서 흐트러지게 된다. 내가 말하고 쓰려고 시도하는 윤리적 고려는 많은 종류의 종들의 차이성을 가로질러 경험될 수 있다. 사랑스런 부분은 오로지 봄으로써, 되돌아봄으로써 우리가 알 수 있다는 사실이다. 종인 것이다. (2008, 164)

여기서도 인간이 예외적 종이라는 것을 철저히 부정하는 입장이 다시금 강조되면서 철학적 실질적 의미에서 동물들은 인간과 함께 즐기고 관련될 수 있다는 논점을 볼 수 있다. 사이보그 혼종들이나 동반종들의 관계는 다중적 가치를 지닌 것으로서, 단순한 지배/피지배의 논리로 재단될 수 없다는 점이 주된 논리적 근거로 제시된다. 여러 종들의 상호 존중, 공존, 서로 길들이기, 공진화의 개념은 사이보그론의 이원론 해체, 경계해체의 개념과 분열된 정체성 개념이 더 정교하게 확장된 것으로 볼 수 있다. 즉 복합적이고 공진화적 '자연문화' 속에서 단순한 이분법적 구도란 있을 수 없다는 입장이 더욱 강화되어 있으며 인간과 다른 종들과의 관계, 특히 공진화 과정에서 서로의 유대 과정이 논의의 중심에 있다.

이러한 해러웨이의 동반종 논의는 과학기술 시대의 방향에 어떠한 지침이 될 수 있을까? 지속적으로 해러웨이는 다른 생물체와의 관계에서 인간만이 예외라는 입장을 부정한다. 다른 종들과 마찬가지로 함께 진화하고 즐기고 살아왔으므로 이들과의 복합적인 관계를 제대로 구성하기 위해서는 공진화의 역사를 되돌아보고 전체 생물체의 유대를 중시해야 한다는 관점을 볼 수 있다. 이러한 관점은 이제 21세기 인간의 정체성 구성이 어떤 인식에 근거해야 하는지를 알려주고 있으며 여성의 삶과 정체성도 이러한 맥락에서 고려되어야 함을 알려주고 있다.

파생논의들

해러웨이의 사이보그론은 사이보그의 정체성에 새로운 사고방식을 제공하였다. 기원신화나 유기체에 기반을 둔 주체의 관습적 모형을 넘어서서, 자연/문화, 자아/타자, 유기체/기술 이분법 해체를 통해 정보화시대 새로운 대응전략을 마련하려는 시도를 볼 수 있다. 사이보그론은 정보과학, 생명공학 등과 결합하여 활성화되고 있어 학문의 탈경계화를 보이고 있다. 특히 사이보그의 해방적 측면, 문화적 갈등의 매개 가능성, 인간의 정체성 재구성 등이 초점이 되고 있다. 많은 논의들 가운데 일레인 그레이엄, 캐서린 헤일즈, 로지 브라이도티 등을 중심으로 사이보그의 해방적 측면, 문화적 갈등의 매개 가능성, 인간의 정체성 재구성 등이 검토되고 있다.

그레이엄은 마이크로 칩스, 유전자 변형, 클로닝, 정보기술의 새로운 발견들이 모두 인간과 동물, 기계 사이의 경계선에 대해 의문을 던지게 하고 있으며 인간의 육체를 새로이 구성하게 만들고 있다고 본다(1-17). 이는 이 시대 사이보그의 필연성을 지적한 것이다. 따라서 그레이엄은 인간성에 대한 우리의 가장 기본 전제가 변형되고 있다는 가정 하에 대중문화와 예술에 이러한 문제들이 어떻게 표현되는가를 탐색한다. 프로메테우스의 신화와 『프랑켄슈타인』의 괴물에서 포스트모던 SF에 이르기까지 환상적 창조물들이 서구 신화, 종교, 문학에 내재해있음을 지적하면서 이들은 인간의 잠재력, 혹은 한계에 대한 지속적인 관심과 일맥상통함을 논한다. 그레이엄의 이러한 관점은 사이보그가 문화 영역에 어떻게 연루되어 있는가를 짚어본 것으로서 그레이엄의 논리에 따르면 사이보그가 이미 역사적 인식론적으로 우리의 인식틀 속에 자리하고 있음을 알 수 있다.

헤일즈는 해러웨이의 사이보그론에 더욱 당위성을 실어준다. 헤일즈는 이미 우리가 포스트휴먼이 되었다고 가정하고 있으며 이러한 전제로 인해 해러웨이의 사이보그론과 함께 인간과 기계사이의 경계 구분이 해체되는 시대의 필연성을 주지시켜준다. 헤일즈는 유기체와 시뮬레이션, 인공지능 메커니즘 사이에 경계를 두지 않으며, 정보기술과 문화사 연구방식을 결합한 방법론으로 정보가 어떻게 육체를 잃어버렸는가, 사이보그의 기술적 문화적 구성이 어떻게 이루어지는가, 사이버네틱 담론에서 자유주의 휴머니즘적 주체가 어떻게 분해되는가를 분석한다. 헤일즈는 포스트휴머니즘이 여성에게 더 유리할 수 있다고 주장하면서 "포스트"post의 개념이 종결이 아니라 진행되고 있는 변형과 변화의 과정을 함축하고 있음에 초점을 둔다. 즉 헤일즈는 과학기술과 사이버 시대에 사이보그 이론이 성, 주체성, 정체성의 창조적 탐색을 위한 하나의 원천이자, 남성과 여성 양자를 위해 해방적 기능을 할 수 있다고 본다(1999, 283-91 참조).

헤일즈의 논의와 더불어 주목받는 브라이도티의 논의도 사이보그론과 접점을 이루는 지점에 있다. 브라이도티는 해러웨이의 선언문이 인간의 정체성에 의문을 제기하는 점에 주목하면서 사이보그는 잡종이자 육체/기계로서 연결점을 만들어내는 총체이며 상호관계, 수용, 범주의 구분을 흐리게 하는 전 지구적 커뮤니케이션의 형체라고 지적한다. 브라이도티의 유목적 상황 이미지는 주체의 복수성, 유동성을 상정하고 있어 해러웨이의 사이보그론과 연결될 수 있는 근거를 제공하고 있다. 다시 말하자면 해러웨이의 열광적 화자, 헤테로글로시아6)에 대한 요구와 상통하는 점이 있다. 여러 다른 범주들과 원칙들 사이를 이동하여 자신의 상황을 인식해가는 유목적 움직임의 이미지는 사이보그의 다층적이며 복합적 정체성의 개념과 맞닿아있다. 브라이도티는 정치적 변형을 이해하는 데 사이보그가 도움이 된다는 긍정적 측면은 인정하지만 정체성의 문제에 있어, 무의

---

6) 원래 미하일 바흐친의 소설론에서 나온 용어로서 단일 언어 코드 안에 다양한 특질들이 공존하는 속성을 의미한다. 해러웨이는 서로 상충되는 담론들의 공존, 담론들의 탈경계적 속성을 강조하기 위해 이 용어를 쓰고 있으며, 해러웨이 자신이 과학과 문학, 철학 담론 등의 경계를 넘나드는 글쓰기를 통해 이를 실천하고 있다.

식과 욕망의 문제를 포괄하지 못한 한계점이 있다고 지적한다(1994, 170).

사이보그론과 관련하여 물질적 육체의 중요성에 주목한 앤 발사모Anne Balsamo는 주체와 과학기술의 관계를 이해하기 위해서는 물질주의적 기반으로 돌아갈 필요가 있다고 말한다. 발사모는 해러웨이의 사이보그론에 대해 페미니즘 담론에서 여성이 구축되는 양상과 유사함을 인정하며 새로운 논의의 기점을 마련한 점은 인정한다. 그러나 물질적 육체의 중요성을 지적하면서 이에 기반을 두어야 젠더, 인종 등의 담론이 생성될 수 있다고 본다(17-40 참조). 발사모는 육체를 생산물, 인종 젠더의 물질적 구현으로 보기 때문에 하나의 과정, 즉 자아를 알고 만드는 것에 덧붙여 세계를 알고 만드는 방식으로 본다. 기술과 물질적 몸체의 관계는 희망/꿈, 재구성의 가능성이면서 동시에 물질적 육체에 대한 위협을 포함하고 있다고 본다. 이러한 관점에서 발사모의 주장은 사이보그가 실은 포스트모던 아이콘으로서, 기술적 남성 상상계에 의해 침투된 문화에서 생산된 것이며, 사이보그의 주된 지배적 재현은 인간, 기계, 여성성에 대한 부르주아적 개념을 다시 확인케 함으로써 지배 이데올로기에 다시 몰입하게 한다고 보고 있다. 발사모는 또한 사이보그가 대중문화에서 젠더의 상투적 이미지를 재생산할 수도 있다는 점을 우려한다. 메리 도안Mary Doanne도 발사모와 유사하게 대중문화에서 젠더 재생산이 이루어지는 데 대해 우려를 표명하면서 SF 작가들, 특히 페미니스트 여성작가들이 젠더 경계를 없애는 것을 가능하게 하면서도 여성성에 대한 관습적 이해를 더 강하게 만드는 경향이 있다고 지적한다(152-74 참조).

발사모는 육체가 기술에 의해 분산되고 재구성되면 젠더문제는 어떻게 되는 것인가에 주목하면서 기술 혁신에 의해 안정된 경계들이 분산되는 듯 보이면서도 다른 경계들은 더욱 강하게 강화됨을 주장한다. 즉 인간육체의 재형성 가능성이 대두됨에도 불구하고 젠더는 도전받지 않는 범주로서 문화적 상황이면서, 동시에 기술적 전개의 사회적 결과라고 지적한다(9). 젠더는 문화와 자연의 위계질서가 서로 섞이면서 조직화해가는 틀이지만 새로운 기술들이 탄생하여 자연스러운 경계가 지속적으로 도전을 받으므로 이러한 젠더 범주들은 고정적일 필요가 없는 것이다. 발사모의 주된 목표는 어떻게 기술들이 젠더 이익에 관련되어 이데올로기적으로 형성되는가를 규명하고 결과적으로 젠더화된 전통적 권력과 권위의 패턴들에 복속하는가를 기술하려는 것으로 볼 수 있다(10). 발사모는 신기술 시대에 젠더 재생산의 우려를 표명하면서 페미니즘은 물질적 육체의 재현과 과정들에 지속적으로 관심을 기울여야 한다는 입장을 유지한다. 다시 말해 사이보그의 해방적 비전에 지나친 기대를 걸 수 없다는 관점을 유지한다.

사이보그론의 방향과 미래 사회

「파생논의들」에서 언급한 사이보그를 중심으로 한 여러 담론들은 어떠한 의미나 가치가 있을까? 가장 자주 거론되는 점은 사이보그론이 지닌 획기적 의미라 볼 수 있다. 즉 사이보그론의 해방적 측면, 가능성, 문화적 갈등의 매개 가능성, 글로벌 시대 인간의 가능성, 새로운 세계질서에 대응하는 전략을 탐색한 점 등이 사이보그론의 평가에서 가장 자주 거론되는 점들이다. 모든 논의의 중심은 과학기술 시대에 해러웨이의 사이보그론이 지니는 의미와 역할이다. 사이보그론은 관습적 젠더, 국가, 인종, 자연, 인간성의 범주에 도전하고 서구의 가부장제와 근대성의 기반이 되는 이분법을 해체함으로써 전 지구적 자본주의 연관되는 과학기술에 대응하는 책략으로 기계와 인간의 결합을 통해 정체성이 재구성될 수 가능성에 초점을 두고 있다. 또한 사이보그는 정보/기술 시대에 대응하여 여성의 주체성이나 삶의 전략을 세우는 데 하나의 주요한 근거로서 유기체와 기계 사이의 경계 해체, 이원론의 해체는 여성 정체성이 새로이 구축될 수 있는 가능성을 제시해준다. 즉 과학기술 발전에 따라 여성이 어떻게 현재 세계

질서에 적응해야 가의 문제를 초점으로 삼은 점, 기술과 여성의 관계를 단순히 위협자, 혜택자의 논리로 파악하지 않고 적극적 대응을 촉발한 점이 거론되고 있다. 사이보그론이 미래 페미니즘의 돌파구와 가능성을 제공할 수 있을까의 문제에 대한 다양한 논의들을 볼 수 있는 것이다. 사이보그론의 성취에 집중하는 연구자들은 사이보그가 육체적 실재의 방식이나 여성의 공유경험이라는 보편적 개념을 넘어서는 새로운 돌파구를 마련한 점을 높이 산다. 이들은 사이보그가 포스트휴머니즘 문화에서 여성의 정체성이 재구축될 가능성, 즉 여성의 정체성을 찾는 하나의 수사troupe로 주요한 지침이라는 데 초점을 모으고 있다. 사이보그론에서 더 확장된 해러웨이의 동반종론에 대해서는 기계와 인간뿐만 아니라 동물을 포함한 다양한 종의 공존 가능성이 어떻게 인간의 삶의 가능성 및 페미니즘의 방향에 지침을 마련해줄 수 있는지 논의가 이루어지고 있다.

사이보그에서 출발한 동반종 개념은 확대된 범주의 혼종성, 잡종성, 타자, 비고정성 등을 보여주는 점에서 사이보그론보다 더 확장된 시각과 영역이 특징이다. 새로운 세계 질서에 대응하기 위한 하나의 전략으로 볼 수 있는 실뜨기 놀이 비유는 각 생물체간의 복합적인 관계를 시사해준다. 즉 과학기술 시대의 다양한 생명체들과의 소통을 강조한 점은 과학과 철학이 결합된 논의를 우리에게 제공해줌으로써 또 다른 국면의 사이보그에 대한 가능성을 탐색하게 유도해 주고 있다. 이를테면 사이보그에서 확대된 동반종 논의에서 인간과 다른 종들이 함께 진화해오고 교류한 사실을 강조한 점은 과학기술 시대 우리의 삶이 이제 다른 생명체나 기술/기계와 융화되어야 바람직한 방향으로 나갈 수 있음을 시사한다.

사이보그론이나 동반종론이 지닌 획기성이나 기여점은 과학기술 시대에 대응하는 전략의 하나로서 유용한 지표로 수용해야 할 것이다. 그러나 우리의 유용한 전략이나 방법론으로 활용하기 위해서는 사이보그론이 지닌 한계점이나 보완되어야 할 점들을 고려해야 한다. 실제로 해러웨이 수사법의 특징, 즉 비유와 실제를 병행하는 특징으로 인해 해러웨이의 논의는 다소 추상적이며 유토피아적 측면이 있다. 개의 사육이나 훈련, 개와 함께 하는 경주 등 구체적인 예들이 제시되어 있으나 이를 우리 전략으로 활용하는 연결고리 제시가 모호한 것이 사실이다. 또한 사이보그론은 나날이 진전되고 있는 전 지구적 과학기술이나 제 일세계 중심의 후기자본주의적 관점에 상응하는 면이 있다. 즉 전 지구적 시장에서 과학기술도 제 일세계 중심의 세계화와 맥락을 함께 하는 시점에서 사이보그론은 초월적 과학기술에 공모적이며 다분히 유토피아적인 측면이 있다고 볼 수 있다. 이를테면 사이보그나 확장된 사이보그 개념 모두 우리가 경계해체와 타종과의 상호교류를 통해 21세기 삶의 복합적인 문제들을 해결할 수 있는 것처럼 보인다. 이처럼 과학기술이 인간체험과 지식을 보편화하는 과정에서 저개발국가나 여성, 유색인종 등의 문제에 대한 대응책으로서 사이보그론은 보다 구체적인 실천 책략의 보강이 필요하다고 본다. 구체적인 장소에서의 구체적인 삶의 체험에 대한 논의는 여전히 우리에게 필요한 것이기 때문이다.

또한 젠더나 모성의 문제, 제3세계 여성의 문제에 대해 비유적 글쓰기를 넘어서 과학기술 시대에 이러한 영역의 변이에 대해 좀 더 구체적 논의가 필요하다. 유색인종 여성에 대한 논의에서 이러한 가능성의 씨앗을 볼 수 있지만 구체적 데이터와 검증작업이 필요하다고 볼 수 있다. 이를테면 유색인종 여성이 과학기반 산업들에서 선호되는 집단이면서, 전 지구적 성 시장과 노동 시장을 위한 실제 여성들이기도 하다고 하면서 젊은 한국여성들의 예를 든 부분은 우리 입장에서 다소 객관성이 떨어지는 부분이라고 지적할 수 있다. 즉 성산업과 전자조립 산업에 고용된 한구 여성들이 고등학교로부터 모집되어 통합회로를 위해 교육받고 있다(1991, 174)는 언급은 객관적 근거로 받아들이기에 무리가 가는 부분이라고 할 수 있다.

과학기술 영역, 이를테면 과학기술과 권력관계 구도에서 인간의 상황과 위치에 대한 더 실질적인 논의가 이루어질 필요가 있다. 대중문화에서 양산되는 실제 사이보그에 대해서도 비판적 검토가 이루어져야 한다. 이를테면 해러웨이의 사이보그론이 진보적 해방적 측면을 지니고 있는 반면 할리우드 영화 속 사이보그는 전통적 젠더 역할 구분에 충실한 경우가 많다. 남성 사이보그들은 <로보캅>, <육백만 불의 사나이> 등에서 보다시피 국가나 사회의 질서를 회복하는 임무를 띠고 활약하는 경우가 많다. 여성 사이보그들은 <메트로폴리스>의 마리아로부터 <블레이드 러너>의 프리즈와 조라 등에서 보다시피 위협적이며 위험한 존재로서 공동체의 질서를 위해 제거되고 억압되어야 할 대상으로 재현되는 경우가 많다. 구체적 삶의 현장이나 문화 영역에서 사이보그의 가치나 역할을 꼼꼼히 검토하는 작업이 지속적으로 이루어져서 사이보그론이 세계 어느 지역이든 간에 과학기술 시대 문제들을 제대로 읽고 대처하게 해주는 전략으로 거듭나야 한다. 다시 말해 사이보그론이 구체적 삶의 현장에서 벌어지는 문제를 제대로 읽고 대처하는 책략으로 실천적 면에서의 보강이 이루어질 때 하나의 관점으로만 재단된 세계질서와 지식, 문화체계를 넘어선 올바른 미래 사회의 확립방향에 하나의 주요한 지침이 될 수 있을 것이다.

▌참고문헌

신두호. 「가이아와 사이보그 사이에서: 지구/여성 이미지에 대한 젠더 문제와 생태여성주의 문학」. 『인문학 연구』 6 (1999): 67-96.

신명아. "The Posthuman and Feminism: Donna Haraway's Theory of Technoscience and Marge Piercy's *He, She and It*." 『비평과 이론』 8.2 (2003): 123-51.

_____. "Feminism and Technoscience: A Study of a Way to Overcome a Phallogocentric Society through Donna Haraway's Theory of Technoscience." 『비평과 이론』 10.1 (2005): 199-231.

유제분. 「사이보그 인식론과 성의 정치학: 포스트휴먼 페미니즘의 비판과 수용」. 『미국학논집』 36.3 (2004): 759-77.

_____. 「(재현) 부적절한 타자의 재현―다나 해러웨이의 사이보그 페미니즘 인식론과 옥타비아 버틀러의 『완전변이 세대』 삼부작」. 『영어영문학』 50.3 (2004): 759-79.

조주현. 「페미니즘과 기술과학: 대안적 패러다임 모색을 위한 해러웨이 읽기」. 『한국여성학』 14.2 (1998): 122-51.

최은주. 「포스트휴먼 시대에 재배치되는 성과 몸: 다너 해러웨이의 공의존적 복수주체」. 『비평과 이론』 12.2 (2007): 169-95.

Badmington, Neil. *Alien Chic: Posthumanism and the Other Within*. London: Routledge, 2004.

Balsamo, Anne. *Technologies of the Gendered Body: Reading Cyborg Women*. Durham: Duke UP, 1996.

Bell, David. *Cyberculture Theorists*. New York: Routledge, 2007.

_____ and Barbara M. Kennedy. Eds. *The Cybercultures Reader*. London: Routledge, 2001.

Bendle, Mervyn F. "Teleportation, Cyborgs and the Posthuman Ideology." *Social Semiotics* 12.1 (2002): 45-63.

Braidotti, Rosi. *Nomadic Subjects: Embodiment and Sexual Difference in Contemporary Feminist Theory*. New York: Columbia UP, 1994.

_____. *Metamorphoses: Towards a Materialist Theory of Becoming*. Cambridge: Polity Press, 2002.

Cockburn, Cynthia. *Machinery of Dominance: Women, Man, and Technical Know-How*. London: Pluto Press, 1985.

Doanne, Mary Ann. "The Clinical Eye: Medical Discourses in the "Woman's Film." of the 1940s." *The Female Body in Western Culture: Contemporary Perspectives*. Ed. Susan Rubin Suleiman. Cambridge: Harvard UP, 1986. 152-74.

Graham, Elaine L. *Representations of the Post/Human Monsters, Aliens and Others in Popular Culture*. New Brunswick. Rutgers UP, 2002.

_____. "Cyborgs or goddesses?: Becoming divine in a cyberfeminist age." *Virtual Gender: Technology, Consumption and Identity*. Eds. Eileen Green and Alison Adam. London: Routledge, 2001. 302-22.

Gray, Chris Hables. Ed. *The Cyborg Handbook*. New York: Routledge, 1995.

_____. *Cyborg Citizen: Politics in Posthuman Age*. New York: Routledge, 2002.

Green, Eileen and Alison Adam. Eds. *Virtual Gender: Technology, Consumption and Identity*. London: Routledge, 2001.

Haraway, Donna J. *Simians, Cyborgs, and Women: The Reinvention of Nature*. London: Routledge, 1991.

_____. *The Companion Species Manifesto: Dogs, People, and Significant Otherness*. Chicago: Prickly Paradigm P, 2003.

_____. *The Haraway Reader*. London: Routledge, 2004.

_____. *When Species Meet*. Minneapolis: U of Minnesota P, 2008.

Hayles. N. Katherine. *How We Became Posthuman: Virtual Bodies in Cybernetics, Literature, and Informatics*. Chicago: Chicago UP, 1999.

_____. "Flesh and Metal: Reconfiguring the Mindbody in Virtual Environments." *Configurations* 10.2 (2002): 297-320.

Kirkup, Gill, Linda Janes, Kathryn Woodward, Fiona Hoenden. Eds. *The Gendered Cyborg*. London: Routlege, 2000.

Plant, Sadie. "The Future Looms: Weaving Women and Cybernetics." *Cyberspace, Cyberbodies, Cyberpunk: Cultures of Technological Embodiment*. Eds. Mike Featherstone and Roger Burrows. London: Sage, 1995. 45-64.

Schneider, J. *Donna Haraway: Live Theory*. London: Continum, 2005.

Squires, Judith. "Fabulous Feminist Futures and the Lure of Cyberculture." *The Cybercultures Reader*. Eds. David Bell and Barbara M. Kennedy. London: Routledge, 2001. 360-73.

Toffoletti, Kim. *Cyborgs and Barbie Dolls: Feminism, Popular Culture and the Posthuman Body*. London: I.B. Tauris, 2007.

Tomas, David. "The technophilic body: on technicity in William Gibson's cyborg culture." *The Cyberculture Reader*. Eds. David Bell and Barbara M. Kennedy. London: Routledge, 2000. 175-89.

Wajcman, Judy. *Feminism Confronts Technology*. Cambridge: Polity Press, 1991.

2

사이버스페이스론: 사이버시대의 정체성*

사이버문화 연구의 방향

정보과학 기술의 진전으로 인한 각종 SNS의 범람이나 새로운 미디어들의 출현이 우리의 생활 전반을 지배함에 따라 사이버스페이스와 실질적 공간의 경계가 점차 모호해지는 현상은 이미 우리들의 현실에 와 닿고 있다. 이에 따라 사이버스페이스의 속성 및 사이버문화에 대한 이해가 필연적으로 요구된다. 사이버문화 시대의 과학 및 정보기술 혁명, 기계와 인간의 결합 등이 논의되는 가운데 인간 주체, 지식, 자연과 문화의 관계 등은 혁신적인 변화를 겪고 있다. 정보과학기술 연구에서 철학, 문화연구, 지리학에 이르기까지 우리가 거주하고 있는 세계의 이해를 위해 학문 간의 탈경계적 연구가 활발히 진행되고 있다.

사이버문화는 다양한 학문적 전통과 이론적 관점들을 포괄할 뿐만 아니라

---

* 이 장은 필자의 논문 「사이버스페이스와 여성 정체성의 재구성」(『탈경계 인문학』 제4권 2호, 2011년, 125-49면)을 참조로 하여 재구성하였다.

통섭적 연구방법과 접근을 보이고 있는 복합적 분야이며 여전히 생성 중인 분야로서 탈경계적 속성을 지니고 있다. 실제 해외연구의 경우 문화, 과학, 커뮤니케이션, 종교 등의 영역에 이르기까지 다양한 영역을 포괄하고 있으며 J 프로우J. Frow와 M 모리스M. Morris의 지적처럼 이러한 사이버문화 연구는 방법의 불순성과 격렬한 혼합을 특징으로 하고 있다(Frow and Morris 327). 데이비드 벨David Bell도 사이버문화 연구는 진행 중인 영역임에 주목하면서 대표적인 20개의 영역을 지목하고 있다. 데이비드 벨이 지적한 20개 영역 가운데 주목할 만한 것으로는 컴퓨터 과학과 관련된 사이버테크노 과학, 새로운 기술의 사용과 사용자, 새 기술의 충격들에 대한 사회학적 연구, 사이버스페이스에 대한 연구, SF나 사이버펑크와 같은 문학 관련 이론연구, 새 미디어에 관련된 미디어 연구, 즉 SF나 디지털 영화 만들기, 분배 소비에 관련된 새 미디어 연구, 과학과 기술에 대한 철학적 연구, 정보와 지식경제 속의 변화하는 직업패턴에 대한 경제학 및 조직 연구, 과학과 기술에 관련된 페미니즘적 연구, 다양한 형태의 사회적 정치적 문화적 이론들, 사이버스페이스의 물질적·상징적·경험적 차원, 사이버문화의 형식 및 실행, 정치학, 정체성, 사이버문화적 생산과 소비를 이해하기 위한 문화연구적 접근 등을 들 수 있다(Bell 10).

사이버문화 연구는 1990년대 중반 경부터 본격화되면서 문화연구와 문학연구의 관점에서 이루어진 텍스트 분석의 방법과 사회학적 전통에 근거한 경험론적 연구를 볼 수 있고, 페미니스트 사이버문화 연구나 사이보그 연구 등을 볼 수 있다. 이러한 사이버문화 영역이 여전히 형성 중일 수밖에 없는 이유는 사이버와 관련된 기술이 지속적으로 진전됨에 따라 이에 기반을 둔 스토리나 생각들이 계속 진전되고 복합적으로 되고 있기 때문이다. 따라서 사이버스페이스, 인공지능, 사이보그 등을 중심으로 한 사이버문화론은 어떠한 의의와 가치를 지닌 것인지, 사이버문화 연구에서 사이버스페이스와 인간 정체성의 문제, 육체의 문제는 어떠한 방향으로 구성되어야 하는지 방향성 탐구가 절실한 시점이다.

사이버스페이스

사이버스페이스는 기존의 공간 개념을 변화시키고 있다. 사이버스페이스와 가상현실virtual reality이 인간의 거주환경 변화를 초래하고 있는 것이다. 사이버공간의 유동적, 탈경계적 속성은 윌리엄 깁슨William Gibson의 유명한 사이버펑크 작품 『뉴로맨서』Neuromancer에서 사이버스페이스라는 용어가 처음 사용되면서 이미 예견되고 있다.

> 사이버스페이스 매일 수백만의 합법적 이용자들이 일상으로 경험하는 공감
> 각적 환상... 인간이 만든 시스템의 모든 컴퓨터 저장장치로부터 추출된 정
> 보의 도표적 재현. 상상할 수 없는 없는 복합성. 마음의 비공간에 배치된 빛
> 의 행렬들, 정보의 군집체와 무리. 도시의 빛처럼 멀어져가는 곳. (67)

이러한 생생한 묘사는 예측키 힘든 복합성을 지닌 공간으로서 미래에 강력한 변화를 가져올 수 있는 공간의 의미를 내포한다. 깁슨의 소설뿐만 아니라 SF 콘텐츠들에서 사이버스페이스는 순수하게 커뮤니케이션 네트워크의 정보 영역으로 묘사되어왔다. 이러한 근거로 사이버스페이스는 탈육체화된 정보에 근거한 의식 영역으로 생각되었다. 사이버스페이스에서 물질화된 육체의 배제, 공감각적 환상은 기존의 의사소통과 다른 패턴의 의사소통 체계를 보여준다. 사이버스페이스는 실제 공간의 다양한 경계들이 허물어지고 유동성, 불확정성이 특징인 공간이 된다. 이러한 깁슨적 정의는 이후 여러 영역에 막대한 영향을 미쳤으며 새로운 영역, 즉 가상의 영역이 우리에게 줄 수 있는 가능성에 대한 많은 담론이 쏟아져 나왔다. 이에 대해 일부는 사이버스페이스가 너무 막연한 개념이라 디지털, 혹은 뉴미디어와 같은 특정한 영역을 붙여서 사용하기도 하지만, 벨은 사이버스페이스란 용어가 기술, 기술의 이용과 이용자, 체험, 스토리와 이미지들을 함께 접어서 포괄하기에 지속적인 호소력과 개념적 가치를 가지고 있다고

본다(4). 벨의 지적대로 실상 사이버스페이스란 용어가 가장 포괄적이고 호소력 있는 개념으로 사용되고 있다.

사이버스페이스를 둘러싼 여러 논의들에서 볼 수 있는 쟁점들은 매우 다양하고 여러 학문 영역을 포괄하고 있으나 육체와 정신의 이분법을 극복할 수 있는 출구로서의 사이버스페이스에 대한 쟁점들은 다음과 같이 요약해볼 수 있다. 사이버스페이스에서의 육체화, 탈육체화, 재육체화는 여성과 남성에게 다른 과정으로 작용하는 것일까, 젠더 정체성이 변화할 수 있는 계기가 되는 것일까, 물질적 육체가 사라지고 사이버스페이스상의 육체는 육체를 초월하는 유토피아적 판타지를 가능하게 하는 것일까? 실제 육체의 의미란 무엇인가? 사이버스페이스와 연루된 사이버기술의 관점에서 볼 때 여성의 육체 및 여성의 정체성은 새로운 변형의 가능성이 있을까? 즉 사이버스페이스나 사이버기술과 젠더의 관계는 어떠한가, 사이버스페이스나 사이보그를 해방적 공간이나 실체로 볼 수 있을까?

이러한 문제들에 대한 논의는 사이버스페이스에 대한 관점을 어떻게 지니는가에 따라 방향이 달라질 수 있다. 긍정적 방향을 모색해볼 때 사이버스페이스는 정체성을 능동적으로 재편할 수 있는 가능성을 주고, 다원적 정체성을 실현할 기회를 주는 점을 출발점으로 해야 할 것이다. 왜냐하면 사이버스페이스에 진입하면 육체는 정신과 분리된다는 관점을 넘어서서 육체를 재구현함으로써 사이버스페이스라는 기술의 매트릭스에 연루되고 새로운 관계망에 연루될 수 있기 때문이다. 이미 전통적인 시간과 공간의 장벽을 넘어서서 새로운 관계망이 이루어지는 현상들은 우리가 접하는 현실이다. 이러한 시점에서 사이버문화 연구의 방향, 특히 사이버스페이스와 육체, 정체성 연구 방향은 단순한 정신/육체, 물질/비물질의 이분법을 넘어서야 할 것이다.

사이버스페이스의 유동성, 탈경계성으로 인해 인간의 정체성도 끊임없는 변화의 가능성이 제시되고 있어 한 범주로 가둘 수 없는 변수가 늘 따르게 되었다. 따라서 주체-기술의 관계에 대해 다른 사고방식이 요청되고 여성 육체나 정체성의 정치학 탐색에도 새로운 출구가 필요하다. 주체의 관습적 모형이 변형되며 자연/문화, 자아/타자, 유기체/기술, 사이버스페이스/실질공간의 이분법이 어떻게 해체될 수 있는가를 모색하는 작업이야말로 주체성 구성 가능성에 대한 새로운 출구가 될 수 있다.

그런데 사이버스페이스와 사이버문화적 기술들은 실제 육체가 거주하는 세계에서 볼 수 있는 만큼이나 권력관계들을 포함한다. 다이앤 큐리어Dianne Currier는 사이버 육체들이 어떻게 젠더 문제에 접근해야 하는지 탐색하는 작업에서 출발하여, 육체는 차이와 주체성의 터전이자 기술과의 접촉 지점임을 주목하면서 사이버문화에서 탈육체화를 강조하는 것은 오래된 정신/육체의 이분법이 여전히 근거로 작용하고 있음을 보여준다고 지적한다(255). 큐리어는 이처럼 사이버스페이스에서도 오래된 이분법이 근거로 작용하는 데 대한 대안으로 들뢰즈Giles Deleuze와 가타리Félix Guattari의 배치assemblages의 이론을 빌려서 정체성의 논리를 다시 구성하고 있다. 육체와 기술은 1+1의 이분법적 정체성 개념이 아니며 육체도 고정된 하나의 패턴으로 규정되는 것이 아니라 타 육체들, 대상들, 제도들, 기술들, 기호체제들, 권력관계들의 복합적 배치 안에서 구체화되거나 실현되는 것이며(articulated or actualized, within complex assemblages of other bodies, objects, institutions, technologies, regimes of signs, and relations of power) 결코 통합되거나 안정적인 실체가 아님에 주목해볼 필요가 있다고 주장한다(Currier 264). 이러한 큐리어의 논의는 사이버스페이스와 육체담론에 하나의 방향성을 제공해준다고 볼 수 있다. 왜냐하면 사회적 그리고 기술적 형성이라는 맥락에서 육체의 구성들을 보게 된다면, 기존의 배치들을 전복하고 그 안에서 새로운 배치가 이루어지도록 방향을 잡아갈 수 있기 때문이다. 이러한 점에서 큐리어의 논의는 사이버문화의 사회적 구성뿐만 아니라 문화적·기술적 구성의 탈경계적 성격에 주목하게 해주며 사이버스페이스와 육체 및 젠더 논의에 새로운 실마리를 제공해주고 있다. 큐리어의 논의는 다소 추상적인 감이 있으나 사이버스페이스의 속성을 들뢰즈나 가타리의 배치 개념을 빌려와 규명함으로써 사이버스페이스의 복합성에 대한 이론적 근거를 적절히 제시하였다고 볼 수 있다.

사이버시대의 육체와 정체성

사이버스페이스에 대한 논의 가운데 사이버스페이스에서 취하게 되는 가상의 육체virtual body에 대한 논의는 다양하다. 즉 사이버스페이스로 진입시 육체를 이탈하는 과정은 가상 육체를 취하는 과정인데 이러한 소재를 중심으로 한 SF 콘텐츠에서는 실제 육체를 벗어나서 사이버스페이스의 세계에 거주하기도 하고 아예 이 영역에서 영원히 거주하는 양상을 주로 다룬다.[1] 소설 『뉴로맨서』뿐만 아니라 영화 <매트릭스>나 <인셉션>, <토탈 리콜> 등에서 이러한 모티브들을 볼 수 있다. 사이버스페이스로 진입하는 것은 정신이며 육체는 현실에 남아있는 것으로 설정되어 육체/정신의 이분법적 구도에 기반을 두고 있다. 다시 말해 정신과 육체를 분리하여 육체는 현실에 남고, 정신이 사이버스페이스에서 활동하는 패턴이 중심이 된다. 이러한 양상에서 고찰되다시피 정보에 기반을 둔 사이버스페이스의 속성은 실제 물질적 육체의 접근을 어렵게 하고 이처럼 육체가 제외되는 것에서 정체성의 변형을 이루기도 한다.

이러한 육체논의는 궁극적으로 이분법적 대립에 근거한 사고 패턴의 정체성 논리에 갇혀있는 경우가 많다. 다시 말해 인공두뇌학과 SF 콘텐츠들에서 흔히 발견되는 패턴은 육체에서 해방되어 자유로이 유동하는 의식이다. 이는 사이버스페이스 담론에서 가장 일반적으로 볼 수 있는 육체/정신의 논의형태이다.

1) 팻 캐디건(Pat Cardigan)의 『시너즈』(Synners, 1991)에서 시너인 비주얼 마크가 자신의 육체를 포기하고 네트워크상에 거주하기를 선택하는 것은 이러한 예를 잘 보여준다.

이러한 분리는 사이버스페이스의 수단이나 장치로 정보를 강조하기 때문이다. 기술과 개인의 관계에서 정보를 결정적 요인으로 보는 경우 육체보다 정보를 우위에 두기 쉽다. 사이버스페이스에서 정보는 물질보다 더 우위에 있는 특권적 용어로 작용하는 경우가 많다. 물론 구체적인 실체의 육체와 기술적 도구들, 사이버스페이스 영역과 육체관계를 이론화하는 데 정보가 결정적인 원칙이 된다. 그러나 육체는 그대로 있고 사이버스페이스로 진입하는 주체가 정신이라는 이분법적 접근은 물질/비물질, 육체/정신의 이분법을 재생산하는 것과 같다.

사이버스페이스의 가상 육체를 논할 때 주요한 점은 가상세계가 완성된 것이 아니라 지속적으로 진행되는 단계에 있다는 점이다. 실제로 사이버스페이스의 공간적 특징은 과정process이 중심으로 진행되며 유목적 성격을 지니고 있다. 이러한 유목적 성격은 고정된 육체 개념이나 정체성 개념을 함유하지 않는다. 이점에서 사이버스페이스의 유목성은 로지 브라이도티Rosi Braidotti의 유목개념과도 통한다. 브라이도티는 우리가 영원한 변형과 잡종화, 유목의 과정에 있으며 이러한 '사이'의 상태들과 단계들은 이미 수립되어있는 이론적 재현의 방식에 도전하는 것으로 본다. 브라이도티는 통합적 정체성이나 육체담론을 시도하지 않으며 브라이도티의 유목적 상황 이미지는 주체의 복수성, 유동성을 상정하고 있다(2002, 2 참조).

다너 해러웨이의 "분열된 정체성"fractured identities 개념도 유사한 성격을 지닌다(1991, 155-61 참조). 해러웨이는 통합적 정체성 혹은 체험을 총체화하려는 시도를 거부하며 여성이라는 공통된 이름으로 타자의 경험을 말하려는 입장을 부정한다. 특히 해러웨이의 사이보그는 젠더를 초월한 존재로서 총체적인 여성 체험을 부정하며 사이보그의 정체성은 상황에 따라 유동적인 특성을 지닌다. 해러웨이는 줄리아 크리스테바의 여성개념이 청년이나 동성애자처럼 역사적 집단으로 상정된 점에 주목하면서 커뮤니케이션 네트워크 속의 여성, 즉 사회적 범주로 구축된 여성 개념이 페미니즘에 더 적합하다는 관점을 보인다.

실상 해러웨이의 분열된 정체성 개념은 여성을 부정한다기보다 타자(여성, 유색인종, 자연, 노동자, 동물 등)를 고립시키는 이원론에 대한 비판과 통한다. 또한 고도의 기술문화에서는 인간과 기계의 관계에서 누가 만들고 누가 만들어졌는지 명백하지 않기에 경계가 불분명하다. 이제 우리 자신은 생물학 같은 공식적 담론 안에서건, 통합회로 안의 가정경제 같은 일상에서건 사이보그, 혼종, 모자이크, 괴물이며 이처럼 경계해체와 융합이 특징인 정체성의 구성은 본질적 여성 개념을 넘어서서 유동적 정체성 개념을 수립하는 의미가 있다.[2]

다양한 논의들에서 보다시피 사이버문화 시대의 인간 정체성 문제는 열린 가능성의 문제로 접근되며 인간이 거주하는 세계의 개념을 변형시키고 있다. 하워드 레이골드Howard Rheigold의 주장처럼 인터넷 공간 같은 사이버스페이스는 성, 인종, 연령 등이 배제될 수 있는 보다 평등한 공간을 허용한다(26). 레이골드는 인종, 젠더, 연령, 국적, 육체적 외양은 원하지 않으면 명백하게 밝히지 않아도 되는 이 공간의 속성에 주목하는데, 이러한 경우 인종, 젠더 등이 생물학적 개념과 연관되기보다는 사회적·문화적 가치관과 연관된다. 그러므로 육체는 정보영역으로 들어가지 못하는 단순한 물질적 육체가 아니다. 사이버스페이스에서 육체의 변형이 이루어진다면 기존의 이분법에 근거를 둔 육체들을 넘어서는 데 있는 것이다.

그러나 사이버스페이스에서 획득하는 새로운 정체성의 개념은 보다 복합적으로 접근되어야 한다. 가상적인 존재와 물질적 존재는 서로 얽히어 있으며 가상공간의 육체는 물론 프로그래밍을 통해 변환될 수 있다. 실제 젠더도 바뀔 수 있으며 피부색도 일시적으로 망각될 수 있고 나이와 육체의 질병도 피할 수 있다. 이처럼 육체를 재프로그래밍하는 것은 사이버스페이스에서 어떤 형태도 취할 수 있다는 것을 의미한다. 그러나 이러한 경우 물질적 육체가 배제된다는

---

2) 해러웨이의 정체성 논의는 필자의 글 「과학기술시대의 페미니즘과 사이보그론」(『영미문학페미니즘』 제17권 1호, 2009년, 275면)을 참조하였다.

사고에 기반을 두기 쉽다. 가상의 육체를 구성하는 과정에는 가상의 육체와 실제 육체의 관계를 변형된 방식이지만 유지하려는 욕망이 자리하고 있다. 실제 육체는 스스로 구성한 정체성을 더 정확히 재현하려는 개인의 욕망을 따라 재구성되는 경향이 있다. 그러므로 가상의 육체는 실제 육체를 완전히 저버리지 않으며 육체의 속성을 다른 맥락으로 새로이 만들려는 시도에 연루된다. 이러한 과정에서 육체의 재현들, 의미들과 기능들은 더 복합적인 형성 단계로 진입하게 되는 것이다.

이와 관련하여 젠더도 사이버스페이스에서 변형 가능성이 큰 것으로 볼 수 있다. 사이버스페이스는 젠더 변형의 핵심 터전이 되는데 젠더는 두 가지 양태로 작용한다(Currier 261). 첫째 그것은 기존의 물질적·성적 육체에 부가된 젠더와 구분된다. 실제 세계에서는 쉽게 분리될 수 없는 것이지만 가상성, 탈육체성으로 인해 젠더 패턴은 없어질 수 있다. 두 번째로 젠더는 순수한 정보의 사이버스페이스 안에서 자유로이 유동하는 패턴이므로, 개인은 자유로운 틀을 취하여 자신의 의지대로 기존 젠더를 무효화할 수 있다. 실제로 인터넷 공간에서 많은 여성들이 남성의 젠더로 활동하거나 젠더와 관련 없는 실체로 활동하기도 한다.

이에 육체와 육체를 새로이 구성할 수 있는 각종 생명공학이나 의학기술, 이러한 육체와 기술의 상호작용으로 말미암아 통합된 육체를 어떻게 규정하는 가는 점점 어렵게 되었다. 큐리어는 기술과 개인 육체의 관계를 볼 때 정체성과 동일성을 강화하는 대신 육체와 기술에 대한 대안적 이해나 새로운 이해는 들뢰즈와 가타리에서 나올 수 있다고 본다(264). 즉 육체와 기술의 상호관계를 생각해볼 때 기존의 정체성의 정치학에 갇히지 않을 가능성은 들뢰즈와 가타리의 배치의 개념에서 찾을 수 있다는 것이다. 이는 차이의 영역을 열어줄 수 있으며 사이버스페이스와 여성의 육체 구성에 관심을 지닌 페미니즘에 유용한 창구가 될 수 있다. 큐리어는 배치의 가능성에 대해 이분법적 경계를 허물고 새로운 다양성을 창출해낼 수 있는 점을 강조한다.

배치는 요소들의 기능적 혼합이지만 가장 중요한 것은 구성요소들이 통합되고 안정되거나 자기 정체적 총체나 대상들로 이해되지 않는다는 점이다. 각 배치마다 구성요소들의 힘과 흐름은 다른 요소들의 힘과 흐름과 만나고 연결된다. 이러한 만남들의 결과로서 생기는 분포는 배치를 구성한다. 다양한 대상과 총체들의 만남에 관련되어있지만 이는 추가함으로써 연결하는 생체 기술적 모형이 아니다. … 오히려 육체들과 다른 요소들은 각 배치 안에서 임시적 연결과 정렬을 만들어내는 다양성의 영역들이다. (263)

여기서 배치는 다소 관념적인 면이 있으나 매우 독특한 개념으로 사용되고 있으며 새로운 영역 구성의 기본 개념이 됨을 알 수 있다. 배치의 요소들이 서로 다른 복합성들과 혼합되는 복합성들이라면 각각의 혼합은 앞선 혼합과 다른 복합성들을 생성해낼 것이다. 이러한 양태로 각 요소는 각 배치 안에서 새로운 연결점을 이루는 또 다른 존재가 된다. 이러한 배치의 내용들은 결코 지속적이거나 안정적으로 되지 않으며 개별화되거나 자기정체성을 갖지 않는다. 특별한 배치의 맥락 안에서 요소의 흐름들은 복합적이기 때문이다. 정보, 물질, 사고, 분자, 움직임들, 파편들이 특별히 인식 가능한 영역과 기능들 안에 배치되어서 유입되는 것이다. 이러한 식으로 이루어지는 배치 요소들 간의 만남은 권력의 위계를 형성하지 않는 점이 가장 주목할만하다. 오히려 복합성의 흐름이나 힘, 강도intensity들이 서로 연결되고 다른 흐름, 힘, 복합성들과 연결되어서 또 다른 차원의 복합성들이 정교하게 구축된다. 이러한 구축의 결과는 혼종hybrid 혹은 변이들이며 이들은 서로 상이한 종류를 형성하므로 하나의 단일한 총체로 추적될 수 없다.

　　이처럼 다른 요소들의 움직임이 배치를 구성한다면 그 요소들은 하나의 정체성이나 이분법적 대립 항들의 구도를 따라 조직화되지 않는다. 배치는 파편의 집합들이라는 개념이 아니라, 전체와 구성의 관계에 전혀 다른 각도의 이해를 제공한다. 복합체의 연결로 구성되어있기 때문에 배치는 구성요소의 합이라도 요소를 초월하거나 조직화하는 구조에 의해 질서를 부여받거나 지배되지 않는다. 이러한 구성으로 인해 하나의 배치 안에 구성요소가 어떤 변화를 초래할 경우 새로운 배치를 가져오게 된다.3)

그러므로 배치의 개념은 육체를 이해하는 두 가지 연장된 접근을 제시하고 있다. 첫째 육체는 물질적, 화학적, 전기충동의 조합이면서 어떤 불변의 패턴으로 고정되지 않는다. 연속적으로 흐름 속에 있고 환경들과 대상들, 그리고 담론영역에 개방되어 있다. 둘째로 특이한 육체들은 다른 육체들, 결코 통합되거나 안정화되지 않는 대상들, 제도들, 기술들, 기호체계들, 권력관계들의 복합적인 배치 안에서 구성되거나 실제화된다. 어떤 것이 위계상 더 우위라고 말할 수 없는데, 요소들은 동일하게 작용하기 때문이다. 큐리어의 말처럼 육체도 이러한 관점에서 보면 일시적이며, 주변을 둘러싼 대상들, 지식들, 지리들, 제도적 실행들의 흐름과의 관련이라는 복합적 영역 안에서 형체를 취하는 것이다(264). 엘리자베스 그로스Elizabeth Grosz는 이러한 육체들을 "과정, 기관, 흐름, 에너지, 육체적 본질들, 비육체적 사건들, 속도와 연속 등의 불연속적, 비총체적 시리즈"로 묘사한다(164). 이러한 그로스의 육체에 대한 이해는 정신/육체의 이분법을 넘어서 육체구성의 복합적인 요소들을 포괄하고 있다. 아울러 들뢰즈와 가타리가 이야기한 배치의 개념과도 상통하는 것이다.

사이버스페이스를 탐색하는 페미니스트에게 들뢰즈와 가타리가 시사한 이론적 변환들은 기술과 사이버스페이스의 문제에 하나의 틀에 갇히지 않은 정체성의 실마리를 제공하며 변형의 가능성을 제공한다. 복합성의 임의적 배치라는 개념이나 구성요소들이 다른 요소들과 지엽적으로 특이한 구성을 이룬다는 개

---

3) 배치에 대한 설명은 사이버스페이스의 특성이나 이에 진입하는 육체의 특성을 규명하는 데 이분법을 넘어설 수 있는 유용한 근거로 배치를 제시한 큐리어의 논의 "Assembling Bodies in Cyberspace: Technologies, Bodies, and Sexual Difference"(*The New Media and Cybercultures Anthology*. Ed. Pramod K. Nayer. West Sussex: Willey-Blackwell, 2010. 254-67)를 참조하였다.

넘은 육체와 기술 사이의 조우 방식에 하나의 대안을 제공할 수 있다. 즉 이제 기술이 육체에 가한 효과들을 측정하는 방법론이 아니라 육체, 기술, 실행들, 대상들, 담론들이 특이한 배치에서 어떤 구성을 이루는가 추적하는 방법론이 페미니스트들에게 유용한 지침이 될 수 있다.

사이버스페이스와 정체성 재편

앞 장에서 살펴본 바처럼 사이버스페이스에 진입하는 육체의 문제는 단지 정신/육체의 분리에 입각한 것이 아니라 어떤 종류의 육체가 특이한 실행들의 활동들, 교환들, 회로들 안에서 구성되는가를 추적하는 문제가 될 것이다. 여성의 육체는 더욱이 여러 실행들과 회로들안에서 어떠한 구도로 배치되는가의 문제를 고려하여 검토될 필요가 있다. 즉 사이버화된 육체와 물질적 육체가 분리되는 것이 아니라 육체의 에너지와 충동들과 전자적 회로 등이 결합하여 새로운 형태들을 구성하게 되며 문화, 정보, 기호, 성, 대화, 접촉 등의 흐름에 의해 영향을 받음을 고려해야 한다. 이러한 과정을 통해 육체의 구성은 차별화되며 이처럼 차별화되는 구성들을 추적하는 문제는 이미 고정된 육체 모형이나 정체성을 탐색하는 작업을 넘어서는 방법론이 된다.

육체들과 다른 요소들이 각 배치 안에서 임시적 연결과 정렬을 만들어내는 다양성을 중시하는 들뢰즈의 배치 개념은 복합성을 상정하고 있으며 이는 배치된 육체들과 기술들, 사이버스페이스의 실행들이 어떻게 지식이나 권력제도와 교차하는지 검토하는 진단 도구를 제공한다(Currier 265). 즉 이를 통해 사이버스페이스에서의 실행과 담론들은 어떠한가를 제대로 읽어낼 수 있다. 정체성의 주요 요소인 지식과 권력의 구조는 초월적이고 통합적 구조보다는 배치의 기능적 요소들로 재위치될 수 있는 것이다. 따라서 정체성의 인식론적 구조들을 수립하도록 유도하는 요소들을 밝히거나 정의하기보다는, 정체성이 구축되는 과정을 추적하는 일이 더 중요하다. 즉 권력 구성이 육체, 주체, 기술의 다른 형성들을 시사해줄 수 있는 정체성의 경계 지점과 어떻게 연관되는지 검토해보는 일이 중요하다. 페미니스트들의 사이버스페이스에 대한 접근이 이처럼 들뢰즈식으로 이루어져야 한다는 주장 가운데 큐리어는 여성 정체성 구성의 방향을 제시한다.

> 첫째로 우리는 사이버스페이스 자체를 단순히 기술적으로 생성된 정보공간이나 장소로 이해해서는 안 되며 기술적, 사회적, 담론적, 물질적, 비물질적 요소들로 구성된 일련의 배치들로 이해해야 한다. 그러면, 어떻게 권력관계들이 배치들을 관통하는지, 어떻게 여성성과 남성성의 담론과 실행들이 기술과 기술적 인공물들과 교차하는지, 어떤 위계질서가 기능하는지, 어떤 특별하고 지역적인 연합을 통해서 육체와 기술들이 구성되는지를 분별해내기 위해 그러한 배치들의 지형도를 만들어보는 것이 필요하다. ... 두 번째로 육체와 기술, 정보의 흐름, 권력관계, 사회제도 및 실행 사이의 교차영역들을 추적하고 나면, 역시 배치를 가로지르는 일련의 탈주들과 차이의 움직임들을 탐색하기 시작할 수 있다. 이러한 차이의 움직임들이야말로 그 자체로 창조적인 것이다. 아울러 이 움직임들은 육체의 새로운 연결과 구성으로 새로운 영역을 생성해낼 가능성을 높여줄 것이다. 그 영역에서는 새롭고 자율적이며 자유로운 여성의 구성이 나올 수 있을 것이다. (266)

이처럼 배치의 지형도를 새로이 구성함으로써 권력관계와 지식관계에 대한 보다 섬세하고 복합적인 이해가 나올 수 있다. 권력과 지식관계의 재배치 과정에서 사이버스페이스의 육체 변형 가능성과 정체성의 변형 가능성이 생성될 수 있다. 사이버스페이스, 기술, 육체의 새로운 배치 관계 속에서 여성의 육체 및 정체성 구성도 가상공간/실제공간, 정신/육체의 이분법을 넘어설 수 있을 것이다.

이제 탈경계적 공간인 사이버스페이스의 속성을 방향성 없는 상대주의의 관점에서 파악해서는 안 되며 나날이 일상이 되어가고 있는 정보공간, 정보기술이나 과학기술과 관련된 정체성 재편의 방향을 보다 복합적 차원에서 탐구해야 한다. 사이버시대 육체, 정체성 재편의 가능성을 적극적으로 탐색하는 작업은 사이버스페이스에서 형성되고 있는 복잡다단하고 얼핏 무질서해 보이는 여러 현상들을 점검하는 데 유용한 지표가 되기 때문이다.

이러한 맥락에서 사이버스페이스는 정보기술 시대에 대응하여 정체성을 복합적으로 구성하고 새로운 주체로서 삶의 전략을 세우는 데 하나의 주요한 장이 된다. 일상생활에서 사이버스페이스가 이제 친숙한 하나의 공간이 되고 있는 시점에서 이와 관련된 육체 및 젠더, 정체성 구성은 이제 사이버문화 구성에 새로운 이정표로 작용하고 있다. 관습적 젠더와 육체 범주에 도전하고 서구의 가부장제와 근대성의 기반을 다시 점검하는 작업도 함께 이루어져야 할 것이다. 이에 기술과 육체, 사이버스페이스와 정체성의 관계는 좀 더 긍정적인 관점에서 조명되어 사이버스페이스가 제공할 수 있는 잠재적 가능성에 초점을 두어야 할 것이다.

❘ 참고문헌 및 사이트

장정희. 「과학기술시대의 페미니즘과 사이보그론」. 『영미문학페미니즘』 17.1 (2009): 269-94.

Balsamo, Anne. "Forms of Technological Embodiment: Reading the Body in Contemporary Culture." *Cyberspace, Cyberbodies, Cyberpunk: Cultures of Technological Embodiment*. Eds. Mike Featherstone and Roger Burrows. London: Sage, 1995. 215-37.

_____. *Technologies of the Gendered Body: Reading Cyborg Women*. Durham: Duke UP, 1999.

Bell, David. *Cyberculture Theorists*. New York: Routledge, 2007.

_____. Barbara M. Kennedy. Eds. *The Cybercultures Reader*. London: Routledge, 2001.

Braidotti, Rosi. *Nomadic Subjects: Embodiment and Sexual Difference in Contemporary Feminist Theory*. New York: Columbia UP, 1994.

_____. *Metamorphoses: Towards a Materialist Theory of Becoming*. Cambridge: Polity Press, 2002.

Cockburn, Cynthia. *Machinery of Dominance: Women, Man, and Technical Know-How*. London: Pluto Press, 1985.

Currier, Dianne. "Assembling Bodies in Cyberspace: Technologies, Bodies, and Sexual Difference." *The New Media and Cybercultures Anthology*. Ed. Pramod K. Nayer. West Sussex: Willey-Blackwell, 2010. 254-67.

Deleuze, Giles and Félix Guattari. *A Thousand Plateaus: Capitalism and Schizophrenia*. Trans. Brian Massumi. Minneapolis: U of Minnesota P, 1987.

Doanne, Mary Ann. "Technophilia: Technology, Representation, and the Feminine." *The Gendered Cyborg*. Eds. Gill Kirkup, Linda Janes, Kathryn Woodward and Fiona Hoenden. London: Routledge, 2000. 110-21.

Foot, Kirsten. "Web Sphere Analysis and Cybercultural Studies." *The New Media and Cybercultures Anthology*. Ed. Pramod K. Nayer. West Sussex: Willey-Blackwell, 2010. 11-18.

Frow, J. and M. Morris. "Culture Studies." *The Handbook of Qualitative Research*. London: Sage, 2000.

Gibson, William. *Neuromancer*. London: Grafton, 1984.

Graham, Elaine L. *Representations of the Post/Human Monsters, Aliens and Others in Popular Culture*. New Brunswick: Rutgers UP, 2002.

Green, Eileen and Alison Adam. Eds. *Virtual Gender: Technology, Consumption and Identity*. London: Routledge, 2001.

Grosz, Elizabeth. *Volatile Bodies: Toward a Corporeal Feminism*. St. Seonards: Allen & Unwin, 1994.

Haraway, Donna J. *Simians, Cyborgs, and Women: The Reinvention of Nature*. London: Routledge, 1991.

_____. *The Companion Species Manifesto: Dogs, People, and Significant Otherness*. Chicago:

Prickly Paradigm Press, 2003.

_____. *When Species Meet*. Minneapolis: U of Minnesota P, 2008.

Hawthorne, Susan. "Cyborgs, Virtual Bodies and Organic Bodies: Theoretical Feminist Responses." *Cyberfeminism: Connectivity, Critique and Creativity*. Eds. Susan Hawthorne and Renate Klein. Melbourne: Spinifex, 1999. 213-49.

Hayles. N. Katherine. *How We Became Posthuman: Virtual Bodies in Cybernetics, Literature, and Informatics*. Chicago: Chicago UP, 1999.

Morse, Margaret. "Virtually Female: Body and Code." *Processed Lives: Gender and Technology in Everyday Life*. Eds. Jennifer Terry and Melodie Calvert. New York: Routledge, 1997.

Plant, Sadie. "The Future Looms: Weaving Women and Cybernetics." *Cyberspace, Cyberbodies, Cyberpunk: Cultures of Technological Embodiment*. Eds. Mike Featherstone and Roger Burrows. London: Sage, 1995. 45-64.

Rheingold, Howard. *Virtual Communities: Homesteading on the Electronic Frontier*. New York: Addison-Wesley, 1993.

Squires, Judith. "Fabulous Feminist Futures and the Lure of Cyberculture." *The Cybercultures Reader*. Eds. David Bell and Barbara M. Kennedy. London: Routledge, 2001. 360-73.

Toffoletti, Kim. *Cyborgs and Barbie Dolls: Feminism, Popular Culture and the Posthuman Body*. London: I.B. Tauris, 2007.

Turkle, Sherry. "Constructions and Reconstructions of Self in Virtual Reality: Playing in the MUDs," 1994. <http://www.nit.edu/people/strukle/constructions.html>

Wajcman, Judy. *Feminism Confronts Technology*. Cambridge: Polity Press, 1991.

3

나노기술과 미래 문화: 닐 스티븐슨의 『다이아몬드 시대』*

나노기술 시대의 도래

근자의 과학기술 영역의 관심사는 이제 사이보그와 사이버스페이스로부터 포스트휴먼 사이보그, 포스트-포스트휴먼, 나노기술과 같은 첨단과학기술로 향하고 있다. 존 존스톤John Johnston은 나노기술의 사용으로 기계적 총체와 생물학적 유기체 사이의 구분이 붕괴되기 시작할 것이며 이는 우리 삶에 대한 정의를 다채롭게 할 것으로 본다(243). 이로 인해 새로 부상할 문화도 광범위한 의미들을 생성해낼 것임은 명백하다. 21세기 나노기술과 같은 첨단 과학기술과 미래에 대해 다양한 논의들이 대두되면서 이미 주체-기술의 관계에 대해 새로운 방

---

* 이 장은 필자의 논문 「닐 스티븐슨의 『다이아몬드 시대』에 나타난 나노기술 시대의 문화와 교육」(『현대영미소설』 제18권 3호, 2011년, 173-98면)을 참조로 재구성한 것이다.

향제시 및 사고방식이 요청되는 시점에 도달했다. 따라서 나노기술 사회의 쟁점들은 무엇인지 여러 분야에서 검토되어야 할 것이다. 이 과정에서 첨단기술이 인간에게 가져다 줄 혜택이나 위협에 대해 이분법적 단순 논리로 접근해서는 미래 사회의 방향을 제대로 찾기 어렵다. 기본적으로 기술과 문화, 인간 정체성의 관계가 새로이 탐색될 필요성은 어떤 논의에서건 동일하게 대두되고 있다. 즉 나노기술이 제시하는 삶의 여러 가능성들이 실제적으로나 가상적으로나 다양한 모습으로 우리에게 현실로 다가오고 있는 시점이기 때문이다. SF 장르도 포스트사이버펑크나 나노펑크로 점차 확산되면서 나노기술에 대한 관심이 높아지고 있다.

21세기 첨단과학기술을 개발한 과학자, 과학기술 산물의 생산자들, 사용자들의 관계는 상호적이고 밀접하지만 반드시 결정론적인 관계를 생성하지는 않는다. 인간의 정체성도 개인적이든 집단적이든 문화나 지식, 기술의 기능에 따라 변화를 거듭하고 있다. 피에르 레비Pierre Lévy가 지적하듯 21세기의 새로운 기술로 인해 인간이나 세계는 늘 새로운 유목적, 과도기적 상황에 있음을 볼 수 있다(xxv). 이에 따라 새로운 기술에 기반을 둔 스토리나 생각들도 유목적인 상황과 유사하게 형성되고 있으며 기술과 관련된 인간의 정체성, 성차, 공동체, 권력, 지식과 같은 문제들이 새로이 탐색되고 있다. 나노기술의 업적도 주요하지만 이제 이 기술로 어떠한 방향으로 나아가야 하는가의 방향 설정이 주요한 문제로 대두되고 있다.

이러한 문제들을 탐색하는 닐 스티븐슨Neal Stephenson의 『다이아몬드 시대 혹은 아씨의 그림책』The Diamond Age or, A Young Lady's Illustrated Primer[1]은 대표적인 나노펑크로서 새 나노기술을 중심으로 미래의 나노기술 지배사회가 어떻게 구

---

1) 포스트사이버펑크이자 나노펑크의 대표작으로 일컬어지는 이 소설은 1995년 발간되었으며 1996년에 최고의 과학소설에 주어지는 휴고 앤 로커스 상(Hugo and Locus Awards)을 수상했다. 이후부터 『다이아몬드 시대』라고 지칭한다.

성되며 기술과 권력, 문화, 교육의 관계가 어떻게 변화될 수 있는지를 다루고 있다. 스티븐슨은 미래 세계에서 나노기술과 관련된 새로운 공동체 구성의 방향을 제시하면서 첨단과학기술 시대의 문제점들을 짚어보도록 유도한다. 신기술이 지배계급의 통제 아래 있지만 이러한 통제를 넘어선 새로운 공동체 구성의 의미는 무엇인지 점검하고 있다.

첨단기술의 문제를 다루는 스티븐슨의 서술방식도 매우 다양해서 동화와 같은 원형적 이야기 패턴과 최신나노기술 담론을 병치할 뿐만 아니라, 주관적이고 가상적 시간 개념을 사용하며 여러 다른 공간을 복합적으로 제시한다. 그야말로 텍스트는 피터 브리그Peter Brigg의 지적처럼 복합적인 "거울들의 방"hall of mirrors과 같은 구조를 지니고 있다(116). 특히 나노기술로 제작된 교육용 지침서인 그림책은 텍스트의 이러한 특징들을 집약해서 보여준다. 스티븐슨은 국가의 구분도 모호하고 자유경제 원칙이 지배하는 미래 세계에서 어떻게 세계 질서와 문화가 재편되는가, 문화 공동체의 재편과 교육은 어떻게 관련되는가에 초점을 두고 있다.

나노기술 공동체와 문화

스티븐슨이 『다이아몬드 시대』에서 제시하는 미래의 세계는 나노기술과 정보소통이 고도로 통합된 네트Net의 결과 국가가 없어지고 문화, 역사, 언어, 제국의 경계를 가로질러 공동체 구성이 이루어지고 있다. 이미 국가 개념은 사라지고 새로운 공동체 개념이라 볼 수 있는 파일phyle들이 문화에 따라 집단을 형성하고 있다. 북미 중심인 뉴 아틀란티스New Atlantis, 일본을 중심으로 한 니폰Nippon, 중국을 중심으로 한 한Han이 대표적 파일들이다. 정보와 자본을 전 세계적으로 소유하고 있는 신 빅토리아인New Victorian들이 지배계급 구실을 하고 있으며 실제로 뉴 아틀란티스는 중국 상하이 근방 해변에 나노건설을 사용해서 만든 여러 섬들을 영지로 가지고 있으며 가장 강력한 권력과 부를 지니고 있다. 가장 부유한 신 빅토리아인들이 물질 자료에 나노기술을 적용하여 모든 종류의 물질을 생성해내는 피드Feed 시스템의 네트워크를 통해 다른 공동체를 통제 관리하고 있다. 이들은 전 세계에 소비재와 부동산을 제공하는 기업들을 소유하고 있으며 다른 집단과 차별화된 문화를 지향하고 있다. 이와 대조적으로 넬이 속해있는 테데Thetes와 같은 하층계급 집단에는 나노기술로 생성되는 물질이 한정적으로 보급되고 있다.

기술의 방향에 주요한 요인은 문화인데 기술과 문화의 관계에서 가장 쟁점이 되는 부분은 북미 중심의 뉴 아틀란티스와 중국 중심의 천상왕국Celestial Kingdom 두 공동체이다. 새로운 나노기술 개발을 막으려는 북미 문화권의 시도와 이를 진행하려는 중국 유교문화권의 충돌은 양 문화의 대립구도를 보여준다. 실제로 스티븐슨이 제시한 나노기술 시대 공동체는 기술만능의 유토피아라기보다 과거의 문화적 관행과 가치관들을 재생산하는 공동체로 볼 수 있다. 과거문화를 부흥시켜 공동체 문화로 채택하고 있는 과거재생의 패러다임은 첨단기술 개발과 동시에 질서와 도덕 확립의 필요성에서 생성된 것이며 단순히 과거에 대한 향수에서 나온 것은 아니다. 이를테면 뉴 아틀란티스는 빅토리아 시대 상류계급의 문화기준과 예법을 공동체의 기준으로 삼고 있으며 빅토리아 시대 억양을 그대로 살린 언어를 사용하고 있다. 이들의 공식적 말투, 예법, 외교의례는 우수한 문화의 표상이다. 여주인공 넬도 자신의 정체성이 제대로 확립되기 전에는 빅토리아인들이 역사상 최상의 민족이라고 여긴다. 넬은 빅토리아인들이 감정을 조절하고 억압함으로써 세계에서 가장 부유하고 강력한 힘을 가진 민족이 된 것으로 생각하기도 한다.

실제로 빅토리아 시대에도 다양한 갈등과 여러 문제들, 예를 들면 계급과 젠더, 제국주의 문제 등이 있었지만 빅토리아 시대 문화가 최고의 나노기술 공동체 문화로 설정된 이유는 고급문화와 질서에 대한 공동체의 갈망 때문이라고 볼 수 있다. 신 빅토리아인들이 다른 파일과 차별화된 구식 신문을 만들어내서 그들끼리 종이신문을 보는 관습에서 이런 갈망을 엿볼 수 있다. 빅토리아 시대를 주 배경으로 하는 SF 장르인 스팀펑크steampunk의 분위기와도 유사한 예들은 소수의 지배계급 문화가 다른 집단 문화와 차별성을 두고자하는 데서 연유한다. 즉 빅토리아 시대를 재생시킨 문화가 최고 문화의 기준이며 여기서 멀어질수록 열등한 문화인 것이다. 기술시대에 주요한 것은 "무엇을 할 수 있는가보다 무엇을 해야 하는 것인가"(37)라는 말에서 보다시피 문화의 역할이 핵심적이다. 스티븐슨은 여러 공동체 인물들의 역사들, 상황들을 복합적으로 연관시킴으로써 과연 신 빅토리아인들의 문화가 최상의 문화인지 점검해보도록 유도한다.

외견상 신 빅토리아인들의 나노기술 혁명은 매우 성공적이다. 물질변환기, 토양을 다시 형성할 수 있는 스마트 산호, 경이로운 나노기술적 방어기제들이 그들의 중심 통제기관인 관리규약Protocol에 의해 보호되고 있다. 물질생성 및 보급 시스템인 피드는 위계적으로 조직되고 중앙집권화된 체제이기 때문에 여러 공동체의 통제에 유효하게 작용한다. 이러한 관리규약의 주된 기능은 기술의 발전이 다음 단계로 가는 걸 막는 것이다. 즉 천상왕국이 개발하려 하는 시드Seed2)를 막는 것으로 설정되어 있다. 이들의 시각은 다른 공동체와의 균형을 고려하기보다 자본과 기술을 소유한 지배계급의 특권의식에 기반을 두고 있다. 뉴 아틀란티스의 대표적 나노기술자인 존 퍼시벌 핵워스John Percival Hackworth가 딸 피오나Fiona와 나누는 대화에서 첨단 과학기술에 대한 지배계급의 관점을 읽어낼 수 있다.

---

2) 중국이 개발하려는 바이오나노기술로서 유기체 개념에 기반을 두고 있는데, 시드 개발은 신 빅토리아인들의 관리규약에서 불법으로 간주되고 있다. 텍스트에서 시드의 원리나 과학적 근거는 구체적으로 상세히 기술되고 있지는 않다.

크립트네트가 진짜 원하는 건 시드야. 그들의 극악무도한 계획에 따르면 언젠가 우리 공동체를 비롯해 많은 다른 공동체의 기반이 되는 피드를 대체할 기술이지. 우리는 관리규약이 번영과 평화를 가져왔다고 생각하지만 크립트네트는 관리규약을 경멸할만한 억압적 제도로 생각한다. ... 앞으로 물질변환기로 종결되는 피드 대신에 토양에 씨앗을 심으면 집, 햄버거, 우주선, 책 등이 자라나는 시드 시스템을 갖게 될 거라는 게 크립트네트의 생각이야. 즉 시드는 필연적으로 피드로부터 생겨나게 될 것이고 이 시드기술을 기반으로 더 진화된 사회가 건설될 것이라는 게 그들의 생각이야."

……

물론 절대 그 기술은 허용되어선 안 돼. 피드는 억압과 통제와 억압의 체제가 아니야. 피드는 크립트네트가 주장하는 것처럼 누가 통제하고 속박하는 체제가 아냐. 현대사회에서 질서를 유지할 수 있는 유일한 방법일 뿐이야. 모든 사람이 시드를 소유한다면 엘리자베스 시대의 핵무기와 맞먹는 파괴력을 지닌 무기를 만들 수 있게 되지. 관리규약군이 크립트네트의 활동을 그렇게 의심스럽게 보는 이유는 바로 그 때문이지. (384)

서구기술의 대변자 핵워스는 신 빅토리아인들의 물질공급선인 피드와 통제체제인 관리규약만이 질서 유지를 위해 필요한 장치라고 주장하고 있다. 이러한 주장에서 보다시피 시드기술 개발에 대해 신 빅토리아인들의 관점은 회의적이다. 자신들의 기술이 중심이며 다른 공동체의 기술 개발을 세계 질서에 위험을 가하는 악의 근원으로 보고 있는 것이다. 이러한 관점은 신 빅토리아인들이 새 기술 개발과 공동체의 방향에 대해 총체적 인식을 지니고 있지 못함을 보여준다.

피드를 중심으로 한 신 빅토리아인들의 안정과 질서는 중국문화 중심지인 천상왕국의 무질서와 대조를 이룬다. 스티븐슨은 안정된 북미중심 문화권 집단과 대조하여 식민화와 무질서, 내란으로 얼룩진 천상왕국 즉 중국의 문화적·정치적 재출현에 초점을 맞춘다. 신 빅토리아인들에게 중국은 교육받지 못한 소비자들로 구성된 시장으로 간주되고 있다. 신 빅토리아인들은 피드 네트워크를 통해 매달 수백만의 농부들에게 나노기술로 이루어진 식량을 공급하고 있다. 여기 의존하여 농부들은 더 이상 농사를 짓지 않고 천상왕국은 막대한 소비사회로 변형된다. 즉 천상왕국은 유교문화의 근간과 전통적 사회질서가 파괴되었기에 새로운 시드 개발계획을 진척시키려는 것이다. 천상왕국을 대표하는 엑스 박사 Dr. X와 핵워스의 대화는 새로운 시드기술에 대한 신 빅토리아 문화와 유교 문화의 관점 차이를 명료하게 제시해준다.

> "그들은 틀렸소" 그가 말했다. "그들은 이해 못하오. 그들은 서구세계의 관점에서 시드를 생각하고 있소. 당신네들 문화, 그리고 해안 공화국의 문화는 너무 부실하게 구성된 것이오. 질서에 대한 존중도 권위에 대한 존경도 없어요. 질서는 상층에서부터 부과해야만 무정부 상태가 발생하지 않아요. 당신들은 시드가 당신네 사람들에게 주어지면 그들이 무기나 바이러스, 마약들을 원하는 대로 만들어서 질서를 파괴시킬까봐 두려운 거요. 당신들은 피드를 통제하는 방법으로 질서를 부여하고 있소. 하지만 천상왕국의 우리들은 규율이 잘 서있고 권위를 존중하며, 우리마음 속에도 질서를 지니고 있소. 그래서 가정도, 마을도, 국가도 질서가 잡혀있소이다. 우리들 손에서만 시드 기술은 무해할 것이오." (456-57)

여기서 엑스 박사는 유교문화를 바람직한 공동체 질서의 근간으로 이야기하고 있다. 또한 신 빅토리아인들의 개인주의적 성향을 지적하고 이들이 시드기술을 위협으로 간주하고 거부하는 데 문제가 있다고 본다. 엑스 박사는 자신들의 질서가 신 빅토리아인들의 질서 개념과 달리 마음속에 자연스럽게 자리 잡고 있는 질서, 규율임을 설파한다. 엑스 박사는 의무감과 정직, 순종이 미덕이라고 주장하는데, 이는 팽Fang 판사와 함께 버려진 중국 고아 소녀들을 양육하는 데도 지침의 역할을 한다.

텍스트에서 두 대립되는 문화공동체 외에 정체가 잡히지 않는 고도의 기술 집단 크립트네트, 나노기술을 이용하여 집단의식을 갖게 하는 드러머즈 등의 하위문화 공동체의 양상도 다양하게 재현된다. 스티븐슨은 새로운 나노기술 개발에 이러한 공동체들도 연루되는 과정을 제시함으로써 시드의 개발이 불가피하게 진척될 것임을 암시한다. 스티븐슨은 이제 다이아몬드 시대의 핵심 기술은 생명과학 기술biological technology의 발전이며 인간이 자신들의 육체를 컴퓨터화해서 체액들을 교환함으로써 정보를 교환하는 상태까지 될 것임을 예측하고 있다. 또한 육체 속에 작은 나노입자들을 심는 기술의 결과 머릿속에 소형의 무기를 집어넣기도 하고 손바닥에 원하는 장치를 심을 수 있을 정도로 인간의 정체성은 매우 획기적으로 변화함을 제시한다.

그러나 스티븐슨은 기술의 방향이 어디로 향할 것이며 무엇이 바람직한 문화인가에 대해 단정적 결론을 내리지 않고 있다. 따라서 다이아몬드 시대의 미래 공동체는 낙원으로 형상화되어 있다고 보기 어렵다. 잰 베리엔 베렌즈Jan Berrien Berends는 나노기술의 결과 원하는 물질을 얻는 이러한 공동체에 대해 "미래는 그렇게 밝지 않다"(15)고 비판한다. "우리가 『다이아몬드 시대』에서 발견하는 낙원은 부자는 경직된 도덕을 통해 더 부를 강화하고 빈민들은 자신들의 박탈에 대해 자책하는 기술지배적 금권정치"(15)라고 지적하며 "인종주의와 편협성이 정치적으로 허용될 뿐만 아니라 도덕적으로 정당한 세계"(15)라는 것이다. 또한 "여성들이 창녀나 혁명가들이 아닌 경우는 대부분 자주 감금되거나 엄중히 통제되는 곳"(15)이라고 지적한다. 베렌즈의 지적은 일견 합당한 면이 있으나 미래 공동체의 방향을 모색하는 스티븐슨의 의도를 너무 한쪽으로만 파악하고 있다고 볼 수 있다.

나노기술로 견고히 구축된 뉴 아틀란티스 섬도 위험에 노출될 수 있어서 성공한 파일들은 적대적 기술로부터 자신들을 보호해줄 안전장치들에 신경을 쓰고 있다. 위험한 무기를 몸 안에 심어서 언제든 사용할 수 있어 항상 위험에 노출된 현실, 가정 폭력에 시달리는 아이들, 여아라서 대량으로 버려지거나 학살되는 현실이 존재한다. 다이아몬드 시대의 중심 집단인 신 빅토리아인의 강점은 나노기술의 진보와 질서, 도덕적 진지함을 새로이 결합시킨 데 있지만 새로운 공동체 탄생의 당위성을 인식하지 못하고 있다. 중국은 외세로부터 해방되었지만 독립을 보장받지 못하고 있으며 시드의 개발 계획도 완결되지 못한 상태이다.

스티븐슨은 다이아몬드 시대의 공동체를 낙원의 미래 공동체가 아니라 인간적 약점, 잘못, 불확정성, 무지, 알 수 없는 미스터리가 존속하는 공간으로 제시한다. 아울러 넬의 체험을 통해 자기희생, 자기 단련, 미덕도 공존하는 공간으로 제시한다. 다시 말해 이러한 미래의 기술시대는 현재의 세계를 투영하고 있다고 볼 수 있다. 스티븐슨은 빅토리아 시대 문화, 유교 문화와 같은 과거의 동서양문화를 미래 공동체에 투영시킴으로써 기술시대의 새로운 가치관이 무엇이 바람직한 것인지 생각하도록 유도한다. 또한 나노기술이 미래 세계를 현재 독자의 세계와 구분 짓고 있지만 독자들에게 세계 질서의 재편 과정에서 첨단기술의 역할이 어떠한 방향으로 나아가야 하는지 검토해보도록 유도한다.

도래하고 있는 나노기술의 미래 세계에서 역사와 문화 연합이 주요한 구실을 하고 있는데 스티븐슨은 빅토리아 시대 문화의 부흥이나 유교문화의 부흥을 완벽한 공동체의 기준으로 구현하지 않는다. 스티븐슨은 빅토리아 시대의 문화가 공동체에 도덕적 패턴을 제공하고 있지만 질서가 고정되어 있는 공동체는 정체될 수밖에 없으며, 위계질서와 덕을 강조하는 유교문화의 기준도 완벽하지 않다는 입장을 보인다. 스티븐슨은 궁극적으로 어느 편에도 서지 않으며 이 두 공동체를 넘어서는 새로운 공동체와 문화 구성이 피할 수 없는 과정임을 제시하고 있다. 즉 기술, 정치, 문화의 패턴이 재배치되는 과정을 통해 기술시대의 방향성 탐색에 대해 보다 섬세하고 복합적인 접근이 필요함을 역설하고 있다.

미래 공동체와 문화 구성

지식과 체험이 확장되고 개발되는 인터랙티브 공간의 체험을 통해 주인공 넬이 자신의 스토리구성을 해가는 과정은 텍스트의 핵심을 이루고 있는데 이는 특이한 문화·역사적 맥락에서 개인의 능력들을 정교하게 만드는 과정이다. 이처럼 공동체의 한계를 뛰어넘는 상상력의 구축과 현실과 가상의 경계를 가로지르는 정교한 과정의 교육은 새 질서의 기반이 된다. 넬의 복합적 체험은 빅토리아 시대의 질서와 도덕이 기반이 된 문화와 여성교육 틀을 넘어서서 새로운 기술시대에 걸맞은 문화 패러다임을 추구한다.

나노기술로 이루어진 교육용 지침서인 소녀용 그림책은 신 빅토리아인의 나노기술 성과이다. 이러한 지침서가 만들어진 배경에는 신 빅토리아 사회의 근심이 숨어있다. 뉴 아틀란티스의 가장 고위층인 핑클맥그로Finkle-McGraw 경이 신 빅토리아 사회가 성공적으로 질서와 조화를 이루고 있지만 혁신력이 부족함을 느끼고 자신의 손녀 엘리자베스Elizabeth를 교육시켜 신 빅토리아 문화에 전복의 요소를 도입시키려한 것이다. 핑클맥그로가 핵워스에게 유아시절부터 독자적으로 교육시킬 수 있는 장치 고안을 의뢰하여 제작된 이 지침서는 페이지에 내재한 모든 분자가 나노기술적 컴퓨터로서 무수한 능력을 발휘하며 나노기술 조직의 네트워크에서 활동하는 렉터와 연결되어 있다. 가장 하층 계급에 속한 여주인공 넬의 얼굴과 목소리가 이 책에 입력되면서 엘리자베스 대신 넬의 인터랙티브 교육이 이루어진다. 현실과 가상의 경계를 넘나드는 여주인공 넬의 교육 과정은 텍스트의 구심점으로 작용하면서 첨단기술 시대의 문화와 교육의 관계를 구체적으로 보여준다.

넬이 자신의 스토리를 구성해가는 과정은 동화에서 볼 수 있는 원형적 모험의 요소들을 포함하고 있다. 그림책의 사이버스페이스에서 넬이 겪는 체험은 사이버스페이스뿐만 아니라 현실에서 작동 중인 권력관계를 감지하게 만들어준다. 즉 넬이 기존의 위계에 의문을 가지게 만들어주며 새로운 권력 배치에 눈뜨게 해준다. 이러한 점에서 이 그림책은 넬로 하여금 기존 공동체의 가치관이나 문화를 넘어서게 만드는 데 핵심 역할을 한다.

넬이 동화 이야기를 구성하듯 자신의 정체성을 사이버스페이스에서 구축해가는 과정은 신 빅토리아인들의 가치관과 문화를 넘어서는 쪽으로 넬을 유도한다. 넬은 뉴 아틀란티스 공동체에서 유망한 미래가 보장되어 있다는 것을 알지만 단순하고 좁은 길이 자신이 갈 길은 아닌 것 같으며 중국으로 가서 운명을 개척해야겠다는 결심을 한다. 실제로 그림책의 사이버스페이스에서 넬이 튜링Turing 성을 자기 것으로 만들어서 성주가 되어가는 과정과 현실에서 새 공동체의 지도자가 되는 과정이 동시에 진행된다. 넬이 미래 공동체의 지도자로서 성장하는 배경에는 또 다른 요인이 자리 잡고 있다. 넬은 나노그림책을 접할 때마다 항상 어떠한 존재를 느끼게 되는데 이는 기계 장치로 이루어지는 교육에도 인간의 역할이 궁극적으로 중요하다는 점을 시사해준다. 넬은 미란다Miranda와의 접촉을 통해서 신 빅토리아인의 자질들을 익힘과 동시에 이를 넘어서는 새로운 자질들을 지니게 되는데, 네트워크 중심의 기계를 넘어선 교류는 넬의 교육에 주요한 역할을 담당한다.

> 그녀는 항상 그 책에 어떤 주요한 실체가 있음을 느꼈다. 그녀를 이해하고 심지어 사랑해주며 잘못을 범했을 때는 용서해 주고 옳은 일을 했을 때 인정해주는 실체가 있다고 느꼈다.
> 아주 어렸을 때 한 번도 그녀는 이런 의문을 가져본 적이 없었다. 그냥 이 지침서의 마술의 일부라고 생각했다. 좀 더 최근에야 그녀는 그것이 엄청난 크기와 힘을 지닌 병렬컴퓨터, 인간의 마음을 이해하고 인간이 원하는 걸 주도록 정교하게 프로그래밍된 컴퓨터의 작용이라는 걸 이해하게 되었다.
> 이제 그녀는 그렇게 강하게 확신할 수가 없었다. 넬 공주가 점차 정교해지는 컴퓨터와 더불어 코요테 왕의 여러 영토와 다양한 성들을 여행한 것이

결국 튜링 기계들에 불과했다는 생각이 그녀를 혼란스러운 순환논리에 빠지게 만들었다. 튜링성에서 그녀는 튜링기계가 실제로 인간을 이해할 수 없다는 것을 배웠다. 그러나 지침서 그림책도 그 자체로는 튜링 기계였다. 그렇다고 생각했었는데 어떻게 그림책이 넬의 맘을 이해할 수 있었을까?

그림책은 단지 연결통로, 즉 넬과 그녀를 진정 사랑하는 어떤 인간 사이를 이어주는 기술 시스템이지 않을까? 그래서 진정으로 넬을 사랑하는 누군가와 넬 사이를 이어주는 기술적인 시스템에 불과하지 않았을까? 결국 그녀는 이것이 기본적으로 모든 렉티브들이 작용하는 방식임을 알게 되었다. (403)

기계장치 이상의 존재가 있다는 생각, 여전히 인간의 마음속에 규정할 수 없는 무엇인가 남아있다는 생각은 나노기술 네트워크에서 이루어지는 교류의 의미를 다시 짚어보게 한다. 이는 첨단기술 시대에 궁극적으로 무엇이 중요한가를 독자에게 일깨우는 효과가 있다. 넬뿐만 아니라 넬의 그림책 렉터 역할을 하는 미란다도 기계장치 이상의 그 무엇이 중요하다고 여기는데, 네트워크에서 자신의 연결 대상인 넬을 보호하고 제대로 교육시키고자 열성을 다한다. 이 과정에서 미란다는 넬의 어머니와 같은 존재로 부각되고 둘의 모녀관계 성립은 새 공동체 수립과정에 매우 주요한 의미를 지닌다. 미란다는 실제 자기 자식과도 같은 넬을 직접 찾고 싶어 하며 백 씨Mr. Beck로부터 네트에 구축된 모든 보안시스템에도 불구하고 넬을 찾을 수 있을 거란 말을 듣는다. 즉 네트의 보안은 물리 법칙에 근거하고 있는데 물리 법칙에도 보이지 않는 다른 차원, 동일한 사물을 다른 규율로 설명하는 다른 차원이 있으며 이 다른 규율은 꿈속을 제외하고 우리가 갈 수도 읽을 수도 없는 깊은 곳, 우리 마음속에 있다는 설명을 듣게 된다. 미란다는 백 씨에게 이용당하는 위험을 감내하지만 넬을 찾겠다는 강한 의지를 보이며 이는 네트워크상의 교류를 넘어선 관계 형성에 중요한 동인이 된다.

넬이 어머니와도 같은 미란다를 위기에서 구하고 직접 대면하는 과정은 새로운 공동체 수립 과정과 병행된다. 이 과정에서 신 빅토리아인들의 주된 결점들이 드러나면서 나노기술로만 해결할 수 없는 문제들이 제시된다. 신 빅토리아인들은 자기 파일바깥 사람들이 무엇을 하는지 통찰력 있게 주시하지 못한다. 또한 중국을 상대로 서구 식민주의를 반복하는 행위 뒤에는 기술지상주의의 오만함이 내재해있다. 중국에는 신 빅토리아인들의 관리체제인 피드 시스템이 있지만 아직 기아가 존재하며 수십만의 여자아이가 버려지는 현실을 볼 수 있다. 천상왕국 내륙의 물 부족으로 대량의 유아 학살이 일어났었는데 그 대상이 여자 아이들이라는 점은 중국 사회의 성차별 실상을 보여준다.

엑스 박사의 고아원 함선에서 살고 있는 소녀들은 이런 학살을 피한 소녀들인데 수십만에 이르는 이 소녀들의 도움으로 넬은 생명을 구하고 통치자의 위치를 얻는다. 중국 소녀들로 이루어진 이 군단의 역할이나 의미는 어떠한가에 주목해볼 필요가 있다. 중국 소녀들을 위한 대체 교육수단도 넬의 그림책과 같은 지침서에 기반을 두고 있는데 이들의 교육을 위해 제공된 나노 지침서는 핵워스가 원래의 지침서를 단순화시킨 것이다. 이 소녀들은 넬의 경우와 달리 동일한 목소리를 듣고 제한된 범주의 동일한 지식을 얻었으며 집단 교육을 받은 셈이다. 니우는 넬과 중국 소녀 군단에 대해 지나치게 백인 중심의 구도라고 분석하며 이 소녀들이 개별성이 없는 사이보그들처럼 숫자가 많고 권위를 존경하는 점, 지침서에 대한 열렬한 헌신 등을 볼 때 개인적 정체성이 없는 사이보그 집단이라고 언급한다(80). 더 나아가 기술시대에 백인 과학기술자를 섬기는 아시아의 노동자들과도 같다고 지적한다(80). 이러한 지적은 일견 이들에게 제공된 지침서의 제한된 교육에 대한 지적으로 타당함이 있으나, 이들을 단순히 백인에게 종속된 집단으로 규정하기는 어렵다.

생쥐 군단Mouse Army으로 지칭되는 소녀 군단의 구성원들을 정체성이 없는 단순한 기계 같은 존재로 한정시킬 수 없으며 텍스트는 이 점에 대해 다소 모호한 입장을 취하고 있다. 이들은 단체로 움직이지만 수동적으로 움직이는 하나의 집단에 그치지 않는다. 천상왕국이 내란에 처했을 때 이 소녀 군단은 지혜를 발휘하여 싸우기도 한다. 넬이 위기에 처했을 때 결정적 역할을 하는데 지혜로운 책략을 써서 적군들을 공격하고, 뉴 추산으로 가는 강을 안전하게 건너도록 자신들의 몸을 사용하여 뗏목 형태를 만들어내기도 한다. 이는 스스로의 지혜를 요하는 일들이어서 이들을 수동적 집단으로만 볼 수는 없는 면이 있다. 이들은 단순한 도구라기보다 유교문화에서 비롯된 특징을 드러내는 집단이다. 즉 빅토리아인들이 개인주의적 성향을 지닌 반면 유교문화권의 중국인들은 공자의 지침인 위계질서를 존중하는 성향을 지니고 있다. 이러한 문화적 차이를 고려해서 이들의 존재 의미를 재점검해볼 필요가 있다.

넬은 이러한 수십만 중국 고아 소녀들의 지도자로서 소녀 군단을 이끌게 되는데 이들의 임시 사령관, 국방장관, 내무장관 등이 넬에게 중국식, 빅토리아식도 아닌 중간형태의 절로 경의를 표한다. 넬은 자신의 정체성이 새로이 확립되는 순간을 경험한다.

넬은 놀라움으로 말문이 막히고 몸이 마비되었을 법했지만 그렇게 되지 않았다. 자신의 삶에서 처음으로 넬은 자신이 왜 이 지상에 태어났는지 이해했고 자신의 위치에 편안함을 느꼈다. 한때 그녀의 삶은 아무런 의미 없는 실패였지만 이제 모든 게 영광스러운 것이 되었다. 넬은 말하기 시작했다. 마치 그림책의 페이지들을 읽듯이 넬의 입에서 말이 쉽게 술술 쏟아져 나왔다. 그녀는 생쥐 군단의 충성을 받아들였고 그들의 위대한 공적을 치하했다. 그녀는 광장을 가로질러, 어린 자매들의 머리위로, 그리고 무수히 많은 뉴아틀란티스, 닛폰, 이스라엘 그리고 다른 모든 외래 종족들로부터 억류된 체류민들을 향해 팔을 휘저었다. "우리의 첫 임무는 저 사람들을 보호하는 것이다." 그녀가 말했다. "이 도시와 도시안 모든 주민들의 상황을 내게 보고하도록 하라." (479)

넬의 정체성 확립 순간은 개인적 차원의 정체성 확립을 넘어서서 또 다른 문화 공동체의 출현을 예측하고 있다. 빅토리아식도 중국식도 아닌 형태의 인사가 암시해주듯, 새로운 사회관습은 두 문화의 경계를 넘어선 새 문화 형성이 시작될 것임을 알린다. 또한 기술과 문화, 권력의 재배치 과정에서 넬이 구심점 역할을 할 것임을 시사한다.

브라이언 오피Brian Opie는 『다이아몬드 시대』는 나노기술 시대를 다루고 있지만 이처럼 개인의 성장 모티브를 발견할 수 있다는 점에서 소설자체가 매우 전통적이라고 지적하기도 한다(4). 나노기술 시대를 다룬 과학소설이지만 궁극적으로 기술 네트워크 이면의 인간관계를 추적함으로써 전통적 인간애가 한 인간의 성장에 주요하다는 메시지를 읽어낼 수 있기 때문이다. 핵워스의 딸에 대한 사랑과 미란다와 넬의 모녀 관계 수립은 이를 입증해준다. 또한 넬의 정체성 확립은 개인적인 차원을 넘어서 공동체의 역사와 새로운 기술의 개발이 이루어지는 과정과 복합적으로 얽혀있다는 데 주목할 필요가 있다. 물론 넬이 중심이 되는 공동체 결성이 확정적으로 제시되지 않고 텍스트 말미에도 공동체들은 여전히 과도기적, 불확정적인 상태의 모습을 보이고 있다. 공동체들을 지배하던 근원적 문제들이 완전히 해결되지 않고 있기 때문이다. 즉 새로운 기술과 공동체, 문화의 연합이 진행 중인 상태로서 새로운 방향만 예측되는 열린 결말을 보이기 때문이다.

스티븐슨은 중국을 중심으로 개발될 시드 시스템이 큰 변혁의 시기를 예고한다고 보지만 반과학기술적 입장을 취하지 않는다. 큰 변혁 시기에 기술공동체 집단의 차이성과 권력관계들의 불균형에 초점을 두면서, 나노기술자들이 늘 나노기술이 오용될 위험을 인식하고 있듯이 기술자체로는 어떤 해결책도 마련해줄 수 없다는 입장을 보인다. 스티븐슨은 기술이 항상 사회적 목적에 따라 유동적이며 문화적 가치에 따라 수정되어야 한다는 관점을 견지하고 있다. 이는 새 기술시대에 대응하는 하나의 전략이며 사이버펑크에서 전반적으로 발견되는 냉소주의적 문명 비판적 관점과는 차이성을 지닌다. 넬과 미란다의 관계를 통해 기존 권력관계와는 다른 관계 형성을 중시한 점, 한 공동체의 기술 독점을 벗어나 새로운 문화와 역사 구성의 가능성을 모색한 점 또한 주목할 만하다. 아울러 넬이 자신의 정체성을 찾아가는 과정을 통해 스티븐슨은 기술, 정치, 문화의 패턴이 재배치되는 과정들을 보이면서 기술시대의 공동체가 어떠한 방향으로 나아가야 바람직한가에 대해 보다 섬세하고 복합적인 이해를 유도하고 있다.

▌참고문헌 및 사이트

장정희. 「선정소설과 빅토리아 시대 여성교육: 메리 엘리자베스 브래던의 『의사의 아내』」. 『근대영미소설』 12.2 (2005): 251-75.

_____. 「과학기술시대의 페미니즘과 사이보그론」. 『영미문학페미니즘』 17.1 (2009): 269-94.

_____. 「사이버스페이스와 여성 정체성의 재구성」. 『탈경계 인문학』 4.2 (2011): 125-49.

Berends, Jan Berrien. "The Politics of Neal Stephenson's *The Diamond Age*." *The New York Review of Science Fiction* 9.8 (1997): 15-18.

Braidotti, Rosi. *Nomadic Subjects: Embodiment and Sexual Difference in Contemporary Feminist Theory*. New York: Columbia UP, 1994.

_____. *Metamorphoses: Towards a Materialist Theory of Becoming*. Cambridge: Polity Press, 2002.

Brigg, Peter. "The Future as the Past Viewed from the Present: Neal Stephenson's *The Diamond Age*." *Extrapolation: A Journal of Science Fiction and Fantasy* 40.2 (1999): 116-24.

Currier, Dianne. "Assembling Bodies in Cyberspace: Technologies, Bodies, and Sexual Difference." *The New Media and Cybercultures Anthology*. Ed. Pramod K. Nayer. West Sussex: Willey-Blackwell, 2010. 254-67.

Green, Laura Morgan. *Educating Women: Cultural Conflict and Victorian Literature*. Ohio: Ohio UP, 2001.

Grosz, Elizabeth. *Volatile Bodies: Toward a Corporeal Feminism*. St. Seonards: Allen & Unwin, 1994.

Haraway, Donna J. *Simians, Cyborgs, and Women: The Reinvention of Nature*. London: Routledge, 1991.

_____. *The Companion Species Manifesto: Dogs, People, and Significant Otherness*. Chicago: Prickly Paradigm Press, 2003.

_____. *When Species Meet*. Minneapolis: U of Minnesota P, 2008.

Johnston. John. "Distributed Information: Complexity Theory in the Novels of Neal Stephenson and Linda Nagata." *Science Fiction Studies* 28 (2001): 223-45.

Lévy, Pierre. *Collective Intelligence: Mankind's Emerging World in Cyberspace*. Trans. Robert Bononno. Cambridge: Perseus Books, 1999.

Milburn, Colin. "Nanotechnology in the Age of Posthuman Engineering: Science Fiction as Science." *Configurations* 10.2 (2002): 261-95.

Morse, Margaret. "Virtually Female: Body and Code." *Processed Lives: Gender and Technology in Everyday Life*. Eds. Jennifer Terry and Melodie Calvert. New York: Routledge, 1997. 15-23.

Niu, Greta Aiyu. "Techno-Orientalism, Nanotechnology, Posthumans, and Post-Posthumans in Neal Stephenson's and Linda Nagata's Science Fiction." *MELUS* 33.4 (2008): 73-96.

Opie, Brian. "Technoscience in Societies of the Future: Nanotechnology and Culture in Neal Stephenson's novel *The Diamond Age*." University of Canterbury, 2004. University of Canterbury. 1 Jun. 2011.
<http://www.europe.canterbury.ac.nz/conferences/tech2004/tpp/Opie_paper>

Plant, Sadie. "The Future Looms: Weaving Women and Cybernetics." *Cyberspace, Cyberbodies, Cyberpunk: Cultures of Technological Embodiment*. Eds. Mike Featherstone and Roger Burrows. London: Sage, 1995. 45-64.

Rubin, T. Charles. "What Should be Done: Revolutionary Technology and the Problem of Perpetuation in Neal Stephenson's *The Diamond Age*." *Perspectives on Political Science* 35.3 (2006): 135-42.

Squires, Judith. "Fabulous Feminist Futures and the Lure of Cyberculture." *The Cybercultures Reader*. Eds. David Bell and Barbara M. Kennedy. London: Routledge, 2001. 360-73.

Stephenson, Neal. *The Diamond Age, or A Young Lady's Illustrated Primer*. New York: Bantam Books, 1995.

Thurs, Daniel Patrick. "Tiny Tech, Transcendent Tech: Nanotechnology, Science Fiction, and the Limits of Modern Science Talk." *Science Communication* 29.1 (2007): 65-95.

4

나노기술과 미래 공동체: 린다 나가타의 『보어 제조기』*

나노기술과 SF

21세기 첨단 과학기술의 발달에 따라 미래에 대해 다양한 담론들이 대두되면서 생명이나 성, 인종, 계급 등의 개념도 재구성 단계에 접어들고 세계는 과학기술이라는 새로운 코드의 지배하에 들어가고 있다. 정보기술이나 유전공학, 나노기술이 제시하는 삶의 여러 가능성들이 실제로나 가상으로나 다양한 모습으로 우리에게 현실로 다가오고 있는 시점이기 때문이다. 특히 과학소설에서 미래 사회는 주로 정보기술이나 유전공학, 나노기술 등의 최첨단기술이 지배하는 사회로 제시되면서 인간에 대한 개념도 혁신적으로 변화하고 세계의 권력과

---

* 이 장은 필자의 논문 「나노기술 시대와 포스트휴먼 공동체: 린다 나가타의 『보어 제조기』」(『미국소설』 제21권 3호, 2014년, 117-39면)를 참조로 하여 재구성하였다.

문화 구도도 재배치되어가는 모습을 볼 수 있다. 과학소설 가운데서도 신기술에 따른 세계질서의 변화를 핵심적으로 다루는 장르인 사이버펑크나 나노펑크는 미래 인간의 정체성과 이에 따른 공동체 재편의 문제를 생각해보도록 독자들을 유도하고 있다.

과학기술의 발전과 이의 적용에 대한 담론들은 주로 과학소설과 과학기술 이론의 경계가 점차 무너지는 데 대해 주목하고 있다. 이를테면 존 존스톤John Johnston은 나노기술과 관련된 복합성 이론complexity theory을 소개하면서 이러한 이론은 많은 과학소설에 직간접적으로 영향을 미치고 있다고 본다. 이 이론은 크리스토퍼 랭턴Christopher Langton의 인공 생명에 대한 연구에서 나온 개념으로 많은 수의 요소들이나 행위자들이 상호작용하여 자생조직화하거나 새로운 종류의 정보 과정들을 발생시키는 시스템에 대한 이론이다(Johnston 223). 존스톤은 특히 브루스 스털링Bruce Sterling이나 닐 스티븐슨Neal Stephenson, 린다 나가타Linda Nagata의 과학소설 텍스트에 이러한 이론의 주요 개념과 가설들이 깊이 각인되어있다고 본다. 존스톤은 나노기술의 사용으로 말미암아 우리 삶에 대한 정의나 이로부터 발생할 문화의 종류도 광범위하게 될 것이며 기계적 총체와 생물학적 유기체 사이의 오랜 구분이 붕괴되기 시작할 것으로 지적한다(243). 이처럼 기계와 유기체 사이의 경계 해체는 한편으로는 미래에 대한 두려움을 낳기도 하지만 문화, 언어, 인종, 젠더의 경계를 가로질러 점차 새로운 종류의 네트워크와 공동체를 구축할 수 있는 가능성을 제시해주기도 한다. 이 가운데 나가타의 『보어 제조기』는 첨단 나노기술 시대의 새로운 공동체 구축 가능성을 아시아인의 이미지로 창조된 사이보그와 기형적 육체를 지닌 인도네시아 빈곤여성을 중심으로 탐색하고 있다.

나노기술과 인간의 정체성

　나가타의 『보어 제조기』는 멀지 않은 미래에 나노기술이 인간 삶에 어떠한 변형을 가져오는지 다양한 모습들을 제시하고 있다. 나가타는 새로이 부상하는 나노기술과 인간 정체성 문제를 탐색하는 과정에서 다양한 지역을 제시하지만[1] 크게 보아 기술의 혜택을 누리는 지역과 이로부터 소외된 지역으로 구분하고 있다. 부유한 집단이 나노기술이나 유전자기술의 혜택을 누리는데, 이 기술들은 개인들에게 "피부색 및 몸의 크기, 얼굴을 바꾸도록 해주고 노화와 질병을 위한 유전자 치료도 가능하게 만들어준다"(22). 이러한 특징을 지닌 연방 Commonwealth공동체는 천상도시들Celestial Cities의 거주민들, 기업시민Corporate citizens 등으로 분류되는데 이 지역 부유한 인물들은 완벽한 건강과 완벽한 육체를 지닐 수 있어 기술의 혜택을 특권층이 독점하고 있는 셈이다.

　즉 연방에서는 생물공학, 나노공학, 인공지능, 업로딩 등의 기술이 일상화되어 있는 것을 볼 수 있으며 이러한 기술들은 연방과 주변 도시들에서 '인간'으로 지내는 데 필요한 사항들이다. 나노기술 덕택에 연방과 기업의 부자들은 고스트들과 여분의 클론clone들을 다른 영지에 보관하고 있으며 이러한 기술적 장치로 인해 거의 영속적인 삶을 누릴 수 있다. 고스트는 인간의 의식이나 특정적 기억들의 완벽한 복제체이며 자율적 행위자로서 네트워크로 구성된 가상세계를 돌아다닐 수 있으며 주요한 커뮤니케이션의 수단이다. 고스트는 개인의 체험 영역을 실제뿐만 아니라 가상의 사이버 공간을 통해 확장시키는 데 중요한 구실을 하는데, 고스트를 통해 다른 인물의 "아트리움"atrium에 들어가 거주할

---

1) 테크노오리엔탈리즘을 포함한 텍스트에서 주로 일본이나 중국이 빈번하게 등장함에 비해 나가타는 인도네시아, 인디아 지역이나 동아시아 빈곤지역을 제시하고 인물들의 이름을 캄보디아, 필리핀, 중국 등 다양한 아시아계를 암시하도록 설정함으로써 일본이나 중국 외의 동아시아 지역으로 그 영역을 확장시키고 있다.

수도 있다. 아트리움은 두뇌속의 부속기관이며 일종의 커뮤니케이션 인터페이스인데, 상대방이 자신의 아트리움에 들어오도록 허락하면 고스트로서 타인의 아트리움에서 존재할 수도 있다. 고스트는 허락받은 상대방의 아트리움에서 무한정 지낼 수 있지만 주인공 니코Nikko나 푸시타Phousita의 경우처럼 궁극적으로 자율성을 누리기 위해서 인간육체로 다시 합류하길 원함을 볼 수 있다. 이처럼 변형된 인간의 육체나 두뇌 구성과 더불어 인공적으로 구상된 에코시스템 등 미래에 설정된 지구의 삶의 질은 나노기술의 유무에 전적으로 의존한다.

기술 혜택의 가장 중심 수혜자인 연방은 지구의 모든 지역들을 통제하며 특히 위험한 기술로부터 인간을 보호한다는 명분아래 저개발 지역에서 선진적 나노기술이 개발되는 것을 강력히 통제하고 있다. 연방경찰은 독자적 인공지능들이나 법 규정 이상의 나노기술과 유전자 변형을 통제하고 있는데, 이러한 변형은 전 지구에 영향을 미치는 결과들을 초래할 수 있기 때문에 가혹한 엄벌주의적 방식을 적용하고 있다. 특히 가장 핵심기술이자 인간과 미래 공동체의 패러다임을 바꾸어놓을 보어 제조기는 연방에서 가장 위험 기술로 간주되며 엄격한 통제 대상이다.

핵심기술로 창조된 니코는 섬머 하우스의 기업시민이지만 불법기술의 산물로 간주되고 있다. 그는 인간의 유전자를 이용하여 창조되었지만 나노과학적 변형을 통해 일종의 미래의 인간형으로 만들어졌다. 어떤 장비 없이도 인간이 거주하는 모든 영역, 지구주변 궤도 도시들로부터 지구에 이르기까지 생존할 수 있기 때문이다. 많은 인간들이 인도의 끝자락에 위치한 "임피리얼 하이웨이"Imperial Highway(26)라는 우주 엘리베이터를 이용해서 우주의 위성도시들로 여행을 하지만 니코는 다른 추가 장치 없이 우주에서 생존할 수 있도록 만들어졌다. 그는 이처럼 인간 육체의 단점을 보완하여 창조되었으나 연방법을 어긴 기술의 결과물로 간주되어 30년만 생존기간이 보장되어있다.

니코의 외양에서 강조된 "평퍼짐한 아시아인의 코"는 아시아의 이미지를 부각시키며 그의 피부 빛은 중국 도자기와 같은 푸른 피부색으로서 이에 맞추어 이름이 부여되었음을 알 수 있다. 그레타 니우Greta Aiyu Niu는 니코라는 이름이 중국 도자기 빛을 연상할 뿐만 아니라 일본 국립공원과 도시의 이름과 같은 이름임에 주목하면서 동아시아의 이미지로 연결되는 점에 주목한다(84). 이처럼 동양과 고도의 기술을 연관시키는 테크노오리엔탈리즘적 이미지는 나노펑크에서 점점 지배적으로 되어가고 있음을 주목해볼 수 있다. 아시아인이나 아시아 지역에 대한 수사troupe가 점점 복합적으로 되어가고 있는 시점에서 나가타는 아시아적 이미지를 위협적 실체라기보다 제1세계의 기술적 패권주의를 벗어날 가능성으로 제시하고 있는 점이 특징적이다.

나가타는 니코가 인간과 같은 대접을 받고 살아갈 권리가 있음을 강조한다. 그는 무중력 공간에서 호흡할 수 있게끔 얼굴근육이 고정된 상태이므로 표정변화는 감지되지 않지만 주변사람들은 그의 목소리와 행동 변화를 읽어냄으로써 그의 감정이 인간이상의 것임을 인식하고 있다. 니코는 연방의 역사를 기록하는 역사가로서 자신의 판단에 입각하여 연방 공동체의 문제점까지 잘 기록하는 능력을 가지고 있다. 니코의 창조자/아버지인 폭스와 동생 샌더Sandor뿐만 아니라 섬머 하우스 주민들이 그를 연구 프로젝트의 결과라기보다 아들, 형, 동료로 보고 그의 수명 연장에 관심을 가짐을 볼 때 '인간이란 무엇인가'는 또 다른 정의를 요한다고 볼 수 있다. 텍스트 초반에 이미 생존기간이 만료되어 가는 시점에서 니코는 자신의 생명 연장을 위한 해결책으로 보어 제조기를 필사적으로 찾고 있다.

린더 보어Leander Bohr는 니코의 창조자인 폭스Fox와 경쟁관계에 있던 과학자로서 자신의 이름을 딴 보어 제조기를 만들었는데 이는 강력한 힘과 완벽한 인공지능을 지닌 기계로서 세계의 지배코드를 바꿔놓을 만한 기술이다. 보어 제조기는 의식이 있는 기계로서 주인의 요구에 맞추어 다른 사람들을 치유하는 분자 디자인을 구축할 수 있는 나노기술의 최고점이라 볼 수 있다. 이 장치는 인간의 정신을 훨씬 능가하는 속도로 새로운 프로그래밍 기능을 가지고 있으며 의지를 가진 지능뿐만 아니라 인간 생체의 기능을 조절할 수 있는 능력 때문에 엄격히 관리되고 있다. 연방의 통치방식에 보어 제조기와 같은 기술의 통제는 절대적이다. 지구에 남아있는 옛 국가들, 위성 도시들, 천상의 도시들, 지구 궤도의 기업들을 관통하는 연방법은 "인간이란 무엇인가"의 경계를 정하는 것이다.

> 법: 법을 포괄할 수 있는 어떤 단순하고도 심오한 진술은 없었다. 연방의 법은 아주 인간적인 것이었다. 확신과 탐욕 위에 구축된 것이었으며 허점투성이였으며 종의 유전자 기록만큼 살아있는 것이었고 부단히 변화 상태에 있었다. 그건 주된 관심사, 즉 인간이란 무엇인가에 주목하도록 구축된 체계였다. 세월이 흐름에 따라 거기에 대한 답은 정의하기가 점점 어려워졌다. (22)

연방의 경찰국장인 커스틴은 "인간이란 무엇인가"를 추상적이거나 철학적 관점보다는 기술의 관점에서 정의내리고 판단한다. 커스틴은 유전자를 혼합하고 뒤섞는 과정이 무한히 확대될 수 있는 사회에서 기계의 지능으로 인간을 증강시키는 걸 법으로 금해야 한다고 믿는다. 그러므로 연방경찰은 보어 제조기와 결합된 푸시타나 수명연장을 위해 필사적으로 보어 제조기를 찾고 있는 니코를 범법자로 여기고 끝까지 추적하는 것이다.

연방법의 정책으로 인해 철저히 기술로부터 소외된 지역은 기술의 혜택을 전혀 누리지 못하는 열악한 환경에 있다. 대표지역인 선다 자유 무역 지구 Sunda Free Trade Zone는 인도네시아에 해당되며 주민들은 나노기술을 과학이라기보다 일종의 요술로 생각하고 있을 만큼 과학기술에 대한 지식이나 혜택과 거리가 멀다. 연방 고객의 성적 취향에 맞춘 유전자 조작으로 여덟 살 아이의 신장을 지닌 여주인공 푸시타는 창녀 노릇을 하다가 거리의 아이를 돌보며 빈한한 삶을 꾸려가고 있다. 그녀는 대부분의 선다 사람들처럼 클론, 고스트, 아트리움 등 다른 지역 사람들이 누리는 기술적 혜택 없이 삶을 영위하고 있다. 푸시타는 자신에게 주입된 보어 제조기의 실체를 알지 못하고 악령이 씌었다고 생각해서 중국인 의사를 찾아갈 정도로 과학기술에 대한 지식과 정보로부터 차단되어 있다.

니코의 동생 샌더가 푸시타와 연인이 됨으로써 푸시타로 상징되는 기술소외 공동체와 폭스의 기술 공동체는 서로 얽히는데, 이러한 두 세계의 조우는 가난과 부, 마술에 대한 믿음과 기술에 대한 믿음, 자연에 대한 신뢰와 과학에 대한 신뢰라는 두 축이 얽힘으로써 어떻게 새로운 미래 공동체가 재편되는지 보여준다. 나가타는 나노기술과 관련된 생명발생 기능biogenesis function으로 니코의 정체성 변형이 혁신적으로 이루어지는 과정과 보어 제조기로 인해 푸시타의 정체성 변형이 이루어지는 과정을 함께 제시함으로써 새 공동체 구성과 핵심기술이 어떻게 연루되는지 보여준다. 연방의 추적을 피해 니코와 섬머 하우스 주민들, 푸시타와 그녀의 친구들은 미래의 새로운 공동체 구성에 합류하게 되는데, 이 과정은 이들의 이해와 지력을 넘어선 영역까지 확대된다. 또한 이는 과연 인간의 경계가 어디까지인지, 공동체 재구성에 새로운 기술은 어떠한 기제로 작용해야 하는지 방향성 문제를 환기시킨다. 나가타는 인간 삶을 연장할 가능성에 대해 어떤 것이 법적·도덕적·윤리적 문제로 고려되어야 하는지, 인간의 육체에 적용되는 기술적 변형의 문제에 어떻게 대응해야 하는 것인지, 미래 기술시대의 인간 정체성이나 공동체 구성은 어떠해야 하는지의 문제를 독자들에게 지속적으로 환기시킨다.

미래 공동체의 구성

니코와 푸시타를 중심으로 이루어지는 생명발생 기술이나 보어 제조기의 첨단 나노기술은 인간 정체성과 기술, 권력의 관계가 새로이 구성됨을 보여준다. 폭스는 쫓기는 니코의 수명 연장을 위해 생명발생 기능으로 불리는 신 나노기술을 완성하여 섬머 하우스와 모든 생물체들을 다른 지역으로 이주시키도록 복제 가능하게 된다. 폭스의 성은 지앙 타바얀으로서 아시아계 혈통의 과학자로 암시되면서 새로운 핵심기술의 중심에 동아시아인이 자리하고 있음을 보여준다. 이처럼 사이버펑크나 나노펑크 서사에서 빈번히 발견되는 테크노오리엔탈리즘의 모티브는 윌리엄 깁슨의 『뉴로맨서』를 필두로 하여, 닐 스티븐슨의 『다이아몬드 시대』, 『스노 크래시』, <블레이드 러너> 등 주요 할리우드 SF 영화들에 이르기까지 다양한 영역을 포괄하고 있다. 이러한 예들에서 보다시피 동아시아 지역이나 동아시아인과 기술의 관계는 주요한 모티브를 이루고 있다.

나우는 아시아적 주체가 북미 과학소설 시장의 활기를 돋우는 데 자주 부각됨을 주목하면서 이를 사이버펑크나 나노펑크 장르에서 두드러진 현상으로 지적한다. 나우는 북미 과학소설에서 기술이 사이버나 디지털기술 기반이건 나노기술 기반이건 간에 테크노오리엔탈리즘의 요소들이 많은 부분을 차지하고 있음을 지적한다(73). 나우의 지적처럼 특히 1980년대 이래 기술과 동아시아를 융합시켜 오리엔탈 스타일을 생성해내는 방식은 다국적 도시로부터 혼합인종에 이르기까지 점차 범주를 확대해가고 있다. 동아시아인들과 이들 지역이 첨단기술과 연관되어 미래와 관련된 "하이테크 오리엔트"High tech Orient, 혹은 "미래로서의 동아시아"라는 집단적 판타지를 생산해내고 있다(Park viii). 폭스의 기술로 이루어지는 새 공동체나 푸시타의 공동체에서 이러한 특징들을 엿볼 수 있으며, 이는 사이버펑크에서 보이는 문명이나 기술에 대한 냉소적 태도나 동아시아에 대한 두려움과 달리 이 지역의 가능성에 새로운 길을 제공해준다는 점에서 의미가 깊다.

보어 제조기를 누가 가지는지, 그것을 어떻게 쓰는지에 따라 인간의 미래 패턴이 바뀌는 것과 더불어 폭스의 생명발생 기능 프로젝트는 지구의 전체 삶 패턴을 바꾸어놓는 것과 같은 효과를 지닌다. 연방 경찰이 니코를 쫓던 과정에서 핵미사일로 섬머 하우스 지역전체를 폭파시키기 직전에 폭스는 생명발생 기능을 가동시켜 섬머 하우스 지역이 수천의 프로그램화된 씨앗으로 폭발하여 미지의 지역으로 흩어지게 된다. 폭스의 기술은 섬머 하우스 주민들에게 지구로부터 떨어진 새로운 어딘가에 미래 삶의 가능성을 구체화하는 것이다.

따라서 연방 경찰국의 끈질긴 추적에도 불구하고 섬머 하우스의 모든 생명체들은 연방법의 범주를 벗어나 재탄생의 기회를 가지게 되며 폭스의 기술에 회의적이었던 니코도 생명발생 기능의 시스템에 합류하는 길을 선택한다. 니코는 아버지와 다시 만나 태양계 안에서 섬머 하우스를 재구축하고 역사기록자로서 더 열심히 일할 것이 암시되고 있다. 생명발생 기능에 의해 증강된 실재로서 섬머 하우스는 새로운 공동체로 탄생하며 다른 지구 공동체의 과학자들은 폭스의 기술에 접근할 수 없다. 나가타는 이렇게 개발된 시스템이 큰 변혁의 시기를 예고하고 있으며 이 시스템을 금지된 범법행위라기보다 연방의 기술패권주의를 벗어날 가능성을 열어주는 것으로 보고 있다.

아울러 나가타는 푸시타를 통해 기술 혜택으로 육체가 변하고 공동체의 지도자가 되는 과정을 보여줌으로써 폭스의 새 섬머 하우스 공동체보다 더 이상적인 공동체 구축의 가능성을 제시한다. 푸시타의 유전자 코드는 나노기술에 의해 다시 구성되어서 감각과 판단력이 더 고양되고 자신뿐만 아니라 타인들을 치유할 수 있는 힘을 얻게 된다. 푸시타는 커스틴의 집요한 추적을 따돌리기 위해 샌더를 섬머 하우스에 먼저 보내고 자신의 육체 변형을 통해 새로운 해방감을 맛본다. 푸시타가 애벌레 몸체를 빌려서 나방으로 거듭나 날아오르는 모습은 상징적 의미를 내포하고 있다.

그녀는 본능을 넘어서야 했고 자신의 세포에 정해진 어떤 패턴도 넘어서야 했다. 자신만의 미래를 써나가야 했다. 그게 가능할까? ......

평평한 지구 위 먼 곳에서 그녀의 날개는 햇빛을 받으며 재빨리 건조되었다. 그녀는 점차 가벼워졌고 더 높이 날았다. 그녀에겐 주인이 없었다. 비록 린다가 그녀의 일부이긴 했으나 그도 주인이 아니었고 아리프도, 노파도, 오래전 그녀를 소유했던 포주도 그녀의 주인이 아니었다. 샌더조차도 주인이 아니었다. 그들은 모두 그녀 아래 있었다. 그녀는 그들을 볼 수 있었고 그들이 그녀의 삶에 부여했던 냄새도 느낄 수 있었으나 그들은 그녀를 잡을 수 없었다. 그녀는 조그만 갈색 나방으로 그들의 머리위로 아주 멀리 팔랑이며 날아가고 있어서 그들은 그녀를 볼 수 없었다. 그녀는 자유로웠다. (280)

푸시타의 육체가 이처럼 자유로이 해방되는 과정은 예전의 억압된 삶을 벗어나 주체적 삶을 찾아가는 과정으로 묘사된다. 그 누구도 그녀의 주인이 될 수 없다는 말에서 보다시피 푸시타는 이제 자신의 결의에 따라 미래를 선택할 수 있음을 보여주고 그녀의 삶이 더 이상 소외되거나 억압적이지 않을 것임을 암시한다. 이처럼 자신을 예속했던 여러 굴레들을 넘어서는 것, 기존 공동체의 고정된 가치관과 연방법을 넘어서는 것이 푸시타의 정체성 구성 첫 단계이다. 이는 푸시타와 샌더와 함께 구상하는 공동체의 미래 방향 설정에도 주요한 의미를 지닌다. 새 기술과 연관된 푸시타의 변화과정은 연방의 질서와 가치관을 넘어설 수 있는 가능성을 담지하고 있다.

나가타는 니코나 푸시타처럼 나노기술의 피해를 입은 예들을 보여주면서도 보어 제조기나 생명발생 기능 등의 기술적 혁신을 높이 사고 있다. 푸시타는 불법적 나노기술을 소유함으로써 연방의 추적을 당함에도 불구하고 이를 선물로 보고 기술의 혜택을 전파하는 일에 확신을 가진다. 푸시타는 샌더와 함께 재탄생된 섬머 하우스 거주민들에 합류하는 대신 지구로 돌아와 보어 제조기를 공유함으로써 빈민들에게도 기술의 혜택을 나누어주는 일을 할 것임이 암시된다. 그녀는 지구에 남겨진 대부분의 사람들이 참아야 하는 고통을 잘 알고 있기에 기술 혜택을 받지 못하는 주민들에게 나노기술 장치의 치유력을 전송할 계획을 실행하려한다. 첨단과학기술의 대표격인 폭스도 푸시타가 보어 제조기를 지구에서 사용하도록 허용된다면 그녀가 창조해낼 공동체는 형편없이 보수적으로 보이는 미래의 다른 새 공동체들을 능가하는 미래 공동체가 될 것임을 예견한다. 폭스는 푸시타가 기술혜택을 공유함으로써 이루어질 공동체가 혁신적인 공동체가 될 것으로 판단하고 있다.

푸시타와 샌더가 연방 경찰의 눈을 피해 지구에 "작은 운석"(324)으로 변형되어 착륙할 때, 새로운 성인 육체로 변형 수정된 모습이 될 때, 돈을 지불할 필요 없이 자신들의 선택 사양에 따라 육체들을 고안할 수 있는 환상이 실현된 모습을 보여준다. 푸시타는 여덟 살 짜리 키를 지닌 자신의 기형적 육체를 "적절한 신장"(324)으로 변형시키며 샌더는 자신의 피부색을 백색에서 갈색으로 바꾸어 백인과 유색인의 혼종 육체로 탈바꿈한다. 푸시타와 샌더는 숲 보존 구역 경계를 넘어서서 마을로 가서 자신들의 취지를 설명한다. 비록 언어는 통하지 않지만 마을 주민들은 푸시타의 메시지를 직감적으로 이해하고 수용한다. 푸시타의 새로운 공동체 구성은 기술과 부가 한 집단에 독점된 형태가 아니라 기술의 혜택을 서로 나누는 공동체가 됨으로써 연방 중심의 기술지배 체제를 벗어날 것으로 암시된다.

나가타는 가장 하층계급이자 기형적 육체를 지녔던 빈곤지역 아시아 여성을 통해 미래 공동체의 방향을 제시함으로써 한 공동체가 기술을 독점해서는 안 되며, 나노기술과 같은 첨단기술은 미래의 공동체에 어떠한 역할을 해야 하는가를 제시하고 있다. 이처럼 마지막에 새 공동체를 제시함으로써 텍스트는 나노기술의 유용성을 긍정적으로 제시하려 한다. 여기서 빈곤한 사람들과 함께 나누는 신기술은 공동체에 유익할 수 있다는 나가타의 관점을 읽어낼 수 있으며 지구의 열악한 지역 공동체가 어떤 집단보다도 더 새롭고 자유로운 공동체로 재편성될 수 있음을 짐작게 한다. 나가타는 이처럼 나노기술의 치유력이 골고루 분배될 때 새로운 문화와 역사 구성의 방향이 제대로 설정됨을 역설한다.

첨단 과학기술을 개발한 과학자, 과학기술 산물의 생산자들, 사용자들의 관계는 상호적이고 밀접하지만 반드시 결정론적인 관계를 형성하지는 않는다. 『보어 제조기』에서도 연방의 법, 금지된 기술, 기술의 혜택과 소외 등을 보여주는 과정에서 인간의 정체성도 개인적이든 집단적이든 문화나 지식, 기술의 기능에 따라 변화를 거듭하고 있음을 제시한다[2]. 나가타는 인물들의 다양한 선택들, 이를테면 니코가 그토록 원하는 육체의 수명 연장보다 섬머 하우스의 새로운 생명발생 기능 시스템에 합류하려는 결심, 새로운 육체로 지구로 귀환하려는 푸시타의 강력한 욕망에 이르기까지 다양한 예들을 통해 연방이 법으로 규제하려는 "인간이란 무엇인가"의 문제에 대해 더 복합적인 가능성을 열어두고 있다.

기술시대의 방향

나가타는 『보어 제조기』를 통해 인간의 정체성과 공동체에 큰 변혁을 가져올 수 있는 첨단 나노기술이 어떤 방향으로 전개되어야 바람직한가를 제시하고 있다. 특히 동아시아 지역 및 아시아인과 핵심기술의 관계에 초점을 두고 있는 데서 테크노오리엔탈리즘의 모티브를 찾아볼 수 있다. 최근 나노펑크에서 점차 비중을 더해가는 테크노오리엔탈리즘은 서구기술의 지배를 넘어서서 문화면에서나 기술면에서 부상하는 동아시아에 대한 서구세계의 두려움을 보여주고

---

2) 피에르 레비(Pierre Lévy)가 지적하듯 21세기의 새로운 기술로 인해 인간이나 세계는 늘 새로운 유목적, 과도기적 상황에 있음을 볼 수 있다(xxv). 이에 따라 새로운 기술에 기반을 둔 스토리나 생각들도 유목적인 상황과 유사하게 형성되고 있으며 기술과 관련된 인간의 정체성, 성차, 공동체, 권력, 지식과 같은 문제들이 새로이 탐색되고 있다.

있으나 나가타는 아시아적 이미지를 위협적 실체라기보다 서구 중심의 기술적 패권주의를 벗어날 가능성으로 제시하고 있다. 즉 나가타는 텍스트에서 인도네시아와 인도 같은 국가나 이 지역 아시아인들에 주목하게 함으로써 미래 공동체의 가능성을 기술로부터 소외된 지역에서 찾고 있다. 나가타는 『보어 제조기』와 같은 해 출판된 스티븐슨의 『다이아몬드 시대』에서 볼 수 있는 중국 기술에 대한 두려움이나 백인 여성이 중국 여성들의 지도자로 되는 구성과는 또 다른 패턴을 제공함으로써 테크노오리엔탈리즘의 전형적 패턴과 차별성을 보인다. 즉 사이버펑크에서 볼 수 있는 문명이나 기술에 대한 냉소적 태도나 동아시아에 대한 두려움과 달리 나가타는 신기술이나 아시아지역에 대해 보다 긍정적인 가능성을 제시하고 있다.

나가타는 연방 공동체의 법 수호와 위반의 구도를 빌려서 나노기술의 진화에 따라 인간을 어떻게 규정지을 수 있는지, 유기체, 비유기체 사이의 경계가 더 완벽하게 해체될 경우 어떤 공동체가 가장 바람직한 것인가를 생각해보도록 유도한다. 이 과정에서 가장 경계해야 할 점은 한 집단이 기술을 독점·지배하는 구조이며 나노기술과 같은 핵심기술의 혜택을 전 지구적 공동체가 누려야 한다는 메시지를 전달하고 있다. 즉 나가타는 니코와 푸시타의 여정을 통해서 새로운 기술시대의 세계 질서에 대처하는 하나의 전략을 모색하고 있으며 특히 아시아 빈민여성인 푸시타를 통해 새로운 공동체 형성을 유도하고 새로운 문화와 역사 구성의 가능성을 제시하고 있다. 이처럼 기술과 문화, 공동체의 패턴이 재배치되는 과정들을 통해 과학기술 시대의 권력과 지식구도의 변화에 대한 보다 적극적 대응이 필요함을 일깨우고 있는 것이다. 이는 새로운 기술시대의 세계 질서에 대응하는 여성의 정체성 문제에도 하나의 방향을 제공해주고 있으며 나아가 기술시대의 세계질서에 대응하는 전략에 하나의 근본적인 지침이 될 수 있을 것이다.

▌참고문헌

장정희. 「닐 스티븐슨의 『다이아몬드 시대』에 나타난 나노기술 시대의 문화와 교육」. 『현대영미소설』 18.3 (2011): 173-98.

Braidotti, Rosi. *Metamorphoses: Towards a Materialist Theory of Becoming*. Cambridge: Polity Press, 2002.

Currier, Dianne. "Assembling Bodies in Cyberspace: Technologies, Bodies, and Sexual Difference." *The New Media and Cybercultures Anthology*. Ed. Pramod K. Nayer. West Sussex: Willey-Blackwell, 2010. 254-67.

Grosz, Elizabeth. *Volatile Bodies: Toward a Corporeal Feminism*. St. Seonards: Allen & Unwin, 1994.

Haraway, Donna J. *Simians, Cyborgs, and Women: The Reinvention of Nature*. London: Routledge, 1991.

Hayles. N. Katherine. *How We Became Posthuman: Virtual Bodies in Cybernetics, Literature, and Informatics*. Chicago: Chicago UP, 1999.

Huang, Betsy. "Premodern Orientalist Science Fictions." *MELUS* 33.4 (2008): 23-43.

Johnston, John. "Distributed Information: Complexity Theory in the Novels of Neal Stephenson and Linda Nagata." *Science Fiction Studies* 28 (2001): 223-45.

Lévy, Pierre. *Collective Intelligence: Mankind's Emerging World in Cyberspace*. Trans. Robert Bononno. Cambridge: Perseus Books, 1999.

Milburn, Colin. "Nanotechnology in the Age of Posthuman Engineering: Science Fiction as Science." *Configurations* 10.2 (2002): 261-95.

Nagata, Linda. *The Bohr Maker*. Kula: Mythic Island Press LLC, 2011.

Niu, Greta Aiyu. "Techno-Orientalism, Nanotechnology, Posthumans, and Post-Posthumans in Neal Stephenson's and Linda Nagata's Science Fiction." *MELUS* 33.4 (2008): 73-96.

Park, Jane Chi Hyun. *Yellow Future: Oriental Style in Hollywood Cinema*. Minneapolis: U of Minnesota P, 2010.

Plant, Sadie. "The Future Looms: Weaving Women and Cybernetics." *Cyberspace, Cyberbodies, Cyberpunk: Cultures of Technological Embodiment*. Eds. Mike Featherstone and Roger Burrows. London: Sage, 1995. 45-64.

Sohn, Stephen Hong. "Introduction: Alien/Asian: Imagining the Racialized Future." *MELUS* 33.4 (2008): 5-22.

Stephenson, Neal. *The Diamond Age, or A Young Lady's Illustrated Primer*. New York: Bantam Books, 1995.

Thurs, Daniel Patrick. "Building the Nano-World of Tomorrow: Science Fiction, the Boundaries of Nanotechnology, and Managing Depiction of the Future." *Extrapolation* 48.2 (2007): 244-66.

찾아보기

[ㅇ]

지은이 장정희

부산대학교 문리대 영어영문학과를 졸업하고 서울대학교 대학원 영어영문학과에서 석사 및 박사학위를
받았다. 1987년부터 광운대학교 교수로 재직해왔으며 현재 동북아문화산업학부 교수로 재직 중이다.
19세기 영어권 문학회 회장을 역임하였으며 2012년 한국출판학술상을 수상하였다. 빅토리아 시대 선정
소설과 여성작가의 저널리즘 활동에 관한 논문 및 저서와 과학기술 시대의 페미니즘과 SF 관련 논문
을 다수 집필하였다. 저서로는 『토머스 하디』, 『프랑켄슈타인』, 『선정소설과 여성』, 『토머스 하디와 여
성론 비평』, 『빅토리아 시대 출판문화와 여성작가』 등이 있으며, 역서로는 『더버빌가의 테스』, 『무명의
주드』 등이 있다.

SF 장르의 이해

초판 2쇄 발행일 2017년 7월 27일

지은이 장정희
발행인 이성모
발행처 도서출판 동인
주 소 서울시 종로구 혜화로3길 5 118호
등 록 제1-1599호
TEL   (02) 765-7145 / FAX (02) 765-7165
E-mail dongin60@chol.com
ISBN   978-89-5506-725-5
정 가 16,000원